Diário de um Cavaleiro Templário

Orlando Paes Filho

Diário de um Cavaleiro Templário

EDITORA RECORD
RIO DE JANEIRO • SÃO PAULO

2006

CIP-BRASIL. CATALOGAÇÃO-NA-FONTE
SINDICATO NACIONAL DOS EDITORES DE LIVROS, RJ.

P144d

Paes Filho, Orlando, 1962-
Diário de um cavaleiro templário / Orlando Paes Filho. - Rio de Janeiro : Record, 2006.
Contém encarte
ISBN 85-01-07641-4

1. Cruzadas - Ficção. 2. Templários - Ficção. 3. Romance brasileiro. I. Título.

06-3730.

CDD 869.93
CDU 821.134.3(81)-3

Créditos:
Supervisão editorial: Ana Carolina Zugaib e Patricia Arima
Supervisão de arte: Orlando Paes Filho e Ana Carolina Zugaib
Ilustradores: Angus Productions com Daniel Ching, Deiverson Santana, Rodrigo Pereira e Ana Carolina Zugaib
Pintura digital: Angus Productions com Toni Caputo, Daniel Ching, Markus Corrêa e Ana Carolina Zugaib
Capa: Angus Productions com Daniel Ching
Projeto gráfico, diagramação e encarte: Glenda Rubinstein

Impresso no Brasil

ISBN 85-01-07641-4

PEDIDOS PELO REEMBOLSO POSTAL
Caixa Postal 23.052 - Rio de Janeiro, RJ - 20922-970

Dedico esta obra a Deus e a Nossa Senhora, Rainha do Céu e chefe dos exércitos celestes. Que os verdadeiros cavaleiros lhe sejam fiéis combatentes e humildes servos como foram os extintos Cavaleiros Templários.

Muito obrigado ao editor Sérgio Machado por incentivar novos desafios em minha carreira como escritor.

Muito obrigado a Luciana Villas-Boas pelo zelo e acolhimento particulares.

Muito obrigado a Ana Paula Costa pela dedicação na composição desse livro e por sua valiosa colaboração no seu resultado.

Muito obrigado a Heloisa Eterna pelo empenho constante na busca da qualidade em seu trabalho.

Muito obrigado a Francinete Zerbetto pelo cuidado e energia dedicados.

Muito obrigado a todos da Editora Record, a minha nova casa.

Sumário

Eu tinha apenas três anos e roguei aos céus para que Deus Pai me escutasse. A atitude dos homens me decepcionava. A visão que construía dos adultos ao meu redor me aterrorizava. O desprezo do homem por Deus e Seus mandamentos, a rápida transformação de pedinte e piedoso para besta infernal, capaz de toda a mesquinhez e toda a agressão, pondo em uso seu lado mais irracional, mais ignóbil. A violência, a insanidade sempre pronta a explodir. A divisão, a intolerância, o egoísmo, a tendência ao profano e ao pagão e a busca firme em ser atendido em seus desejos perturbados, que, a qualquer custo, apelava ao misticismo vil e barato. Roguei aos céus que Deus me escutasse. E que me ensinasse tudo o que eu pudesse saber para tornar-me sábio, distante do mundo dos homens e sua perturbação. Que me ajudasse a criar meu mundo particular... O mundo só meu e Dele, meu Deus e Senhor. E que os anjos me protegessem e fossem guardiões austeros desse mundo particular. Que meu Deus, que tudo pode, me preparasse como cavaleiro e verdadeiro homem. E depois de tornar-me um campeão da justiça e da vontade divina, eu saísse desse mundo particular pronto a conquistar o coração dos homens, encorajando-os a lutar contra a ingratidão, que estivesse pronto a lutar pela justiça e dar combate ao mal que domina a terra.

Roguei aos céus para que Deus, aquele que É, que me abençoasse na busca da verdadeira fé, mantendo a pureza no coração. A pureza de uma criança.

Prólogo

Os fragmentos de texto compilados nessa obra foram misteriosamente encontrados nas mãos de sóror Consolata Iltrude, carmelita descalça, em seu leito de morte, no ano de Nosso Senhor de 1720. O carisma e a sabedoria da monja marcaram a história do povoado onde viveu, a vila de Lanziano, na Itália.

Antes de morrer, apertou contra seu peito o manuscrito e disse as seguintes palavras ao padre que a confortava em sua hora extrema: "Esse diário é um Evangelho vivo e deve ser protegido! Por que haverá um tempo em que se negará a Pessoa Divina de Nosso Senhor Jesus Cristo. Ele será negado para que seja negada a Sua Palavra! O Cristo será ridicularizado, será comparado a um simples profeta quando não ao mero homem mundano. Sua Santa Divindade será atacada por meios poderosos e conceituados. Sua Pessoa será negada por homens ilustres da ciência e da cultura! Até professores negarão veementemente sua Divindade, passando seu amargor aos jovens famintos de espírito. A existência de Deus Pai cairá ao nível dos contos fantásticos e míticos e o mundo estará como um deserto. O Evangelho será negado e haverá vergonha na face dos que temem a Deus e o seguem. Só uns poucos se manterão firmes contra a horda demoníaca de seres atormentados. Para estes dias, surge esse Evangelho Vivo, escrito para os dias que virão e dirigido à humanidade perturbada que povoará a terra. Por isso vos digo: Este diário será perseguido e não haverá descanso até sua completa destruição, pois os cordéis dos filhos das trevas são puxados pelas mãos do próprio inimigo de Deus!

Padre, pouse a Santa Hóstia sobre este evangelho, na esperança de que ele seja protegido e para que Suas palavras protejam a humanidade da vilania que dominará toda a Terra!"

Após breve silêncio, o padre elevou a hóstia, mas sóror Consolata apenas conseguiu estender o diário e entregá-lo antes de expirar. O padre, olhando a irmã com grande compaixão, depositou a hóstia entre as páginas do velho manuscrito.

Os Frades Menores Conventuais guardaram os manuscritos desde 1722. Após essa data, os manuscritos passaram sob a tutela dos monges franciscanos que os guardaram por aproximadamente um século.

Rumores que a relíquia fosse objeto de veneração e intercessora de curas inexplicáveis chegaram ao Vaticano que determinou investigação quanto à origem do documento.

Análise de renomados pesquisadores, em colaboração com teólogos jesuítas, revelou que os documentos foram escritos por Robert de la Croix, cavaleiro da Ordem dos Templários, que viveu entre os anos de 1109 e 1186. De la Croix lutou na Segunda Cruzada, sob o comando do Mestre da Ordem Everard de Barres.

Não foi possível determinar como os pergaminhos chegaram à posse da monja e diversas páginas do diário se perderam ao longo do tempo. Porém, sua tutela passou para as mãos dos cavaleiros jesuítas que o ordenaram em seqüência cronológica e dividiram-no em cinco partes.

PRIMEIRA PARTE

(1123-25)

1. A Formação do Cavaleiro

25 de maio do ano de Nosso Senhor de 1123

Mais uma vez sou obrigado a ouvir os gritos de minha mãe atravessando as frestas de minha porta de madeira. Quando isso acontece, sou trancado neste cômodo insípido e vazio. O cheiro do bolor me tomaria os sentidos não fossem os gritos. Já tentei tapar os ouvidos. Já tentei tapar as frestas, mas não há tecido que possa conter os gritos de desespero misturados aos de fúria que continuam ocupando a casa onde moro. Sinto-me um inseto voador que acidentalmente caiu em um copo de água. Não importa o esforço que eu faça para levantar vôo. Quanto mais me debato, mais a água me cerca e me engole. O melhor que consegui até agora foi fazer sangrar minhas mãos contra a madeira cheia de lascas que me separa de minha mãe.

Será que um dia serei maior do que ele?

Os gritos de minha mãe me doem na alma. Muito mais do que as lascas de madeira que rasgam minha carne.

20 de junho do ano de Nosso Senhor de 1123

A casa está silenciosa. Enfim, silenciosa.

Mas engana-se aquele que pensa o silêncio como sinal de paz. Não nesta casa. Escondidas nessa quietude perturbadora estão minhas irmãs, Marie e Marguerite, abafando o pranto contra os travesseiros. Fingem que tudo está bem e me escondem as lágrimas e os machucados, na esperança de ocultar suas fraquezas. Porque sou o mais novo, porque querem me proteger. Porque ainda me vêem como criança.

Minha mãe apareceu com um grande círculo vermelho no olho esquerdo e, apesar de seus esforços para ocultar-se, notei que um filete de sangue escuro lhe maculava a testa e os cabelos loiros e ralos. Quando aqueles bastardos, irmãos de meu pai, saíram da casa, ouvi seus prantos.

Como posso amar o sangue de meu sangue se é ele o causador de tanto sofrimento nesta casa? Não tem amor por nada, exceto pelas riquezas que faz com seu trabalho sujo. Nem ao menos ama a si próprio. Um homem forte de constituição e fraco de espírito. O vício o subjugou e ele não tem humildade o suficiente para admitir que perdeu o controle. Sua ambição lhe consome a alma, enquanto faz sofrer todos aqueles que o rodeiam. Recebe dinheiro para matar e fez disso carreira promissora. E aquelas que um dia tentaram amá-lo hoje sofrem com suas violências. Não sei ao certo se foi a volúpia do dinheiro ou do sangue que o transformou nessa besta. Mas sei que não o amo. O padre diz que devemos amar ao próximo. Mas não posso amá-lo. Não sou capaz de amá-lo.

E aqueles dois irmãos dele... São ainda piores que porcos. Vivem de restos e se aproveitam de oportunidades roubadas e tomadas à força. São homens maus e sem escrúpulos. Marie tem 17 anos. Marguerite, 15. Fizeram delas suas esposas sem desposá-las, desgraçando-as. Malditos.

Basta.

Hoje mesmo pego um martelo e arranco as travas dessa maldita porta. Não poderão mais me trancar aqui.

24 de junho do ano de Nosso Senhor de 1123

Minha caligrafia não está perfeita, pois escrevo com a mão esquerda. Não sei se poderei voltar a escrever com a outra mão. Meus ossos foram moídos pelas mãos de meu pai quando me ergui para desafiá-lo.

Minha idéia de arrancar as travas da porta deu certo. Não puderam me trancar no cômodo e, quando meu pai levantou sua mão embriagada para bater em minha mãe, eu já tinha a sua espada empunhada. Pouco familiarizado com o peso da arma, perdi o equilíbrio quando fui atingi-lo. Minhas irmãs estavam acuadas em um canto, gritando que eu parasse. Temiam que meu pai fosse matar-me. Senti medo também. Achei que ele me mataria mesmo e tive medo. Mas, na hora em que vi com meus próprios olhos a covardia daquele homem robusto, prestes a atingir minha mãe, não pensei na morte ou na dor. Eu só queria que ele parasse.

Minha mãe, pequena e magra... como pode agüentar tanta violência desse homem?

Levantei a espada dele acima de minha cabeça e gritei, com a voz meio trêmula do choro que se prendia fracamente na minha garganta:

— Pare! Não se aproxime dela!

Com um empurrão e sem muito esforço, meu pai me jogou ao chão e o peso da espada acelerou minha queda. E, pela primeira vez, aquele homem descontou em mim sua volúpia por sangue. Com suas mãos enormes, ele quebrou-me o pulso e esmagou meus ossos da mão direita, enquanto me erguia do chão. É difícil colocar em palavras o que senti quando o homem me colocou próximo ao seu rosto. O sorriso sarcástico lhe vazava pelos dentes amarelos, e o odor de bebida barata misturado ao suor de muitos dias disputava a atenção de meus sentidos com a dor horrível que eu sentia. Um misto de raiva e medo me acometeu e, sem perceber, como se a morte estivesse me encarando e eu não mais tivesse esperança de continuar vivo, lancei-lhe todas as palavras que estavam em meu coração. Que ele era um monstro sem alma, incapaz de ato digno de um homem, que não passava de um animal covarde e estúpido, mas meu discurso foi brutalmente interrompido. Ele desferiu-me um forte soco na boca, enquanto gritava, enfurecido, palavras que não pude compreender. Cuspi o sangue no chão e pude ouvi-lo gritar:

— Filho meu não se levanta contra mim! Traidor!

Olhei no fundo de seus olhos amarelos e falei com frieza:

— Você não é meu pai. Seu único familiar é o dinheiro.

Senti outro soco em minha face ainda imberbe. O golpe me atordoou e desmaiei em seguida.

Quando acordei, tudo doía. Meu olho esquerdo latejava e não abria e, com o outro olho, pude ver que Marie estava ao meu lado. Meu braço direito estava imobilizado e senti o gosto do sangue em minha boca. Explorei meus dentes com a língua e notei um grande vão em minha gengiva, na parte de cima, do lado direito, de onde vinha o gosto salgado e acre. Marie segurava o dente perdido em sua mão e olhava-me, repreendendo-me. Impressionei-me com o tamanho dele. Era um bloco sólido de osso, muito maior do que parecia quando se enfileirava ladeando os outros dentes dentro da minha boca.

Marie trocou a compressa que segurava em meu olho inchado e começou a discursar sobre a tolice de meus atos. Que eu devia ser menos inconseqüente e me manter quieto no quarto. Tentei virar-me, mas uma dor aguda no meio das costelas me impediu. O *homem* a quem nunca mais chamei de "pai" continuara seu espancamento sórdido mesmo depois que eu já estava inconsciente. Marie tinha aquele tom de voz de autoridade que irmãos mais velhos usam para repreender os irmãos menores:

— É disso que estou falando. Foi estupidez enfrentar nosso pai daquela forma, Robert. Nossa mãe quase morre de desgosto ao vê-lo apanhando daquele jeito. — E, mudando o tom de voz para uma melodia mais serena, com súplica nos olhos, continuou: — Prometa que nunca mais fará isso.

Ponderei suas palavras, mas não lhe dei resposta imediata. No meio desse silêncio, vi a figura de minha mãe, emoldurada pela porta do quarto, chegando com uma bacia cheia de água, acompanhada por Marguerite. Meu alívio foi imediato. Ela não tinha ferimentos, além de um hematoma antigo, já esverdeado, nos braços. O *homem* a quem não chamo mais "pai" se contentou em descontar em mim o seu vício e poupou-a. Ao perceber-me acordado, minha mãe correu para me abraçar e desaguou seu pranto sobre minhas vestes rasgadas.

As três mulheres repetiram o sermão e Marie novamente fez seu pedido:

— Prometa que não voltará a desafiar nosso pai.

Dessa vez, repliquei com firmeza apesar de estar ferido, jogado e imobilizado na cama:

— Não, Marie. Não, mãe. Isso eu não posso prometer-vos. E não o chame de "pai". Aquele *homem* abriu mão do direito a esse nome no dia em que levantou os punhos para agredir aqueles que o amam.

27 de junho do ano de Nosso Senhor de 1123

O *homem* saiu para mais um serviço sujo. Enfim um pouco de paz. Deixou sua velha espada para trás, já que conseguiu uma melhor em sua última missão desonrosa. Ele agora empunhava uma nova lâmina de um material melhor e de cabo dourado, roubada de um cavaleiro morto.

A espada velha... Algoz de tantos anônimos... Tomei-a para mim. Meu braço ainda não se recuperou e não consigo empunhá-la com firmeza. Mas isso há de acontecer ainda.

Quem sabe um dia, esta lâmina que cortou tantas gargantas pelas mãos desse *homem* não cortará a sua própria?

14 de agosto do ano de Nosso Senhor de 1124

As violências contra mim continuaram em casa. Desde o episódio da espada, o *homem* não levantou mais a mão para agredir minha mãe. Passei a ser seu alvo. Mas ele anda tão embriagado que não percebe que, a cada dia, cresço e me fortifico. O exercício do trabalho na lavoura somado ao da dor cotidiana que se abate gratuitamente sobre mim, quando o *homem* não está matando por dinheiro, me tornam mais forte ao invés de me enfraquecer, como ele pensa.

Os irmãos dele continuaram vindo com freqüência, de surpresa, abusar de Marie e Marguerite. E por muitas vezes apanhei por tentar defendê-las dos dois brutos. O mais velho era muito forte e atarracado e nem sequer tive chance de me digladiar com o mais novo, pois era nocauteado em poucos instantes. Eu gostaria que elas pudessem se casar e sair desse inferno, mas homem nenhum as aceitaria no vilarejo. Não com a reputação manchada que o *homem* e seus irmãos porcos as forçaram a carregar como fardo.

Mas hoje tudo mudou.

O dia de hoje marca um passo grande na jornada de minha vida, embora eu ainda não saiba para que direção este passo me levará...

Os corpos dos dois homens ainda jazem atrás da casa e ninguém sabe ainda o que fazer com eles. Levá-los-ei para fora do vilarejo, onde ainda ponderarei se os enterrarei ou se os deixarei para os abutres, mas eles não ficarão para apodrecer aqui e ninguém nesta casa vai sentir o cheiro da carne putrefata dos dois malditos. Já causaram inconvenientes suficientes em vida.

Hoje eu matei.

Hoje eu tirei sangue dos dois irmãos bastardos do *homem*. Eles não voltarão a ferir mulher alguma.

Hoje tudo mudou.

Quando eles vieram pela porta da frente, como sempre vinham, eu os encarei, como sempre fazia. Já se somavam alguns meses desde a última vez que tinham vindo perturbar minhas irmãs. Estranhei a ausência prolongada. Minha mãe havia saído para buscar alguns legumes para a sopa rala que tomávamos à noite. Também o *homem* não estava em casa, pois fora comprado por mais uma missão assassina que ainda deve durar algumas semanas. Coloquei-me no meio do caminho, bloqueando a passagem. O fedor azedo que vinha de seus corpos me enojava. Só de imaginá-los, com aquele cheiro horrível que traziam consigo, o suor de vários dias, o hálito que de longe exalava o odor de carne podre, como de mil pessoas mortas, misturado à bebida forte e barata, e a urina curtida em suas calças esfarrapadas... Só de imaginá-los se deitando com Marie e Marguerite, aqueles bêbados malcheirosos tocando a pele alva e pura de minhas irmãs... Firmei meus pés no chão e, mesmo sabendo que eu não passava de um jovem enfrentando dois adultos, como o cão fiel que enfrenta os lobos para defender seu território, eu sabia que, naquele momento, ser omisso e nada fazer para evitar a injustiça seria o mesmo que cometê-la com minhas próprias mãos. Sem se dar conta do que faziam, empurraram-me para o lado, como de costume, ignorando meu confronto. Um ano atrás eu havia desafiado o *homem* e virei motivo de piada entre os três. Mas nenhum deles sabia que, todos os dias, no final da tarde, eu empunhava uma espada. A velha espada do *homem*.

O mais jovem dos dois homens já se adiantava, levando as mãos à calça para desamarrá-la, e olhou com malícia para Marguerite, a mais nova, ignorando minha presença. Minha irmã correu para trás de Marie, e o olhar de terror e nojo nos rostos delas levou minha mão ao cabo da velha espada do *homem*. Ergui a espada com firmeza e gritei a plenos pulmões:

— Parem, seus demônios! Enfrentem-me como homens e deixem minhas irmãs em paz!

Como sempre, o mais velho dos agressores veio em minha direção. Olhou-me com desprezo e caminhou lentamente, decidido a tomar-me a espada — que parecia não impor nenhum tipo de temor naqueles dois —, como se toma um brinquedo de uma criança.

Girei a espada de súbito e seu antebraço voou pelos ares antes que ele pudesse perceber de onde vinha o golpe. Pareceu que, naquele momento, os gritos de horror de minhas irmãs dentro da minha cabeça silenciaram, e só restaram os gritos reais.

Os dois homens se entreolharam num misto de terror e ódio. O cheiro acre das criaturas se misturou à visão do sangue que jorrava no chão da casa, ao braço inerte e sem vida caído, aos urros de dor do maldito e aos gritos lacrimosos de horror das duas moças. O outro homem ficou estupefato diante daquela cena e começou a andar de costas, lentamente, quase na ponta dos pés, em direção à porta da frente, por onde entrara antes tão cheio de si.

Eu podia ter-lhe poupado a vida. Podia ter poupado a de seu irmão. Se aqueles demônios saíssem pela porta da casa, voltariam com sede de vingança e morte. Eu não podia permitir que seu ódio por mim se voltasse contra minhas irmãs e minha mãe. Dei um passo que não tem volta, o passo que definirá quem sou e o que sou.

Tudo aconteceu muito rápido. Minha espada encontrou o caminho até o estômago do que escapulia, antes que ele pudesse se virar e correr. Eu não matei pelas costas. O porco estrebuchava no chão, com suas calças arriadas logo abaixo dos joelhos e suas partes íntimas, não tão valentes, à mostra.

Voltei para enfrentar o outro. Ele tentava conter o sangramento de seu braço e lançava-me impropérios e ameaças. Meus olhos se fixaram nos seus quando empunhei a espada com ambas as mãos e ergui-a acima de meu ombro direito.

— Não voltarás a ferir mulher alguma, cão. Matar-te-ei como matei a teu irmão. Como o animal sujo que és! — falei-lhe com firmeza, ainda que minha voz oscilasse entre graves e agudos, como nos acontece na juventude.

Com a mão que não estava ferida, o homem buscou uma faca que trazia amarrada ao tornozelo. Dessa vez não senti medo da morte. Olhei nos olhos do meu oponente e aceitei o duelo. Sem pensar muito, apontei a lâmina para sua cabeça e voei para cima do irmão mais velho do *homem* a quem não chamo "pai". Meu golpe varou o ar, mas não encontrou seu inimigo. Enquanto eu tentava me equilibrar novamente, a faca do vilão me rasgou as costas. Acostumado à dor, eu sabia que, se eu obedecesse ao reflexo de arquear para trás, a lâmina suja daquele maldito encontraria minha garganta, assim como os punhos do *homem* encontram meu rosto quando caio para trás. Ensinei meu instinto a arquear para o lado e, no mesmo impulso, me reergui, já embalando a trajetória da espada, que descreveu um semicírculo ascendente no ar e rasgou o peito de meu oponente de baixo para cima. Assombrado e fervendo de ódio, o demônio pareceu possuir seu corpo quando ele revidou. Urrava e espumava pela boca enquanto tentava me atingir com a faca, dessa vez não de esguelha, mas com movimentos que visavam a me perfurar e não rasgar. Não sei bem o que houve depois disso, pois também senti uma força maior que guiou meus movimentos. Antes que pudesse compreender tudo aquilo, a luta estava terminada.

O corpo atarracado e grotesco jazia arqueado no chão, a espada afundada até o cabo em seu peito e a outra ponta da lâmina se projetando de suas costas, na poça de sangue que aumentava enquanto eu ouvia o choro miúdo e abafado de minhas irmãs.

Meu braço esquerdo tinha cortes profundos e os dedos das minhas mãos se agarravam firmemente, como se estivessem colados ao cabo da espada. Caí de joelhos. Não sei por quanto tempo me deixei ficar ali. Ofegante. Nada em meus pensamentos. A poça de sangue molhou-me os joelhos que estavam apoiados ao lado do cadáver. Minhas irmãs correram em minha direção e larguei a espada. Senti lágrimas escorrendo por minha face, mas não sei se eram minhas ou delas. Ali ficamos, nós três, abraçados sobre um corpo que não havia trazido nada além de sofrimento àquela casa.

Quando minha mãe retornou à casa, passado o choque e as vãs tentativas de tirar as manchas de sangue do chão, dirigiu-se à paróquia. O sangue pode até não ser mais visível no assoalho, mas suas manchas jamais sairão de meu coração, ou dos de minhas irmãs.

3 de setembro do ano de Nosso Senhor de 1124

O *homem* voltou de seu serviço, mas não pisou na casa. Assim que chegou ao vilarejo, foi informado da morte de seus irmãos. Quando brandi sua velha espada, expulsando-o definitivamente, achei que fôssemos duelar. Mas não. Pedi-lhe que se retirasse e que não tornasse a nos ferir. Seus olhos brilharam vermelhos, mas ele não sacou sua bonita espada roubada de cabo dourado.

Ele deixou a casa. Jurou vingar-se de meu ato de ousadia. Gritou aos ventos que sua família de nada lhe valia. Que éramos todos traidores e desmerecedores de seu dinheiro.

Ninguém chorou.

2. O Chamado Espiritual

9 de novembro do ano de Nosso Senhor de 1124

Quando o grande número de freqüentadores desta casa diminuiu, tínhamos a certeza de encontrar paz. Mas não foi isso o que aconteceu. Os tantos anos de abuso e desequilíbrio parecem ter afetado toda a estrutura de nossas paredes, de nossos atos e de quem somos.

Não tem sido fácil para minha mãe nos convencer a buscar a paz fora de casa. Eu, como o homem desta família, devo encontrar minha paz interior sozinho. E minhas irmãs, pobres criaturas, nunca me confessaram a respeito, mas estou certo de que sofrem com a censura e o sarcasmo dos habitantes do vilarejo. Certa vez Marguerite saiu para buscar batatas e notei seus olhos vermelhos e inchados de tanto chorar quando voltou. Ela nunca mais quis sair da casa. A vergonha que aqueles malditos infligiram a ela perdura mesmo após a morte.

Minha mãe, desde a morte dos agressores, tem freqüentado a paróquia, e sempre nos fala da bondade e da simplicidade de padre Jean-Pierre. Mas acho que as feridas ainda precisam cicatrizar antes de nos abrirmos e nos ferirmos de novo, expondo-nos para uma pessoa de fora.

Além do mais... que padre aceitaria um assassino na casa de Deus?

Serei isso? Serei eu um assassino como o homem que me gerou?

Tenho tido sonhos estranhos freqüentemente. Sou uma pessoa minúscula que anda por uma grande floresta. Alguns pássaros cantam nos galhos próximos e parecem não se assustar com minha presença. Os raios de sol são filtrados pelas copas das árvores e o caminho por onde ando é plano e agradável. Continuo pela trilha e me sinto cada vez menor. Alguns pássaros me acompanham e sua música me embriaga num misto de alegria e pressa. Pressa para quê? Não sei. Conforme vou andando, as árvores lentamente se fecham por sobre o caminho. Tão lentamente que mal posso perceber. Ao mesmo tempo, a melodia dos pássaros acelera a tal ponto que me causa aflição. Quando dou por mim, não vejo mais os raios de sol, tudo está escuro e o ar é escasso. Tenho dificuldade para respirar. A música cessa. Começo a andar mais rápido. Ouço passos apressados às minhas costas. Mas não são pisadas humanas. Não ouso olhar para trás, mas sei que são lobos. É como se eu sentisse seus dentes afiados, prestes a se fechar em meus calcanhares. Estou correndo. Correndo. Onde estarão os pássaros, que não os ouço mais? Correndo... As árvores jogam seus galhos traiçoeiros que me ferem e me atrapalham. Protejo os olhos com o braço esquerdo e continuo a correr. Os lobos se aproximam. Posso senti-los. De súbito, a trilha se abre à minha frente. Volto-me para trás, as bestas estão lá, meus músculos se enrijecem e fico paralisado. Sei que os lobos vão me alcançar e vão me dilacerar em poucos instantes. Faço esforço para me mover ou morrerei. Os lobos se lançam sobre mim. Viro meu rosto para não ver os lobos me arrancando a carne, olho na direção da trilha que se abre. E então... não consigo explicar. É como se eu entrasse em outra realidade! A brisa que vem de lá é suave, os pássaros parecem cantar como nunca daquele lado! O ar é leve e, sem me lembrar dos lobos, de relance, vejo a imagem da Virgem Santa, a Mãe de Deus! E imediatamente acordo. Exausto, suando frio e muito intrigado.

Esta noite o sonho se repetiu. Qual será o significado de tudo isso? Seriam os fantasmas de minhas vítimas me assombrando?

Preciso encontrar minha paz interior. E é justamente quando pareço estar me aproximando desta paz que desperto. Não a vejo a não ser o relance. A paz me é tão fugaz... Como retê-la em mim? Como fazê-lo? Com tanto peso sobre meus ombros...

12 de novembro do ano de Nosso Senhor de 1124

Acabei por contar à minha mãe sobre o sonho. Quando se repetiu pela terceira vez, percebi que não tenho ferramentas para lidar com isso. Posso lidar com ancinhos, com espadas, com facas e com socos, mas não com sonhos e visões. Aquilo ficou em minha cabeça. Achei que seria bom conversar com alguém. Precisava esclarecer as coisas para mim mesmo e decidir que direção seguir. Sinto-me no vazio. No limbo. Numa região inóspita. Depois da tempestade vem a calmaria, mas tudo está devastado ainda e estou perdido.

Ela então me tomou pelo braço, como se eu fosse uma criança, e me guiou até padre Jean-Pierre. De início relutei, mas vê-la fazendo algo com tanta convicção me desarmou completamente. Fiquei feliz. Desde que o *homem* partiu, minha mãe pareceu renascer. Sua pele voltou a ser viçosa e seus cabelos loiros agora brilham ao sol. O rosado retornou ao seu rosto, e ela voltou a ser sua própria guia. Contavam-me que, quando solteira, minha mãe era uma das moças mais espirituosas do vilarejo. Forte e esperta, mas seu brilho se apagou aos poucos nas mãos dele. Quando eu nasci, já não havia traços de convicção nela. Destarte, assim que a vi tomando-me o braço, conheci uma outra mãe, e esse gesto me deixou totalmente à sua mercê. Aprendi uma importante lição: do mesmo modo como os agressores de minhas irmãs me subestimaram e por isso perderam a vida, eu também subestimara minha mãe. A aparência frágil engana aos olhos, mas não podemos deixá-la enganar nossa alma. Fico feliz que tenha sido com ela, minha mãe, alguém querido, que aprendi essa lição, e não como os dois irmãos grosseiros, que não tiveram tal oportunidade até que fosse tarde demais...

De fato, tive de concordar com minha mãe com relação ao padre. Ele é uma pessoa agradável, de voz firme, mas bondosa. Acostumado às pessoas grosseiras e brutas que conheci em minha vida, causou-me espanto que um homem pudesse trazer ao meu espírito a mesma paz que me trazia a voz feminina de minha irmã mais velha.

Tivemos uma longa conversa. O padre me falou de Deus, de Cristo e da Santa Virgem, daquela que apareceu em meu sonho. Impressionei-me como uma pessoa tão jovem poderia ser padre e ter tanto conhecimento. Aquele padre não deve ter mais de 30 anos. Era muita informação de uma só vez, e ele me convidou a retornar à casa de Deus para que ele pudesse me contar melhor a história de Nosso Senhor. Irei, sim. Minha mãe tinha razão. Eu sempre soube que tinha um Pai no céu olhando por mim, mas aproveitarei a oportunidade de conhecer melhor e com mais profundidade sobre Nosso Senhor. Enfim, me parece que temos alguma esperança de conciliação com o mundo. Padre Jean-Pierre me fez ver que nem todas as pessoas são egoístas, ingratas e aproveitadoras. Eu tinha me esquecido disso. Como pude? Ainda me lembro de quando era criança. Aquelas horas que passei ouvindo o padre me fizeram voltar a ser criança. Nem me importei com a presença de minha mãe e deixei que as lágrimas me lavassem o rosto.

Ainda hoje de manhã, pensei que seria um tormento abrir meu coração para alguém de fora da família, que eu não conseguiria contar ao padre tudo o que aconteceu, o fardo das mortes que causei. Nem precisei falar nada. As palavras do padre entraram em meu coração e, sem que eu precisasse dizer qualquer coisa, meu coração se abriu.

Talvez seja boa idéia levar Marie e Marguerite para conversarem com o padre também.

13 de dezembro do ano de Nosso Senhor de 1124

Hoje padre Jean-Pierre me fez uma pergunta difícil. Perguntou-me sobre o meu futuro. Sobre minha missão de vida. Sobre minhas aspirações. Eu nunca pensei sobre isso. Nunca. O presente sempre foi tão pesado e eu mal posso lidar com ele, como poderia saber o que fazer de meu futuro?

Ele me deixou com a interrogação cravada na mente e me passou como tarefa pensar sobre o que farei de minha vida. Ora. Pensei que seria continuar cuidando de minha mãe e irmãs. Será que o padre vê para mim um outro tipo de futuro que desconheço?

25 de dezembro do ano de Nosso Senhor de 1124

Natal. Dia de celebração do nascimento de Nosso Senhor Jesus Cristo.

Desde aquele primeiro encontro com padre Jean-Pierre, tenho freqüentado a paróquia todos os dias. Diante do altar com a figura de Cristo, ponho-me a serviço de Deus, confesso-Lhe minhas culpas e amorteço o que vai em minha alma.

Mas não hoje. Hoje é Natal.

Foi celebrada uma bonita missa e ali, diante do altar, minhas irmãs, minha mãe e eu nos sentimos mais unidos, mais fortes e mais esperançosos com as palavras de padre Jean-Pierre.

Notei, num dado momento, que o padre tinha as feições sérias e conversava insistentemente com minha mãe, mas não pude ouvir o que falavam. Quando perguntei a respeito do conteúdo da conversa, não me informaram.

3 de janeiro do ano de Nosso Senhor de 1125

Padre Jean-Pierre levou minha mãe e irmãs numa excursão da qual não participei. Apresentou-as todas ao monastério de Saint Pierre. Espero que elas possam encontrar a paz de Nosso Senhor nesse monastério. Tenho confiança na sabedoria do padre.

18 de janeiro do ano de Nosso Senhor de 1125

Hoje travei conversa interessante com padre Jean-Pierre, que me fez ver a minha pequenez diante do mundo. Sou tão ignorante!

Tudo começou pela manhã. Enquanto ajudava minha mãe a cuidar das roupas, fui acometido pela curiosidade ao ouvir a voz do povo, distante ainda, movimentando-se de forma estranha. Pedi licença a minha mãe e corri para ver o que acontecia. Ao chegar à rua principal de Nancy, acompanhei a multidão que ali se aglomerava para ver a passagem de cavaleiros vindos da Bretanha. Suas armaduras reluziam ao sol e pude ver os olhares de todos, assim como o meu próprio, atraídos pelas cores, luzes e formas de seus aparatos, como insetos que voam cegamente em direção ao fogo. Os formosos cavalos marchavam ao sol e seus cascos batiam no chão de terra, levantando poeira, tornando o cenário ainda mais onírico. Como são belas as armaduras dos cavaleiros! Suas espadas embainhadas, seus mantos, os estandartes ao vento! Tudo aquilo me fascinava. Eu nunca tinha visto um cavaleiro tão de perto! A bela espada que o homem tinha tomado de um cavaleiro era o único espécime desse mundo misterioso e desconhecido que desfilava agora diante de meus olhos...

Acompanhei os cavaleiros até que se distanciassem e corri para me aconselhar com padre Jean-Pierre, que sabia tanto sobre o mundo, empolgado com minha nova descoberta: a de que eu queria ser um cavaleiro. Eu finalmente poderia responder à sua pergunta. O padre por certo me ajudaria, apontando o que eu deveria fazer para me tornar um deles. Porém, não foram braços afetuosos ou congratulações que recebi. E, sim, uma ríspida lição.

Corri como o vento e meu sorriso se desfez tão logo mencionei minhas intenções para o futuro. Padre Jean-Pierre olhou-me com seriedade, respirou fundo e, como se já soubesse a resposta, perguntou-me:

— Filho, por que decidiu ser cavaleiro?

Eu então lhe contei o que tinha visto, todo o esplendor do contingente que cavalgou pelas ruas de Nancy, seus trajes, seus cavalos...

Sem nenhuma pressa, o padre esperou com paciência que toda a minha euforia se esvaísse na narrativa. Então me fez a pergunta que despedaçou minhas esperanças:

— Então estudou a respeito das regras da Ordem de Cavalaria? Sabe o que significa ser um cavaleiro?

Baixei os olhos e fiz que não com a cabeça.

— Como pode aspirar à Cavalaria se não tem sapiência da Ordem dos cavaleiros? Nenhum cavaleiro pode manter a Ordem que não conhece, nem pode amar sua Ordem, nem o que pertence a sua Ordem, nem conhecer as faltas que são contra sua Ordem.

Fui para casa frustrado. Frustrado por ter achado que vislumbrei meu futuro e que aquilo não passara de ilusão, e mais frustrado ainda por saber que padre Jean-Pierre tem razão.

A Cavalaria não é para alguém como eu. Quem sou eu para querer ser cavaleiro?

20 de janeiro do ano de Nosso Senhor de 1125

Padre Jean-Pierre retomou nossa conversa sobre a Cavalaria. Acho que o interpretei mal. A lição que ele tentava me ensinar não era a de que eu não servia para ser cavaleiro. Mas, sim, uma mais sutil.

O que ele não queria era que eu tomasse minha decisão como muitos jovens: baseado somente na aparência das coisas.

Todo o aparato do cavaleiro, sua montaria, seus mantos e suas armas... Tudo aquilo chama muito a atenção dos jovens que almejam ser algo mais do que plantadores de trigo. E o padre me ajudou a ver a Cavalaria com outros olhos. Não com os olhos que são atraídos pelo brilho do metal. Não com olhos como os do *homem* e de seus irmãos.

Disse-me que, sim, eu poderia ser um cavaleiro. Mas não pela futilidade de ostentar metais e estandartes dourados. Disse-me o padre que o verdadeiro cavaleiro é escolhido por Deus e que rei algum é capaz de emprestar nobreza de caráter a um homem. E é dessa nobreza que se faz o cavaleiro.

O padre então me contou sobre os cruzados, cavaleiros que guerreiam em nome de Deus Nosso Senhor. E sobre as diferentes ordens monásticas que os acompanham nas terras por onde Jesus Cristo andou. Eu nunca havia saído de Nancy e as palavras de padre Jean-Pierre entravam pelos meus ouvidos, mostrando-me um mundo completamente novo e alheio a tudo o que eu conhecia. Eu poderia ouvi-lo durante o dia todo se assim lhe aprouvesse, mas não tinha o direito de tirá-lo de seus afazeres. Além disso, ouvi dizer que o bispo planeja visitar nossa paróquia em poucos dias. Mal posso esperar para conhecê-lo. Esses homens santos que caminham sobre a terra são a esperança que levo em meu coração.

24 de janeiro do ano de Nosso Senhor de 1125

Hoje o bispo chegou a Nancy, acompanhado por alguns homens. Havia grande expectativa nos olhares dos aldeões que se aglomeravam na paróquia. A pequena capela estava lotada pela manhã. Minha mãe e irmãs também estavam lá, aguardando a missa que seria celebrada, dessa vez não por padre Jean-Pierre, mas pelo próprio bispo.

Para a decepção de todos os presentes, o bispo não compareceu. Padre Jean-Pierre anunciou que o homem não se sentia bem e ficara recolhido. Mas o bom padre presenteou-nos a todos com uma bela missa. Com sua voz serena de sempre, ele nos dirigiu a palavra de Deus com a espontaneidade usual, olhando para cada um de nós. Não me recordo de suas palavras exatas, mas tento reproduzir por escrito o sentimento daquilo que ouvi:

> Meditando sobre a Palavra do Evangelho de hoje, podemos perceber a doçura de Deus e Sua paciência conosco.
>
> A paciência que não conhece limites e Seu amor incondicional pelos homens. Um Deus paciente e amoroso.
>
> Paciente, porque espera o menor gesto de boa vontade do homem para que Ele, Deus, O Todo-Poderoso, possa gozar um pouco de nosso amor por Ele.
>
> Esse Deus, com o poder total sobre céu e terra, mendiga um pouco do nosso amor. Nós, homens, sempre ocupados em nossas lavouras, nossas guerras, nossas famílias, quando damos um pouquinho de atenção e dispomos um mínimo de tempo para Ele, Deus e Senhor do universo, temos a gratidão paga em bênçãos imediatas, temos a maravilha de conter algo em nossos corações de uma delícia inexplicável, temos a graça para poder amar mais, temos alegria porque somos retribuídos com amor não de homem ou mulher, mas o amor incondicional de Deus... E temos paz.

Quantos presentes Esse Deus louco de amor nos dá por tão pouco de nossa atenção e nosso tempo. Estamos sempre tão ocupados e Ele, Deus, tão disponível...

Nós, uma raça de ingratos, temos diante de nós Nosso Deus sempre pronto a nos amar, a perdoar e cumular-nos de bênçãos.

Pensem, quando retornarem para suas casas, o quanto Deus nos ama, o quanto Ele, Deus, espera por nosso amor e o quanto nós O deixamos de lado por coisas e preocupações banais. O mundo ainda há de conhecer Seu Senhor. E nós, homens, conheceremos e, principalmente, reconheceremos o Seu amor.

Como pode existir um Deus que nos ame tanto assim? Errados como somos, pecadores que somos. Sou um pecador. E, ainda assim, Deus me ama. Só pode me amar, por colocar em meu caminho um homem santo como padre Jean-Pierre, que tanto ajuda a mim e a minha família, trazendo luz onde eram trevas e esperança onde era desespero.

No vilarejo se fala da ausência do bispo, e só conseguem ver o que lhes falta. Foi egoísmo meu achar que eu era o único desesperado. Talvez muitas pessoas o sejam, pois só vêem o que lhes falta. Ninguém viu aquele que estava presente. Mais do que a presença de padre Jean-Pierre — essa cotidiana que poucos notam — ninguém viu que a missa não trata do bispo, mas da presença de Deus... A despeito da autoridade de quem conduz Sua palavra.

3. Encontro com os Mestres

31 de janeiro do ano de Nosso Senhor de 1125

Já contam alguns dias que o bispo está conosco e ninguém ainda o viu. A prometida missa que acabou sendo celebrada por padre Jean-Pierre há uma semana é diariamente adiada. Entendo que a jornada deve ser cansativa para o bispo e que ele deveria tirar alguns dias para descansar. Mas estou ansioso para ouvi-lo falar.

As pessoas de Nancy parecem ter esquecido a presença do bispo, e os sons e movimentos cotidianos voltaram a seu ritmo natural. Como eles, também eu retomei meus hábitos e fui conversar com o padre. Mas nossa conversa hoje me pareceu desconfortável. O padre falava em voz muito mais baixa que o usual e parecia muito abatido. Achei que talvez tivesse adoecido e deixei-o para que repousasse.

Ao chegar a casa, minha mãe me disse que minhas irmãs estavam no monastério de Saint Pierre, e que haviam sido aceitas como noviças. Seu olhar era de alívio e paz, o que me confortou. Minha única preocupação se fez presente quando lhe perguntei:

— Não voltaremos a vê-las, então?

Minha mãe me olhou com ternura e com orgulho por eu ter me tornado um jovem preocupado e afetuoso. Respondeu-me, enquanto segurava minhas mãos:

— Poderemos visitá-las sempre que desejarmos, Robert. E podemos escrever-lhes sempre.

Fiquei abraçado a minha mãe. A casa me parecia tão vazia sem minhas irmãs... Mas eu estava feliz. Se a vida no monastério lhes desse a merecida paz por tantos anos de violências e aliviasse seus corações de uma culpa que nunca tiveram, eu não poderia desejar nada melhor para elas.

Não pude deixar de pensar naquele dia... Quando me armei com a velha espada do *homem* e matei. Nem padre Jean-Pierre sabe disso. Talvez, quando ele olha no fundo de meus olhos, a verdade venha à tona, mas nunca coloquei o ato que cometi em palavras. Salvo Marie, Marguerite e minha mãe, as duas mortes que causei são alheias ao mundo. E, como aqueles dois homens não tinham entes queridos, ninguém as reclamou. Esse fardo é somente meu e de minha família. Às vezes penso que ele é pesado demais para meus ombros e que dividi-lo com o padre aliviaria o peso de meu coração. Mas o medo de perder a confiança e a amizade de meu único amigo mantém as palavras presas em minha boca. E... Sei que não... Mas parece que, quando eu revelar a um homem de Deus que sou um assassino, o pecado se tornará real. O Deus Todo-Poderoso tudo sabe... Não consigo explicar. Eu sei que não adianta esconder. Eu sei que Deus sabe. Mas também não consigo me confessar para o padre. O padre Jean-Pierre. Ele que tanto me ajudou nessa jornada... Ele que considero um irmão. Se nem com ele posso dividir o fardo que carrego, que confiança é essa? E como pode Deus me amar mesmo assim? Seria o amor de Nosso Senhor tão grande? Como posso eu recuperar Seu amor, se não consigo expurgar as manchas de minha alma?

1º de fevereiro do ano de Nosso Senhor de 1125

Enfim, após longa espera, o bispo celebrou a tão esperada missa. Falou-nos sobre os vícios que se opõem às virtudes cristãs, e o meu sentimento de culpa foi inevitável. Acostumado aos sermões de padre Jean-Pierre, senti-me desconfortável com aquele homem de aspecto austero, de voz distante. Naquele momento, achei que estava sendo injusto ao julgar o bispo por sua voz, pois a comparo com a voz serena de padre Jean-Pierre, a qual me é mais familiar. Talvez o homem ainda não estivesse completamente recuperado de sua indisposição. Ou talvez não estivesse inspirado. Não sei o que foi, mas não tive boa sensação quando estava perto do bispo.

Estou certo de que não passa de minha imaginação boba. Por que temos de identificar vozes severas com tiranos? Sei que não tem fundamento o que estou dizendo. Mas não tive boa impressão do bispo.

Voltei para casa intrigado.

2 de fevereiro do ano de Nosso Senhor de 1125

Como de costume, fui conversar com padre Jean-Pierre. Contei-lhe que minhas irmãs haviam sido aceitas como noviças no monastério de Saint Pierre e agradeci-lhe a orientação que dera a minha mãe. Ele me olhou com satisfação, mas achei seu sorriso triste. Perguntei-lhe o que se passava, mas ele apenas meneou a cabeça e me disse com a serenidade usual:

— Não há de ser nada, meu filho.

Então me dei conta de que, desde a chegada do bispo, o meu amigo padre Jean-Pierre andava abatido e desanimado. Não era como antes. Ele não me parecia doente do corpo, mas sim da alma. Insisti que me contasse o que estava acontecendo. Por tantas vezes ele me ouviu e o mínimo que eu podia fazer seria ouvi-lo. Passei tanto tempo preocupado com meus próprios problemas que jamais parei para perceber que meu amigo não estava bem e que, apesar de ser padre, Jean-Pierre também é humano. Argumentei e insisti, mas ele me disse novamente:

— Não é nada, filho. Vá para casa, cuidar de sua mãe que deve estar se sentindo sozinha desde a partida de Marie e Marguerite. Posso conversar com Deus sempre que quiser e Ele me ouvirá, e acalmará meu coração.

— Irei, padre. Apenas me diga se o que o aflige está ligado à presença do bispo.

Suas palavras negaram, mas creio que identifiquei a causa do problema, pois seus olhos não puderam mentir. Ao surpreendê-lo, ele não teve tempo de colocar o sorriso santo no rosto.

— Diga-me como posso ajudá-lo e o farei, padre — insisti, mas Jean-Pierre limitou-se a sorrir e disse-me que fosse para casa.

Vou tentar ajudar aquele que sempre me ajudou. Não sei como, mas juro que o ajudarei.

5 de fevereiro do ano de Nosso Senhor de 1125

Ao ouvir notícia da partida do bispo, um sorriso se fez em meus lábios. Rezei muito para que isso acontecesse e a paz pudesse voltar ao bom homem Jean-Pierre.

Corri para ter com o padre, para ver como ele se sentia. Tinha certeza de que ele estaria com seu velho sorriso de volta ao rosto, mas foi com lágrimas nos olhos que Jean-Pierre me recebeu hoje. Anunciou sua partida de Nancy, pois o bispo o expulsara da paróquia. Fiquei confuso e sem entender o que se passara. Senti-me tão incapaz! Implorei que não partisse. Quem ficaria em seu lugar? Quem auxiliaria a comunidade? Quem, senão ele, teria tanta dedicação ao povo de Nancy? Ele que me salvara. A mim e a minha família. Implorei que ficasse. Abracei-o e joguei-me aos seus pés, mas Jean-Pierre sorriu aquele seu sorriso triste, com os olhos molhados, e calmamente me disse:

— Levante-se, filho. Não se sinta mal. Não havia nada que pudesse ser feito.

Inconformado, chorei. Chorei como se tivesse perdido o pai que nunca tive. Chorei por ver o padre em que tanto confiei partindo. Como não me convencesse a aceitar sua partida, ele disse:

— A decisão não cabe a mim, Robert.

Chorei mais. Mas, sem perceber, eu agora chorava não pela partida do padre, mas pela minha própria.

— Para onde irá, padre?

— Para a Alemanha, para o eremitério de Jutta de Sponheim. Ela poderá me aconselhar na escolha de meus caminhos futuros.

— Quando partirá?

— Amanhã pela manhã.

O sol já caía e o padre então me abençoou. Andei para casa, ainda com lágrimas nos olhos. Despedia-me em silêncio de cada paisagem familiar, que eu deixaria para trás, para possivelmente nunca mais voltar a ver.

Quando cheguei, minha mãe leu em meus olhos minha decisão. Abraçou-me com força e, para a minha surpresa, encorajou-me a partir:

— Não há mais nada para você em Nancy, Robert. Vá para o mundo com Jean-Pierre. Eu estou ficando velha e fraca, e suas irmãs estão seguras em Saint Pierre. Irei para lá e ficarei com elas. Eu sabia que este dia chegaria cedo ou tarde, pois toda mãe cria seu filho para o mundo, e não para si. Não sei que caminhos percorrerá, meu filho. Mas estou certa de que tomará as decisões que julgar corretas e que Deus iluminará sua jornada. Estou orgulhosa do homem que se tornou.

Abracei-a e chorei como um menino. Essa seria a última vez que eu choraria em seu colo como um menino.

6 de fevereiro do ano de Nosso Senhor de 1125

O sol ainda não havia despontado no horizonte quando saí de meu leito, abracei minha mãe uma última vez e me pus a caminho para despertar padre Jean-Pierre.

Com poucos pertences, deixei a casa onde passei toda a minha vida. Memórias fugidias me assombraram, mas por apenas um instante. Carrego meu passado comigo, ele faz parte de quem eu sou e pesa mais do que os parcos objetos que levo em minha jornada.

Creio que o importante é conseguir dosar nossa história particular de modo equilibrado. Traz-me conforto saber que minhas irmãs e minha mãe estarão no monastério de Saint Pierre e terão a possibilidade de, em vez de fechar os olhos para a dor do passado, conviver com ela e agradecer a Deus por terem se tornado quem são.

Somos quem somos por causa do que vivemos, e não importa como o passado foi difícil: ele faz parte de nós. Espero que especialmente Marguerite possa compreender e aceitar isso para encontrar a paz espiritual de que necessita.

O padre ficou bastante surpreso quando me viu. Ainda sonolento, achou que eu tinha ido me despedir dele, mas quando viu em meus olhos a certeza do passo que estava dando, abraçou-me e expressou sua felicidade em ter companhia na jornada. Rezamos uma prece antes de partirmos.

Mas hoje dei um passo importante.

Um passo maior do que quando fechei a porta atrás de mim.

Um passo maior do que quando pisei na estrada.

Caminhávamos sem pressa quando vi em nosso trajeto um mendigo. O homem estava sentado, pedindo dinheiro aos que por ali passavam, em um ponto da estrada ainda próximo a Nancy. Suas roupas estavam em farrapos, seus cabelos e barba, crescidos e malcuidados. A pele dele tinha uma coloração estranha, amarelada, e sua barriga parecia inchada demais em relação ao corpo. O homem tremia. Tinha ao seu lado o que me pareceu ser uma espada enrolada em trapos. Então notei que lhe faltava a perna direita. "Pobre coitado", pensei, "provavelmente foi um guerreiro e não pode mais lutar por causa da perna." Busquei um pedaço de pão, assado recentemente, que eu carregava para a viagem. Mas, quando me aproximei dele, senti um calafrio percorrer-me a espinha. Era ele. O *homem*. Aquele que me gerou.

Enquanto eu me recuperava da súbita surpresa, o homem, abrutalhado como sempre, gritou com rispidez:

— O que está olhando, idiota?

Não me reconheceu de imediato. Em minha cabeça eu já havia imaginado esse reencontro um sem-número de vezes. Ora ele vinha me enfrentar como um guerreiro, e um de nós morreria no duelo. Ora ele voltava arrependido e pedia perdão a mim, minha mãe e irmãs... Eu não sabia como reagir. Ele me fitou por um momento e então, boquiaberto, com as gengivas sangrando, gritou:

— Você! Traidor maldito!

Quando minha imaginação retratava esse encontro, eu logo sacava minha espada e enfrentava o *homem*. Ele pegou sua espada. Reconheci o cabo dourado. Franzi o cenho. Ele fez menção de se levantar, mas seus braços tremiam muito.

Eu então lhe disse, para minha própria surpresa:

— Estou saindo de Nancy. A casa é sua. Não encontrará ninguém ali e poderá nela viver seus últimos dias como bem entender. Estou indo para o mosteiro, para seguir minha vocação e levar vida monástica. Sua linhagem de sangue acaba comigo.

Ele empunhou a espada de cabo dourado, que tremia junto com seus braços agora fracos, e tentou, com um movimento débil, brandi-la no ar. Mas, em vez de desembainhar minha espada e responder à sua provocação, peguei o pedaço de pão e estendi-lhe a mão, oferecendo-o. O *homem* grunhiu, tomou o pão de minha mão e jogou-o ao chão, chamando-me de traidor. Aquilo me causou tanto estranhamento, digo até repugnância, que me fez perceber a natureza dos sentimentos e emoções que atormentavam a vida daquele homem. A natureza destes sentimentos e emoções e a conseqüência deles na alma e no corpo de meu pai. Como o pecado havia arrasado seu corpo e alma... Entendi que isso não era mais assunto meu. Apesar de toda a dor, de todo o tormento causado a minha mãe e minhas irmãs, a debilidade de meu pai e suas conseqüências estavam agora nas mãos de Deus. A ira que ele sentia não me contaminava mais. Percebi que todas as emoções ruins pertencem às pessoas que as carregam.

— Que Deus o abençoe — disse-lhe eu, despedindo-me e deixando-o na companhia de seu ódio.

Vi nos olhos de padre Jean-Pierre que minha atitude tinha sido acertada.

Retomamos nosso caminho na estrada e eu não olhei para trás.

15 de março do ano de Nosso Senhor de 1125

Nossa jornada até aqui foi bastante tranqüila e pacífica, apesar do frio por que passamos em muitas noites. O pior do inverno parece já ter passado, mas ainda está muito frio para se dormir ao relento, aquecido apenas por um fogo brando ou nem isso. Naquele inverno, pude perceber, como nunca antes o fizera, a beleza cor de prata das macieiras e seus frutos surgindo como jóias. Sentia-me livre, apesar de todo o passado difícil de minha vida.

O padre Jean-Pierre, já familiarizado com a região, foi ótima companhia para mim. Ele me mostrava os lugares, as plantas e os animais, enquanto meus olhos brilhavam fascinados com tanta beleza e com a grandeza do mundo.

Eu nunca havia saído de Nancy, e a sensação que me acompanhou o tempo todo foi de pequenez diante dessa magnífica criação de Deus que é o mundo. Como pode o homem ser tão ignorante? Somente alguém que não consegue ver sua própria pequenez diante do Senhor pode ser tão arrogante a ponto de se ver como o centro dos acontecimentos. Homens que não são capazes de enxergar além de seu próprio horizonte acabam tornando-se vítimas de todos os tipos de vício, sem sequer se darem conta disso.

Lembrei-me de uma conversa que tivera com o padre tempos atrás, sobre os cruzados. Por grande parte do caminho insisti que ele me contasse mais sobre esses nobres cavaleiros que guerreiam em nome de Deus. Conforme padre Jean-Pierre ia falando, mais vontade eu tinha de ser consagrado cavaleiro para lutar nas Cruzadas! E acho que o mesmo ia em sua mente. De qualquer modo, sei que ele está decidido a conversar com a monja antes de tomar alguma decisão. E fico grato por estar ao seu lado.

Já estamos em território alemão, seguindo o curso do rio Reno e, amanhã, a meio do dia, segundo me informou padre Jean-Pierre, devemos alcançar o eremitério de Jutta de Sponheim.

16 de março do ano de Nosso Senhor de 1125

O local de recolhimento de Jutta de Sponheim fica em um belo campo junto ao Reno. As primeiras mostras de que o inverno já se foi o tornam ainda mais magnífico. Eu já ia me dirigindo à entrada do mosteiro quando Jean-Pierre me segurou o braço e, com um sorriso nos lábios, indicou uma pequena construção ao lado do complexo do monastério de Disibodenberg:

— Eu lhe disse que ia encontrar-me com uma monja em um eremitério, Robert. Não se iluda com o tamanho da construção. Ela não indica a grandeza do espírito de quem vai lá dentro.

Não tive escolha senão baixar os olhos e aceitar a verdade que padre Jean-Pierre me mostrava. Cabia ao padre Jean-Pierre dirigir-se antes ao monastério. Ninguém se aproximava do eremitério sem a devida permissão. Não parecia haver sentinelas, mas, como padre, ele deveria antes dirigir-se a um colega para que depois tivesse sua entrevista com a abadessa. Ele procurou o padre Wilhelm Will. Disse-me Jean-Pierre que foram grandes amigos, como irmãos, e resolveram ordenar-se padres no mesmo ano.

* * *

Fomos recebidos com grande entusiasmo e alegria pelo padre Wilhelm. Estávamos famintos, e o padre nos levou ao refeitório do mosteiro e à cozinha. Senti o cheiro de açafrão, canela e mostarda e podia ver as carnes de faisão e outras aves menores que não consegui identificar, que seriam cozidas naquelas ervas especiais. Salivei só de olhar a preparação dos alimentos, feitos com tanta alegria e fartura. O padre Wilhelm havia alertado os cozinheiros de nossa visita, e isso era, para eles, uma segunda alegria. A maravilha dos temperos! O perfume do açafrão! Cheguei a amassar um grão de mostarda e passar pelo nariz. Nunca havia sentido perfume tão exótico e imaginava-os temperando aquelas carnes. Batatas foram trazidas em profusão, e eu contava que minha fome crescesse diante do banquete que estava sendo preparado. Grande seria o banquete e grande era minha fome. Foi com delícias que fomos introduzidos no mosteiro.

Antes da refeição, fomos reunidos na capela para a Hora Sexta, a oração do meio-dia. Lá, vi as monjas entrando na capela, acompanhando a superiora Jutta, e fiquei impressionado com a beleza daquele cortejo. Superiora Jutta era uma mulher delicada, de grande estatura, e olhos de gazela. Seu manto não podia conter sua beleza. Apesar de senhora e de ter idade para ser mãe das noviças, sua altivez provocava admiração e temor nos homens.

Fiquei ansioso em conhecer a abadessa após a refeição, tendo em vista que comeríamos em lugares distintos.

Após o maravilhoso banquete, descansamos por meia hora sob a agradável brisa que, conjugada com o sol, trazia uma sensação de bem-estar e tranqüilidade.

O padre Wilhelm nos acompanhou até a porta do pequeno aposento onde se recolhiam as monjas reclusas. Algumas não estavam em período de reclusão total, por fazerem parte do grupo que cuidava do hospital e atendia os doentes.

O padre Wilhelm já havia anunciado a superiora Jutta da vinda do padre Jean-Pierre, e ela nos esperava com grande ansiedade.

Foi no pequeno jardim, na porta do convento, que superiora Jutta nos recebeu. Veio acompanhada de Richardis von Stade, uma de suas jovens noviças, filha de Margavina von Stade. A dupla era impressionante. Se uma tropa de cavaleiros impressionava um passante, as duas monjas tinham o mesmo grau de altivez. Richardis, a jovem, era de uma beleza sobrenatural. Com cabelos da cor do ouro e olhos azuis, claros como o céu, Richardis ainda transmitia em sua postura uma confiança que a colocava no mesmo nível da abadessa.

Fiquei, obviamente, encantado com a moça.

Tão logo Jutta avistou padre Jean-Pierre, percebi que meu amigo tinha muitas palavras a derramar. A amizade deles era luminosa. Os sorrisos da superiora Jutta continham uma alegria pura. Ia deixá-los, para que se sentisse mais confortável e sua alma pudesse falar à vontade com sua grande amiga, mas ele me impediu:

— Fique, Robert. Você não é meu serviçal, mas sim um homem livre. Não quero que me siga às cegas pelo mundo. Deve saber para onde estamos indo. Fique.

Jean-Pierre então lhe contou que saíra da paróquia de Nancy devido a pressões do bispo da região. Olhei para a monja e vi compreensão em seu semblante. Como ela permanecia em silêncio, o padre prosseguiu, contando-lhe cada censura que o bispo lhe havia feito. Eu prestava atenção a suas palavras e tudo aquilo era uma surpresa para mim, pois até então via todos os homens da Igreja como cúmplices, além da justiça, isto é, acreditava não haver discordância entre eles.

O padre contou à monja de sua expulsão da paróquia, e olhou para mim enquanto o dizia. Surpreendia-me com os detalhes sórdidos que até então me eram desconhecidos, ou que eu me negava a enxergar.

— Viemos então em busca de conselho — prosseguiu Jean-Pierre, após um longo suspiro. — Meu coração me envia para as Cruzadas para que eu, como cavaleiro, defenda as terras cristãs no Oriente em nome de Deus. Robert de la Croix me acompanharia nessa jornada. Gostaríamos de saber se estamos no caminho certo.

Jutta nos olhou com serenidade e, como se olhasse dentro de nossos corações, declarou:

— Se vossos corações se inclinam à Cavalaria tanto quanto ao serviço de Deus, não vos aconselho a Cruzada.

Senti um calafrio percorrer-me o corpo, como se, de súbito, a esperança de ser cavaleiro se esvaísse pelos meus dedos, e só me restasse a peregrinação pelo mundo, sem lar, sem rumo. A monja prosseguiu:

— Ser um cruzado não é servir a Deus, mas antes ao estandarte de um monarca. A Cruzada deveria ser um empreendimento santo, de justiça, conversão e libertação. Ao contrário, as notícias que ouço e a inveja que os cruzados têm de Bizâncio são uma afronta e uma contradição ao nome do empreendimento. As motivações dos soberanos do Ocidente são muitas vezes declaradas como sendo a serviço de Nosso Senhor, mas o discernimento do que é humano e do que é divino pode se fazer tarde demais.

O padre Jean-Pierre baixou os olhos, aceitando o que Jutta acabara de nos dizer. Eu, que permanecera em silêncio até então, falei pela primeira vez:

— Por favor, perdoe-me a ousadia de dirigir-lhe a palavra — e vi quando Jean-Pierre me sorriu perante esse ato meu. Continuei: — Então... Não existem cavaleiros a serviço do Senhor? Quero depositar minha espada a Seu serviço e não marchar sob a bandeira de um tirano.

Jutta de Sponheim então mencionou que há pouco tempo havia surgido, na Terra Santa, duas ordens monásticas. Que não as confundíssemos com agrupamentos de cruzados. As ordens eram a dos Cavaleiros Templários e a dos Cavaleiros Hospitalários. Explicou a monja que ambas seguiam a regra de são Bento, porém mantinham caráter militar e seguiam o ideal da Ordem da Cavalaria. Suas obrigações eram claras no campo militar: proteger os peregrinos, as rotas para a Cidade Santa, proteger os inocentes, os pobres e as viúvas e, acima de tudo, o Templo de Jerusalém e a Igreja de Cristo. Eram Ordens de direito pontifício e estavam assim subjugadas somente a Sua Santidade, o papa.

As dissertações da superiora Jutta sobre as tais Ordens de Cavalaria nos deixaram, a mim e ao padre Jean-Pierre, em estado de ansiedade, tal qual o de uma criança.

Decididos a seguir para Jerusalém em busca de uma das ordens monásticas indicadas pela superiora Jutta, padre Jean-Pierre e eu lhe agradecemos profundamente pelo conselho e por ter nos alertado a respeito das Cruzadas.

Com o passar das horas, sem perder de vista as regras que regiam aquelas mulheres em Disibodenberg, dirigimo-nos à capela para a oração da Hora Nona.

Padre Wilhelm nos convidou para passarmos alguns dias no mosteiro a fim de aquietar nossas almas das dificuldades por que havíamos passado. Agradecemos como irmãos a bondade e a caridade do padre Wilhelm, e Jean-Pierre não poupou a expressão de sua gratidão à superiora Jutta.

23 de março do ano de Nosso Senhor de 1125

De todos os conselhos que havíamos recebido da abadessa, o que mais me impressionou foi a maneira como ela nos exortou a amar nossos inimigos. Disse que, quando alguém nos trouxesse grande contrariedade, que o olhássemos como o pobre coitado que era, desprovido da caridade e da justiça. Desprovido também da razão para arquivar em seu espírito o teor das virtudes cristãs, além de considerarmos que este pobre coitado poderia não ter tido a chance de conhecer a Graça de Deus através dos sacramentos.

Tínhamos a intenção de partir para Jerusalém, mas um convite de padre Wilhelm para passarmos um último dia em Disibodenberg nos impediu de iniciar a jornada. O mosteiro se preparava para receber o bispo Henry de Mainz e seria desrespeitoso partir enquanto o nobre estivesse presente. Seriam poucos dias a mais e teríamos a graça de conhecer o bispo e obter sua bênção antes de nossa partida.

O bispo chegará ainda pela manhã e, no dia seguinte, haverá um grande banquete após as Vésperas em homenagem à visita do bispo. Contaremos também com a gloriosa presença de Margavina von Stade.

30 de março do ano de Nosso Senhor de 1125

O bispo entrou em grande pompa na abadia, todo paramentado, acompanhado por uma tropa de elite de soldados, e percebi que se tratava de um príncipe. Vinha montado em um cavalo *percheron*, todo branco, com crina e cauda douradas. O porte agigantado do bispo escondia o tamanho descomunal do cavalo que montava. Quando se aproximou, pude ver a capa púrpura debruada de dourado e suas vestes, que combinavam mais com as cortes da realeza francesa do que com o mosteiro. Em volta de seu pescoço, como a coroar o manto de um príncipe, ele possuía uma pele de zibelina, que não lhe dava caráter afeminado, mas o tornava ainda mais assustador. Pensei estar vendo um rei bárbaro.

A segunda visita impressionante do dia foi a de Margavina. Linda como sua filha Richardis, jovem como ela, com sua pele cor de pérola e olhos azul-céu, exalava beleza, cujo único contraste com a filha era a ausência do hábito de monja e a presença de um vestido vermelho, todo decorado com pedras e fitas douradas. Seu cabelo, da cor do ouro, pendia por sobre os acabamentos do vestido. Assim que desceu da carruagem, foi recebida pelo abade, pois Margavina era grande benfeitora do monastério. O olhar agradecido e subalterno do abade demonstrava o tamanho dessas benfeitorias. Olhar muito diferente foi dirigido a ela por lorde Henry de Mainz. Este a olhou com os olhos azuis em brasa, e seu apetite pela mulher lembrou o terrível olhar de meus falecidos tios. Margavina lhe devolvia, despudoradamente, o olhar sensual. Ali estavam dois potros selvagens vestidos de glória.

O dia do grande banquete chegou e, com ele, a proximidade de nossa partida. Lorde Henry abriu a solenidade do banquete, seguido pelas mesuras e palavras açucaradas de Margavina. A abadessa demonstrava certo desprezo por toda aquela pompa e circunstância. Participava da solenidade em respeito ao bispo. Simpatizei com a atitude da superiora Jutta, vendo a arrogância do bispo e a superioridade de Margavina.

O lado suave dessa tensa ceia foi a qualidade dos alimentos, seus perfumes, e o encanto da jovem Richardis. Posso dizer com toda a humildade que lady Richardis me devolveu a simpatia que senti por ela. Não houve nenhuma espécie de censura da superiora Jutta quanto a nossas conversações durante o banquete, tendo em vista que a jovem monja era educada em auto-suficiência quanto a suas atitudes, e encorajada pela mãe quanto à evaporação de seus encantos. Percebendo isso, como um lobo percebe e escolhe suas presas, lorde Henry pôs-se a me desmoralizar perante as moças e enaltecer seus dotes masculinos. Não entrarei em detalhes quanto à baixeza do bispo, mas o que posso lembrar é que, por algum motivo, por alguma via, ele conseguiu arrancar de mim a confissão de meu desejo de me tornar cavaleiro. Seu objetivo foi alcançado e ele se prontificou a conceder-me um treinamento de combate pessoal na manhã seguinte. Prometeu-me que, após esse treino, em que teria o bispo como mestre, eu saberia o caminho e as necessidades de um verdadeiro cavaleiro.

Após o banquete, despedimo-nos da superiora Jutta, e meus olhares foram todos para Richardis. Foram olhares que prometiam coisas secretas, em dias secretos, em um futuro secreto. O enamoramento de almas me pareceu mais verdadeiro do que qualquer encanto físico.

O dia seguinte chegou e postei-me diante do bispo. Ele insistiu em me aparar como cavaleiro e a usar um longo escudo. Seus soldados estavam ao nosso redor e exibiam sorrisos nada confortadores. Lorde Henry usava um hábito vermelho com uma cruz branca. Parecia um cruzado. Sua cintura estava cingida por um cinturão dourado, cravejado de pedras preciosas, que seguravam uma longa e magnífica espada.

Seus soldados me entregaram uma espada menor que a do bispo, porém muito maior que a minha e muito mais pesada. Pensei que aquele treinamento poderia transformar-se em um pesadelo. E foi o que aconteceu.

Seus longos golpes faziam girar o vento sobre minha cabeça. Quando batiam contra meu escudo, eram coices de um cavalo. Eu voei por vezes contra a muralha de soldados. E cada choque contra esse muro sonoro e escarnecedor me trazia vergonha. Vi e tive de enfrentar a imagem que fiz de mim mesmo naquele dia: a de um menino com pretensões maiores do que poderia alcançar. Choque atrás de choque, meu escudo foi deformado em incontáveis formatos. Meu corpo estava moído com os tombos e os golpes. Minhas pernas tremiam, mas meu orgulho obrigava-me a me colocar em pé para receber novos e titânicos golpes. Meu braço não podia mais agüentar nenhuma defesa e minha alma estava destruída com a risada dos soldados. O bispo jogou sua espada de lado e passou a golpear-me com os braços, dizendo que se eu fosse um cavaleiro, ou pretendesse sê-lo, teria de agüentar duros golpes durante longas e intermináveis horas. Apanhei tanto que me pus doente. Perdendo os sentidos, fui acordar no hospital do monastério. E foi lá que tive a mais extraordinária de minhas experiências. Uma monja chamada Hildegard von Bingen tratou-me de forma caridosa e amorosa, como nunca antes me tinha acontecido.

Ela tocou em meu braço, o que me fez acordar, mesmo ainda tonto. Nesse momento, entrou em uma espécie de transe e começou a descrever com olhos fechados todos os momentos que marcaram a minha vida. Toda a minha desgraça. E, quando ela atingia os pontos mais agudos de minha tristeza, seus olhos se enchiam de lágrimas e estas caíam sobre mim. E, quando isso ocorria, eu parecia melhorar, isto é, minhas dores amenizavam.

Ela tinha a mão suave como a de um pássaro e seu rosto era luminoso e triste. Uma tristeza mística, misturada à tristeza do Céu diante da miséria dos homens. É difícil para mim descrever todas as sensações que envolveram meu período de cura no hospital da abadia de Disibodenberg. Nas mãos daquela monja, pude experimentar o sobrenatural, o poder e o mistério de um ser completamente ligado a Deus. Sua vida era a mais doce e dedicada caridade. Cuidava de todos os doentes e curava a todos. Não tinha distinção entre sujo e limpo, entre leproso e são, entre nobre e plebeu. Curava a todos. E esta era sua vida. A dedicação à vida.

Tão logo me recuperei, padre Jean-Pierre e eu partimos para a Terra Santa.

Segunda Parte

(1125-33)

1. O Templo

28 de maio do ano de Nosso Senhor de 1125

Nossa jornada é longa, mas sei que o Senhor nos acompanha. No porto de Gênova, padre Jean-Pierre e eu nos juntamos a um contingente de peregrinos que segue até a Terra Santa. Homens de todas as idades, mulheres e crianças estão no grupo. O estado de penúria de muitos deles faz meu coração querer partir-se em dois. Sei que enterraremos muitos mortos antes de pisarmos em Jerusalém.

4 de agosto do ano de Nosso Senhor de 1125

Assim que chegamos a Jerusalém, candidatamo-nos a ingressar na Ordem dos Templários. Fomos aceitos como noviços, e começo minha nova vida dentro da Ordem. Somos iguais agora, perante a hierarquia mundana, mas Jean-Pierre sempre me será uma espécie de mestre. Como posso tratá-lo como igual? Não sei o que teria sido de minha vida sem a orientação de Jean-Pierre. Quanto a isso lhe serei eternamente grato.

15 de janeiro do ano de Nosso Senhor de 1127

Já se passaram quase dois anos desde que saí de casa. Escrevi a minha mãe e irmãs e causou-me grande conforto saber que elas estão em paz no monastério de Saint Pierre. Elas enviam seus agradecimentos a padre Jean-Pierre, mas, quanto a mim, não há palavras que possam expressar minha gratidão a esse irmão, por tudo o que fez por mim e minha família, por sua orientação.

Estou em paz aqui. Adaptei-me sem problemas ao cotidiano e às regras da Ordem e tenho esperanças de ser aceito como cavaleiro. Creio que estou no caminho certo para me tornar um monge da Ordem e poder ostentar a cruz vermelha em meu peito.

Aqui seguimos a regra beneditina. Não a considero tão rígida como a imaginava antes de me candidatar e não tive dificuldade alguma em adaptar-me a ela. Assim como era em minha casa, aqui os irmãos olham um pelo outro.

Nas refeições, dois de nós dividimos o mesmo prato, para que um olhe pela necessidade do outro. Se me falta algo, não sou eu quem deve requisitar aos superiores, mas sim meu irmão. Aqui não se pede nada para si, só para os irmãos. Acho que, para o homem comum e mundano, talvez esta seja a etapa mais difícil de nosso treinamento na Ordem.

No mundo lá fora, somos ensinados a sobreviver a qualquer custo e pouco nos importamos com a necessidade do próximo antes de olharmos para as nossas próprias. Vivemos em um universo tão egoísta que, mesmo sem querer, desaprendemos a amar e a confiar uns nos outros.

Sinto-me em paz aqui. Mas lamento que no mundo fora da Ordem as coisas sejam diferentes.

Mais do que o aprendizado do cavaleiro, aqui aprendo a ser um homem de Deus. Caso eu não seja aceito como monge da Ordem, serei eternamente grato aos meus superiores, que me têm proporcionado esse período tão importante em minha vida.

26 de abril do ano de Nosso Senhor de 1130

Estou em meu terceiro ano de noviciado. Meus irmãos de Ordem são pessoas ótimas e sinto que encontrei um lugar de paz, mesmo em um mundo de guerra. Aos poucos vou me familiarizando com a Regra da Ordem e me esquecendo da regra egoísta do mundo.

Além de nossas orações, quando não estamos em combate, o tempo extra é preenchido com treinamento das armas e combate sobre montaria. As principais armas são a espada, a lança, a clava e o machado.

A Cavalaria é uma comunidade que vive em função da justiça e da vontade de Deus, mas é também uma busca pessoal. A espada e a bainha: o céu e a terra, a dualidade. O fio da espada é a vontade celestial que corta e se introduz na matéria inerte. Na bainha, a espada é a vontade do céu em repouso. Erguida, é a vontade em ação.

Espada e lança também significam a verdade, porque a verdade é reta como a espada, que transpassa a carne.

O punho da espada é a verdade exposta a todos, sem se inibir pela falsidade e pelo engano.

O elmo... a vergonha, a humildade.

A armadura é a couraça contra os vícios capitais.

A calça de cota de malha e a perneira de ferro seguram e protegem as pernas e os pés do cavaleiro, porque ele deve ter proteção e segurança em todos os seus caminhos.

A clava significa a força e a coragem, defende-nos dos vícios e fortalece as virtudes, os bons costumes e o caráter, por meio dos quais o cavaleiro pratica a justiça e mantém sua honra.

O escudo significa a proteção de seu ofício como guerreiro de Deus e sua justiça, pois protege o corpo físico do cavaleiro e seu serviço a Deus, seu único senhor.

O cavalo é a nobreza e a humildade: altivo como o valor do cavaleiro, humilde como o cavaleiro que serve a todos com generosidade.

O freio do cavalo significa que o cavaleiro deve refrear sua boca, não proferindo mentiras ou palavras sem valor.

As rédeas são o controle da razão, para que sua audácia não ultrapasse limites ou escape ao seu controle.

A cruz do cavaleiro deve estar fixada no seu escudo de modo a lembrar-lhe quem ele defende. Serve também para que ele seja louvado em seu ofício de cavaleiro com honra.

Enfim, estamos nos preparando para defender a justiça com diligência. Estamos ansiosos em busca da honra do cavaleiro perfeito.

E que cenário mais adequado para tal iniciação senão a Terra Santa?

Nesses anos em que servi à Ordem como noviço, pude travar amizade com outros irmãos e tive a oportunidade de conhecer suas histórias, suas motivações. Alguns trazem narrativas tristes, outros parecem estar aqui por não pertencerem a lugar algum.

Há pouco tempo travei conversa com um homem chegado de Dijon. Seu nome é Guy Cornelly e ele se juntou a nós depois de doar todas as suas terras para a Ordem, em troca da garantia de que sua esposa e filhas fossem cuidadas. Confidenciou-me outro dia a respeito da doença de sua mulher, que contraiu lepra e morrerá em breve. Pobre homem. Servir ao Senhor deve lhe trazer paz ao espírito, mas fico pensando se sua decisão foi acertada. Mas quem sou eu para julgar os motivos que trazem cada um de nós a Kerak.

Outro noviço com um passado triste é o bretão Richard de Saint Michel. Ele é provavelmente o mais velho dos candidatos à Ordem, com cinqüenta anos ou mais. Cavaleiro veterano, teve a esposa e filhos assassinados em sua própria casa enquanto estava em campanha. Um tirano usurpou as terras em que vivia, expulsando os moradores e estabelecendo-se como duque. Sem ter para onde ir, Richard procurou a Ordem para servir a Deus para o resto de sua vida, e não a nobres usurpadores.

Mas a figura que mais me intriga aqui é Yves Morin, um sujeito falante, de coração puro e bem-humorado. No entanto, não sei o que o motivou a candidatar-se. Ele foge ao estereótipo do homem que nada tem a perder. Tampouco parece ser sua vocação tornar-se monge da Ordem. Sei que não sou ninguém para julgar suas vocações, mas me é difícil deixar de questionar sua presença entre nós.

Quanto a mim, falo pouco a meu respeito. Terei perdoado aquele que, apesar de ter gerado três vidas, acabou com a paz de minha mãe? Terei perdoado aqueles malditos que violentavam minhas irmãs? E, principalmente, terei perdoado a mim mesmo?

Um assassino...

Derramei sangue. Eu queria o bem, mas derramei sangue.

Até quando terei de carregar essas duas mortes em meus ombros, meu Deus?

9 de maio do ano de Nosso Senhor de 1130

Recebi carta de minhas irmãs informando-me do falecimento de minha mãe. Disseram-me que contraiu doença e não conseguiu resistir. Não sei o que pensar. Pobre mulher... Passou quase toda sua vida sofrendo nas mãos de um tirano, e no momento em que encontra sua liberdade, a paz de espírito e o caminho para Cristo... Oh, Deus. Tantos homens que merecem morrer estão vivos. Por que minha mãe?

Rezo para que ela esteja em paz, aos pés de Nosso Senhor. Sim. Mas seria hipocrisia dizer que não sinto muito. Sinto que ela não esteja mais no meio de nós. Sinto que não esteja mais olhando por minhas irmãs, que também sofreram tanto. Sinto que sua felicidade tenha sido breve no monastério de Saint Pierre.

Minhas irmãs relatam que a missa em homenagem à minha mãe foi belíssima. Gostaria de poder me confortar com essas palavras e não precisar de mais nada. Mas não consigo. Acho que ainda não atingi a grandeza de espírito necessária para ser um monge da Ordem. Meu coração me sufoca e, cada vez mais, sinto as palavras que prendo em minha boca querendo sair. E o medo de ser julgado? De ser expulso? De não pertencer mais a lugar algum?

22 de maio do ano de Nosso Senhor de 1130

Hoje conversei com meu superior e me ficou claro o que enevoava meus pensamentos. Desde que aqui cheguei, tive bastante tempo para remoer minhas culpas, especialmente pelas mortes que causei no passado. Isso me calou diante dos meus irmãos da Ordem, por medo de ser julgado ou acusado. A melhor coisa que fiz foi ter ido ao superior.

Confessei-lhe cada detalhe. O que vi, o que passei, o que senti, o que levou minha mão ao cabo da espada enferrujada. As fortes batidas do meu coração quando vi o sangue espirrar do corpo de meu tio... O medo da vingança contra minha mãe e irmãs, que me levou a matar alguém já ferido. A culpa, Deus meu, a culpa.

Lágrimas vinham indistintamente aos meus olhos enquanto eu falava. Ele me ouviu com atenção e, sempre sisudo, surpreendeu-me o fato de o superior ter colocado a mão em meu ombro. Esperava por um sermão e estava preparado para minha expulsão imediata da Ordem. Baixei os olhos e, assim, não pude ver o olhar no rosto de meu superior enquanto ele me falava. Sua voz era serena e cheia de paz. Aquela paz foi me invadindo a alma, como a luz do sol que irradia dentro de um quarto escuro e frio. Não me recordo de suas palavras, mas tudo se iluminou em minha mente e meus propósitos ficaram claros.

O superior me disse que a eliminação do mal pela espada não deve ser vista como um assassinato, mas sim como um ato de justiça. Ao usar a lâmina não com o propósito de fazer mal ou de julgar quem deve ou não deve morrer, mas de livrar os inocentes da maldade, não me tornei um assassino, mas defendi minhas irmãs dos verdadeiros assassinos, os assassinos de sua paz. Ele me mostrou a diferença entre matar para o próprio bem e matar para combater o mal, e meus ombros ficaram mais leves. Talvez seja esse o sentido da Cruzada. Talvez seja assim que a morte se torna um serviço que prestamos a Nosso Senhor.

Como me é difícil conciliar os mandamentos com a realidade. Como me é difícil compreender as sutilezas para nos tornarmos cristãos verdadeiros. Poderíamos nós, meros homens, cheios de defeitos, julgar quem é ou não inocente, quem deve ou não morrer, quem carrega a marca da maldade em si ou quem é por ela marcado? Tudo parece fácil. Mas não o é.

Até mesmo ao meu redor, dentro da Ordem, os homens são distintos entre si. Não existem absolutos.

Como saber quando devo levar a mão à espada e quando devo dar a outra face?

2. Missa Solene

28 de junho do ano de Nosso Senhor de 1133

Acordei com uma sensação estranha. Mistura de satisfação, orgulho e temor. Afinal, havia chegado o grande dia. O sol ainda despontava no horizonte quando percebi uma movimentação diferente na fortaleza. Cavaleiros da Ordem inteiramente paramentados, com suas cotas de malha, elmos e mantos, se aglomeravam sob os imponentes arcos da capela, denunciando que algo importante estava para acontecer em Kerak.

Os irmãos da Ordem, com seus mantos brancos trazendo o emblema da cruz vermelha, se aproximaram do grupo de noviços em que eu me encontrava. Fui chamado à presença do comandante, juntamente com Yves Morin, Jean-Pierre, Richard de Saint Michel e outros tantos irmãos. Afinal chegou o grande dia. O Grão-Mestre em pessoa nos mandara chamar.

Meu coração batia rápido em meu peito.

Diante do altar da capela ricamente decorada com cenas da vida de santa Maria, mãe de Nosso Senhor Jesus Cristo, ajoelhei-me ao lado de meus irmãos. O Grão-Mestre da Ordem, Hugues de Payns, com o manto branco, se destacava dos outros e ocupava o centro da capela. À sua direita, o capelão trajava o hábito negro com a cruz vermelha bordada em seu peito. E, à sua esquerda, pude reconhecer dois irmãos *sergeants* que serviam à Ordem não como cavaleiros, mas como ajudantes nos mais diversos serviços.

A luz do sol, ainda débil àquela hora da manhã, era peneirada no ambiente e reincidia sobre a cruz que estava no altar, iluminando a imagem de Cristo que pousava os olhos sobre nós.

O Grão-Mestre segurava um pequeno livro de capa preta, que continha as regras e mandamentos da Ordem. Ele as repassou e, como as conhecêssemos todas pelo convívio cotidiano, aquilo me pareceu mera formalidade. Escutei-as com atenção e, de relance, quando minha vista ia do chão ao rosto do Mestre, vi os olhos de Morin passeando pelo ambiente, como se não estivesse prestando atenção ao que lhe estava sendo dito. Por mais que conhecêssemos as regras, achei a atitude de meu irmão Morin um tanto desrespeitosa. Mas, como o Grão-Mestre nada disse e parecia não se importar com isso, não seria eu a julgá-lo por seu comportamento infantil.

Perguntou-nos, então, se compreendíamos as regras da Ordem. Dito que sim, o Mestre perguntou-nos se ainda assim gostaríamos de pertencer a ela, sabendo que, se respondêssemos afirmativamente, a ela serviríamos por toda a nossa vida. Para mim, não havia dúvidas. Estou certo de que é esse meu caminho para servir a Deus. Por um instante, pensei que Yves Morin fosse se acovardar, pois, desde que o conhecera, achava que ele não tinha a vocação para ser monge. Mas sua convicção ao dizer "sim" era de uma força tão grande que minha opinião sobre o irmão sofreu mudanças bruscas de rumo, e vi que teria de reavaliar todos os meus julgamentos pessoais sobre meus irmãos. Senti-me pequeno por isso e vi despontar em meu horizonte uma jornada ainda muito longa.

Mais perguntas se seguiram: é casado? Tem família? Deve dinheiro a alguém? É servo ou escravo de alguém? Tem promessas não cumpridas? É dever da Ordem questionar se somos legalmente livres para abraçarmos sua causa. Confirmados esses pontos, nossa cerimônia poderia prosseguir.

Cada um de nós, então, requisitou formalmente a admissão na Ordem. Richard de Saint Michel foi o primeiro. O Grão-Mestre olhou-nos com firmeza, dentro dos olhos, perscrutando nossa alma. Advertiu-nos então que, embora a vida dentro da Ordem parecesse confortável e fácil, muitas vezes seríamos enviados para onde não gostaríamos de ir, teríamos de seguir ordens sem questionar e muitas vezes fazer coisas contra a nossa vontade. Não sei quanto aos outros, mas eu confio plenamente na Ordem e no seu julgamento para servir a Deus Nosso Senhor de forma justa. Fazer o que não gostamos de fazer é como limpar pratos. Nem sempre gostamos de limpar pratos, mas é algo necessário para que o próximo irmão tenha pratos limpos, assim como os recebemos.

O Grão-Mestre então assumiu uma postura mais rígida e nos disse: "Vocês só vêem a superfície externa. Na superfície, vêem que temos bons cavalos, equipamento bonito, comemos e bebemos com fartura e temos roupas finas, e parece-lhes que terão uma vida fácil. Mas vocês não sabem sobre os duros mandamentos por baixo da superfície. Como cavaleiros, poderão ser mandados para países longínquos. Como servos da Ordem, poderão ter como função cuidar dos porcos. A vida fácil não deve ser motivação para estarem aqui, pois a única boa razão para se unir à Ordem é escapar do mundo pecaminoso e, fazendo o trabalho de Deus, pagar por seus pecados".

Como todos nós ainda nos mostrávamos entusiasmados e felizes em poder servir à Ordem, o comandante pediu que nos retirássemos para rezar enquanto eles deliberariam sobre nossa aceitação.

Aquela espera poderia durar a eternidade para almas ansiosas como as nossas. Envolvi meus pensamentos na imagem da Virgem Santa e busquei a paz que eu sempre encontrava em seu sorriso. Não sei quanto tempo me perdi em pensamentos, mas pareceu-me que a espera fora breve. Fomos então requisitados de volta ao altar e novamente interrogados sobre nossas pendências no exterior. O Grão-Mestre então nos advertiu: "Se porventura tiverem mentido e, no futuro, alguém clamar por vocês, serão imediatamente expulsos da Ordem. Que isso fique claro. Algum de vocês tem algo a acrescentar?". Nosso silêncio respondeu por nós. Apesar da austeridade da cerimônia, meu coração estava em júbilo e meus pensamentos, leves. Fizemos então nosso juramento perante Deus, Nosso Senhor, e perante santa Maria, a mãe de Jesus. Obedecer ao Mestre, viver sem atividade sexual e sem propriedade privada, manter as tradições e costumes da Ordem, ajudar a conquistar e manter a Terra Santa e nunca sair da Ordem sem a permissão do Mestre.

Recebemos as boas-vindas do Grão-Mestre, que colocou o manto com a cruz vermelha da Ordem dos Templários sobre os ombros de cada um de nós. Emocionei-me ao portar pela primeira vez o manto da Ordem e o Grão-Mestre recebeu meu sentimento com um sorriso fraternal. Recebemos então o cordão de lã para ser amarrado na cintura como símbolo de castidade e um capuz leve. Eu era agora um monge da Ordem! O capelão fez uma breve prece e se aproximou dos novos membros da Ordem para nos receber como monges.

O Mestre então ordenou que nos sentássemos e leu-nos mais uma vez um resumo das regras e costumes da Ordem, para que fizéssemos alguma pergunta que, porventura, achássemos pertinente.

Após nossa admissão, seria então celebrada a missa solene.

Eu assistiria à santa missa mais importante de minha vida até então.

A fortaleza de Kerak estava em júbilo, pois o Mestre do Templo de Jerusalém viria em pessoa celebrar a missa solene da minha ordenação, e de tantos outros noviços, colegas e irmãos. Seríamos sagrados cavaleiros da Igreja e de Deus. E nos julgávamos prontos para honrar os votos que faríamos como cavaleiros; mas o sermão que presenciaríamos tiraria um pouco de nossa excessiva segurança e daria a real dimensão de nossa missão.

O texto é de Zacarias 9 [verso 8]: "Eu cercarei a minha casa com aqueles que lutam por mim." Esse verso fala da Igreja. Assim como um lírio entre os espinhos é picado em todos os lados; ou como um barco pequeno entre as ondas é jogado para todos os lados, ou o bem é continuamente testado no meio de uma fornalha; ou o grão é esmagado entre farelo; da mesma forma que uma cidade é atacada por todos os lados pelos inimigos, a Igreja também é atacada por todos os lados. Porém, a Igreja é fortificada e protegida em todos os lados pelo Senhor. Como o Senhor disse através de Zacarias: "Eu cercarei a minha casa com aqueles que lutam por mim."

Os infiéis atacam a encarnação de Cristo, os hereges atacam a verdade das Escrituras, e ambos atacam a fé de Cristo; cismáticos solapam a obediência e a unidade da Igreja, sarracenos e pagãos solapam a paz da Cristandade, tiranos e cristãos perversos atacam a liberdade da Igreja, e falsos irmãos solapam o amor. A Igreja coloca professores veneráveis para defendê-la dos hereges; os primeiros revelam o significado das Escrituras para que os segundos possam entendê-las. Contra os cismáticos, a Igreja coloca a comunhão dos santos, o governo dos prelados e a obediência de seus súditos. Contra a violência dos pagãos e dos sarracenos, ela usa a espada física. Contra tiranos e falsos irmãos, usa a espada espiritual, a qual também usa contra hereges e cismáticos para poder compeli-los a entrar e voltar para a Igreja.

Como a Igreja tem duas espadas, o que o Senhor considerou "o suficiente" [Lucas 22, verso 38], uma deve ser exercitada de forma espiritual pelos prelados, a outra, pelos príncipes e os militares cristãos. Uma deve ser exercitada mediante o escritório de prelados, e a outra com a aprovação dos prelados. Por essa razão, Bernardo de Claraval escreveu para o santo padre Eugênio: "O Senhor disse a Pedro sobre a questão da espada física, 'Coloque a sua espada na sua bainha', e você deve fazer o mesmo. Ela deve ser desembainhada no seu comando, porém não pela sua mão. Ambas são as suas espadas, mas uma é a espada da Igreja e a outra deve ser exercitada para a Igreja. Uma deve ser empregada pela mão do padre, a outra pela do cavaleiro; com a aprovação do padre, porém com a ordem do imperador."

Então, os irmãos de uma ordem militar são apontados para que possam defender a Igreja de Cristo com uma espada física, especialmente contra aqueles que estão fora dela, isto é, contra os sarracenos na Síria, contra os mouros na Espanha, contra os pagãos na Prússia, Livônia e Cumânia, e também, se eles forem ordenados a fazer o mesmo por um superior, contra os cismáticos na Grécia e contra os hereges onde quer que estejam espalhados em toda a Igreja.

Parece que essas ordens militares foram prefiguradas em Zacarias I [verso 8], através de quatro cavalos, que são vermelho, branco, preto e malhado. O vermelho significa os irmãos da fidalguia do Templo, que vestem uma cruz vermelha; o branco, os irmãos do Hospital de São João de Jerusalém, que são marcados com uma cruz branca; o preto indica os irmãos do Hospital Teutônico da Santa Maria em Jerusalém, que vestem uma cruz preta; os cavalos malhados indicam os irmãos da Espada e da Calatrava, nas regiões da Espanha, e os irmãos que são chamados "a fidalguia de Cristo", na região da Livônia e na Prússia, que diferem uns dos outros nos seus vários estatutos e costumes. No entanto, todos se juntam em defesa da Igreja contra os infiéis.

A respeito disso diz o Senhor: "Cercarei a minha casa com aqueles que lutarão por mim, saindo e voltando." Eles saem em tempos de guerra e voltam em tempos de paz; saem para a ação e retornam para a contemplação. Entram em guerra para lutar, e voltam em paz para descansar e para rezar: assim, são cavaleiros em batalha e monges em casa.

Pois essa ordem sagrada e venerável é uma ordem dupla, embasada na ordem dos mártires e na ordem dos monges ou claustrais. Isto é, para cumprir o que está escrito em Isaías II [verso 6]: "os bezerros e leões e cabritos viverão juntos". Pois, para o inimigo, eles são bezerros que se matam por Cristo e leões, e para os amigos são cabritos — ou seja, honestos e gentis; como o nobre cão de caça, que é gentil com as pessoas na casa, porém feroz e selvagem com os animais no campo.

É aconselhável que sejam purificados e preparados por vigílias — isto é, por jejuns e preces — em tempos de paz, para que possam estar prontos a dar suas vidas em batalha para defender a Igreja. Como está escrito: "A minha vida está sempre em minhas mãos", ou seja, estou sempre pronto a oferecer minha vida a Deus e entregá-la quando Ele nos pedir. Pois aqueles com uma consciência pura, e uma causa justa para lutar, podem ser muito corajosos e seguros. Como está escrito, em Provérbios 28 [verso 1]: "o homem honesto é valente como um leão, sem medo", e novamente em Provérbios 30 [verso 30]: "o leão, o mais forte de todos os animais, não temerá o ataque de ninguém".

Numa situação em que a coroa de mártir é esperada, um homem justo deve derrotar muitos infiéis. Deuteronômio 32 [verso 30]: "E um triunfará sobre mil, e dois triunfarão sobre dez mil". E quando vocês combaterem falsos religiosos que têm consciências más, [lembrem-se que] em Isaías 33 [verso 14] diz: "É [somente] o hipócrita que possui o medo". Portanto, os cavaleiros de Cristo devem ser completamente puros e veneráveis, para que possam estar sempre prontos para morrer, e não devem se atrever a viver um único dia em um estado em que não se atreveriam a morrer:

"Acredite que cada dia que amanhece seja o seu último."

Assim, torna-se claro que o cavaleiro de Cristo deve proteger-se contra o orgulho, a superexcitação, a vanglória e a vaidade, da raiva e da inveja, do ócio e da preguiça, da ganância e dos desejos carnais, e de todas as outras coisas perversas.

Não deve orgulhar-se de famílias nobres, ou de riquezas, ou de poder. Todos nós nascemos da raiva, nascemos da corrupção, como está escrito em Jó 17 [verso 14]: "Eu disse para a podridão: 'Você é o meu pai'". Deus destrói todo o orgulho, como está escrito no Salmo 75 [verso 10]: "Eu quebrarei os chifres dos pecadores". Um chifre se levanta contra Deus, e um outro contra o próximo; um chifre se vangloria de sua família nobre, um outro sobre sua riqueza e seu poder.

"Que ameaças ele mantém em sua boca! Ele esmaga tudo com tamanho desdém!"

Estas palavras nunca devem ser proferidas por sua boca na nossa casa: "Tão certo é que eu seja o filho do conde tal quanto o fato de que você não escapará dessa". Isaías 2 [verso 22]: "Observe o comportamento de cada pessoa o espírito que a habita". É horrível depender da reputação de outra pessoa.

"Mesmo se você possuísse graça, sabedoria, e boa aparência, o orgulho sozinho poderia estragar tudo, se ele o dominar."

Eclesiastes também evidencia isso: "O orgulho aniquilará a casa que é excessivamente rica".

Todas as pessoas orgulhosas têm o diabo como seu rei. O Livro de Jó 41 [verso 34] escreve assim sobre o diabo: "Ele é o rei de todos os filhos do orgulho". De fato, foi o orgulho que fez o diabo de um anjo, que expulsou os nossos primeiros pais do paraíso, que confundiu as línguas de todas as raças, que transformou Nabucodonosor em um animal, e que jogou Saulo de seu reino.

Além disso, o Senhor diz em Provérbios 8 [ou melhor, 10 verso 12]: "Entre os orgulhosos sempre há conflito". E novamente, 11 [verso 2]: "Quando há orgulho sempre há brigas".

A pessoa que se vangloria e se envaidece agita brigas. A fanfarrice, as discussões e as brigas são como a bexiga quando é inflada, estoura e emite um som horrendo, e não desinfla novamente até se sacudir na morte. Parece cheia, mas está vazia, isto é, representa a ganância. Ela segura vinho, o que a deixa suja e queimando, e por isso é chamada de inflamada: isto é, representa a luxúria sensual. Portanto, com relação a esse pequeno recipiente, siga as instruções que lemos em Levítico 1: "Retire-a de seu sacrifício para que você possa lutar dignamente para Deus". Não aja como a bexiga; seja humilde. Não fique inflado de orgulho.

Os irmãos enfermos e humildes e os filhos de pais humildes não devem ser desprezados. Romanos 12 [verso 3]: "Não se julguem melhores do que realmente são. Ao contrário, sejam modestos como os humildes". Palavras vangloriosas ou vaidosas nunca devem ser proferidas da boca de um homem lutador, não importa se ele for um guerreiro ativo. A vitória não vem das pessoas, mas de Deus. Portanto, o cavaleiro de Cristo não busca sua própria glória, e tampouco os louvores das pessoas.

No Primeiro Livro dos Macabeus diz-se que, quando os padres desejavam agir bravamente, lutar e fazer um nome, eram derrubados e foram destruídos. Assim, certas pessoas lutam pelos próprios louvores, e estas pessoas são facilmente dominadas pelo inimigo. Estas são aquelas pessoas que se orgulham e se vangloriam dos próprios feitos, para quem o diabo diz: "Fuja como um pardal para as montanhas" [Salmos 11, verso 1].

A ganância por louvor humano é como um bandido perambulando na estrada que pretende abordar a pessoa pura pelo lado e astutamente atirar nela. Ageu 1 [verso 6] também evidencia isso: "Aquele que colhe dinheiro o coloca em sacos furados". O saco furado é a boca do ser humano, na qual o tolo coloca as suas esperanças em sua ânsia por louvores que desaparecem com tudo.

É uma característica dos orgulhosos se equiparar àqueles que são melhores que eles, preferir a si mesmos a seus iguais, odiar pessoas inferiores, erguer-se contra Deus, dar rédeas às suas línguas e esticar suas mãos. Eles se levantam para se vangloriar, dão rédeas às suas línguas para criticar, e esticam suas mãos para oprimir. Isaías, no entanto, ficou espantado com os religiosos orgulhosos e disse, no capítulo 22 [verso 16]: "O que você está fazendo? Cavando sua sepultura na rocha, no lugar mais alto do monte?". É como se quisesse dizer que você está tolamente alteando a si mesmo, assim como as pessoas mundanas.

É também uma característica dos orgulhosos ficarem facilmente irritados, e definhar com inveja. Pois dois homens orgulhosos não conseguem andar em uma única sela. (Uma referência ao selo dos Templários?) Nesse caso, não apenas dois irmãos, mas também duas irmãs, isto é, duas casas religiosas tomam partido e não conseguem tolerar uma à outra.

Sobre a questão da inveja, Cipriano a descreve da seguinte forma: "O zelo que não tem fim, que continua constantemente sem fim quando todo o resto está terminado. A pessoa ciumenta queima em um fogo tão intenso de chama lívida que só consegue obter sucesso quando está com ciúmes de alguém. Esta pessoa tem uma expressão ameaçadora, uma aparência feroz, um rosto pálido, lábios que tremulam, dentes que rangem, palavras furiosas, protestos incontrolados, e mãos que estão sempre prontas para a violência. Mesmo se a mão não brandir uma espada, está sempre armada com o ódio que vem de um mente frenesiada".

Às vezes, encontramos todas essas coisas em alguns cleros normais, não apenas em rumores, mas também em primeira mão. Não há paz para esse tipo de pessoa ímpia; elas estão sempre amargas e insolentes. Da mesma forma, essas pessoas são maliciosas e impuras, como a coruja, a qual é um pássaro noturno: ela vê durante a noite, porém durante o dia é cega e anda às tontas. É assim também com a pessoa invejosa, que está cega quanto à bondade nos outros, e não consegue enxergá-la, embora observe as coisas ruins de bom grado. A coruja vive em locais arruinados, enquanto o ciúme é atraído pelas fraquezas dos outros, com as quais ele tem prazer.

"Mantenha-se longe de risadas, caso elas causem tristezas."

Veja, irmãos: no Livro dos Hebreus, o apóstolo o exorta, capítulo 12 [verso 15]: "Cuidado para que ninguém se torne como uma planta amarga que cresce e prejudica muita gente com o seu veneno, impedindo que sirva a Jesus Cristo". "Mas, se vocês têm inveja, amargura e egoísmo nos seus corações, então não mintam, gabando-se de serem sábios. Essa espécie de sabedoria não vem do céu; mas é deste mundo, é animal e diabólica." E um pouco mais adiante ele adiciona a causa da discórdia e da sedição, dizendo, capítulo 4 [verso 1]: "De onde vêm as lutas e as brigas entre vocês? Vêm dos maus desejos que estão sempre lutando dentro de vocês".

Essa é a causa singular do ciúme, isto é, a ganância por posses mundanas, em que uma pessoa tem ciúme do que a outra tem; por exemplo, uma pessoa adquire uma casa que a outra deseja adquirir. Eles dizem que renunciaram a tudo como indivíduos, mas desejam manter tudo que têm em comum. Mas como conseguem obedecer sua regra individualmente se como um grupo são mundanos? Como podem ser salvos como indivíduos, quando perecem em comum? Acham que a mercê é algo que pode ser comprado, e eles nunca rejeitam um presente. "Caçam a viúva gananciosa com migalhas e maçãs."

Como resultado dessa praga da ganância, honram os ricos e desprezam os pobres; e assim a sua fé se equipara ao número de moedas que armazenam nos seus cofres.

"O, dinheiro, dinheiro! Ele o honra agora."

Jerônimo é testemunho disso: "Existem aqueles que dão pouco para poder receber mais, e sob o pretexto de dar esmolas esperam ganhar fortunas — isso se chama caçar e não esmolaria. É assim que se pega animais, cães e peixes. Uma isca pequena é colocada no anzol para que bolsas finas de senhoras possam ser fisgadas". Como a pessoa que ama o dinheiro também pode amar a Deus? Por essa razão, Oséias 4 [verso 17] diz: "Efraim está entregue aos ídolos, deixe-o", ou seja, coisas que não são eternas, que valem tanto quanto o esterco.

Eles recebem dinheiro especialmente de ladrões e usurários, já que o seu dinheiro não pode ser dedicado a Deus por ser sujo. De fato, Jerônimo dá evidência disso: a milícia de Cristo não deve buscar ganhos mundanos. E Sêneca diz: "Não há nada de grande nas questões humanas exceto a mente que despreza coisas grandes".

Bernardo de Claraval também falou contra os avarentos: "Filhos de Adão, filhos de homens avarentos e ambiciosos, escutem: o que vocês desejam com a riqueza mundana e a glória temporária que não são suas e tampouco são verdadeiras? Ouro e prata — não são esses apenas terra vermelha e branca, que somente o erro humano faz ou acredita serem lindos? Se forem seus, levem-nos consigo. Porém, quando alguém morre, não leva tudo consigo. Portanto, a verdadeira riqueza não são posses, mas virtudes, as quais são feitas e carregadas por sua consciência para que você possa ser rico em perpetuidade".

"Portanto, ajuntem riquezas no Céu", Mateus 6 [verso 19]. Pois a alma contrai a sujeira e a ferrugem das ansiedades da terra — Êxodo 8 [verso 17] diz: "E todo o pó da terra vira piolhos", porém são as questões mundanas que o perturbam e o irritam! Como diz em Êxodo 7 [verso 20]: "E assim a água do Egito virou sangue". Isso acontece quando o clero normal tem prazer em consumir quantidades abundantes de coisas temporárias, enquanto deveria estar pensando em como está gastando os bens e as posses da Igreja, os quais foram dados para defender a Igreja; sobretudo porque são na verdade as posses Dele em Cujo nome o clero os possui. No entanto, enquanto estão deixando crescer os cabelos das coisas temporárias, muitos acabam sendo suspensos por seus cabelos, como Absalão, em um carvalho. O verdadeiro José (Cristo) interpreta os sonhos para nós quando nos dá uma grande fonte de riqueza, porém, por causa de nosso sucesso próspero, nos esquecemos dele. O Senhor disse através de Isaías 1 [verso 2]: "Eu criei filhos" — mediante muitos sucessos — "e cuidei deles", ao conferir dignidades a eles, "mas eles se revoltaram contra mim, porque eu lhes dei em excesso e eles estão mimados".

Essas pessoas são parecidas com pessoas possuídas pelo demônio das quais Marcos 5 fala. Viviam no cemitério, e os demônios entraram nos porcos e os porcos foram jogados no mar. Aqueles que habitam os túmulos da voracidade e da sensualidade, como porcos no lodo da sensualidade, serão enfim jogados no mar de Gehanna.

Em Marcos 13 [versos 15-16], a pessoa que está no telhado é a pessoa que superou as coisas carnais na mente e vive espiritualmente, livre no pátio. Esta pessoa não desce para pegar nenhuma coisa da casa — isto é, não volta para o comportamento fraco que tinha na sua condição anterior. Tal pessoa não volta para os desejos carnais que abandonou. Na verdade, a casa é o mundo, ou o corpo no qual esta pessoa vive.

De fato, muitas pessoas, ao se juntarem a uma ordem religiosa, desejam aquelas coisas que não podiam ter na vida mundana. Pessoas que, como diz Jerônimo, "nasceram em uma casa pobre e numa cabana rústica, que mal conseguiam encher as suas barrigas estrondeantes com pão de milho e pão de centeio, agora desprezam o pão de trigo e o hidromel". Ouvi falar de um homem que nunca, em toda a sua vida, havia deitado a cabeça em um travesseiro. Ao entrar em uma ordem religiosa, ficou sem um travesseiro uma noite porque a fronha estava sendo lavada. Ele perturbou todo o convento com seus resmungos e suas reclamações.

Além disso, certos homens, que eram pobres e necessitados no mundo, ao serem aceitos em uma ordem religiosa de pessoas nobres e serem designados para vigiar as portas, ou algum outro dever menor, se tornam tão arrogantes e ferozes que provocam os cavaleiros mundanos e deles abusam, dizendo que seu hábito religioso e a honra da casa exigem que eles os ataquem!

Existem três doenças que acometem monges normais. A primeira é quando alguém tenta adquirir aquilo que não podia ter quando estava no mundo. Essa pessoa é exemplificada por Geazi, em 2 Reis 5, que obteve o dinheiro de Naamã, o Sírio, de forma perversa para si mesmo. A segunda é quando alguém quer pegar de volta as coisas às quais abdicou, como Judas, que queria recuperar o dinheiro que havia deixado para trás quando seguiu Cristo. A terceira é quando alguém serve aquilo a que deveria ter renunciado, como Ananias e Safira, sua esposa, em Atos 5. No entanto, em Deuteronômio 20 [verso 8] está escrito: "Se houver aqui um homem tímido e medroso, então que volte para casa". Assim, aqueles que mantêm práticas seculares quando estão em uma ordem religiosa são como Acã em Josué 8, que pegou uma medida de ouro e duzentos *skekels* de prata e tecido de seda da cidade amaldiçoada de Jericó. Hoje, muitos guardam o ouro da sabedoria secular, a prata da eloqüência lucrativa, e o tecido do comportamento mundano, escarlate, a cor do pecado. No entanto, Acã foi apedrejado por levar essas coisas. Aqueles que não são prevenidos de pecar secreta e abertamente por medo de Deus ou vergonha mundana merecem muito mais esse tipo de punição!

Assim, quem vem para uma ordem religiosa deve abdicar de seus hábitos mundanos, e não deve procurar na religião aquilo que não teve no mundo externo. Deles Bernardo diz: "Vejo pessoas que, após rejeitar a pompa do mundo, aprendem o orgulho na escola da humildade e se tornam seriamente arrogantes sob o mestre calmo, e ficam ainda mais impacientes na vida monástica do que eram no mundo. E, ainda mais contrário, freqüentemente aqueles que não conseguem ser nada além de vis em si mesmos não toleram ser desprezados na casa de Deus".

É com tristeza que vejo outros que, após se tornarem cavaleiros de Cristo, ficam novamente presos aos assuntos mundanos e se aprofundam na ganância terrestre, com enorme ansiedade por erigir prédios, e negligenciam a própria melhora espiritual. Novamente, sob o pretexto de ser para o bem geral, vendem as suas palavras para os ricos, e as suas saudações para as mulheres casadas. Contra a lei de seu imperador, cobiçam os bens dos outros, e eles buscam recuperar sua propriedade nos tribunais, não prestando nenhuma atenção ao apóstolo que proclamou o comando do rei em 1 Coríntios 6 [verso 7]: "Só o fato de existirem questões entre vocês já mostra que falharam completamente. Não seria melhor sofrer a injustiça? Não seria melhor ser roubado?".

Se eles ao menos prestassem atenção a isso! — aqueles que perturbam os prelados de todas as igrejas, e que punem as igrejas de Deus ao abusarem de seus privilégios, e que roubam seus dízimos e seus direitos. Os dízimos e as ofertas pertencem aos prelados, pois eles administram os sacramentos para os fiéis. Como diz o Senhor em Êxodo 22 [verso 29]: "Traga-me no tempo certo as ofertas", como explica Agostinho, não é apenas um pecado não dar, mas também é pecado dar tarde demais.

Portanto, meus queridos irmãos, para que possam estar freqüentemente preparados para morrer por Cristo, mantenham-se em paz, para que possam engajar-se em batalha de forma segura. Rezem, desempenhem exercícios espirituais e jejuns, e outras atividades espirituais, e não coloquem as coisas temporais acima das espirituais. Pois devemos ter muita pena daquele que pensa mais sobre seu cavalo do que sobre Cristo!

A laicidade não deve usurpar os deveres dos padres — distribuir penitências por erros ou livrar as pessoas das penitências. As "chaves do reino" não foram confiadas aos leigos, e tampouco eles têm o poder de atar e de liberar. Por isso, os mestres de casas devem enviar irmãos letrados para escolas de teologia, e não para aprenderem habilidades seculares. No capítulo 14 [verso 3], Jeremias diz: "Os ricos mandam os empregados buscarem água, e eles voltam com os potes vazios" — isto é, mais habilidosos, porém cheios de vazio e de conhecimentos litigiosos. Pois, como diz em Provérbios, capítulo 25: "Vazios são aqueles que não têm conhecimento de Deus". E em Jeremias 25 [verso 4]: "Eles jogam fora a palavra de Deus, e não há sabedoria neles". Portanto, é necessário ter priores e padres letrados, instruídos o bastante na lei de Deus para que você possa fazer tudo conforme suas instruções e de acordo com os conselhos nas Escrituras Sagradas.

Pois nós podemos ver certos cavaleiros na sua ordem que são tão fervorosos em jejuar e em afligir seus corpos que estes ficam extremamente fracos e sucumbem facilmente quando carregam armas em batalhas contra os sarracenos. Ouvimos falar de um homem muito religioso — religioso, porém não bem-informado —, que ao se engajar com os sarracenos, caiu de seu cavalo com o primeiro golpe de uma lança. Um certo irmão o levantou, colocando-se em grande perigo, mas ele caiu novamente após outro golpe. Seu irmão — o cavaleiro que o havia levantado duas vezes, salvando a sua vida — o repreendeu por seus jejuns incontrolados: "Senhor do pão e da água", disse ele, "cuide de si mesmo doravante, pois, se cair novamente, nunca se levantará com a minha ajuda."

Você não deve testar Deus, mas faça aquilo que é capaz, com o Céu liderando o caminho, e assim poderá seguramente receber a morte por Cristo. Quando as pessoas morrem ao defenderem a Igreja, são conhecidas como mártires.

A história antiga nos conta que o rei de Jerusalém atacou Ascalão por longo tempo, e não conseguiu de forma alguma capturá-la por causa da resistência dos sarracenos. Certos cavaleiros templários muito ativos foram capturados pelos sarracenos e pendurados por sobre o portão da cidade, em uma afronta ao nome de Cristo, e à vista de todos. Quando o rei e os irmãos do Templo viram isso, suas mentes ficaram paralisadas com pesar e desejaram desesperadamente parar o ataque. Um homem preeminente de muita fé, o mestre do Templo, os proibiu se fazer isso. "Vejam aqueles mártires pendurados na forca", disse ele. "Tenha certeza de que eles foram antes de nós, e seguiram até Deus, e entregarão a cidade para nós". O resultado provou ser verdadeira essa declaração. Contra as expectativas de todos, eles capturaram a cidade dois dias depois, a cidade que acreditavam ser impossível de ser capturada.

No início dessa ordem religiosa, os irmãos eram queridos por todos e, portanto, muito odiados pelos sarracenos. Acontece que um cavaleiro nobre que havia chegado do além-mar, de regiões francesas, em uma peregrinação, foi capturado com certos cavaleiros da fidalguia do Templo. Como ele era careca e usava barba, os sarracenos acreditavam ser um templário, e que deveria ser morto com os templários. No entanto, os outros, que eram cavaleiros seculares, não foram mortos e foram levados como prisioneiros. Quando perguntaram a ele: "Você é um templário?", ele, como era a verdade, disse "Eu sou um cavaleiro secular e um peregrino". Os sarracenos responderam: "Não, você é um templário". Inflamado com o zelo da fé, ele esticou o pescoço e disse: "Em nome de Deus, eu sou um templário". Ao dizer isso, foi decapitado com a espada, com os irmãos do Templo. O novo templário viajou até o Senhor, feliz em ser coroado como mártir.

No entanto, como sua ordem religiosa é mais perfeita, o diabo o persegue mais de perto e busca derrubá-lo. Assim, é necessário que tenha muito cuidado e seja como um certo sábio, que, como era cego e rico, e tinha muito medo de certo tirano do qual era servo fazia muito tempo, permitiu que todos os seus bens fossem enviados secretamente para uma outra região. Enfim, ele também queria fugir. Escondeu um cavalo vermelho e fez com que um menino com ele sentasse no cavalo para guiá-lo e mostrar-lhe o caminho. No entanto, enquanto ele estava cavalgando, seu senhor enviou alguém para avisá-lo de que devia escapar. O menino disse: "Olhe! Um homem em um cavalo negro está galopando em nossa direção e quer nos capturar". O fugitivo respondeu: "Nós escaparemos com êxito, em nome de Deus". Ele esporou, e escapou do cavalo. Pouco depois, o menino disse ao seu senhor, "Olhe! Um homem está nos seguindo em um cavalo branco, e está quase nos capturando". O homem respondeu: "Não tenha medo, pois com a ajuda de Deus escaparemos desse também". Ele apressou seu cavalo com as esporas e galopou rapidamente, escapando ileso. Mas, daí a pouco, o menino lhe disse: "Olhe! Um homem está nos seguindo, e ele é mais rápido que os outros, e está tentando nos alcançar". O homem respondeu: "Que tipo de cavalo ele tem?". O menino disse: "É um cavalo vermelho, muito parecido com o seu". Aí ele ficou com muito medo, e disse ao menino: "Saia e pegue esta estrada de pedras". Quando fizeram isso, aquele que os estava seguindo chegou muito próximo. E quando o menino disse: "Olhe! Ele está quase nos alcançando", o homem disse, "Leve o cavalo por estas águas, e pegaremos uma estrada cheia de lama". Quando assim fizeram, aquele que os estava perseguindo não conseguiu mais segui-los. E assim o cego escapou de todos os perigos.

Através dessa história, o pecador persistente deve entender que ele não consegue guiar a si mesmo; precisa do menino para levá-lo. Ou seja, através da graça da iluminação, a Razão, para poder escapar do cruel senhor tirano ao qual servia — isto é, o diabo —, envia todas as suas posses para os pobres, renuncia a tudo, como você fez, foge em cavalo vermelho, incendiado com o amor, e se prepara para derramar sangue por Cristo. No entanto, o diabo o persegue de cavalo negro, lançando-o contra vários problemas. Depois, é com o cavalo branco, para que ele possa levar o homem embora e seduzi-lo com prosperidade, quando não consegue derrubá-lo com adversidades. No entanto, quando não consegue alcançá-lo com adversidades, nem levá-lo embora com prosperidade, lança uma tentação ainda mais difícil e perigosa do que as outras, seguindo-o em um cavalo parecido com o dele. Ele é louvado por seu estilo de vida venerável e o fervor de sua vida religiosa, e então é necessário que marche ao longo de um caminho cheio de pedras, humilhando seu coração com contrição e seu corpo com aflição. Se ele não puder escapar e fugir da vanglória dessa forma, um último recurso muito especial é entrar na lama, no lodo de sua vida, e lembrar-se continuamente de seus pecados anteriores.

E assim também vocês, meus queridos irmãos, devem lutar com toda a humildade e precaução para o Senhor, e não se esconderem do Senhor por causa de adversidade, prosperidade ou a admiração vazia daqueles que o louvam. Assim, essa declaração será cumprida em você: "Eu cercarei a minha casa com aqueles que lutarão por mim, saindo e voltando", conforme a promessa do Senhor, quando Ele diz: "O extorsor não os dominará nunca mais". Você escapará das mãos desse extorsor com a ajuda de Nosso Senhor Jesus Cristo, que vive para sempre, amém.

Aquelas palavras do Mestre da Ordem ecoaram firmes em minha alma. Fizeram-na bailar no céu, tremer como um sino gigante. Remexer como as águas bravias e descansar na areia macia. Eu era o sino trovejante de águas novas. Águas que batizam como fogo e água o solo inerte.

Deveríamos passar a noite na capela a velar nossas armas e votos. Até a nova aurora de nossos dias.

Nessa noite cercada de tempo, abrigávamo-nos no colo de Cristo. E era eterna e terna nossa morada.

Cintilávamos a morte e a boa-nova. A palavra irradiaria como nova...

Uma em fé irresistia, outra, nova, irradiaria.

Vínculos de nossa espécie eram esmagados pelo poderio da noite sombria; nova noite em suas formas, nova noite em calmaria. Nova noite eu diria...

A criança sem doçura, que caminhou pelas estradas mundanas, dividindo meu leito com mitos e signos, teria novo mergulho, na mortalha do Cristo.

A criança fugaz, centelha da torre infame, ganhara nuvens espectrais, mergulho na morte do homem. Nascia a luz espectral, da alma que morde a morte, e com suas garras celestiais envia nossos ossos contra a lâmina dos inimigos sepulcrais e ergue novas torres de fé inabalável, contra si e contra todos, contra os homens viscerais.

Luz dos anjos, canta conosco novo canto de guerra contra o mundo e contra os homens, contra Adão e contra Eva, revolvendo a terra, contra a nova quimera, dando fim a nossa era.

TERCEIRA PARTE

(1133-49)

1. O Cavaleiro da Ordem

2 de julho do ano de Nosso Senhor de 1133

Fui designado para partir junto a um destacamento de proteção aos peregrinos cristãos que se dirigem à Palestina. Em breve conhecerei o comandante com quem seguirei, e entrego a Deus meu destino.

18 de julho do ano de Nosso Senhor de 1133

O marechal Maurice Drion será meu líder nessa jornada. Fiquei bastante satisfeito em saber que alguns de meus companheiros de noviciado estarão ao meu lado. O veterano Richard, Yves Morin e Jean-Pierre são alguns deles.

Pela manhã, dirigi-me à capela para rezar. Quando terminei minhas orações, encontrei com o cavaleiro Morin, que andava apressadamente em direção aos estábulos. Ele tinha um sorriso cujas intenções não pude identificar, mas parecia bastante animado com a perspectiva de partirmos de Jerusalém.

Quando reflito sobre o destino que Deus me entregou, é difícil crer que tudo isso esteja acontecendo. Jamais poderia imaginar que conseguiria me tornar cavaleiro. Um menino de origem pobre, sem nome e sem heranças... Como sou grato a Deus! Ele, que iluminou minha vida ao apresentar-me a mestres como Jean-Pierre, superiora Jutta e Hildegard. Ainda me recordo da primeira vez que vi um destacamento de cavaleiros passar por Nancy. Tanto tempo se passou e ainda guardo na lembrança as sábias palavras de Jean-Pierre, que é agora meu irmão do Templo. Agora que percorri todo o caminho da França a Jerusalém, aprendi a Regra da Ordem; nestes inúmeros anos de noviciado, percebo como a lição de padre Jean-Pierre era verdadeira. Por isso me preocupa deveras a presença do constante sorriso de Yves Morin. Tive e ainda tenho a impressão de que ele não leva a Ordem a sério. Sorri demais e suas intenções nunca são claras. Mesmo após tanto tempo como noviço, o agora cavaleiro continua tão mundano como era quando o conheci. No entanto, ficarei feliz em tê-lo ao meu lado nessa jornada. Eu confiaria minha vida às suas habilidades como cavaleiro.

Partiremos de Jerusalém amanhã.

19 de julho do ano de Nosso Senhor de 1133

Hesitei, mas por fim escolhi a espada.

Não é a mesma espada enferrujada e maltratada que um dia empunhei para salvar minha família. Carrego comigo uma lâmina brilhante e afiada, destinada a eliminar o mal. Eu não poderia ter optado por outra arma, já que foi a espada, e não a lança ou o arco, que eliminou o mal de minha casa. Sinto-me parte dela e ela é parte de mim.

4 de agosto do ano de Nosso Senhor de 1133

Pela primeira vez fiz correr sangue turco pelas areias do deserto. Não se assemelha, absolutamente, à morte dos tios que violentaram minhas irmãs. Não sei quem é aquele turco que recebe minha lâmina em seu corpo, nem sei quais são seus pecados. No entanto, executo-o em nome de Nosso Senhor. De início, a culpa. Depois, ao ver nossos irmãos caindo, a fúria.

Entrei em choque quando vi o primeiro irmão caindo ao meu lado, agonizando, lutando por ar enquanto engasgava no próprio sangue que lhe borbulhava na garganta, atravessada por uma flecha turca. Mas minha contemplação do horror durou pouco. Logo Jean-Pierre gritava por mim, para que acordasse de meu delírio diurno, para que me concentrasse nos movimentos dos inimigos.

Atacam os peregrinos cristãos sem piedade. Peregrinos indefesos, que muitas vezes não possuem mais que a roupa do corpo, que estão desgastados pela tortura da sede e pelo sol inclemente.

Não sei como sobrevivi.

Agora, mais do que nunca, compreendo o que Jean-Pierre me disse incontáveis anos atrás sobre ser cavaleiro. Aquele que o deseja ser por causa do paramento, dos belos mantos e cavalos e da vida supostamente confortável não sabe o que é o horror da guerra. Não sabe o que é fechar os olhos e ver, nítido como o dia, o rosto de seus irmãos mortos em batalha, atravessados por flechas traiçoeiras. Não sabe o que é ter que usar de seus próprios braços para arrancar a cabeça de um desconhecido. Não sabe o que é retornar do campo de batalha coberto de sangue, sem nem saber se é o seu próprio.

Por Deus. Somente isso me faz prosseguir. É por Deus.

31 de dezembro do ano de Nosso Senhor de 1136

O venerável mestre Hugues de Payns nos deixou e a ele sucedeu o mestre Robert de Craon. Partirei novamente em missão com o marechal Maurice Drion, para um posto avançado da Ordem.

5 de janeiro do ano de Nosso Senhor de 1137

Nossos anfitriões são os cavaleiros da Ordem do Hospital. O vento soprava forte quando chegamos, levantando areia, formando nuvens de poeira. A bruma envolvia a fortaleza, dificultando a visão, mas pude perceber a brancura das pedras das suas muralhas. Estava "tão alta quanto as montanhas", como comentou o cavaleiro Jean-Pierre, e me permitia ver os vastos campos inabitados ao seu redor, a perder de vista. Toda a imensa fornalha que nos cercava nos oprimia, e a visão do Krak dos hospitalários foi quase como uma visão do paraíso.

8 de janeiro do ano de Nosso Senhor de 1137

Mais uma vez os turcos.

As areias cobriam a superfície da Terra de forma a desconvidar o ser humano a fincar-lhe raízes, dar nome a seus vales, violentá-la, enfiando-lhe uma enorme variedade de árvores frutíferas, alisando-a, rebaixando-a, construindo por sobre ela seus casebres miseráveis, coalhando-a de crianças a brincarem felizes em seus domínios, e ainda pior, permitindo que as crianças que nascessem em seus sagrados domínios se acostumassem e viessem certamente a calcar aos pés sua hostilidade, abrandando-a, quebrando sua feminilidade indomável. As areias para mim se assemelhavam a virgens intocáveis, assassinas por natureza que, mesmo aparentemente mansas, deitavam ao chão cadáveres aos montes em sua indocibilidade e fazendo-se respeitar, mesmo diante dos mais obstinados e temerosos seres da Terra.

Mesmo diante desse quadro grave, do calor mortal e da sede eterna que petrificava nossas gargantas, éramos nós a cobrir e a desafiar as areias com nossas batalhas, e se Deus permitisse e nos abençoasse, lutaríamos para espalhar nossas vitórias e fundar vários reinos cristãos sobre os domínios do infiel, desenvolvendo poderosas artérias que ressuscitariam a cristandade oriental, esta que, segundo os pedidos de socorro que nos eram narrados, já havia agonizado até sua morte, antes de nossa vinda para travar a mais santa das batalhas.

No entanto, comecei a questionar muitos de nossos atos, realçados pela narrativa que me havia sido feita pelo superior da Ordem, em respeito aos pensamentos dos antigos padres da Igreja, que condenavam nossa vinda para o Oriente.

Perguntava no fundo da minha alma e pedia um sinal aos céus, um sinal de Deus, que me provasse que estávamos fazendo a coisa certa.

Mas Deus silenciava e a quietude que me rodeava era para mim um sinal de reprovação. Então pensei comigo: "Ai, Robert de la

Croix! Que fizemos? E que estamos a fazer ainda? Que nossos atos permaneçam justos e nossas intenções, puras... E que Deus tenha piedade de nossas almas, pois sem Ele estamos à mercê da fêmea prenhe sem jamais parir, da tempestade silenciosa, da noite sem nunca aurorear; da mansidão singela das areias mortais". Um pânico gelado cortou-me a espinha. Petrifiquei.

Um alerta acordou minha latência e cavaleiros começaram a correr preocupados para todas as direções do castelo a buscar armas, a vestir armaduras, a apronta suas lanças e espadas.

O murmúrio de um exército turco se aproximando de nosso posto avançado nos colocou novamente em prontidão de combate e diante de verdades superiores.

O estandarte da Ordem foi erguido por um dos cavaleiros. O marechal Drion passava pelos grupos, distribuindo ordens, enquanto o marechal dos hospitalários fazia o mesmo com seus grupos. Jean-Pierre estava comigo. Montamos nossos cavalos, ajustamos nossas espadas, apertamos nossos cintos, conferimos as adagas e posicionamos nossos escudos no lombo dos cavalos. Percebi que o marechal organizava a batalha taticamente mesmo antes de ordenar que os cavaleiros subissem em suas montarias, pois apenas alguns deles portavam lanças, e entendi que formariam a vanguarda de cavaleiros lanceiros.

Imaginei alguém de fora, vendo como nos organizávamos, o choque que uma cavalaria pesada como essa custaria ao inimigo.

Estar no meio de guerreiros natos como esses, cuja profissão de fé é exclusivamente a profissão da guerra, é um grande elogio a minhas possíveis capacidades combativas. Olhava curioso para os quatro lados e conferia a inexistência de guerreiros leigos no meio dos soldados das duas ordens militares.

Humildemente peguei minha espada e subi em meu cavalo.

— Em Seu Santo Nome, Senhor, nós suplicamos por combater fielmente o bom combate e morrer na Sua Glória! — bradou um cavaleiro templário, de nome Everard de Barres, fazendo o sinal-da-cruz, bendizendo seus companheiros. A oração dos cavaleiros hospitalários, nossos verdadeiros anfitriões, foi menos clamorosa e mais introspectiva. Eram praticantes da "revolução silenciosa", da oração interior.

Partimos.

As duas ordens militares demonstram para mim, de forma cada vez mais notável, suas diferenças.

Cavalgamos por pouco tempo e já avistamos o exército turco. Eram homens numa formação muito organizada, muito bem ataviados, cujas armaduras douradas brilhavam a longa distância. Vestiam trajes alaranjados e usavam os familiares turbantes. Sua vanguarda era formada por cavaleiros arqueiros, segundo o marechal Drion, e lançavam suas setas a curta distância, mas não apeavam, tornando a fugir quando da nossa investida para depois atacar novamente e consecutivamente, esgotando nossa vanguarda e tomando nossas vidas aos poucos.

Uma tática de covardes. Por que não lutavam como homens? Eram muito mais numerosos que nós esses turcos de ouro, e seus trajes de combate pareciam bem resistentes. Minha espada haveria de cantar sua canção para eles ainda neste dia.

Quando nos avistaram, eles pararam a marcha de imediato. Os infantes corriam e se organizavam em dois imensos blocos retangulares, e percebemos que posicionaram lanceiros na linha de frente. O líder e seus comandantes, que usavam um paramento de outra cor e brilhavam ainda mais, colocaram-se ainda mais recuados que os infantes. Os cavaleiros deles pegaram seus arcos e prepararam a carga. Certamente atacariam naquele momento.

Maurice Drion, dos templários, e o marechal dos hospitalários trocaram palavras. Era um dueto de homens experientes com olhares severos que notadamente transpiravam sua vivência em combate, e perdia-se, ao menos por aquele momento, a piedade do monge em seus olhos agudos. Eram bons líderes, pensei, e preparei-me para lutar com aqueles mestres do combate.

Os turcos pareciam nos observar antes de nossa aniquilação; afinal não deveria haver pressa alguma por parte deles.

Maurice Drion nos fez parar por um tempo, ordenando que aguardássemos, num gesto com os dois braços, e estancamos como uma manada de bois diante de uma murada, demonstrando a extrema disciplina e alto nível de obediência dos cavaleiros do Templo. O ar pesou, parecendo deter o tempo com seu calor. Drion comandou então um ataque tão brusco e tão violento que até os cavalos não tiveram tempo de se preparar. Acompanhei no mesmo arranque.

Estávamos a trezentos metros dos cavaleiros turcos, e em nosso caminho não havia nada que os impedisse de prosseguir suas cargas de flechas sobre nós. Vi que eles se prepararam.

Avançávamos com uma velocidade que poderia esgotar nossos cavalos em pouco tempo, provavelmente sem reservar energia para uma retirada. Achei que aqueles marechais estavam loucos, impelidos por um ódio ao inimigo que os cegava. E eu estava lá, entregue aos turcos. Pensei que morreríamos todos. E uma certa derrota se prenunciou em largos passos em direção às potências inimigas, potência que, sinceramente, jamais vi.

Os arqueiros turcos já disparavam com sua formação maciça em nossa direção. Empunhei minha espada. Gostaria de poder chegar até o meio deles e fazer o maior estrago possível. Nossa distância ia encurtando para uma centena de metros, e não diminuímos a marcha. Cavalgávamos numa velocidade muito superior à dos arqueiros turcos. A distância já permitia que eles preparassem seus arcos. Os primeiros dispararam sua carga, que choveu copiosamente em cima de nós. Muitos cavaleiros caíram, mas nossas armaduras demonstraram seu valor.

Repentinamente aconteceu algo que nunca imaginaria. Muitos dos cavaleiros arqueiros tombaram com seus cavalos, como se tivessem recebido a carga de flechas que lançaram. Era algo em que eu não conseguia crer, um milagre dos homens santos que me cercavam?

Um lodaçal... Era um grande lodaçal que represava pelos dois lados da estrada que seguíamos, guiados pelos porta-estandartes e o marechal Maurice Drion. Os turcos precisavam abrir sua formação a fim de saraivar seus arcos. Abrindo, caíram na armadilha do terreno lamacento que esses marechais conheciam muito bem. Mantinhamo-nos firmes no caminho seco e atingimos os arqueiros em cheio, desorganizados e em pânico. Usei minha espada com gosto e fiz boa morte no terreiro. Perdi Jean-Pierre de vista, mas o cavaleiro Everard, que lutava ao meu lado, também usava muito bem sua espada e arrasávamos aqueles que lutam sempre em fuga, que lançam suas setas e partem com um gosto injusto de vitória. Matávamos sem poupar ninguém, os monges-soldados do Templo cravavam suas espadas, batiam suas maças nos crânios, abrindo-os, fincavam lanças e, em meio a esse massacre, pude ver os cavaleiros do Hospital passarem em dois blocos opostos aos nossos, em dois extremos que seriam o limite externo daquele lodaçal, numa carga formidável, a uma velocidade até estranha, pois as montarias pareciam voar naquele céu de areia, indo em direção do inimigo.

— Nosso reforço não tardará, irmãos! — gritou nosso marechal. Pensei numa promessa, golpeando mais uns pares de arqueiros. Destruir seus arcos era como ouvir o estalar de gravetos. "O arco é uma invenção do demônio contra a coragem do cavaleiro", pensei, quebrando mais um junto ao peito de seu arqueiro. Esforçava-me para sentir os estalos.

Os hospitalários se lançaram sobre o exército turco. Vimos os lanceiros avançarem sobre os cavaleiros. Tínhamos de apoiá-los.

Mas, como eles atacavam de dois lados, os turcos se descontrolaram, numa desorganização total. Os cavaleiros que avançavam por lados opostos conseguiram tombar o esquadrão de lanceiros rapidamente. Os infantes cercaram então seu líder, passando para uma postura defensiva. Avançávamos...

Nossas cotas de malha se mostravam mais úteis ainda nos combates corpo a corpo. Os turcos não eram grandes espadachins e seu número se reduzia rapidamente.

O apoio dos hospitalários definiu a situação. Uma formação de infantes turcos avançou em nossa direção e os combatemos tão duramente que em pouco tempo seu desmembramento foi total. Esquartejados pela força de nossas espadas, escombros eram o cerco do líder turco, que agora nos olhava com terror. Sua vitória tida como certa escorria junto com o sangue de seus soldados. Lágrimas de chacal corriam pela sua face. Aquele cão estaria cuspindo em nossos cadáveres nesse momento se o marechal Drion não fosse tão hábil em combate.

Alguns antrustiões cercavam seu líder, num engodo protetor. Suas expressões de fidelidade àquele emir empolado não escondiam o pavor de sua morte torturante em nossas mãos.

Descemos de nossas montarias, armas em punho, e nos aproximamos do ninho daqueles chacais. Seus olhares escureciam... Não confiava nem um pouco em soldados que fazem da arqueria sua linha de frente, ou seja, a covardia. Não soltei minha espada. Everard de Barres ia ao meu lado, de espada em punho. Seguíamos Drion de perto. Os turcos seriam feitos prisioneiros e estes teriam valor, pois poderiam tornar-se matéria de troca em uma possível captura de nossos líderes ocidentais.

Quando chegamos bem perto, alguns deles lançaram suas espadas ao chão, fazendo o marechal relaxar e embainhar sua espada. A captura era certa. Mas, de repente, seis ou mais dos guardas de elite do emir, que tinham acabado de lançar suas espadas ao chão, tomaram seus arcos alojados nas costas tão rapidamente que percebi ser esta a arma principal daqueles turcos, visto sua habilidade em armá-la, e lançaram todos em direção ao nosso líder, Maurice Drion.

Não tive tempo de pensar, quando dei por mim já estava voando em direção àquelas flechas, tentando interceptá-las no ar, já que estava próximo do marechal. No ar, o zumbido e o baque foram quase em uníssono. Meu corpo absorveu as setas enquanto eu avançava. Everard de Barres correu em meu socorro e os cavaleiros, num enxame furioso, se atiraram em cima daqueles vermes. Somente o emir foi poupado.

As setas de meu corpo foram arrancadas por um hospitalário experiente.

— Esse homem salvou a vida de nosso marechal! — gritou meu companheiro de batalha, Everard de Barres.

— Se a coragem não lhe falta — levantou-me do chão o marechal Drion —, também não lhe faltarão graças, que suplicaremos a Deus Nosso Pai, em tua honra, cavaleiro!

Uma oração foi feita diante dos dois estandartes das duas ordens monásticas num espírito bastante severo e ao mesmo tempo sublime, pois o cenário de todos aqueles cavaleiros de joelhos agradecendo a Deus, após nossa vitória, muito me comoveu.

Carregamos os corpos dos templários e hospitalários mortos no lombo dos cavalos e tomamos o caminho de volta à fortaleza. Haveria um enterro em campo santo para os que tombaram. Com esforço consegui montar. Maurice Drion ia ao meu lado, agradeceu-me por minha atitude, disse-me que me devia a sua sobrevivência e que me honraria por minha atitude. Eu não esperava honras. Meu gesto foi instintivo, como o de uma mãe que ampara uma criança que não é sua na iminência de um acidente. Não tive tempo de pensar. A dor aumentava durante o trajeto. Naquela poderosa fortaleza haveria tempo para recuperar-me. A reluzente fortaleza estava bem à minha frente e o sangue que eu continuava a perder turvava meus olhos cada vez mais, e o mundo começou a parecer construído com a mesma matéria da qual são feitos os sonhos. Vi a fortaleza como um espectro branco erguido das entranhas do deserto, chapada contra o céu em brasa. Um desejo de homens que um dia quiseram atingir as alturas e, assim, colocaram pedra sobre pedra para alcançá-las. Suas longas torres tocavam levemente as nuvens, como a provocar o céu com sua imponência e convidar as nuvens a uma aproximação, mas impondo-lhes ao mesmo tempo um respeito temporal. E ao redor delas, a dançar uma ciranda de moinho, pássaros flutuavam, tentando entender aquelas novas árvores retas e monótonas.

Os estandartes negros encravados nos extremos da fortaleza pregavam seu credo ao vento. O sol aquecia a areia, que parecia devolver-lhe o calor. Os cavaleiros cavalgavam ao meu lado, conduzindo-me para a segurança da fortaleza; vestidos de branco, com suas longas capas marcadas com grandes cruzes vermelhas, pareciam anjos alados, deixando, vez por outra, entrever a prata das suas armaduras brilhar debaixo das asas.

Ao chegarmos à porta da fortaleza, todos desmontaram, ajoelharam-se, rogaram aos céus em oração e entraram. Senti-me como se estivesse voltando para casa. Um ancião saiu da fortaleza e veio em minha direção. Eu mal conseguia manter-me sobre o cavalo. Ajudaram-me a desmontar e, amparado por dois outros homens, seguimos aquele ancião, o grão-mestre da fortaleza, um velho todo vestido de preto que nos conduziu pela porta. Passamos por imensos corredores, de um branco ainda mais pálido do que aquele que alvejava o exterior da construção. Algumas cruzes brancas, outras vermelhas, idênticas às das capas dos cavaleiros, adornavam as paredes, refletiam o sangue que empapava minhas vestes. Cada cruz de sangue era o sacrifício da fé de algum mártir, seu sacro ofício. Eram também a dor do Nosso Senhor que ardia nas minhas feridas. Essas imagens me fortaleceram em meu martírio, e senti que tudo estava bem. As cruzes sempre foram vermelhas. Mas então deparei com as muitas outras bandeiras, estas negras com cruzes alvas, e me vi morrer... Enxerguei a morte de perto e era como se aquelas cruzes sobre o fundo da cor do luto selassem meu destino. Tive medo; um medo no fundo de minha alma de que minha vida fosse interrompida ainda com tanto a fazer e a cumprir, pois, para mim, minha honra não havia sido testada. Não o suficiente para eu me sentir tranqüilo e deixar-me levar pelas ondas da morte até os céus.

Ser recebido nas mãos titânicas de anjos sempre foi para mim um sonho passível de ser realizado, um desejo, um desfecho espiritual que me animava na vida mundana e nas minhas simples tarefas de homem; algo maior que eu realmente buscava, a fim de ultrapassar os poucos e comumente inalcançáveis desejos temporais.

Trouxeram-me água, e saciei minha sede lancinante. Depois, colocaram-me sobre uma mesa e despiram minha cota de malha para limpar e cuidar dos meus ferimentos. Vi então o rosto de Jean-Pierre preocupado ao meu lado. E do cavaleiro Everard de Barres. E de Yves Morin... O grão-mestre dos hospitalários pediu-lhes que se retirassem, e minha visão ficou turva.

15 de janeiro do ano de Nosso Senhor de 1137

Ainda não foi desta vez que fui descansar aos pés de Deus. Só posso concluir que minha missão ainda não se fez cumprir aqui na Terra.

28 de outubro do ano de Nosso Senhor de 1140

Meu grande amigo e irmão Everard de Barres, que tantas vezes lutou a meu lado e em tantas oportunidades salvou-me a vida, foi promovido a comandante da Ordem do Templo. Fiquei bastante satisfeito com a escolha de alguém como ele para nos liderar. Creio que Everard tem todas as qualidades de líder, pois é um homem justo e de grande coração. Como cavaleiro, Everard é capaz de manter a calma em momentos em que todos os outros cairiam em desespero.

Que a graça divina o acompanhe em todos os seus passos. Seguirei o comandante Everard para onde me ordenar, e estou certo de que meus irmãos Jean-Pierre, Yves Morin e Richard partilham minha opinião. Ele será de grande ajuda para o marechal Maurice Drion e para a Ordem do Templo.

23 de junho do ano de Nosso Senhor de 1143

Não sei que missão é essa em que nos colocaram, mas existe um elemento estranho nela: um velho de nome Crisóstomos Fólios. Já escoltamos peregrinos por diversas vezes, mas nunca ouvi falar de um destacamento inteiro de cavaleiros templários somente para escoltar um homem.

Ouvi comentários entre os irmãos de que se trata de um sábio. De fato, seus olhos transparecem uma paz divina. Mas o que os infiéis poderiam querer com esse homem a ponto de o mestre da Ordem designar todo um contingente para escoltá-lo?

Meu velho amigo Jean-Pierre lembrou-me do juramento que fizemos há dez anos:

— Irmão Robert, lembra-se de quando fizemos nossos votos? "Poderão ser enviados para países longínquos." "Poderão ter como tarefa cuidar de porcos." E tantas outras possibilidades apontadas na cerimônia. Não cabe a nós saber o destino do velho, mas sim obedecer à ordem de escoltá-lo.

As imagens do juramento me voltaram à memória. Já se tinham passado dez anos? Creio que esses anos todos no Oriente me fizeram perder a noção de tempo. Já são incontáveis as vezes em que cruzei os desertos, em que fui de um lugar a outro e em que derramei rios feitos do sangue dos infiéis. Dez anos... Já conto muito mais anos dentro da Ordem do Templo do que fora dela.

4 de julho do ano de Nosso Senhor de 1143

Naquela noite um silêncio mortal nos envolvia. A lua parecia emoldurada por um estranho nevoeiro. Cada vez que se escondia atrás da névoa, reaparecia com nova vestidura, agora toda carmesim. Meu olhar pousava sobre as montanhas visíveis ao redor e sobre alguns rochedos próximos. Um deles, um tanto tumular, pálido e cinzento, pareceu tomar a forma de um urso. Comecei a ver formas em todos os lugares. Formas de bestas ferozes, cada uma encolhida em seu ninho, prestes a atacar.

Resolvi caminhar e observar melhor o que de tão tétrico acontecia ao redor. Que aura magnífica de terror pairava naquela noite por sobre nossas cabeças.

Passei os olhos por todo o horizonte, a buscar bestas ainda mais maravilhosas. Era gostoso cair no calafrio daquela situação, rodeado de bons e temíveis cavaleiros, prontos a combater ao nosso lado, a correr em armas em nosso socorro, assim que as bestas se atirassem sobre mim. Era um exercício espiritual simular, ou melhor, enfrentar nossos medos mais obscuros. Afastar os espíritos maléficos que nos cercam em momentos de solidão, encarando-os na vigília de uma noite sob a lua sangrenta. O oculto aprecia apanhar-nos sonolentos, imersos na vulnerabilidade do sono, isso eu já sabia. Era quando estávamos de cintura não cingida, quando éramos crianças novamente na inocência do acordar que éramos cruelmente atacados. Essa noite cinza desafiava o espírito imundo em minha vigília. Era também eu um ser celestial e terreno a desafiar com meu desprezo os perigos invisíveis, as portas da morte. O peso tétrico da besta pairava sobre minha cabeça, sem ousar ofender-me; sem dobrar minha fé.

— Aos diabos a besta e suas invisíveis ameaças — praguejei. Sua covarde não-aparição inspirava-me agora, movido pelos calafrios anteriores, uma certa náusea do temor. Eu sou carne, mortal, visível, destrutível e cheia de necessidades. Um atrevimento, um desafio à vida. Um convite constante à morte. Fé em Deus e meu medo... Que meu medo seja a testemunha passiva de minha coragem, a coragem de enfrentar o invisível; a coragem de vencer desafios propostos por anjos — anjos do mal.

Batalhei sozinho por quase toda a noite enquanto meus aliados dormiam um sono pesado. Olhei uma última vez a lua que insistiu em brilhar ainda mais vermelha, amaldiçoando-me. Cuspi no chão e urinei encarando sua vermelhidão. Finalmente veio o sono e fui dormir.

De manhã, minhas batalhas internas pareciam sem sentido. Via os cavaleiros acordando, a buscar suas garrafas d'água, a ajeitar seus cavalos, checar suas selas.

Jean-Pierre veio a mim:

— Está com o semblante cansado, homem! Fez vigília esta noite?

Jean-Pierre tinha o dom de observar-nos por dentro, de não se enganar com nossas palavras. Era instintivo para ele olhar-nos nos olhos, investigando nosso estado de alma.

— De certa maneira, foi uma vigília. Uma vigília um pouco estranha...

— É normal! — respondeu com desdém, ajeitando sua vestidura, pendurando sua garrafa de água na sela do cavalo. — São as noites no meio desse nada! — Falou, olhando-me uma última vez, como quem estivesse me estudando, e se dirigiu ao centro do acampamento, fincando o estandarte dos templários ao lado do estandarte dos hospitalários, no lugar onde seria feita a oração da manhã. Em breve nos pusemos a caminho. Teríamos de encontrar um rio para reabastecermos nossas provisões de água, que já escasseavam devido aos nossos cavalos.

Quando o sol estava a pino, encontramos um rio que me pareceu de mau presságio, o que se somou à sensação torpe de minha noite anterior. O rio era lamacento e se encontrava sobre uma lúgubre região, onde não havia repouso nem silêncio. Suas águas eram amarelas e insalubres. Pareciam inertes, como se não corressem para o mar. Palpitavam eternamente sob o olhar do sol inclemente. Eu olhava ao redor em busca de alívio para aquela desoladora visão. Ao longo do rio lamacento, o pálido deserto revelava apenas o colo lívido. Fronteiras imortais revelavam o último suspiro que jamais alcançaríamos. O dia preso no tempo da desolação, em que não sopra vento algum, nunca, combinava com a noite tenebrosa que eu havia passado.

Prosseguimos ao longo do vale da morte... assim o chamei. Assim sempre seria seu nome.

Lentamente cavalgávamos e na mesma lentidão víamos boiando no leito do rio vários animais mortos. O comandante Everard me disse ser trabalho comum dos turcos envenenar os rios que serpenteavam nossas rotas quando as batalhas se tornavam mais acirradas, lançando neles nossos cadáveres. Diante do panorama que se apresentava ao longo de nossa rota e de nossa falta de água, foi decidido que adentraríamos mais o território da Síria. Mais à frente, atravessaríamos o território das fortalezas dos *hahxixin*, ou "assassinos", mas estes temiam os cavaleiros do Templo. Nosso destino, antes da capital bizantina, seria Antióquia, um principado poderoso e cristão fundado durante a primeira cruzada e sua primeira grande conquista. Arqueávamos contra o vento por parecer sem sentido parar novamente, pois já tínhamos descansado o suficiente para dois dias de vigília, apesar de eu estar meio letárgico devido à minha falta de sono na noite anterior.

Continuamos, e nossos batedores retornaram rapidamente avisando que nossos adversários haviam descido de suas montarias e novamente armaram suas tendas. A princípio nenhum de nós entendeu o que acontecia, mas nossos inimigos, nativos que eram, sabiam ler os sinais do deserto muito melhor que nós, os arrogantes ocidentais.

Caíamos conscientemente na armadilha que eles bem conheciam. Éramos cavaleiros templários e jamais temeríamos morrer em nome de Deus. Aliás, era essa a nossa máxima. A única morte digna para todos nós na Terra Santa. Mas uma tempestade de areia desabou sobre nós e aí eu conheci a verdadeira face do deserto. Havia suportado seu calor escaldante, sua falta de água e comida; seu frio noturno. Aprendi minha primeira lição de um deserto feroz. A onda gigante formada por um bloco só de areia nos abateu. Entendi nossos adversários e admirei sua sabedoria em se proteger daquele desastre que agora afogava os cavaleiros mais jovens, mais afoitos e assustados. Em pouco tempo alguns tombavam agonizantes enquanto eu, Maurice Drion, Everard, Jean-Pierre e os veteranos tentávamos virá-los deitados contra o chão. Tudo era muito confuso, e não conseguíamos falar, sob o risco de engasgar e sufocar. Tampávamos parcialmente nossos olhos com as mãos e conseguíamos ver os vultos contorcendo-se já com o assalto do pânico.

Mesmo assim, batedores foram enviados à frente em número dobrado.

O tempo alterou sutilmente durante a tarde e um vento quente surgiu.

Sabíamos que estávamos diante de algo novo, pois as areias castigavam nossas faces.

Agonizávamos. Tentamos poupar alguns cavaleiros, mas goles de areia já engrossavam nossa garganta. Não podíamos respirar. Tombamos. Meus olhos estavam apertados e eu vislumbrei um vulto de pé circulando no meio de nós. Apertei o cabo da espada... Abria e fechava os olhos na tentativa de ver quem o sinistro vulto atacaria. Procurei o comandante Everard, mas não o vi. Éramos um amontoado de homens curvados de joelhos diante do poder do deserto. Novamente vi o vulto se aproximar e depois se afastar. Não me convinha ficar de pé, pois só exporia minha posição, e minha condição não era própria para o combate. Vi que o vulto andava impassível à tempestade. Nada parecia perturbá-lo. Aguardei. O vulto agarrou algo e a princípio parecia ser o corpo de um cavaleiro morto. Ele o arrastava e o jogava ao chão; depois segurava outro e jogava, como a juntar, a empilhar cadáveres.

"Será um devorador de mortos?", pensei. "Será uma besta que coleciona cadáveres? Que os descarna e coleciona os ossos, os crânios?" Muitas das impressões sinistras de minha noite anterior vagavam agora em minha memória, ressuscitada pelo vulto cavernoso.

Foi quando assisti, em vida, ao primeiro milagre diante de meus olhos.

Era o velho Crisóstomos que caminhava em meio à tempestade, como se dela fizesse parte, como se fosse ele também de areia. Juntava na verdade, com suas próprias mãos, vários estandartes das duas

Ordens, amarrando-os entre si. "Que situação mais estranha", pensei de início, mas a sabedoria de suas ações seria explicada por suas próprias palavras. Ele, como quem enxerga nas sombras da tempestade, puxou o marechal Maurice Drion pelo braço e o levantou como quem tem a força de um jovem soldado.

Em seguida ergueu-me e também a Jean-Pierre e Everard, e nos entregou uma parte dos estandartes amarrados. Então nos ordenou que puxássemos com força a fim de esticá-los. Um grande muro de lona foi levantado em torno dos cavaleiros. Em seguida, contamos com a ajuda de outros que se punham em pé enquanto segurávamos a barreira de pano. Eles fincavam suas lanças em diagonal para suportar a força dos ventos cheios de areia e aos poucos dominamos a situação que sem dúvida nos mataria sufocados. Pudemos, após a primeira etapa, esticar outras capas e vestiduras dos cavalos, e já tínhamos nossa cabana de proteção. Salvos pelo velho que eu julgava não possuir forças para viajar conosco, eu fora testemunha da força de Deus por intermédio dele.

O velho caminhava por sobre a tempestade, impassível.

A tempestade deve durar a noite toda.

5 de julho do ano de Nosso Senhor de 1143

Aquela maldita tempestade durou mesmo a noite toda e somente pela manhã veio a calmaria.

Everard de Barres, Jean-Pierre e eu nos entreolhávamos e observávamos Crisóstomos retornar à sua habitual e enganadora fragilidade.

Jean-Pierre me olhava cada vez que o velho cruzava o caminho, cuidando dos noviços que estavam em mau estado.

— Carinhoso como um pai... — disse eu a Jean-Pierre, referindo-me a Crisóstomos.

— Como deveríamos ser! — praguejou em tom de auto-reprovação. Era sincero seu gesto; sempre sincero era esse homem, em quem eu realmente confiava. Ele continuou: — Mas a magia a que assisti ontem me fez temê-lo. Temer sua presença como um carrasco dos céus ao nosso redor. Vigiando-nos nas virtudes. Seria o santo homem capaz de nos amaldiçoar?

— Calma, Jean-Pierre. O que vimos veio por intermédio de um servo de Deus. Crisóstomos Fólios é um sábio monge bizantino, que traz o conhecimento dos monges *egumenos* da ilha de Chipre e carrega grande experiência e sabedoria — disse-lhe o comandante Everard que até então permanecera em silêncio.

— A humildade do velho me tranqüiliza, mas a ronda dele, perambulando durante a tempestade, foi um milagre. Um milagre que me trouxe medo do velho!

Olhava para Jean-Pierre, inquieto por sua desconfiança. Era soturno e aguerrido.

O comandante Everard nos disse que acamparíamos nas redondezas da fortaleza dos Assassinos, próximo da cidadela de Masyaf.

Tínhamos ocupado o dia na recuperação dos enfermos e pouco havíamos avançado em nossa jornada, de modo que o marechal achou que a noite de descanso nos haveria de recuperar. Atravessar território sírio e dos assassinos no dia seguinte iria requerer máxima prontidão de combate, além do pelotão turco que nos acompanhava não muito distante. Poderíamos sofrer um ataque conjunto, pois era uma completa incerteza o comportamento de nossos inimigos e suas muitas dinastias.

Acampamos próximos demais, eu achei, da principal fortaleza dos Assassinos.

A noite veio e o velho nos falou antes de dormirmos:

— O que aconteceu ontem foi um sinal a ser registrado e jamais esquecido. A tempestade se abaterá novamente sobre a cristandade. Como ontem se uniram os estandartes das Ordens e pudemos ser salvos, se a Igreja se mantiver unida poderemos salvá-la. Se a cristandade se mantiver unida será salva. A união dos estandartes foi um sinal para que a divisão que nos acomete, aos poucos e de forma profunda, não arruíne toda a cristandade!

Fez-se silêncio após aquelas duras palavras. Palavras com aval do recente acontecimento, mergulhadas no mistério do milagre.

16 de julho do ano de Nosso Senhor de 1143

Nosso destino é a Antióquia, e depois a Antióquia Pissídia. Disse-nos o marechal Maurice Drion que tentaríamos uma trégua com os armênios, tendo em vista que são cristãos. E são de fato bons cristãos. Sobreviveram aos ataques turcos por vários séculos. O olhar do marechal percorreu os grupos de cavaleiros. O marechal estava orientado a buscar a paz, cobrar tributos de quem pudesse e aliar-se a quem tivesse disposição de enfrentar os turcos e fazer frente ao crescimento das pretensões dos fatímidas na região.

A noite fria que se anuncia aumentaria a sensação de cansaço, mas diminuiria a tortura da sede. Desde a tempestade não renovávamos nosso estoque de água e de provisões. O marechal desviou o olhar para a meia dúzia de odres depositados sobre uma pedra à sua frente e que ainda continham alguma água para cada um de nós. Os cavaleiros haviam trazido o que lhes restava para que o superior fizesse a partilha que a caridade lhe ditasse. Quando um cavaleiro mais velho sorrira afastando aquele que lhe oferecera, o marechal da Ordem, Maurice Drion, tomara a decisão de guardar a água para os cavaleiros mais debilitados. Muitos haviam visto a morte de perto durante a tempestade e as dores dobravam seus corpos. O mais importante, pensou o marechal, era que em poucos dias estivéssemos todos em condição de montar de forma ordenada, como uma verdadeira tropa militar. Passaríamos perto da fortaleza de Masyaf e sabíamos que os assassinos estariam à espreita. Convinha dar-lhes a visão que esperavam e que sempre impusera respeito e medo. A visão de uma tropa templária.

17 de julho do ano de Nosso Senhor de 1143

O frio noturno, a fome e a sede começam a abater nossos ânimos. O marechal estava absorto em seus pensamentos enquanto aguardávamos ansiosos pelo retorno dos batedores. Até mesmo o cavaleiro Yves Morin se mantinha em um silêncio abatido. Eu tinha a cabeça baixa e buscava poupar as forças, devido à fome e sede que sentia.

Estávamos ao relento e quase pegando no sono quando Gosset Tartin chegou e foi ter com o marechal. Pudemos ler em sua expressão que as notícias não eram boas. Depois que deixamos o desfiladeiro, o marechal permitira que ele se desligasse do grupo e avançasse mais para leste, onde dizia saber da existência de um poço. Era a nossa melhor esperança naquele momento.

Gosset Tartin então nos comunicou com tristeza que encontrara o poço, mas que a água estava envenenada. Nem o cavalo quis beber. A mesma tática que já conhecíamos dos turcos.

— Os turcos — murmurou o marechal, perguntando a seguir: — Monrue já voltou?

Gosset Tartin meneou a cabeça.

— E adiante...

— Adiante há outro poço que pastores de cabras costumam usar. Passaremos por ele no meio da tarde, se retomarmos a viagem ao nascer do sol. Mas não posso garantir que esse poço também não esteja envenenado. Demos um castigo duro aos turcos. Impusemos a força de nossa vontade e de nossas espadas. Eles vão revidar, mas conhecem nossa disposição para a batalha. Querem-nos exauridos para a próxima batalha.

— Então encontraremos força em Nosso Senhor, pois batalhamos pela causa justa!

O marechal tinha seus momentos de grande bravura. Atrás daquele homem que não questionava as ordens que lhe eram impostas, quando a liberdade da situação lhe permitia, ele florescia como uma árvore vigorosa.

O marechal dispensou-o. Restava esperar pelo outro batedor. Seu olhar deixou o grupo e procurou a montanha cinzenta e distante. No interior da fortaleza de Masyaf havia poços, ele adivinhava, ou os facínoras não teriam ali o seu paraíso na terra. Mas conduzir seus homens à porta dos assassinos, mendigando água, seria a demonstração de que estavam fracos e vulneráveis. Ele afastou a idéia.

Ele então se dirigiu a mim e a Morin e nos dispensou também. Estávamos exaustos e o marechal viu que não tínhamos muita utilidade por ali.

O cavaleiro Yves Morin, embora tão cansado quanto eu, estava agitado. Sua mente, bem como a minha, se movimentava em um turbilhão de sentimentos e pensamentos, e não conseguiríamos dormir tranqüilos naquela noite. Ele sugeriu que fôssemos fazer companhia ao comandante Everard, que também devia estar em vigília, e concordei de imediato.

Como imaginávamos, Everard estava bem acordado e ficou satisfeito em ter companhia para dividir suas preocupações. Conversamos sob o céu estrelado, imaginando se sobreviveríamos àquela jornada, e, quando um manto de prata começou a descer da lua em direção ao acampamento, Philipe Monrue, o segundo batedor, retornou. Sua expressão era ainda mais tensa que a de Gosset Tartin. Ele murmurou algo no ouvido de Everard e, com um olhar interrogativo, Philipe quase suplicava ao comandante que se fizesse alguma coisa.

Everard então se levantou e nos chamou, Yves Morin, Philipe e a mim, para um lugar mais distante do acampamento, de onde não seríamos ouvidos pelos nossos companheiros.

— Avistou soldados turcos vindo nesta direção? E quanto à água, encontrou algum poço no caminho? — perguntou o comandante, para quem a falta de água representava perigo ainda maior do que a proximidade dos turcos.

Philipe Monrue contou o que vira. Havia cavalgado para leste, onde só encontrara uma vastidão pedregosa. No meio da tarde, avistou nuvens de poeira no horizonte, e não quis prosseguir naquela direção, temendo que fossem tropas turcas. Já no caminho de regresso, apeou para poupar a montaria, quando ouviu alguém se aproximando. Escondeu-se entre as pedras e viu passar à sua frente um soldado turco, possivelmente um batedor, que se encaminhava a trote na direção onde agora estávamos acampados.

O comandante Everard permaneceu em silêncio por alguns momentos. Fiquei apreensivo e, sem perceber, mordiscava as pontas de meus dedos, e só voltei a mim quando o gosto ferroso do sangue invadiu minha boca. Everard então declarou:

— Um soldado apenas... Sim, é possível que seja um batedor. Faz pouca diferença que saibam onde estamos. Já poderiam nos ter atacado no desfiladeiro e não o fizeram. São tropas de fronteira e apenas vigiam. Querem saber para onde nos dirigimos. Nossa rota agora é clara, mesmo para eles. Vamos para Antióquia.

E, como se o batedor lesse nossos pensamentos, antes de se afastar e retornar ao acampamento para se reportar ao marechal, Philipe Monrue declarou que nosso maior problema seria encontrar água.

18 de julho do ano de Nosso Senhor de 1143

Cada vez estamos mais próximos da sinistra montanha cinzenta. Ela se ergue à frente de nossos olhos e, mais ainda, em nossas mentes. Cada cavaleiro conhece uma história ou outra que trate da seita de assassinos, e estas histórias têm povoado nossos pensamentos como assombrações. Ao cair da tarde, os cavaleiros se juntam e contam suas histórias, mas hoje ouvi trechos de conversa que me fizeram pensar o que é lenda e o que é real. Talvez a sede também esteja me afetando os sentidos, pois já sinto dificuldade em discernir o que é do mundo e o que é meu.

O cavaleiro Yves Morin parece animado com a perspectiva de ver o rosto dos assassinos. Ele brincou com essa perspectiva e, sem querer, iniciou uma conversa da qual não sei se gostaria de ter participado.

Vincent Péchaud logo replicou ao tom sarcástico de Morin e disse com seriedade:

— Eles não têm essa opinião de si próprios, não se vêem como assassinos, mas como religiosos, membros de uma seita.

— Religiosos! Oh, Péchaud! Esses bruxos exercem sua fé quando cravam as adagas em nossas costas — disse Philipe Monrue, que se juntara ao grupo.

Algumas risadas cortaram a tarde. Jean-Pierre interveio:

— Cavaleiros! Cavaleiros! Não devemos ser injustos. Também nós exercemos a fé com espadas.

Philippe Monrue não se deu por achado:

— Nós não matamos os que estão dormindo nem nos dedicamos a torturar os reféns que caem em nossas mãos! Contaram-me sobre um refém que eles fizeram na última primavera, e é uma história que revela a brutalidade desses que se dizem religiosos.

Preocupado, um dos cavaleiros perguntou-lhe se este refém estava em Masyaf. Monrue respondeu:

— Não foi em Masyaf, mas em outra das suas fortalezas. Têm várias moradas, esses demônios, e cada uma é um antro de ignomínias. A esse homem de quem me falaram, os assassinos cortaram as mãos e a língua para que não pudesse relatar, nem pela fala, nem pela escrita, o que vira e ouvira entre eles. Ainda mais, exigiram o resgate para o que sobrava do homem, a quem a libertação não trouxe proveito, pois morreu a caminho de sua terra. Esses ismaelitas fizeram aliança com o diabo!

Mas ninguém parecia se lembrar daquilo que eu considerava o aspecto mais importante em relação à fortaleza que crescia a nossa frente. Eu, que havia permanecido em silêncio até aquele momento, perguntei ao grupo quem os liderava. Monrue, que parecia ser o mais bem informado, seja de fatos ou de lendas, respondeu que o chamam o *aloadin*, ou o Velho da Montanha.

Preocupado se haveria algum tipo de aliança entre os assassinos e os sarracenos e turcos, pois a mesma fé os une, mais uma vez levantei a questão. O que me interessava era a formação militar, alianças e tratos do inimigo. Philipe Monrue declarou:

— Causam grande terror a todos, não só aos príncipes sarracenos como também aos cristãos de todos os reinos. São muito eficientes quando escolhem uma vítima, e sempre traiçoeiros. Consideram-se também seguidores de Mohamed, mas não cumprem os preceitos do Livro. São como os falsos cristãos que habitam os reinos e principados cristãos. Comem carne de porco e ainda fazem pior, pois dizem que se comportam como cães deitando-se com suas mães e irmãs. Matam as pessoas na traição! E usam apenas adagas...

Ponderei, pois para mim a questão do preparo militar dos *hahxixin* era, naquele momento, mais importante do que suas atitudes morais. Haveria enfrentamento; era inevitável.

Philippe Monrue, respondendo aos olhares indagadores do restante dos cavaleiros, continuou, interrompendo meus pensamentos:

— Usam qualquer arma que lhes pareça servir ao seu propósito e recebem adestramento desde muito jovens. São provavelmente persas. Turcos é que não são. Posso apenas lhes contar o que ouvi de outros, mas deve ser verdade, pois quem me relatou os fatos foi um refém sarraceno que temia que o entregássemos por engano aos *hahxixin*. Fora apanhado pelos nossos quando os vigiava e confundido com um deles. Contou-me muitas coisas, o que andara observando e o que conseguira colher entre os camponeses que guardam seus animais. Os que comandam a seita são persas ricos e possuem muitos rebanhos. O *aloadin* é senhor de todo um vale pontuado por fortalezas. Masyaf é uma espécie de porta de entrada. Os filhos dos camponeses são levados ainda pequenos para serem instruídos. Aprendem várias línguas, inclusive o latim, o grego e o romano, além de os mais aptos serem adestrados para o uso das armas. Porém, a mais importante lição que aprendem é a da lealdade absoluta ao *aloadin*. Essa lealdade lhes é apresentada como uma lei que não foi escrita no Corão, mas quem não a obedecer recebe a morte, além de perder o paraíso.

Sem compreender o que significaria a "perda do paraíso", o noviço Mouchet interrompeu:

— Crianças poderiam ficar temerosas diante de tais perspectivas, mas como convencer os jovens do que significa a perda do paraíso?

Monrue demonstrou um sorriso de satisfação, daqueles que damos quando temos uma informação que ninguém mais possui, e prosseguiu:

— Da melhor maneira possível, fazendo-os viver nele. Contou-me o sarraceno que o *aloadin* mantém num dos seus palácios muitos jovens entre os doze e os vinte anos. Eles vivem em meio a um luxo extraordinário, suas roupas são de seda, a comida é farta e refinada e desfrutam belas mulheres. Todas as promessas do Corão realizadas.

— Está me parecendo que o sarraceno zombou de você — interpôs Jean-Pierre, acrescentando: — A mim também contaram que os jovens assassinos são presenteados com uma adaga de ouro para que matem suas vítimas. Creio que tudo não passa de lendas espalhadas pela própria seita. Sem terem nenhuma doutrina para oferecer, inventam histórias à espera de que sejam respeitados e temidos.

Philippe Monrue discordou, dizendo que não eram histórias:

— O *aloadin* faz todos os seus seguidores acreditarem que ele é um grande profeta. Quando deseja enviar em missão um dos seus *ashishin*, ele o convoca entre os que vivem no paraíso que preparou. Trata-se geralmente de um jovem, recolhido ainda criança, e que nunca conheceu ninguém além dos mestres, dos serviçais e das mulheres que ali estão para o seu prazer. É-lhe dada uma poção para beber e, quando ele adormece, carregam-no para outra fortaleza, de maneira que é grande o espanto do jovem quando acorda num lugar lúgubre e sem nenhuma das coisas a que se habituara. Então, ele é levado à presença do Velho da Montanha. O *aloadin* faz-lhe perguntas, pedindo-lhe que descreva o lugar de onde veio. Venho do paraíso, diz o jovem, e descreve-o tal e qual o profeta Mohamed deixou escrito no Corão. Então o Velho lhe revela que o tirou do paraíso para que cumprisse uma importante missão. Ele diz alguma coisa assim: "Vá e mate fulano ou beltrano e, quando retornar depois de cumprida a missão, os meus anjos o levarão de volta ao paraíso. E se acontecer de você morrer, os anjos irão ao seu encontro da mesma forma e o seu destino será o mesmo".

Jean-Pierre achou a narrativa de Monrue absurda, mas alguns cavaleiros acharam que aquilo tudo era possível e havia mesmo muito mais coisas a dizer sobre os *hahxixin* que Philippe Monrue desconhecia. Julien Mouchet aproximou-se de mim para perguntar se eu acreditava naquelas histórias. Dei de ombros. O perigo não está nas coisas estranhas que fazem, mas na intenção que têm de nos deixar ou não passar por sua porta. Amanhã saberemos. Mais preocupado em saber se o marechal precisava de nós, disse-lhe para dormir ao seu lado enquanto eu montaria guarda com Julien Mouchet.

A poucos passos, os cavaleiros deitavam suas capas e recostavam seus escudos.

A não ser pelas sentinelas que vigiavam os quatro horizontes, e nós que protegíamos nosso marechal, o sono, trazido pelo cansaço e pela sede, calou as vozes por todo o acampamento.

A lua visitara mais dois quadrantes no céu quando percebi que sonhava de olhos abertos. Pareceu-me depois ter sido mais uma visão do que sonho. Tentava em vão recordar o motivo que me fazia encaminhar para a fortaleza de Masyaf. Ao redor, tudo era um silêncio bestial e sombrio, isto é, sons existiam, mas eram urros e gritos longínquos de mulheres, muitas, quase inaudíveis. À medida que me aproximava, olhava em volta esperando ver surgir de trás das pedras bandos armados dos *hahxixin* prontos a se lançar sobre mim. Levei a mão ao punho da espada. Eu me sentava na sela de meu invisível cavalo alado. Ao contrário de um ataque, percebi que os *hahxixin* não estavam à minha espreita, mas parados por sobre as montanhas de pedra ao redor da fortaleza. Usavam mantos negros e não mantinham postura de defesa, mas estavam estáticos, entoando alguma espécie de mantra.

O mantra sombrio se misturava ao som dos gritos das mulheres invisíveis, e alguns daqueles gritos se transformavam em choros de bebês. Podia sentir o sofrimento das crianças, pois era um choro contido, pairando nas profundezas do desespero. O mantra puxoume para dentro da fortaleza, como se eu fosse uma ave, uma caça. Passei pelos guardas da fortaleza e todos exibiam sorrisos satânicos enquanto o som dos choros dos bebês aumentava. Eu voava... para o seu interior. O interior de um complexo de fortalezas regidas pela imensa Masyaf.

Os uivos de algumas mulheres eram sufocados por gemidos de prazer e se misturavam.

Tentava retroceder, mas avançava sempre, sem que minhas mãos tivessem força para sacar minha arma.

Minha volúpia rondava meu espírito enquanto voava acima da fortaleza, mas minha fé não me abandonava. Senti gosto e desgosto pelos sons sensuais que me cercavam e tentavam invadir meu espírito. Meu medo tornava-se ódio, e o ódio, uma espécie de tirania sádica que desprezava o lamento dos bebês. Desejei ver seu sangue jorrar e em gozo me vi entre as mulheres voluptuosas que emanavam os sussurros de prazer. Minha fé estava enevoada por aquelas sensações carnais que evaporavam por todo o complexo.

Tentava retroceder, mas avançava sempre, sem que minhas mãos tivessem força para sacar as armas espirituais.

Senti-me livre para gozar a carne em fúria e desprezo pelo gênero humano, em especial por aqueles que me trariam prazer e gozo. O mal se insinuava sensual, sitiava-me. Pensei em minha situação... pensei em meu espírito. Como minha alma estaria diante daquele vagalhão torpe. Eu voava cego e somente cego podia ver os jardins secretos da seita dos assassinos.

Com grande esforço e certo medo, acordei de meu devaneio, ou visão, ou fossem o que fossem aquelas sensações vivas que pareciam tentar minha alma.

Procurei lembrar os ensinamentos dos sábios e não me perturbar com sugestões insólitas de ordem demoníaca.

Olhei ao redor — só vi silhuetas das colinas e o céu todo estrelado. Nada havia de ameaçador. Retornei ao serviço de vigília.

19 de julho do ano de Nosso Senhor de 1143

Pensei no sonho que tivera. Estava certo de que era algum aviso. Trovões e raios longínquos demonstravam que a passagem por Masyaf não seria pacífica. Poderia contar aquela visão ao marechal, mas que outra providência podia tomar? Este já determinara que devíamos passar pela fortaleza, que tínhamos ordens de estabelecer contato com os *hahxixin*, mas demonstrando claramente estarmos todos prontos para responder a um ataque.

Olhamos a silhueta do forte de Masyaf, seu complexo de fortalezas, embora pouco falássemos, aguardando que os primeiros sinais da aurora chamassem os cavaleiros.

Aparelhei os cavalos antes mesmo que alguns cavaleiros despertassem do sono. Os animais estavam inquietos devido à falta de água e sabíamos que não suportariam mais um dia inteiro de marcha sob o sol inclemente.

Aos poucos os cavaleiros se punham em pé, recompostos pela noite de sono.

O marechal dirigiu-se a todos:

— Não sei o que poderá acontecer hoje quando estivermos diante da fortaleza — disse —, por isso devemos pensar no que faremos caso os *hahxixin* queiram atacar-nos.

— Pensa que seremos atacados? — perguntou um noviço com voz temerosa.

— Penso que devemos decidir agora o que deve ser feito caso sejamos atacados — repetiu o marechal. — Eis o que faremos.

O marechal riscou o chão com sua espada e começou a descrever o que seriam as estratégias de defesa. E todas se baseavam em contra-ataque, nossa tática predileta.

— Temos a responsabilidade de estabelecer trégua com esses *hahxixin*. Ou abrir as portas do inferno contra eles. Se houver trégua, os *hahxixin* poderão tornar-se aliados ou até pagarem tributos à Ordem. Se conseguirmos trégua, eles serão mais uma pedra de tropeço contra nossos inimigos. Se houver guerra, será o fim dos *hahxixin*.

A seguir, o marechal deu ordem para que todos montassem. Os estandartes ladeavam o superior.

A falange se organizava para segui-lo. Os sinais de cansaço haviam sido varridos dos corpos por uma determinação interior que fazia parte de um longo adestramento militar. Olhando de perto aqueles irmãos cavaleiros, ninguém poderia sequer adivinhar as muitas atribulações pelas quais havíamos passado ou a privação de água que atormentava a todos. Pensei que soldados de Cristo deviam ser assistidos por uma força divina, como eu próprio tinha a certeza de o ser, pela graça recebida de pertencer à Ordem do Templo.

Cavalguei, como de costume, ao lado do comandante Everard. Seguíamos com calma. Não galoparíamos até que isso fosse necessário. Aproveitei para comentar com ele a respeito das conversas que circulavam entre os cavaleiros, sobre a seita dos assassinos e as lendas que a cercam.

O comandante da Ordem, que muito tinha estudado sobre os inimigos em potencial que nos aguardavam no Oriente, então me contou o que sabia sobre os Assassinos:

Quando nasceu Hassan, a doutrina xiita à qual aderiu era dominante na Ásia muçulmana. A Síria pertencia aos fatímidas do Egito, e uma outra dinastia xiita, a dos buaüdas, controlava a Pérsia e ditava sua lei ao califa abássida em pleno coração de Bagdá. Mas, durante a juventude de Hassan, a situação inverteu-se completamente. Os seljúcidas, defensores da ortodoxia sunita, apossaram-se de toda a região. O xiismo, antes triunfante, passou a ser então não mais que uma doutrina tolerada e muitas vezes perseguida.

Hassan, que cresceu rodeado de religiosos persas, insurgiu-se contra essa situação. Por volta de 1071, ele resolveu ir instalar-se no Egito, último baluarte do xiismo. Mas o que descobriu no país do Nilo não foi nada reconfortante. O velho califa fatímida al-Mustansir era ainda mais manipulador que seu colega abássida. Ele não ousava mais sair de seu palácio sem autorização de seu vizir armênio, Badr el-Jamali, pai e predecessor de al-Afdal. Hassan encontrou no Cairo muitos fundamentalistas religiosos que compartilhavam suas apreensões e desejavam, como ele, reformar o califado xiita e vingar-se dos seljúcidas.

Logo tomou corpo um verdadeiro movimento, tendo por chefe Nizar, o filho mais velho do califa. Tão piedoso quanto tenaz, o herdeiro fatímida não teve a menor vontade de se entregar aos prazeres da corte nem de assumir o papel de marionete nas mãos de um vizir. Quando morresse seu velho pai, o que não deveria demorar, ele deveria assumir a sucessão e, com a ajuda de Hassan e de seus amigos, assegurar aos xiitas uma nova idade de ouro. Foi então estabelecido um plano minucioso, do qual Hassan foi o principal artesão. O militante persa então se instalou no coração do império seljúcida a fim de preparar o terreno para a reconquista que Nizar deveria empreender ao assumir o governo.

O sucesso de Hassan ultrapassou todas as expectativas, mas seus métodos eram bem diferentes daqueles imaginados pelo virtuoso Nizar. Em 1090, ele se apossou de surpresa da fortaleza de Alamut, esse "ninho de águias", situado na cadeia de montanhas de Elbruz, perto do mar Cáspio, numa zona particularmente inacessível. Dispondo assim de um santuário inviolável, Hassan começou a elaborar uma organização político-religiosa cuja eficácia e espírito de disciplina permaneceriam inigualados.

Os adeptos eram classificados segundo seu nível de instrução, confiabilidade e coragem, dos noviços aos grandes mestres. Seguiam cursos intensivos de doutrina, assim como um treinamento físico. A arma preferida por Hassan para aterrorizar seus inimigos era o assassinato. Os membros da seita eram enviados individualmente ou, com menos freqüência, em pequenas equipes de dois ou três, com a missão de matar uma personalidade escolhida. Geralmente se disfarçavam de mercadores ou ascetas, circulavam na cidade onde deveria ser perpetrado o crime, familiarizavam-se com os locais e os hábitos de sua vítima; depois, uma vez que seu plano estivesse estabelecido, agiam. Mas, se os preparativos eram feitos de modo mais secreto possível, a execução deveria necessariamente acontecer em público, diante do maior número possível de pessoas. É por isso que o local é a mesquita e o dia preferido é a sexta-feira, geralmente ao meio-dia. Para Hassan, o homicídio não era um simples meio de se livrar de um adversário; era antes de tudo uma dupla lição dada ao público: a do castigo de quem era morto e do sacrifício do adepto executante, chamado *fedai*, isto é, "Comando Suicida", porque quase sempre a revanche se fazia imediatamente.

O primeiro crime, executado em 1092, dois anos após a fundação da seita, é por si só uma epopéia. Os seljúcidas estavam então no apogeu de seu poder. Ora, o pilar de seu império, o homem que organizou, durante trinta anos, o domínio conquistado pelos turcos num verdadeiro Estado, o artífice do renascimento do poder sunita e da luta contra o xiismo, é um velho vizir cujo nome já evoca a obra: Nizam el-Mulk, a "ordem do reino". A 14 de outubro de 1092, ele é apunhalado por um adepto de Hassan. "Quando Nizam el-Nizam el-Mulk foi assassinado", disse Ibn al-Athir, "o Estado se desintegrou." De fato, o império seljúcida jamais reencontrou sua unidade. Sua história não mais será pontuada por conquistas, mas por intermináveis guerras de sucessão. Missão cumprida, poderia ter dito Hassan a seus camaradas do Egito. Doravante, o cã está aberto para uma reconquista fatímida. A vez é de Nizar. Mas, no Cairo, a insurreição fracassa. Al-Afdal, que herda o vizirato do seu pai em 1094, esmaga impiedosamente os amigos de Nizar, que é emparedado vivo.

Hassan encontra-se, assim, diante de uma situação imprevista. Ele não renunciou à abertura de um renascimento do califado xiita, mas sabe que isso vai demorar. Conseqüentemente, modifica sua estratégia; ao mesmo tempo que continua seu trabalho de solapar o Islã oficial e seus representantes religiosos e políticos, esforça-se para encontrar dali em diante um local para implantar e constituir um espaço autônomo. Ora, que região poderia oferecer melhores perspectivas do que a Síria, fragmentada nessa infinidade de Estados minúsculos e rivais? Bastava à seita introduzir-se na Síria, jogar uma cidade contra a outra, um emir contra seu irmão, para conseguir sobreviver até o dia em que o califado fatímida saísse do seu torpor.

Hassan despacha para a Síria um pregador persa, um enigmático "médico-astrólogo", que se instala em Alepo e consegue ganhar a confiança de Redwan. Os adeptos começam a chegar em massa à cidade, pregando sua doutrina, constituindo células. Para conservar a amizade do rei seljúcida, eles não se recusam a prestar-lhe alguns pequenos serviços, notadamente assassinar certo número de seus adversários políticos. Quando morre o "médico-astrólogo", em 1103, a seita, imediatamente, delega a Redwan um novo conselheiro persa, Abu-Taher. Muito rapidamente, sua influência torna-se ainda mais esmagadora que a de seu predecessor. Redwan vive sob seu total domínio e, segundo Kamaleddin, nenhum alepino pode obter o menor favor do monarca ou resolver um problema administrativo sem passar por um dos inumeráveis sectários infiltrados no séquito do rei...

Eu me impressionava com o conhecimento demonstrado por meu superior, e ia interrompê-lo para esclarecer algumas dúvidas, mas fomos surpreendidos pela visão da fortaleza sobre a montanha, o que nos fez calar.

Chegamos à fortaleza quando o sol estava no seu ponto mais alto. Apesar da luminosidade do dia, a montanha cinzenta não havia perdido seu aspecto sinistro. Erguia-se diante dos nossos olhos como uma ameaça silenciosa. A construção confundia-se com a rocha na qual estava encravada. Olhávamos as muralhas e as seteiras sem conseguir distinguir qualquer movimento. O marechal Maurice Drion passara a ordem, mandando que mantivéssemos os cavalos a passo lento. Em nenhum momento a pressa devia dar aos olhos que os espiavam — e ninguém duvidava de que eram muitos — a idéia de que temêssemos alguma coisa.

De repente, a grande porta da fortaleza se abriu. O marechal fez sinal para que as colunas estacassem. Com uma manobra rápida, viramo-nos na direção da porta, ocupando todo o caminho em frente à construção.

Vimos sair um grupo montado de cerca de vinte homens, usando túnicas claras e mantos sobre suas cabeças. Não se precipitaram para fora, mas saíram a trote lento para indicar que suas intenções eram pacíficas. No entanto, nós, cavaleiros, num só gesto e ostensivamente desembainhamos nossas espadas.

O grupo freou suas montarias e todos apearam. Depois, para deixar ainda mais clara sua atitude pacífica, puseram suas adagas no chão. Agora, caminhavam na direção do marechal.

Lancei um olhar ao redor e não vi outra gente além daquela que saíra da fortaleza. Também as muralhas continuavam desertas.

O líder do grupo era um homem magro e alto com uma longa barba negra e encaracolada. Inclinou-se por três vezes diante de Maurice e só então falou:

— Sou Yussuf Yazbek e vosso servo. Nosso *aloadin* manda suas saudações, desejando que Alá seja testemunha de quanto seu coração se rejubila com a presença dos nobres cavaleiros templários. São todos muito bem-vindos à fortaleza de Masyaf. Vossa jornada é longa e o sol, sem misericórdia. Nosso *aloadin* pede que aceitem a humilde sombra de sua casa e um lugar à sua mesa. Ele deseja partilhar convosco tudo o que possui e que vos agrade dentro destas muralhas.

Maurice Drion respondeu às palavras de Yussuf Yazbek com uma ligeira inclinação de cabeça. Eu ouvira as palavras de Yussuf Yazbek, mas meus olhos não deixavam o rosto do marechal, tentando ler o que lhe ia no pensamento. Aceitar entrar no covil dos assassinos era a última coisa que esperava ouvir dos lábios do superior.

Maurice Drion não demorou muito tempo para dar sua resposta. Disse ao servo que dissesse ao *aloadin* que agradecíamos suas palavras de boas-vindas e aceitaríamos seu convite. Assim que encontrássemos lugar adequado, assentaríamos o acampamento. Então iríamos ao seu encontro para desfrutar a hospitalidade oferecida.

Yussuf Yazbek voltou a inclinar-se por três vezes como fizera à chegada, o sorriso no rosto mostrando o agrado pelo sucesso de sua missão. Dirigiu-se de novo ao marechal:

— Meu senhor deseja ainda que aceitem esta oferta para o conforto dos que permanecerão no acampamento — disse ele, fazendo sinal para o portão. — Seus cavalos poderão ser tratados nas baias da fortaleza.

Outros membros da seita surgiram puxando mulas carregadas de provisões e de barris de água.

Maurice repetiu sua inclinação de cabeça, dando a entender que aceitava a oferta. Depois, fez sinal às colunas para colocarem as espadas de volta às bainhas. Os cavaleiros voltaram à formação inicial. As mulas saídas da fortaleza lhes foram entregues.

— Acamparemos um pouco adiante das muralhas — disse o superior ao líder que os recebera.

A um novo sinal, as colunas prosseguiram, enquanto Yussuf Yazbek e seu grupo multiplicavam suas reverências, vendo passar o resto dos homens.

Quando já havíamos nos afastado o suficiente para não sermos ouvidos, o comandante Everard perguntou ao marechal:

— Pretende mesmo entrar na fortaleza?

— Recusar o oferecimento de partilhar o teto e a mesa seria uma provocação. Não temos outra escolha — respondeu-lhe Maurice.

— Contanto que possamos permanecer com as nossas armas — murmurou Everard ao meu lado.

— Eles não ousariam propor que fossem deixadas no acampamento — tranqüilizou-nos o marechal. — Pelo menos temos água e provisões já fora das muralhas. Se precisarmos deixar o lugar às pressas, podemos ter esperança de alcançar Antióquia.

— Tão certo quanto a noite segue o dia, deixaremos a fortaleza às pressas — profetizou o comandante Everard de Barres.

Maurice Drion surpreendeu-se com suas palavras e lhe disse:

— Levarei comigo apenas alguns dos cavaleiros para dentro de Masyaf. Os outros permanecerão no acampamento. Os que ficarem terão toda a tarde para tratar dos cavalos. Deverão fazê-lo em pequenos grupos. Se não deseja entrar no covil dos *hahxixin* e ouvir o que têm a dizer, Everard, não será obrigado a isso.

— Entrarei na fortaleza — assegurou-lhe o comandante —, mas não por minha própria vontade. Não acredito que esses assassinos tenham alguma coisa honesta a propor.

— Alegro-me que se mantenha ao meu lado, Everard — disse Maurice com um sorriso, antes de apontar o lugar onde deveríamos armar o acampamento.

Seguimos para o lugar apontado, e eu disse a Everard:

— Seguirei com o senhor, comandante.

Ele me dirigiu um sorriso de gratidão. E, sabendo que eu estava informado sobre os perigos que correríamos, nada disse e me dispensou.

Deixei o comandante e fui então à procura de Jean-Pierre, querendo saber o que o cavaleiro pensava daquele encontro com os *hahxixin*. Encontrei-o organizando a distribuição dos barris de água e das provisões.

— Permanecerei no acampamento — declarou ele — e creio que você devia fazer o mesmo.

— Então, opõe-se a esta aventura — concluí e afirmei a minha intenção de acompanhar o comandante Everard.

Jean-Pierre tomou-me pelo braço e caminhou comigo, fazendo-me subir a um rochedo. Perguntou-me, apontando para a direção de onde tínhamos vindo:

— O que deixamos para trás, meu amigo?

Eu não sabia aonde ele queria chegar com aquela pergunta. Ele próprio deu a resposta:

— Deixamos uma tempestade de areia que quase nos ia matando. E onde estamos agora? — perguntou, apontando na direção de Masyaf.

— No covil dos assassinos — disse-lhe.

— Certo — concordou ele, propondo uma terceira pergunta, e apontando para onde o caminho se perdia entre os rochedos:

— E o que pensa que encontraremos à nossa frente?

— Novos desafios... — propus.

— E que nos poderão conduzir também a uma morte sem sentido — disse Jean-Pierre. — Será que não está esquecendo os ideais que motivaram sua vinda? Por que se meter em assuntos que não lhe dizem respeito e entrar no covil dos assassinos?

Ponderei sobre aquilo que meu amigo me dissera e nada respondi. Jean-Pierre fechou-se no silêncio e na tristeza e, juntos, deixamos o rochedo e voltamos ao acampamento.

No meio da tarde, depois que Maurice Drion instruiu os cavaleiros que permaneceriam no acampamento de todos os passos a serem tomados caso tardássemos em retornar da fortaleza de Masyaf, pusemo-nos a caminho. O marechal ordenou que os estandartes permanecessem no acampamento. Éramos ao todo trinta cavaleiros, incluindo o comandante Everard. Este último mantinha sua opinião de que uma visita aos *hahxixin* não resultaria em proveito para ninguém. Antes de nos dirigirmos à fortaleza, ouvi o marechal argumentando com ele sobre a necessidade de ouvir mesmo o que dizem os inimigos e, quem sabe, usar a diplomacia para convencê-los de que nada ganhariam voltando-se contra nós.

— Buscar aliança com bandidos? — perguntou-lhe Everard na sua maneira séria.

O marechal reforçou mais uma vez que Everard não era obrigado a entrar na fortaleza, mas o comandante não deixaria seu superior correr perigo sozinho.

O sol apenas começara a inclinar-se quando chegamos ao grande portão na muralha. Ele se abriu à nossa aproximação, como se fosse por mãos invisíveis. Yussuf Yazbek e outros membros da seita nos aguardavam, continuando a favorecer-nos com suas reverências. Apeamos, e serviçais levaram nossos cavalos.

A seguir, fomos conduzidos por um largo túnel escavado na rocha. A intensa luz brilhando adiante nos fez acreditar que caminhávamos para um espaço aberto, mas nada que pudéssemos imaginar haveria de equiparar-se àquele claustro que apareceu diante dos nossos olhos. Era cercado de imponentes colunas, unidas umas às outras com um rendilhado que somente o cinzel de um perfeito artífice poderia ter criado. Estas circundavam um jardim de pequenas árvores frutíferas, cada uma oferecendo o esplendor da sua floração nos frutos sumarentos, de aspecto delicioso e ao alcance das mãos. No centro, uma fonte sextavada em pedra rósea erguia-se alta. De vários pontos jorravam, cantando, águas cristalinas. Pequenos pássaros vinham em vôo rasante tocá-las com suas asas.

O marechal foi à procura do *aloadin* e, não o vendo, perguntou ao nosso guia quando seríamos levados ao seu encontro. Yussuf Yazbek, sem nunca deixar de sorrir, informou-nos que deveríamos aguardar a hora do banquete, e que, antes disso, seu senhor e amo queria que nos recuperássemos da longa jornada que havíamos empreendido. Então, encaminhou-nos para um dos lados do claustro onde havia uma mesa longa com um grande número de cálices. Neles, os serviçais derramavam uma bebida de coloração violeta e de suave aroma. Como hesitássemos em nos servir, Yussuf Yazbek e alguns dos membros da seita pediram que escolhêssemos, ao acaso, qualquer dos cálices para eles beberem, provando que não havia nada naquela bebida que nos ofereciam além do desejo de acariciar nosso paladar. Bebemos depois de eles o terem feito. A bebida era espessa e licorosa, de sabor muito agradável. Notei que o comandante Everard de Barres apenas levou o cálice aos lábios, mas não bebera.

Quando todos os cavaleiros haviam sido servidos, novo convite foi feito para que nos dirigíssemos ao lado oposto do claustro. Pensei que finalmente iríamos conhecer o Velho da Montanha. Mas nova surpresa nos aguardava. Fomos conduzidos a um amplo salão de banhos. Havia três piscinas, como outrora nos banhos públicos em Roma. Segundo me explicou Yussuf Yazbek, grandes depósitos do lado de fora forneciam água quente por calhas sob a pedra, mantendo-a a uma temperatura própria para tirar o cansaço dos corpos na mesma hora em que ali se banhassem.

Fomos despidos por serviçais. Aceitamos sua ajuda, sem no entanto nos separarmos das nossas espadas, que deixamos à mão, como se esperássemos que daquelas piscinas emergissem dragões. Everard de Barres recusou aquele serviço e livrou-se facilmente do servo que tentou ajudá-lo a se despir. Foi sentar-se à distância e ficou observando, atento.

Em princípio, o mergulho naquela água tépida parecia revigorar-nos, mas aos poucos nossos corpos se sentiram pesados e nos faltava vontade para esboçar qualquer movimento. Eu me perguntava de onde me vinha aquela languidez, se do cansaço, se da poção que havíamos bebido, se do vapor aromático que envolvia o ar do salão de banhos.

Saí da água com algum esforço. Outras mãos me conduziram para uma mesa onde me fizeram deitar. Derramaram óleo sobre o meu corpo. Eu lutava para manter os olhos abertos, mas o delicado som de flautas que nos chegava vindo do jardim minava minha vontade. Fechei os olhos. As mãos que me tocavam espalhando óleo pelo meu corpo tinham um toque tão delicado que eu me sentia flutuar. Abri os olhos para uma cortina de cabelos que cobria meu rosto. Aspirei seu perfume. Tive a certeza de que o serviçal fora substituído por uma jovem, quando pude sentir que era um par de seios e de coxas que espalhava o óleo no meu corpo. Afastei-a com delicadeza e algum esforço da vontade. Sentei-me na mesa e, através da névoa perfumada, podia ver muitas jovens debruçadas sobre os cavaleiros. Levantei-me e comecei a me vestir, recusando a ajuda da jovem. Everard de Barres veio ter comigo e murmurou:

— A sedução é o veneno que nos dão para beber. Querem nos seduzir em cada um dos sentidos até ficarmos fracos o bastante para não opor nenhuma resistência.

— Por que não bebeu, nem se banhou? Não se sentiu tentado? — perguntei-lhe.

— Não vim para essas coisas — respondeu.

— Ouve o som das flautas? Consegue sentir o perfume que nos rodeia? — voltei a perguntar-lhe.

Ele meneou a cabeça duas vezes e então me pediu que ajudasse a despertar os cavaleiros da letargia em que estavam mergulhados.

Fomos ter ao claustro onde nos esperava Yussuf Yazbek, que não parecia surpreso de nos ver recusar tão cedo as delícias que nos eram oferecidas. O ar puro do jardim tirou-nos do torpor. O comandante Everard discretamente me apontou as colunas e pediu que eu alertasse o marechal Maurice, o que logo fiz. Havia guardas à frente de cada uma delas, armados com cimitarras.

— Leve-nos ao seu *aloadin* — disse o marechal a Yussuf Yazbek com voz de comando.

Sempre a sorrir, ele nos fez mais uma de suas reverências e conduziu-nos pelo claustro em direção a um enorme portal guardado por mais duas sentinelas com adagas douradas à cintura. A um sinal de Yussuf Yazbek, abriram o portal.

Era um imenso salão e, naquele momento, iluminado por aberturas no teto que deixavam passar a luz diretamente sobre um trono em lugar elevado. Havia muitos membros da seita reunidos em pequenos grupos próximos a grandes mesas repletas de iguarias. Fizeram silêncio quando entramos e acompanharam-nos com o olhar à medida que íamos sendo conduzidos ao trono do *aloadin*, o Velho da Montanha. Pude perceber que aguardavam nossa chegada e que o banquete fora preparado em nossa homenagem. Enquanto caminhávamos, nossas esporas batiam no mosaico sob os nossos pés, ecoando até uma série de balcões no alto que contornavam o salão. O comandante Everard avisou o marechal aos sussurros:

— Há homens armados por toda parte.

Eu então percebi suas silhuetas atrás das treliças nos balcões e um grupo de cada lado do trono do *aloadin*.

Apesar de ser chamado o Velho da Montanha, o líder dos *hahxixin* não era um homem idoso como eu esperava. Aparentava não ter mais de quarenta anos, era robusto e ágil de movimentos. Vestia uma túnica azul ricamente bordada e na cabeça usava um turbante tecido com fios de ouro. Tinha olhos verdes como os felinos e gestos efeminados. Suas jóias poderiam competir com as que usavam as damas na corte de Bizâncio. Pérolas na forma de pingentes nas orelhas, uma grande quantidade de correntes de ouro ao pescoço, anéis nos dedos de cada mão.

Sem deixar seu trono, estendeu os braços à nossa aproximação e, quando falou, tinha a voz suave e sussurrante:

— Hoje Alá sorriu para este seu humilde servo, pois meu coração rejubila com a presença de tão nobres cavaleiros! — exclamou.

Não me senti inclinado a fazer uma reverência ao *aloadin*, apesar de todos os seus gestos de hospitalidade. Percebi pela sua expressão que o mesmo pensamento ocorria ao comandante Everard. O marechal agradeceu pelas provisões enviadas ao acampamento e expressou o desejo de conhecer a razão do seu convite.

O *aloadin* não tinha pressa em responder. Levantou-se e desceu os degraus, apoiando-se num dos seus guardas.

Com um gesto, convidou-o a segui-lo. O comandante Everard de Barres mantinha-se ao lado do marechal, e não estava disposto a obedecer a nenhuma indicação de lugar que o afastasse de seu superior. O *aloadin* sentou-se à mesa e indicou-lhe a sua direita. O comandante adiantou-se e tomou o lugar de um membro da seita que se preparava para sentar-se ao lado de Maurice Drion, e instalou-se ali. Permaneci com os outros cavaleiros, atento a qualquer movimentação que me parecesse suspeito.

Servos entraram trazendo grandes jarras de vinho, sem que houvesse nenhum protesto àquela transgressão da lei do Corão. Comiam e bebiam o que lhes pedisse o apetite.

— Espero que tenham ficado satisfeitos com as jovens que eu próprio escolhi para o deleite dos cavaleiros — disse o *aloadin*.

— Fazemos votos de não nos deitarmos mais com mulheres — informou-lhe o marechal, embora sabendo que ele estava perfeitamente a par desse aspecto da vida dos templários.

— É contra a natureza fazer um voto desses — comentou ele, acrescentando: — Concordo que há momentos na vida dos homens em que outros assuntos os afastam do prazer, mas votos que durem uma vida inteira deveriam ser simbólicos.

Nesse momento, compreendi de que maneira lidavam com as próprias leis no que se referia à carne de porco ou ao vinho. Suas restrições eram todas simbólicas. O comandante disse-lhe então que ninguém era obrigado a pronunciar voto de se abster de mulheres, a não ser que se fizesse monge, como era o caso dos templários.

Por toda a sala as conversas não passavam de murmúrios, como se não quiséssemos perder nenhuma palavra que o *aloadin* pronunciasse. Comíamos em silêncio.

— Novos tempos, novas amizades! — exclamou o líder dos *hahxixin* para que todos ouvissem. Houve um murmúrio de aprovação e muitas cabeças se inclinaram em nossa direção.

Eu me dava conta de que sentar à mesa de qualquer homem e desfrutar a comida e a bebida oferecidas podia levar a crer que ali havia laços de verdadeira amizade, ou, pelo menos, a promessa de que havia disposição para criá-los. O *aloadin* parecia dizer: "Vejam, os templários estão sob o meu teto e comem à minha mesa porque somos amigos".

O marechal permaneceu calado. Ao seu lado, o comandante Everard de Barres cruzara os braços, não se importando em demonstrar que não aceitava participar do banquete.

Os olhos felinos se apertaram, porém o *aloadin* manteve a serenidade na voz:

— Os cristãos encontrarão muitos obstáculos em seu caminho à Terra Santa — avisou.

— É possível — concordou Maurice.

Então, sua voz tornou-se ainda mais sussurrante e, a não ser pelos poucos que estavam sentados mais perto, ninguém mais pôde ouvir o que dizia. Começou seu pequeno discurso:

— Temos inimigos comuns e podemos fazer uma aliança que será de grande utilidade para o seu rei. Se uma vitória lhe está garantida, melhor será que esse triunfo não lhe custe muitas perdas.

O marechal assentiu com a cabeça, não se comprometendo com palavras. Ele continuou:

— Estamos dispostos a pagar um vultoso tributo à Ordem dos Templários para que não haja mais inimizade entre nós. Deverão deixar-nos circular livremente nos territórios que estejam na posse dos cristãos, e isso para o vosso próprio benefício.

Everard de Barres mexeu-se desconfortavelmente e ninguém pôde impedir que se intrometesse na conversa.

— E em troca? — perguntou com voz de tom baixo e muito sério. Vi que as pupilas do marechal se dilataram ao ouvir o comandante desafiar o Velho da Montanha. Seus nervos deviam estar congelados e sua respiração, suspensa. Maurice Drion não era talentoso para dissimular surpresas.

O *aloadin* olhou-o por alguns instantes e Everard não baixou os olhos por um instante sequer. Mas, quando o Velho da Montanha voltou a falar, foi dirigindo-se ao marechal que o fez:

— Em troca, afastaremos alguns obstáculos do caminho dos cristãos e dos seus aliados. Nossas adagas são curtas, mas nosso braço é longo o suficiente para chegar ao coração dos seus inimigos. Bastará que nos apontem aqueles obstáculos que desejam ver removidos e eles o serão.

Everard permanecera calado. O *aloadin* sabia que a resposta dos templários não seria imediata.

— Por agora, passemos aos jardins, onde a natureza inspira melhor nossas decisões — disse ele, levantando-se e dando por encerrado o banquete.

Eu podia ver nos olhos do marechal que ele temia que Everard voltasse a se intrometer, mas os olhos do comandante estavam na longa fila de guardas que se formava, abrindo passagem para o *aloadin*.

No claustro, vi quando Everard caminhou por entre os cavaleiros. Podíamos sentir que a proximidade da noite despertava os aromas do jardim. Invisíveis, os flautistas substituíam os pássaros com uma doce melodia. A guarda se multiplicara em frente às colunas. De repente, houve um ligeiro burburinho entre os membros da seita, e eu avistei Jérôme Marchand, um cavaleiro ainda muito jovem, que saía do salão amparado por outros, rindo e cambaleando. Estava visivelmente embriagado. Em toda a minha vida jamais esperara ver um cavaleiro em estado tão lamentável e, o que era pior, numa situação tensa e diante do inimigo. Aquilo certamente acarretaria sua expulsão da Ordem.

Ostensivamente, e fazendo uma profunda reverência ao *aloadin*, o que muito surpreendeu o marechal, Vincent Péchaud veio ter com seu superior e disse-lhe que se via obrigado a levar o cavaleiro Jérôme Marchand de volta ao acampamento a fim de curá-lo da bebedeira. Sem esperar seu consentimento ou a reação do *aloadin*, Péchaud voltou para onde o bêbado se debatia entre as mãos de outros cavaleiros e arrastou-o para a saída, gritando por um cavalo. Não o impediram. Naquele momento, retornei para o lado de Everard e do marechal.

Quando os cavaleiros desapareceram no túnel de saída, o *aloadin*, vendo que o marechal ainda estava surpreendido pelo episódio e pesava a gravidade do acontecimento, sentenciou com um sorriso·

— Abstinência prolongada! Eis o resultado de votos impossíveis de cumprir.

— É-nos permitido beber, desde que o façamos com moderação — informei, sem perceber o tamanho da ousadia de meus atos.

— Moderação! — exclamou, olhando-me com desprezo. Perguntou-me a seguir: — Que sabem os jovens de moderação? Têm a natureza de potros selvagens que a vida ainda não domou.

O marechal me repreendeu, com um olhar, pela ousadia. Baixei os olhos para esconder a raiva que sentia.

— Vou-lhes mostrar como trabalhar a moderação, como domar instintos inferiores, porém superiores em poder — declarou o *aloadin*.

Pediu-nos o Velho da Montanha que o acompanhássemos até um recinto da fortaleza onde ficavam seus magos a estudar os cultos dos antigos e seus poderes.

Entramos em um salão gigantesco, luxuosamente decorado com mosaicos e pinturas no chão e teto. Quatro arcos romanos emolduravam uma imensa parede à direita onde estavam pintados quatro quadros com elementos mágicos do que eles chamavam de *zoroastrismo*.

O *aloadin* começou então a nos falar sobre os cenários:

— O zoroastrismo é uma de nossas antigas crenças; uma das que perpetuamos em nossos ideais. A filosofia messiânica, para nós, dificulta a compreensão e a iluminação do espírito diante das novas ciências e do saber dos antigos mestres — ele caminhou como uma raposa, a passos discretos, enquanto seus magos lhe prestavam homenagens com mesuras. Continuou: — Aqui está representado o avanço do conhecimento. Zaratustra desenvolveu, em seu tempo, uma linguagem que auxilia o desenvolvimento de Asha. Os cânticos de Zaratustra representam bem a sua mensagem. São profundos, práticos e, sobretudo, abertos e inquiridores. Por ter descoberto exatamente aquilo que qualquer um pode descobrir por si mesmo, seu poder organizador do mundo, Asho Zaratustra não é mais especial ou diferente que os outros seres humanos.

Achei uma completa blasfêmia o que pedia a emenda pertinente e nós, cavaleiros templários, não poderíamos escutar tal afronta com a indiferença demonstrada por nosso marechal. Afinal, defendíamos a Fé. O *aloadin* ainda prosseguiu com mais afrontas:

— Ao apresentar-se como especial, divino, único, absoluto, salvador, um ser que quer transmitir Asha ou um de seus aspectos apenas retarda e torna mais complicado seu desenvolvimento. A criação de uma hierarquia de "santidade" nivela por baixo as pessoas, acomoda os não "santos", torna o ideal de "perfeição" inatingível pela maioria, enfim, retira do ser humano "comum" tanto o desafio quanto a possibilidade de se alcançar o máximo de seu próprio potencial. Nobres senhores! Estamos preocupados com o crescente messianismo. Vivemos isso não só na religião, mas também na política dos reis e dos príncipes. É um vício existencial terrível ficar aguardando que o Messias salvador venha nos salvar... Atender todas as nossas dificuldades e necessidades. A questão desse personagem central passa a ser justamente nossa maior armadilha.

Aquela dissertação chocou a mim e a meus irmãos, mas esperaríamos ordem do marechal para qualquer atitude. Pensei que estávamos sendo permissivos. Nesse momento, a obediência não era cabível, pois esta é secundária em relação à lei de Deus. Pensei em abrir aquele velho blasfemo ao meio.

Sem observar nenhuma reação por parte de nosso marechal, e com grande desgosto, deixamos o recinto e os magos à vontade para perpetuar sua adoração ao demônio.

Fomos conduzidos a um recanto e convidados a nos recostar em almofadas. O instinto fez-me recusar o oferecimento. Permaneci de pé. Calculava quantos seriam os guardas dos *hahxixin* que vigiavam o claustro e nos separavam do túnel. Talvez uns cinqüenta ou pouco mais. Com a saída de Péchaud e Marchand, ficáramos reduzidos a vinte e oito cavaleiros, e eu imaginava quantos, entre os mais jovens, não teriam cometido excessos com o vinho. O instinto também me alertava para a necessidade de deixar Masyaf o quanto antes.

O *aloadin* interrompeu meus pensamentos quando voltou a dirigir a palavra a Maurice Drion, insistindo na questão que apresentara durante o banquete:

— Uma aliança entre nós beneficiaria muito o vosso rei.

Drion ponderou dizendo que sua proposta pedia algum tempo de reflexão.

Os olhos felinos do *aloadin* voltaram a se apertar e sua voz perdeu o tom sibilante:

— Terá esta noite, aproveite-a bem, Maurice Drion — disse ele.

Everard estava ao meu lado e pude ver que ele também percebera que a noite que o *aloadin* nos concedia para reflexão devia ser passada dentro das muralhas de Masyaf.

— Será uma decisão difícil — ponderou ainda o marechal, na esperança de que pudesse encontrar uma solução para convencer o líder dos *hahxixin* a deixar-nos regressar ao acampamento.

— Talvez eu possa ajudá-lo a decidir-se — disse ele, fazendo sinal a Yussuf Yazbek. Este continuava sempre a sorrir e a gastar reverências. Ele saiu, voltando alguns instantes depois acompanhado de dois outros membros da seita, que transportavam uma arca. A contração no rosto dos homens fez-me adivinhar seu peso e conteúdo. O *aloadin* aproximou-se e abriu-a, convidando-nos a contemplar seu conteúdo. Mergulhava a mão fina e erguia-a cheia de moedas de ouro e pedras preciosas, deixando-as cair de volta com um som inconfundível que, ele esperava, ajudaria a despertar nossa cobiça:

— Eis o tributo aos templários — exclamou, o que levantou um burburinho de admiração entre seus seguidores.

— E então, o que decide? — perguntou o *aloadin*.

O marechal estava pronto a contemporizar dizendo que precisava ainda de algum tempo, pois responderia por muitos, mesmo depois de ter visto a generosidade daquele tributo, digno de um rei. As palavras se formaram em seu pensamento, mas não chegou a pronunciá-las. Com voz firme e pausada, o comandante Everard de Barres, com seu tom grave habitual, disse sem alterar os ânimos:

— Deixe que nossas espadas decidam.

Naquele instante, dois pensamentos atravessaram minha mente. O primeiro era de que nem o *aloadin* nem seus seguidores haviam compreendido o que Everard de Barres significava para a Ordem, se seria ele quem deveria tomar a decisão. O segundo dizia respeito aos cavaleiros, a quem as palavras do comandante haviam sido a senha para se colocarem de prontidão, as mãos nos punhos das espadas.

Fixei os olhos em Everard e compreendi ter diante de mim um campeão da justiça que, por toda a sua vida, lutaria pela causa de Cristo e não por interesses de reis. O marechal Maurice Drion assentiu com a cabeça, como que dando o consentimento para que decidisse por todos, o que significava abrir as portas do inferno naquele paraíso ilusório, diante dos olhos do *aloadin* e de sua gente.

O comandante Everard sacou a espada e, num golpe brutal e poderoso, que ainda me é difícil compreeender como foi executado, fez voar a arca, despejando sobre os membros da seita os tesouros que haviam oferecido. A reação dos guardas não se fez esperar. Eles atacaram e nós nos reunimos num grupo compacto. As adagas procuravam as nossas gargantas ou as nossas costas, de maneira que lutávamos num círculo fechado, costas contra costas para melhor proteção.

Alguns membros da seita sacaram as cimitarras e lançaram-se contra nós. O seu número, três vezes maior do que o nosso, não nos intimidava. Defendíamo-nos semeando morte à nossa frente. Era o comandante quem abria caminho, brandindo sua espada contra os que tentavam impedir-nos de chegar ao túnel, enquanto o marechal Maurice Drion cobria nossa retaguarda.

— Precisamos alcançar nossos cavalos — gritou o marechal.

— Estarão à nossa espera — ouvi-o dizer, sem poder compreender o que levaria os *hahxixin* a nos devolver as nossas montarias.

Havíamos chegado ao túnel. A um sinal do comandante, que liderava o combate, precipitamo-nos por ele, formando sempre uma barreira de espadas que mantinha os assassinos afastados.

Quando saímos do outro lado, deparei com muitos dos nossos, provenientes do acampamento e liderados por Jean-Pierre. Entre eles, os cavaleiros Péchaud e Marchand, este último tão sóbrio quanto sempre estivera. Depois, vim a saber que a bebedeira que o tirara da fortaleza era falsa e fora uma sugestão de Everard. Eles haviam voltado ao acampamento, apressando um grupo dos cavaleiros a retomar a viagem com a carroça e as provisões, enquanto o cavaleiro acorria em nossa ajuda para que nossos cavalos estivessem à saída. Haviam encontrado alguma resistência, pois o chão estava cheio de corpos. Nenhum dos nossos se ferira ou ficara para trás.

Cavalgamos a toda pressa para fugir de qualquer eventual perseguição dos inimigos. Graças à visão e ao engenho do comandante, saímos sãos e salvos da fortaleza de Masyaf, com provisões suficientes para chegar a Antióquia.

Enquanto galopávamos seguindo a trilha deixada pelas rodas da carroça, Philippe Monrue ficara para trás, para ter a certeza de que não éramos seguidos. Depois da partida precipitada dos cavaleiros, o portão de Masyaf havia se fechado.

Quando finalmente alcançamos a carroça, o outro batedor que ia à frente, Gosset Tartin, avisou ao marechal que avistara batedores turcos sobre as rochas depois que haviam deixado a fortaleza. A notícia foi comunicada.

— Eles viram quando saímos, mas não sabem o que se passou lá dentro — concluiu o marechal.

— É possível que pensem que fizemos uma aliança com os *hahxixin* — ponderou Jean-Pierre.

— Terão mais um motivo para fazer-nos a guerra — foi o que concluiu o marechal dos templários.

Masyaf ficara para trás. Pensei no que me dissera Jean-Pierre, apontando o caminho em frente, mas em meu coração não havia mais nenhum temor do que poderia encontrar.

19 de setembro do ano de Nosso Senhor de 1145

Acabamos de deixar, sem sucesso, nossa conferência com Soros II, príncipe dos armênios. Não conseguimos aliança alguma, nem com Bizâncio, nem com Jerusalém, tampouco com os exércitos cruzados em marcha.

O que pudemos perceber dos armênios — que nos é de grande alívio — é que são cristãos de grande seriedade e compostura, e possuem um formoso exército composto de homens valentes e bons guerreiros acostumados aos ataques turcos. Serão, para toda a cristandade local, um anteparo formidável contra os principados *danishmends*.

Uma cristandade severa como a dos armênios, pensei, não tinha em sua história manchas de heresia. Comentei isso com o nosso comandante, Everard de Barres. Reunidos, o veterano Richard de Saint Michel, meu amigo Jean-Pierre e o ancião Crisóstomos Fólios vieram participar de nossa conversa.

Após o final do terceiro século, os leões já não devoravam mais os cristãos. O perigo tornou-se mais sutil e perigoso. Espalhava-se numa rapidez espantosa, minando os alicerces da fé. Sei que falo a cavaleiros, mas devo dizer que nem sempre a espada é a melhor arma para combater os inimigos de Deus. As heresias eram proclamadas com palavras e deviam ser combatidas com a Palavra.

— A multiplicidade das palavras é um sinal diabólico. Na unidade, na única Palavra que é o Cristo Nosso Senhor, é que podemos reconhecer o que vem de Deus — advertiu Everard. — Isso me ensinou um santo eremita.

— Foi sempre a pessoa de Cristo que as muitas palavras quiseram atingir. No primeiro Concílio de Nicéia, no ano de 325, a divindade do Cristo foi defendida contra Ário. O Filho de Deus é consubstancial ao seu Pai. A defesa invocou aquilo que dizia a Palavra. Os Evangelhos eram claros. O Cristo dissera a Filipe: "Quem me vê, vê o Pai" e noutra passagem: "O Pai e eu somos um". São João declara, no início do seu Evangelho: "... e o Verbo era Deus". Foi este Verbo que se fez carne. Outras passagens atestavam a natureza divina do Cristo: seu poder de perdoar os pecados, seus milagres.

— Contra argumentos como esses, é estranho que houvesse dúvida! — comentou Jean-Pierre. — São palavras do Evangelho! Nos primeiros séculos, os cristãos que ouviam as pregações dos apóstolos não precisavam de grandes discussões e construções teológicas — disse, acrescentando: — Testemunhavam, e isso era suficiente.

— Na língua grega, a palavra "testemunho" significa "martírio" — esclareceu o ancião cipriota de origem grega, Crisóstomos Fólios. Colocar em dúvida o que diz os Evangelhos é uma declaração de que não se é um cristão.

— Nem sempre as coisas se passam assim — contrapôs Jean-Pierre. — Os hereges, embora blasfemassem, inventavam suas interpretações com a mesma convicção com que declaramos nossa Verdade. Ário era um desses. Foi contra ele que foi convocado o primeiro Concílio de Nicéia.

— O que pensava Ário? — perguntei.

— Ário era um sacerdote de Alexandria. Afirmava um único Deus eterno, onipotente, indivisível, imutável, que não podia comunicar seu Ser por geração. Logo, negava que Deus Pai houvesse gerado seu Filho desde sempre. O Cristo, Filho de Deus, é Deus de Deus, Luz de Luz, Deus verdadeiro de Deus verdadeiro. Ário falou no Verbo como se tivesse sido criado antes de todos os tempos, com a finalidade de ser apenas instrumento e executor na criação deste mundo. Em seu pensamento, o Verbo é a melhor das criaturas, mas não é igual a Deus, nem eterno como Ele. Na Encarnação, quando Jesus nasceu, diz esse herege que o Verbo se tornou sua alma. Ainda em referência a Jesus Cristo, declara que foi apenas adotado por Deus e não é Filho verdadeiro da sua mesma substância. Era difícil para Ário pensar que, vindo a este mundo, se o Cristo fosse verdadeiro Deus, pudesse sofrer fome, sede, frio ou cansaço — explicou Everard. — Se Jesus Cristo fosse igual a Deus, não podia mudar, porque Deus é imutável; não podia tornar a carne corruptível, porque Deus é incorruptível.

— O Deus de Ário parece mais um prisioneiro em sua glória, impotente para chegar às suas criaturas — comentou Jean-Pierre.

— Sei que foi santo Atanásio quem comandou a luta contra Ário — disse Everard. Estávamos todos atentos às palavras do comandante. Ele então prosseguiu: — Era um homem santo na sua coragem e na sua fé inabalável, entusiasmado com a possibilidade de dizer algumas palavras sobre o santo de sua devoção. Foi muitas vezes acolhido pelos monges no deserto do Egito. Sua obra apologética mais importante foi precisamente a *Orationes contra arianos*, em que defende a doutrina proclamada pelo Concílio, no qual se declarou que Deus gera seu Filho eternamente, e este único Filho é consubstancial ao Pai.

— Jesus Cristo é Deus próximo e humilde — disse o cavaleiro de origem grega. — Pelas próprias palavras de São Paulo, o Filho de Deus "não se apegou à sua divindade, mas esvaziou-se dela". Isso é o que chamamos de *kénosis*. Diz ainda o Apóstolo que "ele assumiu a condição humana até a morte, e morte na cruz, tendo alcançado a ressurreição e a glória que nunca deixou de ser sua".

— Amém — murmurou o comandante. — A confiança em Deus é nosso maior tesouro, Crisóstomos. A confiança que tens no Senhor atinge Seu coração como uma seta inflamada, e arrancam-lhe os tesouros de graça que Ele encerra.

Meditávamos com alegria sobre as palavras dos sábios. Bebíamos sabedoria no tempo presente.

— Os homens permanecem crianças espirituais — comentou Everard. — Por vezes são capazes de se deixar confundir facilmente.

Estamos tão longe de Deus que Ele teve de vir até nós para cobrir essa distância. O poder de Deus é tão grande, tão maior, e Seu amor tão avassalador que Ele foi capaz da maravilha de assumir a condição humana. Ele tem a glória, mas não se apega a ela, esvazia-se. Adão desejou ser Deus pela soberba e foi humilhado, enquanto Deus, pela humilhação, resgata a humanidade do abismo da morte em que havia sido precipitada. Morte de orgulho, pois o orgulhoso encarcera a si mesmo. Deus é criador do amor, Robert. Toda a nossa compaixão vem Dele. Todo o nosso desamor O entristece profundamente. Mas, se Deus possui esse amor de vir até nós, Ele, que se faz tão pequeno para nos atingir, para chegar até nós, não pode amar senão aquele que é pequeno. O orgulho do homem O entristece e O afugenta. A pequenez O conquista. O orgulho teológico e espiritual de Ário e de tantos outros que querem alcançar as estrelas com um salto racional é um desvio perigoso do caminho da humildade. A humildade é a viga mestra das virtudes; sem ela tudo vem ao chão. O atrevimento que Deus deseja é o nosso amor genuíno por ele, sem cerimônia; sem escravidão aos ritos. Afinal, a religião é que serve a Deus e não Deus à religião.

O velho sábio Crisóstomos então prosseguiu, demonstrando sua vasta cultura, oriunda, obviamente, do seu convívio com os *egumenos* nos monastérios bizantinos:

— Seu espírito está vivo! Atua em nós, por nosso merecimento e misericórdia. Os teólogos O querem dissecar como a um animal, sem ter por Ele amor algum. No Ocidente, é chamado de teólogo aquele que discursa sobre Deus. No Oriente, é chamado de teólogo aquele que fala com Deus. O homem de oração e humildade.

— Amém, cavaleiro! — disse Everard, olhando os outros irmãos.

— Amém — replicamos.

A lua estava alta quando decidimos dormir e descansar nossos espíritos.

2. As Cruzadas

19 de setembro do ano de Nosso Senhor de 1147

Na capital de Bizâncio, o Mestre da Ordem, Everard de Barres, confidenciou-me que tentará fazer com que o encontro do rei Luís de França com o imperador Manuel Comeno seja o mais amigável possível.

Após a experiência de Constantinopla com o rei Conrado e as atrocidades que seus cavaleiros cometeram, temo que o imperador não esteja disposto a receber o monarca francês.

O colosso se aproxima: e todos temem o colosso.

— Nova leva de bestas chega — afirmam em Constantinopla.

O povo permanece em estado de alerta. As forças imperiais, de prontidão. Já é conhecida, temida e esperada a volúpia dos guerreiros do Ocidente e sua sede por conquista. Não era uma luta nobre de fé aquela que os alemães estavam dispostos a realizar. Era a luta pela luta. Vencer por vencer... Conquistar... Meus pensamentos dançavam entre a paixão pelo ideal cristão, minha amada França, meu rei Luís, e a justeza do imperador Manuel. Minhas impressões sitiavam minha alma e eu deveria vigiar. E orar para tomar as decisões certas. Que a graça de Deus recaia sobre mestre Everard de Barres e o ilumine.

4 de outubro do ano de Nosso Senhor de 1147

O rei Luís e seu exército chegaram a Constantinopla. Fomos informados de que os franceses haviam acampado na véspera, já nas proximidades da capital. Era fácil deduzir que o nosso soberano fizera uma pausa para recompor as forças e fazer uma entrada triunfal em Constantinopla. Mas nem de longe eu estava preparado para o que presenciei nesse último acampamento dos franceses que visitei.

Um emissário do rei Luís chegou a Blancherne com a notícia e uma convocação para que mestre Everard se apressasse à tenda do rei. O superior requisitou que eu o acompanhasse, juntamente com o cavaleiro Yves Morin. Seguimos o emissário, que nem mesmo aceitou uma caneca de água ou de vinho e parecia não estar disposto a deixar que o suor secasse no lombo do seu cavalo. "São as ordens do Rei", explicou-nos. Não porque o rei Luís desejasse um exército abstêmio, mas porque o monarca havia ordenado que ninguém deveria descansar naquela noite. Não antes que todos os preparativos para transpor a porta da cidade estivessem concluídos.

Com uma nota de indignação em sua voz, meu companheiro Yves Morin perguntou ao emissário sobre as condições dos homens que permaneciam sem descanso após tão longa jornada, mas não seria da boca do emissário que ouviríamos o que se passava no acampamento. Ele se limitou a nos repetir aflito que "a pessoa do rei não pode esperar!" Em respeito à sua missão, atendemos ao chamado tão logo nos foi possível, para que o emissário não se visse em situação desagradável diante do soberano.

Mas a nossa pressa logo esbarrou com uma grande aglomeração formada por gente das aldeias vizinhas e um destacamento de soldados bizantinos. Os soldados tomavam a estrada, as espadas fora das bainhas. Os aldeões estavam armados de archotes e foices. Todos gritavam, sem que se pudesse depreender daquilo mais do que insultos que voavam de um lado a outro. Em meio ao tumulto, eu ouvia frases soltas aqui e ali. Eram palavras ofensivas e que me atingiram mais o espírito do que os ouvidos. Os impropérios lançados contra o povo francês e o rei Luís doíam-me na alma como lâminas trespassando meu coração. Imaginei que os pecados dos homens doíam em Nosso Senhor como lanças doem em nossa carne.

Mas, por outro lado, aquelas pessoas haviam passado mil horrores diante do contingente germânico do rei Conrado. Assim como todos estamos sujeitos ao erro de generalizarmos os males, o povo de Constantinopla, dada sua experiência com os germânicos, acabou por tomar todo o Ocidente por brutos e bárbaros, interessados não na causa de Deus, mas em matar e destruir.

— Vamos queimá-los, a eles e ao seu rei, antes que nos matem a todos! — gritou um homem que parecia liderar a revolta. Os demais aldeões erguiam seus braços e gritavam em sinal de aprovação. O comandante do destacamento bizantino tentava gritar mais alto que os outros para fazer ouvir as ordens do imperador, o que apenas contribuía ainda mais para o caos e a desordem que observávamos. Ele gritava repetitivamente que nenhum francês deveria ser morto, por ordem do imperador. Os aldeões ignoravam as ordens do comandante e demonstravam abertamente seu desprezo. Um velho, mais perto do comandante, cuspiu para o chão à menção da ordem imperial, mas ninguém ousou aproximar-se de nosso pequeno grupo.

Os ânimos de todos estavam exaltados e, como réus que aguardam sua sentença por um crime que não sabem ter cometido, Yves Morin e eu nos silenciamos e aguardamos que aquele tribunal desordenado tomasse suas decisões.

O comandante do destacamento bizantino gritava para os rebeldes:

— Voltem para as suas casas!

Mas os aldeões não estavam dispostos a obedecer. O mesmo homem que antes havia se levantado e se mostrado como o líder daquela revolta impôs a condição de que só retornariam a suas casas quando tivessem acabado com os que tentaram invadir-lhes os lares e violentar suas mulheres e filhas.

Aquilo foi um novo choque para mim. Essa cruzada estava mais a ponto de dividir a cristandade do que unificá-la. Aos berros estavam bizantinos e franceses, inimigos potenciais. Como no caso dos alemães. Seria a cruzada o flagelo dos cristãos? Perguntava-me se Deus nos abençoava ou se estávamos expiando nossos pecados, como haviam afirmado no juramento da Cruzada.

Desviamos o olhar para onde o grupo apontava e vimos três homens amarrados e rodeados por meia dúzia de soldados. Deduzimos que haviam tentado entrar na cidade à revelia das ordens do rei. Tiveram a sorte de serem socorridos pelos soldados antes que os aldeões os degolassem.

O cavaleiro Morin limitou-se a comentar a dificuldade da situação, em um tom de voz misterioso, como se estivesse pensando numa forma de extrair solução daquele caos.

O comentário simples de Yves Morin demonstrava tudo o que eu via: confusão, tensão e desconfiança. Minha cabeça girava num turbilhão de sentimentos mistos enquanto meus ouvidos captavam frases soltas, sem mais saber de onde vinham: "São cruzados e peregrinos!", "Filhos do diabo, isso é que são! Que suas almas ardam para sempre no inferno!", "Voltem para suas casas"...

Vimos que foices, paus e ancinhos eram brandidos no ar naquela massa de pessoas que se interpunha entre nós e nosso destino. Com receio de pedir "passagem em nome do rei", o emissário dirigiu-se ao comandante, que retrucou com secura que ninguém entraria ou sairia do acampamento francês. Éramos prisioneiros daquela situação.

O cavaleiro Yves Morin, que agora se divertia com toda a situação, aproximou-se então do comandante bizantino e sussurrou algumas palavras no seu ouvido. Sem compreender aquela ação de meu companheiro, fiquei na expectativa de saber que significado aquelas palavras murmuradas carregariam. Mas não tardou para que as respostas se revelassem.

O comandante bizantino anunciou, sem um segundo pensamento, que abrissem passagem para nós.

Os soldados recuaram um passo e nos deixaram prosseguir.

Yves Morin interrompeu-nos a marcha e disse-nos:

— Prometi devolver os fujões ao acampamento — e, de imediato, compreendi sua estratégia. Mestre Everard não conseguiu conter um sorriso. O comandante bizantino não gostaria de se responsabilizar pela morte dos três peregrinos franceses caso os aldeões decidissem matá-los e responder por isso diante do imperador. Retiraríamos um fardo de suas costas. Morin encaminhou-se para onde estavam amarrados os três peregrinos franceses, e seguimos pela estrada em passo lento.

Sem ninguém mais a quem pudessem de imediato massacrar, os aldeões se dispersaram, a julgar pelas suas vozes, que se distanciavam. O cavaleiro desamarrou os homens e estes correram à nossa frente com todo o fôlego que tinham, sabendo que haviam milagrosamente escapado de uma morte terrível.

Já avistávamos o acampamento. Havia muitas fogueiras e um número reduzido de tendas. Haviam sido erguidas apenas a tenda real e outras poucas dos maiorais que acompanhavam os monarcas. Notamos que os soldados tentavam manter a multidão de peregrinos afastada dali e no perímetro que lhes fora reservado. Cansados e desejosos de entrar na cidade, grupos rebeldes gritavam e se atiravam aos soldados, tentando desvencilhar-se do cerco. Pude perceber que eram liderados por barões e condes. Pressenti o desejo, a volúpia dos barões franceses sobre Constantinopla. Aquela seria uma ocasião ideal para a eclosão de uma rebelião total ou para fustigar o rei Luís a atacar os bizantinos e, num segundo movimento, invadir e tomar a grande cidade.

A agitação era grande por toda parte e mesmo ao redor da tenda real. O caos parecia ser a ordem do dia. Escovavam-se os cavalos e poliam-se as armas e os estandartes em meio à fumaça dos assados. Muitas mulheres pareciam não estar restritas ao perímetro dos peregrinos, pois passeavam livremente, suprindo os homens com vinho e com os seus encantos. Vimos alguns cavaleiros caídos entre pipas de vinho. Manuel Comeno fora pródigo em alimentar e dessedentar os franceses. Temi que a sonhada entrada triunfal do rei Luís e do seu exército não fosse muito diferente da trágica passagem do soberano alemão com sua gente.

Yves Morin ficou para perambular pelo acampamento e ver "como avançavam os preparativos", foi o que me disse. O superior dos templários pediu que eu o acompanhasse e prestasse atenção nas palavras de Luís. Fomos então conduzidos diretamente à tenda real. O rei Luís não estava sozinho; no entanto, quando nos viu entrar, mandou os cavaleiros que o cercavam saírem. Os rostos, na sua maioria, não me eram familiares, e em meu coração senti que devia ter prudência no que fosse falar. Assim, pensei que deixar meu superior falar seria o melhor a fazer. Eu seria os ouvidos de Everard. Quando o último saiu, sem rodeios ou cerimônias, o rei lhe perguntou secamente:

— E então, mestre Everard, quem nos espera em Constantinopla, um irmão ou um inimigo?

Disse-lhe que o imperador de Bizâncio, Manuel Comeno, receberia os franceses de braços abertos. E mais, que já dera provas de sua boa vontade, cuidando para que os cruzados chegassem até ali sem que lhes faltassem provisões.

O rei, visivelmente cansado, não deixou de esboçar um sorriso de ironia. Sim, ironia, pois o monarca estava ofendido. Disse-lhe que a tropa de *pechenegs* de Manuel Comeno os havia auxiliado, mas que depois permanecera por perto, observando cada movimento que faziam, rodeando a marcha de dia e o acampamento à noite. Indignado, o rei questionou Everard se isso era prova de amizade, pois mais lhe parecia sinal de hostilidade e desconfiança.

O mestre então lhe disse que assim podia parecer, mas que na realidade o imperador estava preocupado com a segurança dos cruzados franceses. O aparente exagero se devia à experiência anterior com a passagem do rei Conrado. Os alemães haviam dado provas de má conduta na maneira como atacavam os vilarejos e se apropriavam do fruto das colheitas, maltratando os camponeses e chegando mesmo ao assassinato.

O cansaço no rosto do monarca havia apagado o sorriso irônico e ele se deixou tomar pela ira, despejando seu rancor contra o imperador que não sabia distinguir seus aliados, e contra os militares bizantinos, que, segundo haviam demonstrado, eram sem nobreza e tinham apenas o zelo de cães treinados. Quanto ao rei Conrado e à sua corja de salteadores, estava patente para todos o que aquele monarca buscava na Terra Santa, não importa o quanto se escondesse debaixo da cruz de Cristo.

Enquanto o rei Luís ainda falava, a cortina que dividia a tenda foi aberta bruscamente e Eleonor da Aquitânia entrou, seguida de duas de suas damas. É uma mulher de impressionante beleza, mesmo envolta apenas num vestido solto e com os cabelos lhe caindo pelos ombros. Percebendo a nossa presença, ela parou um instante, reconheceu a túnica com a cruz vermelha e respondeu à nossa reverência com uma leve inclinação da cabeça.

— Mestre da Ordem Everard de Barres e cavaleiro do Templo Robert de la Croix — disse o Rei, respondendo ao olhar interrogativo e hostil da rainha.

Ela caminhou na direção de Everard. Seus olhos brilhavam, refletindo as tochas da tenda, mas seu rosto não tinha uma expressão amigável.

Ainda com aspereza, a bela moça dirigiu-lhe reclamações, como se fosse ele o responsável pelas inconveniências por que passava:

— Mestre Everard, espero que o imperador encontre um lugar mais digno para que eu durma amanhã.

Ignorando a acusação que figurava em seus olhos, ele lhe garantiu com cortesia que passaria sua próxima noite em um palácio.

Ela não parecia ter ouvido e continuou a falar, mas sua voz guardava na ira um tom melodioso. A mulher apontava para os céus, para o chão e para o marido seus olhos vermelhos:

— Ninguém imagina o que tenho passado! O horror dos acampamentos franceses! Agora os desleixados escovam os cavalos enquanto eu sofro porque cavaleiros incompetentes não conseguem localizar as mulas que carregam meus pertences. Quem sabe se o bando que nos segue, esses peregrinos maltrapilhos, não estará neste momento se banhando em minha tina, vestindo os meus vestidos e trocando as minhas jóias por odres de vinho. Beberrões, é o que todos eles são! — disse ela, distribuindo sua mágoa e raiva por todo o aposento.

Ela se voltara na direção do rei, que guardava silêncio, optando por deixar que a ira da rainha se esgotasse. Mas o silêncio pareceu aumentá-la. Ela continuou atacando os homens do rei com signos de incompetência e, em dado momento, fez com que sua posição fosse respeitada. Disse ao Rei que mandasse seus comandantes encontrarem seus pertences. E que, se os comandantes fossem igualmente inúteis, que mandasse o condestável. E então o inesperado aconteceu. Diante do silêncio do rei, a mulher bradou sua ameaça:

— Ou meus pertences aparecem, ou juro que entrarei em Constantinopla nua como vim ao mundo! — e, juntando o gesto à palavra, deixou o vestido cair até as ancas, mostrando os seios. Eu baixei os olhos enquanto ela saía por onde entrara, empurrando as damas que tentavam em vão cobri-la.

O silêncio pesou no ar dentro da tenda real. Acostumado à vida monástica, meus olhos baixaram, pois eu não conseguia esconder o choque do que havia presenciado. Everard tampouco sabia o que dizer, ou se seria respeitoso dizer alguma coisa naquela situação constrangedora. Permanecemos calados e esperamos que o rei se pronunciasse.

Ele, no entanto, pareceu perder toda a sua disposição para retomar a conversa. Fez entrar os cavaleiros, informou-se das providências em relação aos pertences da rainha, deliberou sobre a ordem em que os diversos destacamentos de franceses deviam precedê-lo na entrada triunfal e, finalmente, como se voltasse a tomar conhecimento da nossa presença, nos dispensou. Voltaríamos a nos encontrar no dia seguinte e em muitos dias subseqüentes.

Deixamos a tenda real e caminhamos pelo acampamento, procurando em vão pelo cavaleiro Yves Morin. Levávamos muitas dúvidas no pensamento.

De repente, cruzamos com um grupo de cavaleiros numa grande algazarra. Eles puxavam algumas mulas carregadas e eu imaginei que fossem os pertences da rainha. Vinham do acampamento dos peregrinos. Para minha surpresa, Morin estava entre eles.

— Andei dando uma ajuda numa missão espinhosa — disse-nos o espião da Ordem com seu riso rasgado e alma leve. A lembrança da ameaça da rainha me fez também sorrir. A altivez e a independência de Eleonor têm o tamanho da Aquitânia, e eu temo que dominar esse território seja uma tarefa que está para além da capacidade do rei.

Mais do que a situação caótica do acampamento militar, disse-me Everard, preocupam-no as disposições de Luís quanto a Manuel Comeno. Receio que as conversações serão difíceis. A arrogância não é um caminho diplomático. Os franceses deverão se dar conta de que estão distantes de seu reino e dos seus feudos. Há o risco de esta Cruzada fracassar antes mesmo de pisar a Terra Santa.

Mestre Everard e eu travamos conversa com Yves Morin. O superior estava preocupado com os franceses. Afinal, sua palavra estava em jogo perante o imperador. Perguntou ao cavaleiro como iam os preparativos, e ele lhe explicou que havia um alívio geral no fato de que iriam se instalar por alguns dias numa cidade, tempo suficiente para esquecerem as agruras da marcha. Sentiam-se mais leves, mais dispostos a acreditar no sucesso da empreitada. O resto ficaria por conta da ignorância que tinham, no momento, da desconfiança que lhes votava o povo bizantino. Com ordem ou desordenados, seriam vistos como estrangeiros que são. O que importava era que a Cruzada estava viva e em marcha. Yves Morin concluiu e o riso, dessa vez cheio de malícia, voltou ao seu rosto.

10 de outubro do ano de Nosso Senhor de 1147

Os franceses entraram hoje em Constantinopla.

Também nós, cavaleiros templários, fizemos os nossos preparativos para receber o rei. O hospedeiro encarregou-se do lustro das hastes dos estandartes da Ordem. Seu pequeno exército de servos havia se empenhado duramente para que nossos cavalos estivessem ajaezados com todo o brilho que pudesse ser tirado dos metais. Nossas capas haviam sido lavadas da poeira de muitas estradas e mulheres haviam se oferecido para remendar os rasgões, lembranças de antigas batalhas. Foi com gosto que mestre Everard passou às mãos do hospedeiro uma saca de moedas pelos seus serviços.

Eu acompanhava mestre Everard e ele convidou Richard de Saint Michel para fazer o caminho ao nosso lado. O dia se anunciava quente, mas os raios de sol ainda estavam sendo coados por uma neblina rasteira que tomava as colinas e o mar.

Ainda era muito cedo, a brisa soprava muito fresca e por isso resolvemos que faríamos um caminho mais longo até às muralhas setentrionais da cidade, para onde deviam dirigir-se os franceses. Assim, descemos a colina e logo avistamos nesgas de mar entre as clareiras de neblina. Paramos por instantes num pequeno outeiro. Disse-nos o guerreiro que também em sua terra o mar se esconde pela manhã. Suas palavras soavam como uma confidência e um desabafo. Agrada-me que ele confie em mestre Everard para partilhar seus sentimentos. Everard é um grande homem, de espírito grandioso. Confio cegamente no seu juízo e eu sabia que Richard não se arrependeria de confessar-lhe o que ia em seu coração.

Mestre Everard lhe disse que as boas lembranças nos acompanham por toda parte e, se soubermos olhar, em toda terra, por mais estranha que nos pareça, sempre encontraremos alguma coisa que nos seja familiar. O comentário era para o cavaleiro, mas aquilo também me tocou de alguma forma. Estaria o mestre também se dirigindo a mim?

Com certo pesar, Richard comentou que a neblina que nos cercava o fazia lembrar o dia em que embarcou com pouca ou nenhuma esperança rumo a estas terras:

— Primeiro eu vi a minha gente e a minha aldeia se distanciarem cada vez mais. Depois, a terra desapareceu e o mar nos rodeou. Fiquei durante longas horas perscrutando o horizonte, tentando adivinhar os segredos guardados no futuro. Olhava o mar azul que eu sabia que tocava a minha Bretanha e me sentia dividido, a alma se rasgando entre o que eu havia deixado e os feitos heróicos por viver. E uma doença se foi instalando na alma, quando vi a minha amada Bretanha sumir ante meus olhos até desaparecer por completo. Ainda não estou curado — foram suas palavras.

Para todo homem, a solidão é a mais dura das batalhas, mesmo para um guerreiro. Muitas vezes, especialmente quando estamos longe de casa, sentimos como se não pertencêssemos a reino algum, a lado nenhum, e até mesmo a cristandade é questionada. Experimentamos a morte de algumas maneiras além daquela que o Criador permite. A perda dos compatriotas, dos amigos e irmãos pode nos fazer desejar a morte definitiva. Mas o mundo sempre nos reserva surpresas interessantes. Garanti ao guerreiro veterano que a entrada dos franceses em Constantinopla valeria por todas as suas penas.

Mestre Everard fez sinal para prosseguirmos a marcha. Quando deixávamos o outeiro, o veterano, em tom melancólico, ainda perguntou, como se falasse aos ventos:

— Como assistir à chegada de cruzados e esquecer que o mesmo sonho aquecia o coração de compatriotas e amigos que foram mortos nessa empreitada?

Eu nada disse. Deixei-me ficar nas minhas lembranças. Mestre Everard apressou o veterano Richard. A Cruzada daquele homem não estava na Terra Santa, mas não seria eu nem Everard a lhe dizer isso. Ele teria de descobrir por si só.

À medida que nos aproximávamos das muralhas setentrionais, a multidão crescia, todos querendo testemunhar o acontecimento. Perto de onde nos havíamos colocado, os passantes comentavam em voz alta suas esperanças de ver e ouvir tudo o que se ia passar. Se eu escolhi transcrever neste papel alguns comentários que ouvi, é apenas para tornar mais claro o estado de espírito dos cidadãos de Constantinopla esta manhã. Um homem perguntou a outro como seria anunciada a entrada dos franceses na capital. O outro lhe disse que trombetas soariam. Iniciou-se então discussão sobre as trombetas que anunciam a chegada dos anjos, mas aquele que respondera estava convicto de que algo muito diferente de anjos transporia os muros. O primeiro, que me pareceu mais jovem, comentou o que ouvira, que os franceses eram mais pacíficos que os germânicos. Um velho que até então não havia entrado na conversa interrompeu-os e disse-lhes:

— Enquanto os bárbaros têm diante de si montanhas e florestas a transpor, mostram-se moderados e pacíficos. Mas, depois que alcançam as planícies, só pensam em saquear e devastar aldeias e mesmo cidades.

Entristeceu-me ouvir esse comentário, mas eu não tinha como tirar-lhe a razão. Continuaram a conversa, comparando os franceses aos alemães. Um deles tinha conhecimento do que havia acontecido quando os germânicos passaram por Filipópolis.

Os senhores de aparência abastada, em geral, exibiam uma visível preocupação, e o que era festa para muitos tomava a forma de tragédia anunciada para os que haviam sentido, no corpo ou na alma, os desatinos dos alemães. Mas devo anotar que é da natureza humana que o temor seja vencido pela curiosidade. A multidão crescia a olhos vistos. Era movida pela novidade e pela imponência do evento. Tanto aldeões quanto mercadores enchiam os caminhos. A presença de tropas imperiais era garantia de que os franceses seriam contidos em sua ameaça.

Quando surgiu o imperador num cavalo ricamente ajaezado com uma mistura de ouro e pedras preciosas, ouviu-se uma ovação que se repetiu no cimo das muralhas. Os estandartes da sua guarda, dessa vez formada pelos *kataphractos*, com suas cruzes douradas e escudos com a imagem da Mãe de Deus, podiam ser avistados de longe, e davam conta da presença de Manuel Comeno à multidão. Os corações estavam tomados pelo pensamento de que, com toda a certeza, os franceses não poderiam senão se render, admirados diante daquela demonstração do fausto imperial.

Logo, as atenções se desviaram para a estrada onde o rufar de tambores anunciava a chegada dos franceses. Devo confessar que, depois da visita ao acampamento, não estava bem seguro do que surgiria no horizonte, de maneira que mal podia acreditar no que meus olhos viram.

Um destacamento de jovens, rufando os tambores em batida cadenciada, precedia os soberanos. O rei Luís e a rainha Eleonor, cujos mantos cobriam seus cavalos, quase tocando o chão, estavam rodeados por estandartes reais com a cruz que indicava ser aquele um exército de Deus. Sem descuidar da pompa militar, os príncipes e cavaleiros, vestidos para combate, tinham no braço os escudos que anunciavam suas casas e seus feudos. Era o reino de França que, naquele momento, atravessava os portões da cidade imperial.

O céu estava claro e uma brisa dispersava a poeira que os cavalos a trote levantavam. O povo recolhera-se num silêncio de admiração e expectativa. Talvez os temores circulassem ainda em muitos corações, mas acredito que as testemunhas daquele momento souberam reconhecer que ao fausto das tropas imperiais respondia a magnífica demonstração de pompa militar dos cavaleiros franceses, de seus escudeiros e do largo contingente de soldados que os seguia. Arqueiros e lanceiros fechavam a marcha dos combatentes. A seguir, outros estandartes e cruzes erguidas por padres e pregadores davam conta de que o povo francês, de cada rincão do reino, respondera à convocação da Santa Madre Igreja e do seu Rei.

O silêncio permanecia, mesmo quando foi dado sinal para que os tambores se calassem. Então, para minha surpresa e a de mestre Everard, o rei Luís teve um gesto grandioso. Apeou do cavalo e dirigiu-se, a pé e sem escolta, ao lugar onde se encontrava o imperador. Também este apeou e caminhou na direção do rei. Os dois soberanos regulavam em idade, estatura e porte. Abraçaram-se para demonstrar o afeto mútuo.

Nesse momento, a multidão prorrompeu numa ovação delirante. Bizantinos e franceses foram contagiados pelo momento, e cavaleiros de ambos os lados repetiram o gesto dos soberanos. As trombetas soaram quando Manuel Comeno e o rei Luís voltaram a montar e fizeram juntos uma parte do percurso. Os *kataphractos* formaram uma ala ao lado do imperador. Everard percebeu que os cavaleiros franceses haviam permanecido um pouco para trás, e assim, sem hesitar, fez sinal aos templários que o acompanhavam para que o seguissem, e colocamo-nos de maneira a formar ao lado do rei Luís uma ala semelhante à dos *kataphractos*. Os sinos de todas as igrejas repicaram uns após outros. Foi um acontecimento memorável e desejo crer que tudo tenha acontecido conforme a Providência divina.

Estou perfeitamente ciente de que esse episódio tão auspicioso que testemunhei não garante um bom entendimento entre o império de Bizâncio e o reino de França, nos dias que se seguem. Por isso, rogo à Providência que continue a iluminar os dois monarcas com a sua graça.

13 de outubro do ano de Nosso Senhor de 1147

O encontro com o rei Luís no Palácio de Filopátio foi ocasião de muitas surpresas para mim, e que começaram antes mesmo do raiar do dia.

Fui acordado por batidas insistentes na minha porta. Uma luz coada entrava pela pequena janela. Sem esperar que eu respondesse, o cavaleiro Yves Morin irrompeu no quarto, batendo as esporas no chão de pedra, o que me fez concluir que passara a noite numa cavalgada, só Deus sabia por onde. O homem estava agitado e falava enquanto andava a esmo pelo aposento. Como uma criança que revela um segredo com prazer, Yves Morin me disse que avistara cerca de mil jovens combatentes dos nossos, carregando nossos estandartes e vestindo nossas túnicas, querendo ser reconhecidos como tal. Mas que, na realidade, eram noviços da Ordem do Templo, candidatos a entrar na Ordem.

Curioso, perguntei-lhe quem os liderava. O cavaleiro então me respondeu com franqueza que a seus olhos pareciam ser liderados pelo próprio rei, mas que, aos olhos de todos, parecem ser comandados por Olivier Maillot, que se diz marechal da Ordem.

Concordei de imediato com a opinião de Morin. Olivier Maillot era um homem da Corte. Fizera carreira na Ordem, sem nunca ter deixado o território francês. Sua rápida ascensão se devia à proteção e ao empenho real. Também dentro da Ordem há os que escolhem ignorar os princípios que nos regem e tomar caminhos próprios ao vento da política e das ambições pessoais.

Intrigado com o tamanho do contingente e o fato de ninguém ter percebido essa movimentação, perguntei a Morin sua opinião e ele me explicou que haviam feito outra rota, além de terem feito parte do caminho em barcos que ostentavam o pavilhão real.

Não lhe perguntei como se inteirara daqueles fatos.

Perguntei-lhe então se mestre Everard já estava inteirado desses fatos e Morin me disse que o superior dos templários já havia sido informado e se vestia para a audiência real. Já não valia a pena voltar ao leito. Assim, também me vesti para a audiência que teria lugar naquela manhã.

Havia uma grande movimentação ao redor do Palácio de Filopátio quando mestre Everard ali chegou. Eu estava acompanhado pelos cavaleiros Morin, Jean-Pierre e por Richard de Saint Michel, e deveríamos participar da audiência de acordo com a solicitação do próprio rei.

Fomos levados através de longas escadarias a um balcão de onde o soberano observava um mar de jovens que deduzi tratar-se dos que se diziam noviços do Templo. Eles cavalgavam tentando mostrar destreza nas mais variadas formações de batalha. Ao lado do rei estava Olivier Maillot.

O rei apresentou mestre Everard a Maillot como sendo seu superior.

O superior, dali mesmo onde estava, fez a sua reverência à pessoa do rei. Depois, aguardou sem saber se Olivier Maillot estaria disposto a reconhecê-lo de verdade como seu superior. Seus olhos se encontraram. Ele não se moveu de onde estava, para a minha surpresa e a dos cavaleiros que me acompanhavam. Murmúrios de indignação percorreram o ambiente. Jean-Pierre exclamou, ao meu lado: "Um insubordinado!".

Apesar de lhe dever obediência, o marechal escolhia desafiar a autoridade de Everard diante de todos. Entretanto, o rei fez sinal para que o mestre se aproximasse e não lhe foi possível deixar de obedecer. Ele apontou os jovens nos seus cavalos e, com orgulho, anunciou:

— O nosso contingente de templários, destros nas armas e ciosos de sua fé.

Everard de Barres, com todo o respeito que lhe era possível, replicou que, por mais devotos que fossem os jovens, não eram eles monges de nossa Ordem e, portanto, não poderíamos saber se obedeciam aos princípios que nos regem. É proibido ao monge templário tornar-se um cruzado. A função do templário é defender a cristandade e não este ou aquele reino, mesmo que a isso se incline algum coração.

Seu discurso visara sobretudo aos ouvidos de Olivier Maillot. Ele olhava para o superior como se este fosse o traidor.

Com a fúria da indignação, o rei perguntou a Everard, em tom ameaçador, se ele se recusava a reconhecê-los como noviços. Não era essa a questão. A questão era mais simples do que isso: um noviço da Ordem não é um monge da Ordem, até que tenha feito os votos diante de quem tem autoridade para ouvi-los em nome de Cristo, explicou Everard ao rei com humildade, mas com a voz firme.

Luís olhou para o marechal Maillot, sempre ao seu lado. Sem poder contradizer uma única das palavras do mestre, disse que muitos cavaleiros poderiam emergir daquelas fileiras. Everard estava numa posição delicada. Tinha de contestar a palavra do rei, pois ele não parecia importar-se com os preceitos da Ordem. Logicamente, para ele, o que interessava naquele contingente que se postava diante de nós não era a fé, mas seus braços e armas. Jean-Pierre compreendeu o que se passava e murmurou ao meu lado que "sim, poderiam emergir cavaleiros, mas não monges".

O rei abandonara o balcão e nós o seguimos ao salão que havia sido reservado para audiências. Ali já se encontravam o seu irmão Roberto, conde de Dreux, Guilherme, conde de Nevers, Henrique, herdeiro do condado de Champagne, Thierry de Flandres, Amadeus de Sabóia, Arquibaldo de Bourbon e Renaud de Châtillon. A esses eu reconheci de imediato.

Também estavam presentes alguns representantes do clero. Eles rodeavam o bispo de Langres. Foi então que o vi. O bispo de Mainz. O mesmo bispo a quem eu tinha enfrentado quando jovem na abadia de Disibodenberg. Meus olhos se inflamaram, mas guardei aquele sentimento. O homem não deu mostras de ter me reconhecido. Afinal, o que eu era para ele? Um menino qualquer. Um aldeão. Eu nada significava para ele. Mas não havia tempo para ponderações individuais, pois, para minha surpresa, foi com voz irritada que o rei Luís se dirigiu a Everard de Barres, mal tomou assento entre os nobres, aparentemente deixando de lado a questão do contingente de jovens, questionando de forma pouco amigável de que maneira Everard desempenhara sua missão junto ao imperador.

A questão era do agrado de muitos, pois houve um súbito silêncio à espera da resposta. Nem eu, nem Everard, nem os demais cavaleiros podíamos entender o que se escondia por trás daquela chamada à prestação de contas. Meus olhos consideraram os que o rei se referia como sua Corte, e um sentimento de temor dominou de minha alma, não pelo desagrado do soberano, mas pelos conselhos que poderiam sair daquelas bocas para os ouvidos reais. Everard tentou ganhar algum tempo até descobrir o que estava acontecendo.

Disse-lhe que as boas disposições de Manuel Comeno para com esta Cruzada falam mais alto do que tudo. Assegurou-lhes que o soberano grego estava agradecido e reconhecido ao reino de França.

Vi nos rostos daquela Corte que as palavras de Everard pareciam entrar em ouvidos surdos. Nada do que ele dissera merecia a menor atenção.

Embora não o tivesse interrompido em seu relato, o rei Luís contorceu seus traços e, com voz agastada, questionou o reconhecimento e o agradecimento de Manuel Comeno. Sua arrogância voltou a falar em sua voz alta quando anunciou, olhando para cada um dos homens presentes, que o imperador não faz senão simular apreço por eles, mas que na realidade interpõe dificuldades na união dos franceses com o exército que partiu da Alsácia-Lorena e que devia estar ali à sua espera. Virou-se então para mestre Everard e lhe perguntou com rudeza, com um olhar acusatório, se ele tinha algo a dizer sobre aquilo.

Vendo-se em situação delicada, entre o imperador de Bizâncio e o rei da França, o mestre fazia o melhor que podia para manter uma situação de paz entre esses dois poderios. Explicou ao rei que os homens da Alsácia-Lorena atravessaram o Bósforo em barcos de Bizâncio e estariam à espera em Calcedônia. O que guardou para si foi o fato de que Manuel Comeno achara desaconselhável tal concentração de estrangeiros, ao mesmo tempo, em sua capital, e despachara os da Alsácia-Lorena antes que o rei Luís chegasse. Considero que foi uma medida acertada. Mas Luís não via assim. Ele vociferou, acusando o imperador de dividir as forças dos franceses para enfraquecê-los, como faz com seus inimigos. Enquanto ele falava, muitos foram os que se aproximaram para murmurar-lhe sugestões que eu não sabia quais eram, mas que aumentavam em muito sua irritação.

Aquela reunião se tornava mais tensa e pesada a cada instante. Em meu coração, eu temia uma investida daqueles homens contra Manuel Comeno.

Seria o bispo de Langres, com seu discurso encomendado, quem viria a elucidar as razões do agastamento de Luís. O rei fez-lhe sinal e ele se tornou o centro das atenções.

É uma figura desagradável de aspecto e de trato. Tem o rosto gordo que parece inflar-se mais a cada uma de suas palavras. As bochechas e a papada se movem enquanto os olhos, de um azul esmaecido, giram nas órbitas. Quando falou, dirigindo-se ao mestre, sua voz não tinha firmeza, mas foi o suficiente para exaltar os ânimos dos demais. Iniciou-se a discussão quando o bispo se dirigiu a mestre Everard:

— É como homem de Deus que lhe dirijo a palavra, irmão. Não fora a causa de Cristo, nossos pés não deviam estar pousados nesta terra de hereges. Agora, os gregos propõem que reconheçamos seu império, submetendo-nos às suas leis. Se assim o fizermos, não seremos melhores do que eles, nem na verdade da nossa fé, nem na nobreza das nossas intenções. A fraqueza valerá mais do que a força e a covardia, mais do que a coragem. Que direito pensam ter esses gregos de mostrar tanta ousadia?

Àquelas palavras se juntaram protestos vindos de todo lado. Os nobres se exaltaram e a voz do conde de Dreux sobressaiu no tumulto ao bradar que a honra desaconselha tal juramento. Completou então com arrogância:

— Onde já se viu tamanho absurdo como essa pretensão de Manuel Comeno, de fazer do rei de França um vassalo de Bizâncio?

Alguns já propunham que se fizesse vir de Calcedônia o exército da Alsácia-Lorena. Falou-se na conquista imediata de Constantinopla, na submissão de todos os seus habitantes. Não houve sugestão bélica que não brotasse de alguma boca. Os planos incluíam a destruição dos aquedutos, e as razões variavam do insulto à honra de França à punição do império herético.

Desde que dera a palavra ao bispo de Langres, o rei Luís se calara. Eu o observava atentamente. Depois de aprovar com a cabeça o discurso do bispo e as primeiras propostas dos cavaleiros, a perspectiva de um ataque à capital do Império Bizantino o fazia voltar à sua costumeira atitude de hesitação. Talvez ponderasse o fato de que a

Corte e os conselheiros exorbitavam nas respostas às ofensas e se lançavam por caminhos que não eram os que ele tinha em mente. Por duas vezes fez menção de falar, mas eram muitas as vozes que esbravejavam ao seu redor. Everard sentiu que era o momento certo para agir.

Assim, caminhou para ele e pediu-lhe que o ouvisse em particular, prometendo revelar-lhe, e só a ele, o meio mais seguro e digno para sair vitorioso de todo aquele impasse.

Creio que Luís teria se agarrado a qualquer motivo que lhe permitisse fazer calar as vozes que atordoavam seus ouvidos e sua mente. Levantou-se, de súbito, calando aqueles que estavam mais próximos. A seguir, ordenou que se retirassem todos. Everard fez sinal para que eu e Morin ficássemos também.

Quando ficamos a sós, mestre Everard lhe disse que desviar-se dos objetivos da santa Cruzada será o triunfo dos seus inimigos. Só os maus conselheiros poderiam pensar em semelhante empreitada. Um ataque a Constantinopla retirará ao reino de França o respeito e a consideração de todos os outros reinos sobre a terra, que reivindiquem a si o direito de se dizerem cristãos.

Ainda confuso, o rei Luís protestou, referindo-se a Manuel Comeno, que toda ofensa exige retratação. Suas mãos tremiam e seu rosto estava contorcido. Sem nenhum tom de acusação ou hostilidade, Everard perguntou-lhe, com suavidade, como se retrataria o reino de França perante todo o Ocidente. Não se referia somente ao Império Bizantino, mas a uma grandeza maior.

Como o rei não respondesse, ponderando as palavras de Everard em sua mente, o superior prosseguiu com os seus argumentos, sublinhando a necessidade de deixar Constantinopla o quanto antes, pois as relações com Bizâncio, úteis até aquele momento, podiam deteriorar-se a ponto de não ser mais possível controlar os ânimos. A Cruzada ainda tinha um longo caminho pela frente e necessitaria tanto das provisões fornecidas por Bizâncio como de seus barcos para transportá-la.

O rubro voltou aos seus olhos quando perguntou se deveriam dobrar-se ao imperador covardemente. O mestre do Templo tentou explicar-lhe que não se tratava de um ato de covardia, mas sim de uma astuta atitude política. Afinal, a França ainda dependia da experiência dos guias bizantinos para sua proteção em territórios turcos. Os turcos temem Bizâncio, não aos cruzados, e é importante tirar partido disso. Eles também temeriam os cruzados se acreditassem numa aliança plena do reino de França com o Império Bizantino. Tudo se resume a uma questão política.

Esperamos que as palavras de Everard fizessem com que o rei abandonasse de vez as idéias tresloucadas da sua Corte ambiciosa. Embora temendo suas oscilações costumeiras quando se tratava de tomar decisões, senti que Luís finalmente enxergara o abismo para onde o queriam empurrar, assim como a saída digna que o superior do Templo o fazia ver.

Ainda hesitante, o rei Luís anunciou que partiriam logo e que a decisão seria comunicada a Manuel Comeno ainda naquele dia. Após tantos momentos de tensão, pudemos respirar aliviados. Everard não conseguiu conter a exclamação, elogiando sua decisão. O monarca repetiu que se tratava de uma decisão política, e pude ver no seu semblante e na sua postura que voltara a exibir a nesga de grandeza que herdara dos seus antepassados.

15 de outubro do ano de Nosso Senhor de 1147

Pela manhã, dirigi-me à capela. Mestre Everard também tinha ido pedir proteção para os cavaleiros em nossa travessia em direção a Antióquia.

Estávamos ajoelhados perante a imagem de Nosso Senhor quando o bispo Henry de Mainz, antigo príncipe Odebrecht, entrou na capela e dirigiu-se a nós. Sua intenção era falar com mestre Everard. Incomodou-me novamente a presença do bispo, que, com sua tradicional arrogância, cruzara a capela sem ao menos prestar homenagem à imagem de Nosso Senhor Jesus Cristo sobre o altar.

Eu não suportava ver ninguém entrar em uma capela que não se ajoelhasse diante do altar. Quanto mais um bispo! Que sinal de arrogância... E que risco para a Igreja! Minha indignação foi interrompida pelas palavras do lorde Henry:

— Mestre Everard!

Mestre Everard pareceu devolver ao bispo a atenção acrescida da devida veneração e respeito:

— Que a paz de Deus esteja com o senhor, Eminência.

Everard era um religioso, um cavaleiro, dirigindo-se a um príncipe da Igreja. Lorde Henry prosseguiu:

— O rei Luís pediu uma audiência antes de sua partida para a Terra Santa. Ele suspeita da perfídia dos gregos. Quer que nossa saída seja coberta pelos templários e hospitalários. Sua Ordem foi convocada para estar na vanguarda de nosso exército e a tropa de hospitalários, para a retaguarda. A audiência será hoje, após o pôr-do-sol. O rei aguarda sua presença e de seus cavaleiros.

Mestre Everard acenou com a cabeça e colocou-se de joelhos, voltando o olhar para o altar e dando continuidade a suas orações. Não sei se foi minha imaginação, mas percebi uma sombra de ironia do bispo em relação ao mestre. Uma sombra de desprezo pela atitude respeitosa de mestre Everard. O bispo voltou a interromper as preces de Everard e percebi que, se eu permanecesse no recinto, não conseguiria controlar meu impulso. Fui então aguardar mestre Everard do lado de fora da capela.

Ouvi passos vindo de dentro da capela e achei que minha espera havia terminado, mas não foi Everard quem vi, e sim o bispo de Mainz. Encarei-o, sem temer sua reação. Indignado com minha ousadia, ele me dirigiu a palavra:

— Seu rosto me é familiar. De onde o conheço? Tenho certeza de que já o vi antes.

Sem querer ser grosseiro, limitei-me a responder:

— Abadia de Disibodenberg.

Seus olhos se inflamaram e o bispo disse, com um sorriso irônico:

— A mulher cheia de fantasias. A louca que ouve vozes. Lembro-me bem dela.

Senti um gosto em minha boca, que reconheci como sendo o da vingança:

— Volte vinte anos em sua memória e é possível que se recorde de meu rosto, na época ainda imberbe, e sem o paramento dos cavaleiros do Templo. Minhas roupas não eram mais do que trapos e meus olhos ainda não carregavam os horrores desta Cruzada, embora eu já tivesse visto a morte antes. Não me importa o que leva em sua lembrança, mas lembro-me perfeitamente de que foi com você que aprendi que nem sempre o santo está sob a cruz de Nosso Senhor.

— Trate-me com mais respeito, cavaleiro.

— Não devo respeito a um príncipe da Igreja que varre seus vícios para baixo de seu manto e ainda insulta os santos!

O bispo tornou a olhar em fogo para mim. O mesmo olhar e a mesma brasa de vinte anos atrás. Agarrou-me pelo manto e jogou-me contra a parede da capela.

— Acha que se tornou cavaleiro e homem suficiente para me desafiar?

Senti o baque de meu corpo na parede como se tivesse levado um coice de um cavalo. Os anos não lhe levaram o vigor e a força que eu conhecera no passado. O bispo avançou em minha direção. Seu porte nada perdera do aspecto intimidador. À minha memória voltaram as imagens do jovem gigante, de barbas e cabelos dourados, vestido de príncipe da Igreja. A única diferença é que tinha adquirido mais porte e alguns fios brancos nos cabelos e barba.

Aparei o que seria um soco direto em meu peito. Outro coice. O bispo estranhou o fato de eu conseguir segurar o golpe, e vi surpresa em seus olhos. Empurrei-o. Senti que minha força era significativa para o gigante que enfrentava. Ele avançou e eu o empurrei novamente.

A fúria parecia encantar o ar. Vi o jardim interno do palácio a nos convidar. Não havia quase ninguém àquela hora da manhã. Poucos guardas bizantinos estavam distantes, guardando o portão de entrada do palácio.

O bispo sacou sua espada e eu, a minha.

Trocamos golpes titânicos, lâmina contra lâmina. Não nos importávamos com o som que logo despertaria muitos dos nossos, nem com a vergonha daquela contenda. Jogamos aço contra aço. Braço contra braço. O clangor das armas aumentou em ritmo sincopado. Bati minha lâmina contra a dele de forma a demonstrar ao bispo sua ineficiência, sua falta de experiência no campo de batalha.

No simples duelo, em seu país, e contra gente que não participava de guerras, ele era soberano. Mas, contra um cavaleiro da Ordem do Templo, a coisa era bem diferente. Bati com minha lâmina de forma a desequilibrar o punho de sua espada. Mesmo assim, ele não largava a arma, o que me surpreendeu. Tornei a atacar várias vezes e vi a penosa defesa dos músculos de meu opositor. A falta de treinamento em combate cobrava alto preço dos músculos de um guerreiro. É quando alguém se cansa, quando se esgota, que se torna vulnerável e perde até perante uma leve cimitarra. Bati, bati, bati. E o bispo se desequilibrou e foi ao chão. Disse que se levantasse. Seu ódio misturava-se ao seu orgulho, e o homem lançou-se de pé, atacando-me. Deixei seu corpo passar e bati com a lâmina na espinha do bispo. Não com a parte cortante, é claro, pois não cabia a mim assassinar um príncipe da Igreja, mesmo que este fosse um verme como Henry. Mas causar-lhe dor me dava grande prazer.

Ele virou-se e eu bati com a lâmina em sua cabeça, o que o tonteou. Ele avançou e, com a minha mão livre, segurei-o pelo manto e o atirei contra uma coluna, o que o fez sangrar pelo nariz nas portas da capela. Nesse momento, chegaram mestre Everard e alguns cavaleiros, que, entendendo o que se passava, nos impediram de prosseguir em nossa contenda.

O bispo estava zonzo. Arfava como um cavalo. Minha respiração permanecia normal, pois eu poderia lutar por horas devido ao meu treinamento como cavaleiro templário. Ele me ameaçou. Passou a usar a autoridade da Igreja:

— Este homem não será mais cavaleiro! Será aprisionado e ficará mofando aqui em Bizâncio! Uma masmorra será seu novo lar!

Mestre Everard interrompeu o bispo, acenando para os cavaleiros, para que ficassem em seu lugar:

— A sua autoridade, lorde Henry, não alcança nossa Ordem!

Lorde Henry ficou atônito. Direcionava sua fúria ao mestre da Ordem, que prosseguiu:

— Se tens diferença com este homem, resolva-a como homem. Nossa Ordem está sujeita, como o senhor bem sabe, unicamente à autoridade do Santo Padre!

Henry sabia que as palavras de mestre Everard eram soberanas naquele sentido. Não ousou quebrar a autoridade do papa, assim como não ousou desafiar o mestre do Templo. Olhou-me novamente com fúria e disse-me:

— Teremos outra chance, mas vou poupá-lo para que possamos enfrentar os infiéis. Depois disso, cavaleiro, sua próxima batalha será comigo.

Acenei com a cabeça, com a mesma reverência com que acenava quando cumprimentava o bispo. E com toda a indiferença que minha expressão poderia carregar. O bispo pegou sua espada das mãos de um dos cavaleiros e se retirou.

Mestre Everard virou-se a mim e disse:

— Explique-me depois o que ocorre entre vocês. Não gosto do bispo.

17 de outubro do ano de Nosso Senhor de 1147

Enquanto o rei Luís e sua Corte se preparam para partir desta cidade em direção a Antióquia, afiamos nossas lâminas e cuidamos de nossos cavalos. Nova jornada nos aguarda e não sei que destino encontraremos nessa estrada.

Hoje o veterano Richard de Saint Michel veio ter comigo. Ouvi-o com atenção e achei que era hora de nos despedirmos. Ele me confessou que lhe traz muito pesar ter deixado suas terras para trás, nas mãos de um usurpador, e que isso lhe tira a paz de espírito e as noites de sono. Cada dia que passa é um dia de dominação do impostor, e ele teme pelas pessoas de sua terra. Fui sincero. Pedi que ele perguntasse ao seu coração onde reside a sua verdadeira Cruzada. Após um longo silêncio, o cavaleiro se desfez em lágrimas e eu o confortei.

Deus não nos julga por deixarmos uma batalha de lado quando outra mais urgente nos oprime o coração. A luta pela cristandade não está no derramamento de sangue de infiéis, mas na prática do bem e da justiça. Entregar a espada a serviço de Nosso Senhor é um modo de servir a Deus, mas não o único. O padre que leva a graça de Deus aos de sua paróquia é também um servo de Nosso Senhor. A senhora que colhe os legumes que alimentarão os famintos, também ela serve a Cristo.

Richard enxugou suas lágrimas e fez um gesto leve com a cabeça. Compreendi sua decisão. Ele é um homem bom, de índole verdadeira, e um guerreiro de qualidade. Mas, principalmente, tem um coração digno e puro. Recomendei que fosse falar com mestre Everard, que não negaria sua partida e compreenderia seu coração. Abracei meu irmão, como se me despedisse dele.

18 de outubro do ano de Nosso Senhor de 1147

Hoje partimos de Constantinopla. Nem todos os companheiros com quem travei amizade na trajetória de minha vida na Ordem vieram junto. A despedida foi breve, porém de forte impacto em meu coração. Richard de Saint Michel conseguiu permissão de mestre Everard e deixaria a Ordem. Ele nos acompanharia até o porto e depois ficaria para trás e retornaria à sua terra, para lutar em sua verdadeira Cruzada.

Na capital, estávamos prontos para partir. Coloquei em Deus minha confiança para esta expedição e aproximei-me do velho Crisóstomos Fólios, que insistira em nos acompanhar até os portos de Constantinopla para despedir-se. Everard encostou sua testa em seus joelhos e o velho lhe deu suas bênçãos:

— Para onde for mestre Everard, irá o espírito de Crisóstomos Fólios, seja para a vida ou para a morte!

Como um olhar de hesitação pairasse sob os olhos de Everard, não por medo de morte sua ou de seus irmãos, mas por medo de mortes desnecessárias, Richard o animou, relembrando-o de nossa jornada:

— Mestre, lembra-se de quando fizemos essa viagem com menos de quarenta homens e sobrevivemos? Acho que com trinta mil chegará em segurança a Antióquia!

Emocionou-me sua demonstração de amizade, e o mestre o abraçou, despedindo-se.

Eu, juntamente com os demais irmãos da Ordem, Jean-Pierre, Yves Morin, Vincent Péchaud, Théodoric Govin e muitos outros, pedimos as bênçãos ao ancião Crisóstomos Fólios, repetindo o gesto de mestre Everard e encostando nossas cabeças nos joelhos do santo homem.

Olhei para o pavilhão real, onde o rei Luís já se encontrava, e ouvi a voz do veterano Richard:

— À vitória de Cristo! Nosso único Senhor!

Desviei o olhar do pavilhão e sorri-lhe, enquanto me dirigia à galera, pensando que poderia assegurar a Deus que existia, em todo aquele mundo de ambições e cobiça, uma alma que se mantivera justa.

24 de outubro do ano de Nosso Senhor de 1147

Creio que ninguém lamentou a partida dos franceses de Constantinopla. Enquanto as galeras imperiais se afastavam do porto Porphirion, o povo permaneceu com os olhos no mar, temeroso ainda de que alguma coisa pudesse mudar o rumo dos acontecimentos, quem sabe uma tempestade que obrigasse o retorno dos indesejados. Mas o dia continuou ensolarado e seguimos viagem.

Não foi uma tempestade que chegou, mas outro fenômeno que abalou os franceses. No dia seguinte à nossa partida, houve um eclipse do sol. Os soldados viram no acontecimento um presságio funesto. Uma grande tragédia parecia aproximar-se sorrateira, era o que murmuravam. A expectativa de um futuro sombrio começou a minar os espíritos, tirando-lhes o alento para a marcha. Marcha apocalíptica, como havia previsto Manuel Comeno.

Muitos cavaleiros turbulentos, assim como o próprio rei, haviam praticado violências e tinham muito que expiar. As memórias ainda guardavam o terrível massacre de Vitry. O espírito da Cavalaria não experimentava progresso com o passar dos dias, pelo contrário; parecia definhar a ponto de a própria honradez se tornar uma virtude descorada. Em corações como o meu, aquela suposta nobreza guerreira ao lado de quem cavalgava não era motivo de orgulho.

11 de novembro do ano de Nosso Senhor de 1147

Em novembro, a Cruzada alcançou Nicéia. Ali, a tragédia foi confirmada. A lembrança do eclipse que todos haviam testemunhado voltou para assombrá-los. Era em vão que bispos e padres tentavam libertá-los de crenças pagãs. Naquela multidão de soldados e peregrinos havia cristãos de todos os tipos. Havia os que diziam ser tudo sinais divinos e procuravam esses indícios em cada raio de luz ou nesga de sombra. Havia aqueles que permaneciam no semipaganismo, atribuindo aos sinais manifestações de divindades que rondavam os caminhos para dar combate às almas dos homens. O medo dos fenômenos era compartilhado por uns e por outros. Assim, preferiam ignorar os perigos reais que o inimigo turco representava. Em Nicéia, soubemos da terrível derrota sofrida pelo rei Conrado e o exército alemão.

O acampamento francês fora erguido num pequeno vale, lugar indicado pelos guias bizantinos. Antes do anoitecer, um pequeno destacamento de varangianos escoltou Frederico de Hohenstaufen, sobrinho do soberano alemão, à tenda do rei de França.

Notei que o abatimento havia tomado o semblante e os modos do cavaleiro. Ele cobriu o rosto com as mãos, como se quisesse afastar visões de um pesadelo, quando o rei Luís lhe pediu que contasse aos presentes o que sucedera ao exército de Conrado.

Mestre Everard dirigiu-lhe algumas palavras de encorajamento, mas Frederico de Hohenstaufen manteve os olhos baixos enquanto falava. Perguntava-se onde estariam os culpados de sua desgraça e dizia não poder enxergar além de sua própria temeridade. A culpa pesava-lhe nos ombros enquanto se lamentava por não ter ouvido conselhos que lhe pareceram sem importância naquele momento:

— Fechamos os ouvidos às palavras de Estevão, o chefe da guarda varangiana, homem experiente, mas que nos pareceu demasiado cauteloso e desconfiado da força de nossos cavaleiros. A certeza de que éramos imbatíveis foi nossa fraqueza. Partimos de Nicéia em meados de outubro. Escolhemos o caminho mais perigoso, para onde arrastamos uma multidão de peregrinos que nos seguiam como se fôssemos uma procissão religiosa e não uma cruzada militar. Durante dez dias cavalgamos a passo lento por terreno inóspito. Tínhamos alimento, isso nunca nos faltou enquanto permanecemos em território bizantino. Mas a água era escassa e difícil de encontrar. Por isso tomamos a direção do rio Bathys, próximo a Dorileu.

Frederico de Hohenstaufen parou o seu relato e outra vez levou as mãos ao rosto. O abatimento envelhecia seus traços e o cansaço o fazia falar com voz arrastada. Ao seu redor, nós o ouvíamos em silêncio.

Enchi uma caneca de vinho da qual ele bebeu apenas dois goles. O cavaleiro continuou seu relato e nos contou que, quando pararam para aliviar a sede, o exército do sultão Mas'ud caiu sobre eles, que estavam com a infantaria esgotada e muitos cavaleiros desmontados para dar descanso aos cavalos extenuados pela marcha.

Frederico continuou, explicando que os turcos tinham um poderoso aliado: o território. Os inimigos surgiam no alto de cada colina que rodeava os germânicos, fazendo chover flechas sobre eles. Até que pudessem organizar as defesas, muitos já haviam caído. O cavaleiro respirou fundo e, com um tom melancólico na voz, descreveu-nos o massacre:

— Nossos cavaleiros tombavam antes de conseguir chegar aos seus cavalos e deixar o local. Nem os peregrinos foram poupados. Durante dias eles renovaram seus ataques, cada vez mais ousados. Estávamos extenuados pela fome e pela sede, sem poder avançar, nossas carroças mal dando para carregar tantos feridos. As nossas armas passaram a ser um peso acrescido, muito mais do que um meio de ataque ou mesmo de defesa. Em todas as horas do dia e da noite os turcos atacavam. Em todo lado reinava a confusão.

O rei Luís, intrigado, pediu ao cavaleiro que falasse sobre o rei Conrado, intuindo que em tudo aquilo uma parcela de culpa teria que recair sobre quem liderava a Cruzada.

— Ele foi ferido por dois dardos. Tentávamos protegê-lo, sem grande sucesso. Parecia que, à medida que avançávamos, os infiéis se multiplicavam, e era sempre maior o número de mortos e feridos que tínhamos que abandonar no caminho — prosseguiu Frederico, concluindo que nove décimos dos soldados haviam sido perdidos, além dos aparatos de guerra, armas de sítio, ferramentas e carroças de provisões. Só lhes restava retornar a Nicéia e aguardar a chegada dos franceses.

O bispo de Langres então traçou o sinal-da-cruz e comentou que haviam morrido como mártires.

— Sinto muito, senhores, que as notícias que trago sejam as de um flagelo, que ainda anda à espreita para atacar quem ousa pisar seu território — finalizou o cavaleiro alemão.

Frederico de Hohenstaufen se calara, exausto. Fiquei imaginando se, durante aqueles dias de combate, Conrado não teria ouvido em sua consciência o eco das muitas e insistentes advertências de Manuel Comeno sobre o poderio do exército turco. Agora era tarde para avaliar o que havia de verdadeiro nas palavras do imperador. Esperei que os trágicos acontecimentos servissem para moderar a soberba do soberano de França e dos seus cavaleiros.

Uma grande comitiva acompanhou o rei Luís ao quartel-general dos alemães. Os dois soberanos estavam comovidos e Conrado, embora ainda debilitado, acolheu o rei francês com alegria. Deixados a sós, os dois soberanos conferenciaram por longo tempo. Da parte do monarca francês saíam palavras de encorajamento e lembranças da bravura que toda a Europa reconhecia na Casa de Hohenstaufen. Ele permaneceu próximo ao leito de Conrado, mesmo quando os médicos chegaram para cuidar de seus ferimentos. Por acordo de ambos, decidiu-se que os exércitos seguiriam para o sul pela rota costeira, mantendo-se em território bizantino.

Uma coisa ficara clara. Não havia tropas bizantinas suficientes para apoiar um ataque à Anatólia. O monarca francês reclamava do fato, desejando reforços de Bizâncio.

28 de novembro do ano de Nosso Senhor de 1147

Conforme o combinado em Nicéia, estamos seguindo pela costa. Acampamos esta noite em Esseron, próximo ao Balikesri. A decisão dos monarcas, de permanecer junto à costa, parece ter sido a mais acertada. A Cruzada avança por terreno fértil e estamos sendo seguidos de longe pela frota bizantina. Os alemães seguirão junto ao contingente do rei Luís.

Após o que se passou, o medo dos turcos invadiu as falas entre os cruzados. Os franceses mostram-se satisfeitos em estarem acompanhados por um número maior de guerreiros.

Preocupa-me o estado de saúde do rei Conrado. Frederico de Hohenstaufen também demonstra preocupação. Seus olhos estão sempre agitados e seu semblante parece envelhecer a cada dia que passa. Pode ser o efeito do sol sobre a pele alva, mas o tempo parece correr mais rápido para ele do que para nós.

Que Deus, Nosso Pai, olhe pelos nossos.

7 de dezembro do ano de Nosso Senhor de 1147

Passamos por Pérgamo e Esmirna, chegando finalmente a Éfeso. A não ser pela tragédia ocorrida com o exército alemão, até aquela altura os franceses não tinham do que se queixar. O presságio sombrio que haviam avistado no eclipse solar já se havia cumprido, abatendo-se sobre o exército de Conrado.

Os alemães arrastavam-se com um dia de atraso. Entre eles não havia risos nem esperança de dias melhores. Carregavam a derrota na memória e nos corpos, extenuados ainda pela aventura na Anatólia. Todos os dias cavavam sepulturas para os que não conseguiam recuperar-se dos ferimentos. O tormento era acrescido pelas provocações dos franceses, que lhes lançavam frases desdenhosas. "*Poussez, allemands!*", gritavam os franceses, querendo inutilmente apressá-los na marcha.

Em Éfeso, o estado de saúde do rei Conrado piorou. Sentia-se tão enfraquecido que os cavaleiros acharam melhor fazer uma pausa demorada. Era triste ver como ele se arrastava na sua debilidade, impotente para chegar à Palestina.

Enviado pelo rei Luís, mestre Everard sentou-se à sua cabeceira, ouvindo suas queixas em silêncio. O papa Eugênio desejava sua presença na Itália, para sujeição dos romanos, mas insistira na empreitada no Oriente, confessou-lhe Conrado. Adicionou ainda que o papel alemão nesse jogo de xadrez da cristandade não era lutar contra infiéis na Palestina, mas sim contra Rogério da Sicília, que assombrava todo o Mediterrâneo. O rei alemão então olhou para a frente e buscou na memória um rosto e palavras de uma força contagiante. Disse-lhe então que se engajou nesta Cruzada inspirado por Bernardo de Claraval e seu sermão inflamado, nas vésperas do Natal. Disse que lhe falava diretamente, pedindo que tomasse a cruz. Na boca de Bernando, Conrado dizia que as palavras pareciam vir de Nosso Senhor Jesus Cristo em pessoa, pressionando-o a partir, lembrando-o das bênçãos que Deus já havia derramado sobre ele. Assim, Conrado prometeu a Deus e a Bernardo, por cuja boca Deus falava, e aderiu à Cruzada. Tão logo Bernardo deixou a Alemanha, Conrado já havia juntado seu exército de cavaleiros.

Pensei comigo que aquilo devia ter desagradado o papa Eugênio deveras! Como se lesse meus pensamentos e os de Everard, o rei Conrado sorriu pela primeira vez desde que haviam iniciado aquela conversa e comentou que alguém lhe havia contado que o abade de Citeaux enviara uma carta ao papa Eugênio, não para se desculpar, mas para responsabilizar o pontífice por toda a sua ação. Parecia-lhe que na carta ele dizia: "Vossa Santidade ordenou, eu obedeci. E a autoridade que deu a ordem fez com que a minha obediência desse frutos. Deixei sair a minha voz, e de imediato os cruzados se multiplicaram ao infinito. Vilas e cidades estão agora abandonadas. Dificilmente se encontrará um homem para cada sete mulheres. Por toda parte, se vêem viúvas cujos maridos estão ainda vivos".

Não pude deixar de pensar que a facilidade com que Conrado citava os dizeres da carta de Bernardo de Claraval ao papa Eugênio era sinal de que o soberano alemão contara aquele fato repetidas vezes.

Para ele, não havia com que se surpreender. A descrição que o abade de Citeaux fazia das aldeias e mulheres alemãs abandonadas tinha qualquer coisa de trágico que só transparecia agora, com a derrota do exército e o risco de morte que corria o próprio rei, preso a um leito que poderia transformar-se no seu leito de morte.

Conrado então revelou a mestre Everard a existência de outra carta, ainda mais importante, e pediu-lhe que a lesse e comunicasse seu conteúdo ao rei Luís. Sem saber do que se tratava ou de quem poderia ser a missiva, meus olhos fitavam Conrado interrogativamente. O monarca disse "de Manuel Comeno" e apontou para uma mesa, indicando onde a carta estava.

Everard tomou a carta, aproximou-se de uma lamparina e leu em voz alta, com dobrada atenção:

> Ao nobre irmão Conrado de Hohenstaufen, senhor do Santo Império Romano Germânico:
>
> Rogo a Deus Nosso Senhor pela vossa saúde e pela vida de vossos fiéis cavaleiros e soldados.
>
> Soube com profundo pesar da calamidade que sofreu vosso exército no Anatolikon. Sabeis agora do perigo e do poderio verdadeiros que representam os nossos inimigos. Peço-vos, pois, como vosso irmão em Cristo Senhor Nosso, que vos apresseis de volta a Constantinopla. Aqui, ao abrigo de novas calamidades, podereis desfrutar melhor cuidado para vossa saúde, pelo que eu próprio irei me responsabilizar para que tenhais um pronto restabelecimento. Mando-vos minha cavalaria como escolta e prometo-vos que assim que vos houverdes recuperado da vossa enfermidade, a mesma escolta vos conduzirá por mar até à Palestina, para que possais concluir vossa santa peregrinação ao lado de nosso estimado rei Luís. Que Deus Nosso Senhor receba os vossos mártires com compaixão.
>
> Manuel Comeno.

Mestre Everard passou-me então a carta e eu a li novamente. Assim que voltei a colocar a carta sobre a mesa, Conrado nos disse que o imperador havia lhe mandado vários presentes trazidos por uma tropa de cavalaria de *kataphractos*, acompanhada pela guarda varangiana.

Confirmando a partida do rei Conrado para Constantinopla, Everard prontificou-se a comunicar ao rei Luís a sua partida. Ele se inclinou diante do leito onde jazia, muito pálido, o soberano, que apenas acenou, dispensando nossa presença.

9 de dezembro do ano de Nosso Senhor de 1147

Hoje um emissário trouxe uma nova missiva do imperador bizantino, dessa vez dirigida ao soberano da França. Nela, Manuel Comeno dava conta de que os turcos se preparavam para a guerra, aconselhava que nos mantivéssemos longe de conflitos e dentro da área de segurança oferecida pelas fortalezas bizantinas. O ataque bem-sucedido dos turcos sobre os alemães certamente os incentivaria a tentar outras vitórias contra o exército de França.

Fui convocado por mestre Everard à tenda real para ouvir a leitura da missiva. Compreendi nas entrelinhas que Manuel Comeno receia que, se os cruzados franceses forem atacados pelos turcos, a culpa recaia sobre ele. Ao mesmo tempo, deseja que cheguem à Antióquia na esperança de vê-los fazer frente aos exércitos de Nur ed-Din. A posição do imperador deve estar sendo das mais difíceis, pois suas preocupações não podem se desviar da iminência de um ataque de Rogério, da Sicília, a Constantinopla.

8 de janeiro do ano de Nosso Senhor de 1148

Mais alguns dias e deixamos Nicéia, retomando a marcha. A disciplina se deteriora à medida que avançamos. Prosseguimos pelo vale de Meander e atingimos Decervium pelo Natal. O vento soprava vindo do norte e levantava cortinas de poeira que cegava cavalos e cavaleiros. Foi o momento escolhido pelos turcos para um primeiro ataque aos franceses.

Uma saraivada de flechas caiu diante do rei Luís. Logo, por todo lado se ouviram vozes de comando. Os cavaleiros recuaram para que os arqueiros vindos dos flancos formassem uma barreira na vanguarda. Nós, da Ordem do Templo, galopamos para fazer um círculo em torno do rei. O contra-ataque devia ser rápido para ser efetivo.

Nada no Ocidente pode assemelhar-se àquela chuva de flechas turcas disparadas pela Cavalaria ligeira, capaz de enviar três cargas contra o inimigo numa única investida e retirada. Estávamos todos atônitos. Mal acreditávamos no que víamos. Os arqueiros turcos lançavam flechas enquanto se retiravam, montados de costas nos seus cavalos, voltados para o inimigo.

O marechal Olivier Maillot, cercado pelos seus jovens comandados que esperavam a ordem para a carga, ficara petrificado. Foi Théodoric Govin, marechal no Oriente, quem percebeu a situação. Cavalgou na direção dos estandartes da Ordem que os pretensos noviços empunhavam. De passagem por Olivier Maillot, aplicou-lhe um golpe, derrubando-o do cavalo. Melhor no chão do que dando uma demonstração de covardia diante de seus comandados. Théodoric Govin então chamou para si os jovens:

— Querem ser verdadeiros templários? Sigam-me!

Um clamor subiu de mil gargantas. Os cavaleiros lançaram-se atrás de Théodoric Govin, iniciando seu noviciado numa verdadeira batalha. Enquanto os franceses se retiravam na direção de Antióquia Pisídia, fortaleza bizantina, Théodoric Govin e seus cavaleiros formavam uma barreira defensiva de escudos para que os peregrinos também passassem.

Havia uma ponte sobre o rio que afunilava a estrada por onde se retiravam. Os turcos continuaram suas investidas. O mestre da Ordem voltou a cruzar a ponte, seguido de perto por nós, templários, e por muitos cavaleiros. O inimigo ficou encurralado entre nossa força de contra-ataque e os jovens cavaleiros liderados por Théodoric Govin. Sem espaço para bater em retirada, os turcos sentiram o aço das nossas espadas sobre seus pescoços. Aqueles que tentavam escapar eram atingidos pelos arqueiros que se postavam ao longo do rio.

As perdas francesas foram menores que as sofridas pelos turcos, mas não tínhamos ânimo para considerar aquilo uma vitória. Fora apenas uma amostra da capacidade dos turcos, que podiam cair como relâmpagos sobre os inimigos.

Tivemos um dia triste, cuidando dos feridos, enterrando os mortos, apesar da aparente vitória. Mas não posso deixar de registrar aqui a magnificência dos cavaleiros turcos. Os infiéis são ágeis e suas flechas, precisas.

Que Deus nos proteja nessa jornada e que minha espada seja forte o suficiente para que eu cumpra minha missão.

20 de janeiro do ano de Nosso Senhor de 1148

A fortaleza de Antióquia Pisídia estava abandonada e fora inteiramente saqueada pelo inimigo. Era imprudente permanecer ali mais do que uma noite. Assim, ao raiar do sol, levando nas carroças os feridos, retomamos a marcha. Batedores foram enviados para evitar os ataques de surpresa. A cada dia que se passa, a situação piora. Ao medo do inimigo se aliam agora a fome e a sede. Começamos a experimentar as agruras pelas quais os alemães já haviam passado.

Chegamos a aldeias abandonadas e não encontramos provisões. Seus habitantes haviam levado consigo tudo o que possuíam. A fome provoca intermináveis brigas. Entre os peregrinos, mata-se por um pedaço de pão coberto de bolor.

As tempestades de janeiro não tardaram a cair com o mesmo ímpeto com que o sol castigara o solo durante intermináveis meses. Os turcos voltaram a atacar em pequenos grupos, com a intenção de não deixar que os cruzados encontrem descanso. Nossos ânimos estão minguando e poucos ainda mantêm firme a recordação do verdadeiro sentido daquela jornada.

Chegamos a uma região de escarpas que torna difícil adivinhar a aproximação do inimigo. A rainha e suas damas, protegidas em liteiras, tremem de frio na umidade da noite e anseiam pôr um fim àquele tormento que parece nunca terminar. Eleonor grita como uma loba enjaulada, maldizendo o rei Luís e culpando-o por cada agrura do caminho. Acusa-o por tanta privação. E o declara diante dos cavaleiros, dos soldados ou de quem quiser ouvir.

Despejo aqui nestas folhas amarrotadas tudo aquilo que procuro ocultar durante o dia. Não posso me deixar abater pelos espinhos do caminho, pois, como exemplo, devo sustentar o pilar da esperança entre os irmãos da Ordem. A responsabilidade de levantar os ânimos dos cavaleiros e dos peregrinos em face da fome, da sede, e a tentativa de não nos transformarmos em bárbaros me parecem ser tarefa maior do que erguer uma espada contra um infiel.

1º de fevereiro do ano de Nosso Senhor de 1148

Fomos atacados pelos turcos mais uma vez. Os carros estão cheios de feridos e muitos não resistem. A fome é grande e os homens se desentendem constantemente.

4 de fevereiro do ano de Nosso Senhor de 1148

Nova emboscada. Muitos franceses mortos.

5 de fevereiro do ano de Nosso Senhor de 1148

Que as almas dos guerreiros mortos hoje encontrem seu caminho para o paraíso. Não pudemos enterrar seus corpos. Porém, como manda a caridade, cozinhamos os corpos, separamos as carnes e levamos os ossos para enterrar em campo-santo, dentro de nossa fortaleza.

6 de fevereiro do ano de Nosso Senhor de 1148

Avançamos a passos lentos. Os turcos chegam em pequenos grupos, atacam-nos e se retiram antes que tenhamos tempo de nos organizarmos. Sinto-me mergulhado no caos. O rei Luís começa a sentir as perdas de seus cavaleiros, e a confiança que se baseia somente no grande número de cruzados começa a minguar no coração dos homens.

No entanto, para o monarca, o pior dos ataques não vem dos turcos, mas da rainha, que, a cada dia, se indispõe mais e mais, gritando imprecações, culpando-o e acusando-o por seus desconfortos na jornada.

8 de fevereiro do ano de Nosso Senhor de 1148

Finalmente chegamos a uma cidade bizantina. O imperador Manuel Comeno havia enviado notícia de nossa chegada e o governador da pequena cidade de Atalia nos aguardava com receio. Receio porque, apesar das perdas sofridas no caminho, ainda somos muitos. Receio porque estamos famintos. As provisões da cidade mal suprem seus habitantes e o acampamento francês se mostra um estorvo.

O rei Luís insistiu que devíamos prosseguir viagem por mar. Dessa forma, pelo menos um dos seus inimigos cessaria os seus ataques — a rainha Eleonor. Ele negociou com o governador de Atalia, Landolfo, a obtenção dos barcos. O governador prometeu esforçar-se para conseguir todos aqueles que por acaso se encontrassem no porto ou em portos menores de aldeias na costa. Escolheu emissários e mandou que confiscassem os barcos:

— Vão às aldeias, a outras cidades, são ordens do próprio imperador! Se não encontrarem barcos, confisquem tudo o que puder flutuar! — vociferava o governador, em visível desespero.

Enquanto isso, os turcos não davam trégua nem ao acampamento dos franceses nem à cidade. Embora muitos cavaleiros estivessem prontos a combater no alto das muralhas para defender a cidade, a lógica comum que circula entre os habitantes de Atalia é que os franceses não defendem a cidade, mas sim suas próprias vidas. Além disso, ainda ouvi comentários acusando os franceses de alegarem que de estômago vazio não podem cumprir o seu dever de batalhar pela causa de Cristo. O povo conclui que não deixarão de alimentar seus filhos para colocar comida na boca dos estrangeiros. Outra vez os franceses se tornaram visitantes indesejáveis.

13 de fevereiro do ano de Nosso Senhor de 1148

Apesar das ordens expressas do governador, seus emissários fizeram uma colheita apenas sofrível de barcos, contando mesmo com balsas, pequenas barcaças de pesca e todo o resto que pudesse flutuar.

Surdo a essas dificuldades, o rei embarcou com aqueles que lhe eram mais chegados, abandonando uma grande quantidade de cavaleiros, sem contar a multidão de peregrinos, que só embarcariam quando aqueles barcos retornassem ou quando os céus mandassem ajuda.

Assim, deixando a cidade de Atalia, a cabeça da Cruzada navegou para o porto de Simeão. A pedido do rei Luís, segui com ele, embora julgasse aquele ato egoísta e injusto para com os que ficavam para trás. Que Deus tenha piedade de suas almas.

Junto com mestre Everard, despedi-me brevemente do marechal Théodoric Govin, que escolheu não embarcar e ficar com os noviços da Ordem. Não pude conter uma sensação de alívio quando ele me segredou que havia prendido Olivier Maillot, impedindo-o de embarcar. Brinquei com o marechal:

— Luís mandou gente à procura de Maillot. Pretende desafiar o rei?

E sua réplica me fez pensar no veterano Richard de Saint Michel:

— É uma questão de justiça, e a justiça deve ser a primeira causa de um rei.

Sim. Isso é algo que Richard diria.

3. Decisões Difíceis

18 de fevereiro do ano de Nosso Senhor de 1148

Chegamos ontem ao porto de São Simeão, no principado de Antióquia. Fiz a viagem ao lado de mestre Everard e do rei Luís, sob o pavilhão real. Em minha companhia embarcaram outros cavaleiros da Ordem, Yves Morin e Vincent Péchaud.

Confesso não ter ficado surpreso com a faustosa recepção preparada para os soberanos já no desembarque. Lá estavam o príncipe Raymond, tio da rainha Eleonor, a princesa Constance de Poitiers e toda a nobreza que reside no principado.

Parece-me que os esforços para agradar a rainha Eleonor surtirão algum efeito em seus humores. Mas pareceu-me exagero da parte dos antioquenos a recepção que prepararam para sua chegada. A pompa e o luxo são indescritíveis, comparáveis apenas aos frívolos banquetes campestres às margens do rio Sena, na distante França.

Em Antióquia, o palácio do príncipe tornou-se palco de festejos e divertimentos. Raymond está empenhado em entreter a sobrinha real para fazê-la esquecer as agruras da viagem. Tratam-se com uma crescente intimidade. Depois dos primeiros dias, a Corte começa a se perguntar: o que se passa entre o príncipe de Antióquia e a soberana de França? Será uma simples afeição entre parentes? O enorme poder da Casa de Aquitânia dá à nossa jovem e fogosa rainha Eleonor uma independência de pensamento e de ação, que muito me preocupa no momento. Impulsos levianos podem pôr por água abaixo muitos projetos sensatos, e colocar em perigo todo esse empreendimento militar. O fausto da corte antioquena e o céu claro da Síria parecem contribuir de forma nefasta para atrasar as deliberações.

O cavaleiro Yves Morin circula com liberdade entre as duas cortes, enquanto Luís solicita a presença do mestre da Ordem constantemente. Pede conselhos, ouvindo-os para depois esquecê-los e sair em busca de outros, a seguir abandonando-os também. Temo que o príncipe Raymond esteja se aproveitando da indecisão do nosso soberano.

Acabo de ter uma conversa com Morin, aqui no palácio. Ele está alojado junto a outros cavaleiros franceses, enquanto mestre Everard deve permanecer a poucos passos dos aposentos do rei. Morin concorda comigo quanto ao quadro político que se foi desenhando nesses últimos dias: cada um dos nobres francos do Oriente tem um forte motivo para reivindicar para si o imediato auxílio do rei. O conde Joscelin permanece em Turbessel, defendendo o que lhe resta do condado de Edessa. Entretanto, enviou seu emissário para solicitar ao rei algumas tropas de cavaleiros que lhe permitam reconquistar seu território perdido. Por sua vez, Raymond de Trípoli quer fazer valer seu direito de primo do rei para obter sua ajuda e retomar Montferrand. Mas Raymond de Poitiers está ganhando terreno sobre esses dois. Ele sabe que tem de agir com rapidez. Embora não o demonstre, sua posição é precária. Sabemos que Nur ed-Din, filho do atabegue Zengui e atual atabegue de Alepo e Mossul, instalou-se ao longo da fronteira desde Edessa até Hama. Antióquia pode ser atacada.

Morin comentou que, sendo vassalo de Manuel Comeno, o auxílio para o príncipe deveria vir de Bizâncio. Mas sabemos que, além de levar um longo tempo para deslocar seus exércitos para Antióquia, o imperador ainda tem suas próprias fronteiras para defender.

Yves Morin então revelou a mim e a Everard que o príncipe já tinha um plano: o de marchar para Alepo e sitiar a cidade, com tropas antioquenas e francesas. Causou-me surpresa e apreensão a idéia de sitiar Alepo, o reduto do próprio Nur ed-Din. Como se eu não acreditasse em suas palavras, o cavaleiro Morin complementou dizendo que Vincent Péchaud também havia escutado a mesma coisa, vinda tanto de cavaleiros antioquenos quanto franceses.

Se o rei for sensato o bastante para recusar o plano, não haverá nada que Raymond ou os cavaleiros possam fazer, pensei. Mas Yves Morin me corrigiu:

— Ele pode pedir à rainha Eleonor que interfira a seu favor.

Embora o assunto fosse delicado, pois se tratava da soberana de França, perguntei ao cavaleiro se aquilo que murmuravam na Corte acerca das relações entre Raymond e a rainha tinha algum fundamento.

Yves Morin nada pronunciou, mas assentiu com a cabeça. O tipo de serviço reservado que esse cavaleiro presta à Ordem tem se provado de grande valia. Embora me custe reconhecer sua necessidade, nada leva a crer que sua afirmação não seja verdadeira.

Amanhã haverá uma audiência e todos estarão presentes. O rei receberá em primeiro lugar o patriarca de Jerusalém, que chegou faz dois dias. Depois, é possível que Raymond fale de sua idéia de marchar sobre Alepo. Convém ficarmos atentos.

Desde que Yves Morin saiu, não consigo dormir. Tenho a certeza de que amanhã será um dia decisivo para todos nós.

19 de fevereiro do ano de Nosso Senhor de 1148

Deixamos Antióquia ainda ontem, no meio da tarde, depois da última audiência do rei, que precipitou os acontecimentos. Viajamos sempre para o sul, até que a noite aconselhou que acampássemos. Estamos ainda longe da fronteira. Aproveito essas horas de calma para escrever sobre os fatos que nos trouxeram aqui.

A audiência que durou toda a manhã levou o rei a decidir por uma partida imediata. As circunstâncias disso nada têm a ver com o propósito que o trouxe ao Oriente, embora ele não admita que haja outra razão.

Devo dizer que, pela maneira como tudo começou, tive esperança de que meus temores fossem infundados. O príncipe Raymond e muitos cavaleiros, tanto antioquenos quanto franceses, estavam presentes quando o rei recebeu o patriarca de Jerusalém, Fucher d'Angoulême, digno embaixador da rainha Melisende e de seu filho, o rei Balduíno. Com palavras de sincera afeição, diziam pela boca de seu emissário, estavam ansiosos pela chegada dos augustos soberanos a seu território. Era urgente juntarem forças para a libertação dos lugares santos.

Aquela urgência de que falava o patriarca desagradou o príncipe Raymond, pois ia contra o seu plano. O emissário de Jerusalém expôs a seguir o seu trunfo maior, insistindo na partida imediata: fora o rei de França o primeiro a convocar os aliados para a santa cruzada, e devia portanto liderá-la.

Luís ouviu com agrado as palavras do patriarca, mas não lhe respondeu logo. Foi esse momento de indecisão que deu a Raymond a oportunidade que esperava. Ele pediu a palavra. Como político sagaz, começou tecendo elogios aos soberanos de Jerusalém e ao seu enviado. Louvou o sentimento de urgência demonstrado por eles e que estava no coração de todos os cristãos que desejam a imediata libertação da Terra Santa. A seguir, ponderou que a urgência de que falava o patriarca valia para cada território cristão sob ameaça. Valia, por exemplo, para Edessa, cuja queda alertara o Ocidente da necessidade de convocar a Cruzada. Mas, na sua opinião, correr de um território para o outro não resolveria a questão, pois os infiéis tinham tentáculos por todo lado. Ali estava um exército poderoso, disse ele, dos melhores e mais bravos cavaleiros do Ocidente, e com força suficiente para marchar sobre Alepo, sitiar a cidade e atingir mortalmente o mais terrível dos infiéis, o atabegue de Mossul, Nur ed-Din.

Raymond de Poitiers, príncipe de Antióquia, estava de pé e muitos cavaleiros franceses e antioquenos se levantaram, como forma de expressar sua opinião a favor daquela idéia. Sentindo o apoio da maioria dos cavaleiros presentes, a ousadia do príncipe cresceu além dos limites, e ele ousou dizer ao rei que esse era o único plano sensato a ser seguido e abandoná-lo seria dar as costas a uma vitória certa.

O rei hesitava. Eu sabia que ele ponderava, não tanto as palavras do príncipe quanto a demonstração de apoio dos cavaleiros. Pude ver uma expressão de desagrado em seu rosto durante todo o tempo em que Raymond de Poitiers falava. Lembro-me de ter pensado que talvez o rei já tivesse notado a intimidade entre seu anfitrião e a rainha, mas não tinha ainda a certeza. Naquele momento de impasse, foi o mestre Everard de Barres quem devia fazer valer seu papel de conselheiro. Assim, inclinou-se para o rei e murmurou:

— Senhor, lembre-se a que veio!

Por um instante, ele se voltara para Everard como se quisesse ter a certeza de quem havia murmurado aquele conselho. Sua expressão mudou de um misto de desagrado e indecisão para a de alguém pronto para responder com calma e ponderação a uma proposta feita. Mas, quando falou, não se dirigiu ao príncipe, e sim ao patriarca de Jerusalém, embora suas palavras valessem para ambos. Agradeceu o que ouvira de parte do emissário dos soberanos de Jerusalém, a rainha Melisende e seu filho Balduíno, não só pelo sincero afeto que demonstravam, mas também pela urgência com que reclamavam sua presença, que era a mesma que alimentava em seu coração desde que fizera seus votos de cruzado. Acrescentou, então, que nada podia ou deveria antepor-se à sua intenção de partir o quanto antes para Jerusalém.

Fez-se um profundo silêncio. Tive tempo apenas de notar a expressão contrariada e quase hostil no rosto do príncipe Raymond, ao mesmo tempo que o patriarca de Jerusalém se inclinou diante de Luís. Nesse exato momento, as portas laterais que davam para os aposentos reais se abriram de par em par, empurradas por mãos impacientes. A rainha Eleonor irrompeu no salão de audiências. Ela ouvira tudo o que fora dito e vinha determinada a rebater a decisão do rei.

A não ser pelo próprio soberano, todos se levantaram, e um murmúrio percorreu o salão. Eleonor ignorou as reverências feitas à sua passagem e caminhou direto para o rei. Sem rodeios, explicou que estava ali para dar apoio ao plano do tio.

Foi então que me surpreendi com a atitude do rei Luís. Ele disse a Eleonor:

— Lembro-lhe, senhora, de que os votos que pronunciou diante de Deus a obrigam a me apoiar e não a outro qualquer, seja qual for o laço pelo qual esteja unida a tal pessoa.

Tive então certeza de que o rei sabia o que se passava entre a mulher e o príncipe Raymond. A rainha Eleonor não deu importância às suas palavras, mas usou-as para dar mais ênfase ao seu apoio:

— Meus votos não me tornaram cega, senhor, a ponto de não poder enxergar o que é sensato e o que não é.

O rei levantara-se e tentava manter na voz a mesma serenidade e firmeza com que havia primeiro se dirigido à rainha. Disse-lhe que partiríamos naquela mesma tarde para Jerusalém.

A rainha retrucou com a arrogância e a descortesia usuais, dizendo a Luís:

— Pois partirá sozinho, ou com a carta de divórcio, se assim lhe aprouver — e, voltando-lhe as costas bruscamente, saiu pela mesma porta por onde havia entrado.

De todos os presentes, o mais abalado com a atitude da rainha era o patriarca de Jerusalém, que via a vitória de sua missão fugir-lhe por entre os dedos. À menção da carta de divórcio, ele traçou o sinal-da-cruz, como se afastasse o demônio, única explicação que encontrava para a atitude da jovem rainha.

— Aos preparativos! — foram as palavras de Luís antes de deixar o salão de audiências.

Assim que ele saiu, um intenso burburinho tomou o salão. Por sobre as vozes que murmuravam seu espanto diante dos acontecimentos, elevava-se a do príncipe Raymond, que dizia, alto e bom som, para quem quisesse ouvir:

— Senhores, neste momento eu lavo minhas mãos desta cruzada!

A situação era preocupante. Fazíamos os preparativos para partir, mas havíamos testemunhado o que dissera a rainha sobre sua decisão de permanecer em Antióquia e, o que era mais grave, a menção que fizera a uma carta de divórcio.

No princípio da tarde, por toda a extensão em frente ao palácio, os cavaleiros e a guarda real esperavam o soberano. Uns poucos, entre os quais me incluo, estávamos apeados ao pé das escadarias, olhos fixos no portal. Mestre Everard, mesmo sendo uma pessoa calma, estava notavelmente apreensivo. Não sabíamos se o rei surgiria sozinho ou acompanhado da rainha. Vimos descerem as damas de companhia de Eleonor. Algumas entraram em carroças e outras haviam montado em seus cavalos. Assim manda o protocolo. Deve sempre haver damas para acompanhá-la conforme a sua disposição de cavalgar ou seguir na carroça.

Finalmente o rei apareceu e, para alívio de todos, a rainha Eleonor com ele. Presumimos que ela cedera aos seus rogos. Montamos todos e a grande multidão colocou-se em movimento.

Durante o trajeto, o cavaleiro Yves Morin cavalgou ao meu lado por um curto trecho. Aproximamo-nos de Everard e ele então pôde desabafar seu alívio, vendo com agrado que nos distanciávamos da capital e sobretudo da pessoa do príncipe de Antióquia.

— Neste momento somos todos devedores de Constance de Poitiers — revelou-nos Morin. Diante do espanto do mestre da Ordem, ele continuou: — A rainha trancou-se em seus aposentos e nada parecia ter o poder de demovê-la da sua decisão. Foi quando a princesa procurou o rei e lhe deu um sábio conselho.

Morin sempre sabe de tudo. É impressionante ver como circula entre as várias esferas da sociedade. Com satisfação no rosto, o cavaleiro me contou:

— Foi simples. Primeiro ela lhe revelou que a rainha se trancara depois de despedir as damas, mas que soubera por uma delas que Eleonor usava o seu traje de viagem e vestia a sua capa de cruzada. "O que me aconselha fazer?", perguntara-lhe Luís. Ela então dissera: "Comporte-se como qualquer homem e não como um rei, pois Eleonor conhece o poder desde que nasceu, e isso já não a impressiona". Foi o conselho que deu.

Se estivesse eu no lugar do rei, de pouca utilidade teria sido para mim aquele conselho, pois não estava certo de tê-lo compreendido.

— Mas o rei compreendeu e agiu de acordo — assegurou-me ele.

Cheio de curiosidade, perguntei-lhe:

— E o que fez Luís?

Afinal, sempre se deve ter a mente aberta para compreender novas atitudes.

Yves Morin me respondeu com aquele seu jeito misterioso, de quem se diverte por ter um conhecimento que os outros não possuem:

— O rei mandou um pajem chamar quatro homens de sua guarda. Colocou-os às portas do aposento onde estava a rainha e ordenou que as arrombassem, a toda carga. Pode imaginar o espanto de Eleonor quando as portas caíram e ela viu entrar o rei, que, sem uma única palavra, a agarrou pelo braço e a fez caminhar ao seu lado, atravessando salão após salão, até as escadarias de saída. Como todos acabaram por testemunhar, Eleonor não opôs a mínima resistência.

— Não vou lhe perguntar como soube de tudo isso — disse-lhe Everard.

Ele sorriu de forma misteriosa e, antes de esporear seu cavalo, exclamou:

— O que importa é que a Cruzada está em marcha!

17 de março do ano de Nosso Senhor de 1148

Chegamos à Palestina. Mestre Everard me confessou que está apreensivo. Disse-me não saber ainda até quando terá de suportar o peso de sua missão.

— Tenho a plena consciência da pouca valia dos meus conselhos para o rei. Onde está a causa de Cristo quando o desenrolar dos acontecimentos prova estarmos marchando em sentido contrário a ela? Onde estão os nobres propósitos que deviam motivar os cruzados? — foi o que me disse.

Desde alguns dias corriam boatos de que o rei Conrado havia se recuperado dos seus ferimentos e logo estaria de volta para unir-se aos nossos combatentes. Assim, não foi grande novidade saber que já estava à nossa espera, havendo feito parte do trajeto em ligeiras galeras bizantinas e sempre escoltado por um contingente da guarda varangiana. Conrado proclama bem alto que o próprio Manuel Comeno foi seu médico e considera-o, agora, seu irmão. Essa súbita mudança de atitude traz consigo uma certa má vontade dele com Luís, e existe agora aspereza no trato entre ambos.

A grande reunião de autoridades eclesiásticas, cabeças reinantes e cavaleiros, convocada pela rainha Melisende e seu filho, o rei Balduíno, ocorreu na fortaleza de São João de Acre. Entre os presentes estavam: o patriarca Fulcher d'Angoulême, os arcebispos de Cesaréia e Nazaré. A Lorena era representada pelos senhores bispos de Metz e de Toul. Com o rei Luís se encontrava seu irmão Roberto de Dreux, seu futuro genro Henrique de Champagne, assim como Thierry, o conde de Flandres. Acompanhando o rei Conrado estavam os seus meio-irmãos Henrique Jasomirgott, da Áustria, e Otto von Freisingen, seu sobrinho Frederico da Suábia, Welf, da Baviera, e muitos outros príncipes menores.

Pouco antes do início das discussões na assembléia, mestre Everard teve um feliz encontro com Raymond du Puy, o grão-mestre da Ordem do Hospital. Ele mais tarde me contou que foi um momento de paz e de graça divina como não sentia havia muitos anos. Everard então me fez uma revelação:

— Pude falar-lhe dos meus temores quanto ao êxito da minha missão, mas, sobretudo, revelar-lhe que esta seria a última que desempenharia como cavaleiro e mestre da Ordem do Templo.

Assim como eu me assustei ao ouvir tão alarmante notícia, du Puy também se mostrou surpreso e lhe perguntou que outro destino esperava seguir.

Revelou que estava decidido a deixar a Ordem do Templo pela Ordem Monástica de São Bento. A mesma Santa Regra, mas a contemplação e um labor mais condizente com a paz que procurava.

Ele me disse:

— O caminho do céu está aberto aos templários como aos beneditinos — ainda insistindo em que não havia diferença quanto aos méritos.

Confessou-me com certo pesar que ultimamente não tem sido fácil para ele sentir os efeitos dos ritos de purificação, após ter feito correr tanto sangue por sua espada. Du Puy concordou com ele, dizendo:

— Tem razão, meu amigo, os ritos acabam por nos fazer sentir que alguma coisa a mais deveria agregar-se a eles. Só uma vida nova purifica a vida.

Sem qualquer intenção nesse sentido, mestre Everard acabou me fazendo pensar nas palavras de Du Puy também. Acenei-lhe com a cabeça e seguimos em silêncio.

Antes de me dispensar para que eu me preparasse para as discussões que aconteceriam, no entanto, Everard me disse:

— Poderia dizer-lhe que rezarei para que encontre a Paz, mas não é assim que as coisas acontecem. Prometo-lhe, portanto, que rezarei para que a Paz o encontre!

A reunião durou toda a manhã e à tarde foram retomados muitos pontos que haviam ficado por discutir. Em Antióquia, o mestre da Ordem conseguira aconselhar o rei Luís a desistir de um cerco a Alepo. Agora, de nada valiam as suas advertências. Todos discutiam as enormes vantagens que adviriam de um cerco a Damasco. O objetivo mudara, mas a motivação era a mesma. Já havia quem falasse na divisão do território por conquistar, e dos tesouros que pensavam encontrar dentro das muralhas.

Os opositores de tal projeto, uma escassa minoria, entre os quais eu e mestre Everard, tentavam em vão fazer ver a realidade política aos chefes dos exércitos. Lembramos que o reino de Damasco era o único Estado muçulmano que se mostrara ansioso por estabelecer relações de amizade com o reino franco de Jerusalém. Caso fosse mantida uma relação amistosa entre esses dois reinos, Damasco se manteria afastado de Alepo, e o emir Unur não se aliaria ao atabegue de Mossul e sultão de Alepo, Nur ed-Din. Se a questão era um ataque a uma das cidades, agora que todo o exército cruzado estava reunido, melhor seria escolher Alepo a Damasco, embora ambos os empreendimentos fossem de futuro incerto.

Esses argumentos eram rebatidos pelos nobres ricos da Palestina, que cobiçavam os muitos territórios férteis unidos a Damasco e prestavam vassalagem ao emir Unur. A estes se uniram os francos recém-chegados, para quem os mouros não diferiam entre si, nem pelas cidades, nem pelos territórios que ocupavam. Com o pretexto de proclamar a glória de Deus, inclinavam-se à tomada de Damasco, cidade santificada nas Sagradas Escrituras, e apresentada como um lugar de grande riqueza, de voluptuosidade e de delícias.

Suas casas são elegantes e esplendorosas, diziam. São verdadeiros santuários, com pátios onde crescem laranjeiras, figueiras, romãzeiras, e onde fontes e repuxos derramam uma água cristalina. Lembrei-me logo de uma lenda muçulmana que conta que Maomé, à vista de Damasco, impressionado com a beleza da cidade que tinha diante de si, deteve-se em frente às muralhas e nela não quis entrar. E exclamou com grande sabedoria:

— Há um só paraíso destinado ao homem; quanto a mim, resolvi não ter o meu neste mundo.

Essa, que é uma das primeiras cidades construídas pela mão dos homens, já foi ocupada pelos assírios, pelos persas, pelos gregos, pelos romanos, novamente pelos gregos, pelos imperadores do Ocidente, caindo finalmente em poder dos árabes. Esse principado muçulmano agora conta com novos pretendentes ao pé das suas muralhas.

Assim, está decidido que marcharemos sobre Damasco. Luís partirá da Galiléia, e Everard nos informou que seguiremos com ele para essa aventura que prevejo desastrosa. Um ataque a Damasco acabará por unir Unur a Nur ed-Din.

15 de abril do ano de Nosso Senhor de 1148

Fizemos o caminho por Banyas. Avançamos sem maiores obstáculos, o que me leva a crer que Unur ainda não conseguiu uma declarada adesão das forças de Nur ed-Din. No entanto, nossos batedores trazem notícias de que muitos emissários têm deixado Damasco e se dirigem aos governadores das províncias, solicitando ajuda. Pequenos contingentes marcham para a cidade.

Até o presente momento, a sorte tem favorecido os nossos. Fizemos uma paragem em Manakil al-Asakir, a uma distância razoável das muralhas. Podíamos dali enxergar as torres brancas através das folhagens dos pomares.

Depois, o local provou ser inadequado e mudamo-nos para a aldeia de al-Mizza, com melhor acesso a água. Ainda se armava o acampamento quando fomos atacados. A investida dos damascenos foi vigorosa, mas conseguimos obrigá-los a recuar para trás das muralhas. Continuaram a nos atacar em pequenos grupos, utilizando a tática da surpresa e acobertados pela escuridão. O rei Balduíno mandou que o exército de Jerusalém limpasse a área dos intrusos. À tarde, pareceu-nos que a situação estava controlada.

Os soldados de Balduíno abateram muitas árvores, o que retirou ao inimigo a oportunidade de se aproximar sem ser visto. Os troncos estão sendo utilizados na construção de paliçadas.

Soubemos que Conrado abriu caminho até Rabwa, no rio Barada, e chegou às muralhas da cidade.

30 de abril do ano de Nosso Senhor de 1148

Os ataques de surpresa continuam e estão surtindo um efeito devastador entre os nossos. Foi convocada uma reunião dos comandantes supremos na tenda do soberano francês. Os reis Luís, Conrado e Balduíno, depois de ouvir os nobres palestinenses, todos eles vassalos de Jerusalém, pensam em reunir os exércitos a leste, onde o inimigo não encontrará a proteção das árvores. Mestre Everard opinou que seria uma decisão desastrosa. Mas sua voz não foi ouvida. Vozes mais altas aconselham que nos movamos para um descampado, em frente à parte oriental das muralhas.

O encontro na tenda do rei Luís mostrou um exagerado otimismo da parte dos nossos. Foi pedido a um dos cronistas reais que lesse alguma coisa do seu trabalho, aquilo que já chamam de Gesta de Luís VII. Meus ouvidos mal podiam acreditar nas palavras lidas diante dos reis e dos cavaleiros:

— Oh! Como era belo ver aquele exército com suas numerosas tendas, todas novas, com suas bandeiras de cores variadas, balançando-se ao vento! Os muçulmanos, do alto de suas defesas, estremeceram à sua vista; seu terror nada tinha de espantoso, pois sabiam que tinham de combater contra a flor da nobreza francesa.

Enquanto os alemães permaneciam em silêncio, ofendidos por não terem sido nomeados, os cavaleiros de Luís e de Balduíno prorromperam em aplausos, e os próprios soberanos teceram louvores ao cronista, pela exatidão das suas palavras.

"A flor da nobreza francesa!". Além da desordem, da divisão e da indisciplina, confesso que atitudes absurdas e degradantes podem ser vistas por toda parte: cavaleiros de gostos efeminados cavalgam com suas capas e túnicas mais coloridas do que aquelas que usam os turcos e os árabes, além das sedas, das botas de bico fino; existe mesmo uma tropa de amazonas, atraídas e comandadas por um cavaleiro que era mais admirado pela aparência do que pela coragem. Ele recebeu dos soldados o justo apelido de "a dama de pernas de ouro".

Pior ainda do que as provas desse ilusório espírito de Cavalaria, que injeta a imprudência nos corações dos cruzados, são os rumores correndo de um lado a outro do acampamento. A pedido do mestre da Ordem, Yves Morin encarregou-se da investigação. Os nobres da Palestina que ajudam a empurrar-nos para o descampado, essa nova posição mais vulnerável, podem ter recebido suborno do emir Unur. É um caso de alta traição. Se isso se provar verdadeiro, Damasco não será tomada.

Ninguém parece compreender o que realmente se passa. Abandonei a tenda do rei Luís, onde os grandes senhores não faziam outra coisa senão discutir o futuro de Damasco. Olham a cidade ainda de longe, apenas acalentam o sonho de conquistá-la e já discutem quem a governará.

Os senhores de Jerusalém estão certos de que Damasco será incorporada ao seu reino, como um novo feudo. Podiam-se escutar vozes sugerindo que o governo fosse entregue a Guy Brisebarre, o senhor de Beirute. Ele tem o apoio da rainha Melisende e do condestável Manasses. No entanto, os reis Luís, Conrado e Balduíno parecem favorecer Thierry de Flandres no seu projeto de transformar Damasco num feudo semi-independente. Devo lembrar que Thierry desposou uma meia-irmã do rei Balduíno, e esse fato explica a diferença de opinião que o soberano mantém, divergindo dos nobres da Palestina e de sua própria mãe.

A aprovação real ao plano de Thierry de Flandres espalhou a fúria entre os nobres palestinenses. O rumor da traição desses senhores pode ter um fundo de verdade. Se não podem enriquecer com a promessa de terras férteis em Damasco, apressam-se em garantir seus lucros nessa campanha, deixando-se subornar. Que Deus tenha piedade de todos nós!

8 de maio do ano de Nosso Senhor de 1148

Yves Morin entrou em minha tenda, ainda não raiara o dia, dizendo que havia uma urgência e que me vestisse imediatamente. Sem saber o que estava por vir, obedeci. Ele me apressou para que fôssemos à tenda de mestre Everard.

Ainda um pouco sonolento, acompanhei Yves Morin. Ele despertou Everard e jogou no seu catre uma bolsa de moedas, dizendo:

— Uma pequena amostra saída de arcas em poder dos senhores palestinenses.

O mestre da Ordem não se conteve e lhe perguntou se roubar fazia parte dos seus serviços. Sem nenhum acanhamento, ele lhe disse que tudo dependia do que estivesse em causa. Naquele caso, a traição. Perguntou-lhe o que tencionava fazer.

O mestre lhe disse que não iria agir com precipitação, pois o rei precisava ainda da ajuda desses francos. Enquanto permanecerem junto a Luís, pelo menos saberemos que Unur não atacará.

— Ele atacará! — garantiu-me Morin.

Perguntei-lhe o que o fazia ter tanta certeza.

Ele apanhou as moedas, sacudiu-as na mão junto ao ouvido e um sorriso apareceu em seus lábios.

Com um olhar interrogativo, Everard perguntou-lhe:

— E então?

Morin não parava de sacudir as moedas junto ao ouvido.

— Não está ouvindo o som que elas fazem, mestre? Unur pagou os traidores com moedas falsas!

Ele me puxou pelo braço, sempre sorrindo e sacudindo as moedas, e deixamos o mestre com seus pensamentos.

1º de julho do ano de Nosso Senhor de 1148

Voltamos ao lugar de onde partimos. Estamos outra vez acampados na Galiléia. Jamais fui testemunha de uma campanha tão desastrosa. O descampado a leste diante das muralhas de Damasco, como eu previra, obrigou-nos a uma vergonhosa retirada. A parte oriental das muralhas era a mais bem reforçada. A obrigação dos templários de seguir ao lado do rei impediu a morte de Everard, mas não a vergonha que deve estar sentindo. Fizemos uma retirada que custou muitas vidas.

Enquanto estávamos perto de Damasco, Unur evitou sabiamente um encontro frontal, continuando a promover pequenas batalhas e a fazer chover sobre nossos acampamentos suas flechas que traziam o fogo e a morte. O que se tinha por certo era que Nur ed-Din se encontrava em Homs, negociando os termos da ajuda que enviaria a Unur.

Nossos espiões garantiram que um desses termos seria a permissão para que suas tropas entrassem em Damasco. Uma situação complicada para Unur, eu imagino, que temia ver Damasco salva das mãos dos cristãos para cair de forma irremediável nas mãos de Nur ed-Din.

Vivemos uma noite de tenebrosas incertezas. O caos irradiava da tenda do rei Luís para todo o acampamento. Por um lado, novas notícias davam conta de que os reforços enviados por Nur ed-Din eram colossais e se aproximavam de Damasco. Pelo outro, os nobres palestinenses, que nunca haviam desconhecido a verdadeira situação política, anunciavam que se retirariam às pressas com sua gente. A guerra prometia aniquilar a todos. Aconselhavam os reis a fazer o mesmo. Houve então uma troca vergonhosa de acusações.

No meio da noite, o rei Luís solicitou a presença de mestre Everard. Como era de costume, ele requisitou que eu o acompanhasse e lhe servisse de ouvidos. Os nobres palestinenses já levantavam acampamento, deixando no ar aquela acusação de que os cruzados, ignorantes de tudo o que se passava no Oriente, eram os únicos responsáveis pelo seu próprio desastre. O rei Luís abordou Everard de modo muito sutil e compreendi que era uma maneira de pedir conselho numa hora de desespero. O mestre da Ordem foi direto ao ponto: disse-lhe que sem a ajuda dos francos locais não seria possível sustentar essa situação por mais tempo e que ele deveria ordenar imediatamente a retirada. Ele ainda ponderou a possibilidade de sitiarmos a cidade. Mas Everard de Barres foi incisivo e veemente em sua resposta:

— Se não ordenar a retirada, seremos nós os sitiados!

Ele se queixou com amargura da deslealdade e da falta de fervor pela causa que havia percebido naqueles nobres da Palestina.

28 de julho do ano de Nosso Senhor de 1148

Ao amanhecer desta quarta-feira, dia 28 de julho deste ano de Nosso Senhor de 1148, teve início a retirada. Unur não nos deixou sair facilmente. A Cavalaria turcomana repetia os ataques pelos flancos. O caminho ficou semeado de mortos. Homens e cavalos caíam sob a chuva de flechas e não havia nada a fazer senão prosseguir para a fronteira.

Finalmente entramos em território cristão e pudemos armar o acampamento aqui na Galiléia. Custa-me crer que essa união tão grandiosa de exércitos ocidentais não tenha agüentado o cerco mais do que poucos dias. O que começa mal acaba mal. Temo que os infiéis ganhem um novo alento.

Conrado anunciou sua decisão de voltar de imediato para Constantinopla, enquanto o rei Luís não dá sinais de que pretenda deixar a Terra Santa.

9 de setembro do ano de Nosso Senhor de 1148

O rei Conrado embarcou em Acre, no dia 8 de setembro, com destino a Tessalônica. Luís permanece na Palestina. O abade Suger, que governa a França em lugar do rei, manda cartas e emissários pedindo que o soberano considere seu regresso. Tudo em vão. Luís decidiu passar o Natal em Jerusalém. Ele retarda sua volta por razões pessoais. Seu divórcio parece ser inevitável.

10 de setembro do ano de Nosso Senhor de 1148

Ainda uma vez retomo minha escrita, após termos recebido uma carta do amigo Ragnvald, oficial varangiano em Constantinopla. Mestre Everard a confiou a mim e copio alguns trechos em que Ragnvald se refere à longa estada de Conrado ao lado de Manuel Comeno e a aliança que celebraram:

> "Tão logo soube da chegada do rei Conrado a Tessalônica, nosso imperador mandou-lhe um emissário levando um convite para que

o soberano alemão viesse passar a Epifania em Constantinopla, como hóspede e amigo.

Neste momento ambos dividem a opinião de que o maior inimigo da cristandade não se encontra entre califas, sultões ou emires, mas na pessoa de Rogério, da Sicília.

Essa nova aliança entre os alemães e Bizâncio foi sacramentada com o casamento do próprio irmão do rei, Henrique de Áustria, e Teodora, sobrinha do imperador. Ainda são lembrados os horrores da passagem do exército de Conrado por Constantinopla, de maneira que muitos temem a sorte da jovem princesa, unida agora a um "bárbaro oriental"! Os festejos duraram dias, numa tentativa de reconciliação entre as cortes.

Como costuma acontecer, ambos os lados já esboçaram novos mapas nos quais aparece a divisão da Sicília. Antecipam uma vitória que vejo ainda longe de ser alcançada. O que temo é uma forte reação do rei Luís a essa nova aliança. Infelizmente, há nuvens escuras no horizonte e o mundo cristão, mais uma vez, caminha para a divisão.

Queira Deus que a inimizade entre o rei Luís e o príncipe de Antióquia não sirva de pretexto para uma aproximação entre a França e a Sicília. Isso nos colocaria em campos opostos, o que não desejo que aconteça. Acredito que lamenta toda essa situação, pois conheço a opinião que tem de Rogério da Sicília, de suas intenções e dos métodos que usa para atingir seus objetivos.

A notícia da aliança entre Manuel Comento e o rei Conrado já chegou aos ouvidos do rei Luís, e este não escondeu a sua indignação. Os temores de Ragnvald são os meus e não há nada de fantasioso no que meu amigo prevê.

Hoje, o rei Luís recebeu embaixadores sicilianos a portas fechadas. O que pude testemunhar foi que ele saiu satisfeito da audiência.

16 de outubro do ano de Nosso Senhor de 1148

Meu mestre Everard, diante de tantas decepções com o gênero humano, levando em conta o momento histórico e o desfecho espiritual deste em que nos encontrávamos, tomou a decisão que me pareceu ser a certa, por mais absurda que pareça. Abandonaria o cargo de mestre da Ordem e se retiraria para o refúgio espiritual em algum mosteiro. Considerou, pela santidade de alguns colegas, a abadia de Cluny, mas fora avisado pelo espião da Ordem de que o pensamento racional invadia aos poucos o ambiente do monastério e as paróquias locais. Pelo rigor da Ordem, Everard concluiu ser mais apropriado refugiar-se em Claraval e, se possível fosse, entender melhor os caminhos e o pensamento gerados pelo grande mestre Bernardo. O caminho, ou seja, a viagem de Everard seria por terra e não por mar. Seria no espírito de peregrinação que ele retornava à Europa e à sua terra natal. E assim, sentindo a intensidade do desejo de meu mestre, pude perceber que a Ordem, em momento tão delicado, correria o risco de ser liderada por uma pessoa não tão apropriada.

22 de outubro do ano de Nosso Senhor de 1148

Despedidas sempre deixam aquela sensação de vazio. Mestre Everard partiu hoje, deixando a Ordem. Rezo para que meu mestre encontre em Claraval o que está destinado a encontrar.

Em todos esses anos, nunca havia visto o jovial cavaleiro Yves Morin abatido como hoje... Mestre Everard de Barres, agora apenas

Everard, nos era muito caro dentro da Ordem. Carregarei a memória de sua amizade para o resto de meus dias, e o valor de seus ensinamentos. Que seu caminho seja iluminado pela graça de Deus e cada um de seus passos seja abençoado.

Rezarei para que Nosso Senhor e a Santa Virgem iluminem a Ordem do Templo e nos indiquem um novo mestre, de coração puro e justo, com a grandeza de espírito e sabedoria de mestre Everard.

30 de outubro do ano de Nosso Senhor de 1148

Eu estava à espera do destino e o que eu menos esperava neste momento era ser indicado para mestre da Ordem do Templo.

Como, meu Deus?

Eu?

Não me considero à altura do cargo. Jamais.

Seria eu capaz de levar o nome "mestre" em meus ombros?

Tudo aquilo pesou em meu pensamento. Ponderei. Vi o sangue em minhas mãos. Desde o episódio com os irmãos de meu pai. Os ensinamentos de padre Jean-Pierre, de superiora Jutta, de mestre Everard... O sangue jamais secou em minhas mãos... O peso da missão em minhas costas... E se eu não for capaz? E se eu falhar? Não temo a morte, mas temo o fracasso. O fracasso espiritual perante Deus.

Oh, Senhor... O que será de mim?

O que será da Ordem com o lugar de mestre Everard sendo ocupado por mim?

31 de outubro do ano de Nosso Senhor de 1148

Alguns dizem que me acovardei. Yves Morin, meu fiel amigo, esbravejou impropérios contra minha pessoa, mas sei que isso não passou de algum sentimento momentâneo.

Tenho a certeza de que a Ordem encontrará uma pessoa mais adequada. Não posso me ver ocupando o lugar de mestre Everard. Ainda não estou pronto. Estou certo de que meu nome não era o único na lista dos indicados. Outro, mais competente, mais preparado espiritualmente, será o novo mestre e eu o seguirei. Esta ovelha ainda não pode ser pastor.

Sinto meu coração pesar, e ao mesmo tempo sinto alívio. Esse sentimento deve passar, assim que eu conhecer o novo mestre da Ordem.

3 de novembro do ano de Nosso Senhor de 1148

Foi nomeado o novo mestre da Ordem. Mestre Thierry. Não o conheço pessoalmente, pois ele acompanhava outro contingente de templários, mas, quando o vi pela primeira vez, passou-me uma boa impressão. É um sujeito jovem, de feições agradáveis e voz forte. Ele agora se reúne com o marechal e demais comandantes, para examinar como melhor continuar o trabalho de mestre Everard de Barres.

Yves Morin ainda não me dirigiu a palavra. Não imaginei que ele fosse ficar tão zangado por eu ter recusado a posição que Thierry aceitou de imediato. Acredito que, se o coração de um homem lhe aponta uma direção e ela lhe é certeira, devemos aceitá-la. Mas o meu coração nada me disse quando meu nome foi mencionado.

Travei conversa com o cavaleiro Jean-Pierre a respeito. Ele concordou comigo quando eu lhe disse o que escrevi acima. Mas deixou-me uma pergunta:

— E se calaste teu coração de propósito, Robert? Tu bem sabes que o ser humano tem esse poder. Tu podes ver que a recusa ao Senhor não vem senão de nossos próprios corações. Aqueles que se negam a ver a presença de Deus, jamais O verão, pois decidiram de antemão, em seus corações, que não há Deus. Penses nisso, amigo. Nosso Senhor ofereceu-lhe uma oportunidade e a recusaste. Não porque Deus quis, mas porque tu, e somente tu, quiseste assim.

Agora vejo que sim. Fui eu quem recusou a oportunidade. Mas estou certo de que mestre Thierry fará um ótimo trabalho e será um substituto mais apropriado à Ordem do Templo do que eu seria.

Jean-Pierre se retirou, dizendo que intercederia por mim em relação a Yves Morin, porque tão grande amizade não poderia se desfazer diante de um evento como esse.

10 de novembro do ano de Nosso Senhor de 1148

Mestre Thierry, bem como era nos tempos de Everard de Barres, circula com facilidade entre as mais diversas esferas sociais. Seu trato com as pessoas é fino e sinto que a Corte confia nele até mesmo mais do que confiava em Everard.

Everard de Barres era mais prudente e calmo que Thierry ao tratar com os soberanos, mas parece-me que esses modos mais agressivos e decididos agradam a Corte. As pessoas parecem depositar no novo mestre da Ordem uma confiança que custava a Everard conquistar. É possível que mestre Thierry seja uma importante peça na causa de Cristo e consiga alianças e tréguas interessantes.

Yves Morin continua a ignorar-me. Tentei falar com ele novamente pela tarde, mas ele se recusa a receber-me. O cavaleiro Jean-Pierre pediu-me que fosse paciente. Conhecendo o espião da Ordem como eu conhecia, eu sabia que seu rancor, quando contrariado, se estendia por alguns dias, mas que a razão logo se sobrepunha aos sentimentos e, em breve, travaríamos conversa como costumávamos fazer antes da minha indicação para mestre da Ordem.

23 de novembro do ano de Nosso Senhor de 1148

O cavaleiro Yves Morin, para minha surpresa, veio ter comigo, após quase duas semanas sem nos falarmos. O cavaleiro está visivelmente aborrecido comigo e só agora compreendo o porquê.

Como espião da Ordem e sempre envolvido em descobrir traições e armadilhas, Yves Morin tem talentos que eu não tenho... Talvez por saber que me faltam talentos eu tenha recusado a posição de mestre da Ordem. Talvez por reconhecer que não tenho algumas aptidões para assumir a responsabilidade que neguei.

Morin se aproximou e, sem cerimônia, disse-me:

— Não quero culpá-lo por isso, mas *seu* mestre, Thierry, está, neste momento, reunido a portas fechadas com um emissário do rei Luís de França — e, sem dar-me tempo para que eu me recuperasse da surpresa, ele prosseguiu: — Caso sua ignorância não permita que veja a gravidade das circunstâncias, por não ter tido a coragem de continuar o trabalho de mestre Everard, esse homem de feições belas e sorriso agradável está traindo tudo aquilo que Everard de Barres lutara tão bravamente para construir.

Apesar da alegria que senti por trocar palavras com meu velho amigo, baixei os olhos, pois senti em meu coração que ele tinha razão. Todo o ar jovial do cavaleiro havia desaparecido de seus olhos e ele me encarava com rigor. Incapaz de retrucar as palavras que me dirigia, permaneci calado e de cabeça baixa, como se o encorajasse a continuar seu sermão. Mantive os olhos fixos no chão e pude ouvir sua respiração enquanto ele pensava o que me diria a seguir.

— Meu amigo — disse-me, pousando a mão em meu ombro —, não me é difícil ver que foi o medo que o levou a não assumir o lugar de Everard. Eu também teria medo. Mas foi Deus quem colocou o caminho à sua frente e você negou o papel que lhe foi oferecido.

Levantei então os olhos para encarar o cavaleiro. Ele estava sério, mas havia mais do que seriedade em suas palavras. Vi misericórdia.

Refleti sobre minha decisão e tive que concordar que fora eu mesmo e ninguém mais que decidira negar o caminho apontado por Deus. Agora eu via o trabalho de Everard se desfazendo diante de meus olhos. Toda a sua busca por uma Ordem pura, destituída de interesses políticos e lutando apenas pelo interesse de Nosso Senhor, pela causa de Cristo. Tudo aquilo se desfazia nas mãos de mestre Thierry. Lágrimas de arrependimento vieram aos meus olhos e busquei o alento nos ombros do cavaleiro Yves Morin.

— Por que não foste tu, Morin, o indicado? Por quê? — desesperei-me. — Tu saberias discernir o que é medo e o que é compromisso! Fui fraco... Sou um fraco... Tudo o que eu não queria era fracassar perante Cristo e sinto que O decepcionei. O que farei, meu amigo? O que farias em meu lugar?

Yves Morin nada disse. Apenas se deixou ficar ao meu lado, em silêncio, enquanto minhas lágrimas molhavam o solo pedregoso do Oriente.

27 de novembro do ano de Nosso Senhor de 1148

Dentro de dois dias marcharemos, avisou-nos mestre Thierry nesta tarde. Não sei que interesses nos levam para seja qual for nosso destino, mas meu pressentimento quanto a isso não me deixa otimista. É-me difícil deixar de comparar o novo mestre a Everard, que sempre nos deixava claro o caminho, mesmo que o destino final não o fosse.

Yves Morin revelou-me que pretende infiltrar-se no círculo de confiança de Thierry para descobrir suas verdadeiras intenções, pois ele tem mantido contato constante com emissários do rei Luís. Não sabemos se o monarca de França está articulando um novo estratagema para derrubar Constantinopla, mas caberá ao espião da Ordem descobrir os motivos pelos quais mestre Thierry anda fazendo reuniões secretas.

Espero que algum dia Deus Pai possa me perdoar pelo erro que cometi. Se a cristandade no Oriente cair por causa de minha covardia, não sei o que farei.

10 de dezembro do ano de Nosso Senhor de 1148

Não sei por quanto tempo mais suportarei ficar na Ordem. Os atos de mestre Thierry me decepcionam mais a cada dia. Yves Morin confirmou nossas suspeitas de que esse mestre está aliado ao rei de França, e parece-lhe que suas intenções são usar o contingente de cavaleiros templários para engrossar o número de cruzados franceses. Yves Morin ainda ouviu rumores de como seriam partilhadas as terras conquistadas.

Uma das lições que aprendi na Ordem do Templo, com mestre Everard de Barres, é que o cavaleiro templário não deve ser um cruzado. Mesmo que nossos corações se inclinem a defender os interesses deste ou daquele reino, nossa missão é para com Nosso Senhor. A Ordem do Templo não foi criada para engrossar contingentes de franceses ou italianos, para conquistar terras ou poder. Em outras palavras, o templário não faz seus votos para auxiliar a manipulação da história em favor de homens ou reinos específicos. A causa de Cristo está acima de qualquer reino mundano. Daí a rigorosa seleção e os vários anos de noviciado antes da consagração do cavaleiro. Parece-me, no entanto, que a Ordem negligenciou sua própria Regra. Sinto-me no lugar errado.

18 de dezembro do ano de Nosso Senhor de 1148

Não foi difícil conseguir permissão de mestre Thierry para que eu me afastasse da Ordem. Não seguirei mestre Everard em Claraval, mas partirei para Cluny.

Foi com pesar que me despedi de meus companheiros do Templo, mas sinto que a Ordem não mais se mostra um caminho para mim. Estou cansado de ver sangue e morte. Ainda mais em uma causa que não julgo "uma causa justa", como diria meu velho amigo Richard de Saint Michel. E recuso-me a fazer verter sangue humano, seja de cristãos, seja de infiéis, para estabelecer terras para o rei Luís. Esta é uma causa pela qual não posso lutar.

Tal qual Everard de Barres, deixarei meu aparato de cavaleiro da Ordem, vestirei roupas comuns, e seguirei para Cluny, como o peregrino que fui um dia e que chegou a Jerusalém há tantos anos, decidido a ser um cavaleiro templário.

29 de dezembro do ano de Nosso Senhor de 1148

Nem bem cheguei ao monastério de Cluny e uma carta do cavaleiro Yves Morin veio me encontrar. Para a minha surpresa, ele me convida a retornar à Ordem do Templo, sob comando de um novo mestre, Bernard de Tramelay.

A carta tem a caligrafia forte de Morin e quase vejo seu sorriso de satisfação ao escrevê-la. Tal qual em pessoa, meu grande amigo continua a satisfazer-se com a informação que ele tem e seu destinatário desconhece. Não pude deixar de sorrir com a lembrança das diversas situações em que ele tirava prazer de minha ignorância dos fatos.

Ao final de longas linhas, dando-me conta de cada um de nossos companheiros da Ordem, Yves Morin comunica-me a respeito da morte de Thierry. Diz-me que foram pegos em uma emboscada dos turcos e que o mestre da Ordem tombou no campo de batalha, atravessado por quatro flechas de arqueiros turcos de cavalaria ligeira.

Quarta Parte

(1149-59)

1. O Segundo Chamado

9 de maio do ano de Nosso Senhor de 1154

Há uma estranha linha que surge no horizonte quando acordo e escuto os sinos na torre do monastério. É vaga, mas extremamente nítida quando se apertam os olhos; a princípio, parece uma bruma; depois, percebe-se uma tênue reta que surge da própria torre central e parece aproximar-se de cada um dos claustros, especialmente do meu.

Há uma aparência de sandice no que escrevi acima, mas essa impressão de que a linha que surge no horizonte pode ser dirigida especialmente a mim me dá alguma esperança de que não fiz uma escolha errada. Estou em Cluny há cinco anos e nenhum dos temores que invadiram o meu espírito se dissipou. Não há dia ou noite em que não me pergunte qual a verdadeira razão de estar aqui. O que vi em Jerusalém, na Síria, na Antióquia e na Itália ainda não se desprendeu da retina dos meus olhos. Talvez eu jamais consiga me libertar dessas visões de um inferno muito próximo de mim — tão próximo que sinto, até neste lugar santo, que deveria ser Cluny.

Mas seria mesmo santo? E o que significa ser santo? Muitas vezes, enquanto protegia os peregrinos ou observava os muçulmanos rezando em direção a um leste abstrato — pois onde ficaria o meu leste e, principalmente, o meu norte? —, me perguntava o que significava ser isto: um santo. Sempre ouvi de meus companheiros de Templo que Bernardo era o exemplo integral de santidade. Cada palavra que proferia, cada vontade que emanava de seus braços e mãos era a prova de que Deus estava em seu corpo e sua alma. Pena que apenas ouvi relatos sobre esse homem. Minto: uma vez o vi, bem próximo de mim, antes que eu desistisse para sempre da Ordem. Para ser bem preciso, foi no dia em que percebi que a Ordem estava tomando um rumo completamente equivocado. Isso faz uns dez anos — ou mais? Ah, escrevo estas notas, que complementam outras que escrevi no passado turbulento da minha vida, uma vida que não foi nenhum exemplo de *humanae vita*, e mal sei o que minha memória pode impedir-me de explorar. Lembro-me de que tomei a decisão de sair da Ordem — e foi uma decisão lenta, difícil, gradual, laboriosa e tantos outros adjetivos que possam classificar a tenacidade da minha incerteza — quando deparei com uma andorinha presa na janela do meu claustro. E lá embaixo, enquanto tentava soltá-la, ouvi palavras temerosas e sussurradas com autoridade e vi que era um senhor de barba grisalha e um dos assistentes do mestre Everard. O senhor era Bernardo, muito triste e angustiado, e ele dizia que sabia qual era o seu dever de homem da fé, mas que não tinha forças porque "as guerras exauriram as suas forças". O assistente de meu mestre (como ainda posso escrever *meu* mestre depois desses anos todos!) tentava convencê-lo de que era fundamental uma resposta positiva sobre as guerras, sobre as invasões — enfim, sobre o perigo da abominação que infestava a Terra Santa.

A andorinha esbarrou sabe-se lá como na fresta da minha janela e percebi, por uma estranha superposição de fatos e talvez de consciências, que o pequeno pássaro era a alma daquele pobre senhor — mas também poderia ser a minha. Porque percebi — na verdade, percebia isso fazia muito tempo — que as guerras de fato cansam. E eu estava tão cansado como aquele senhor sábio; havia algum resto de juventude em meu corpo, mas a maturidade já atingia a razão — e o que vira nos meus anos como cavaleiro provocaram uma secura que atingiram até mesmo os meus ossos. Se ele, Bernardo, que seria um santo, estava exaurido, imagine eu, um pobre soldado. Mas a andorinha, presa na janela, depois de muito se debater, caiu estatelada no chão. Ela se movia e tentava voar, para os lados ou para cima. Aproximei-me dela depois de ouvir a resposta do ancião ao jovem assistente do mestre, uma resposta que ficou coberta no terrível manto de silêncio que prenuncia uma decisão definitiva. Sim, o que importava agora era a andorinha. Observei-a por alguns minutos, impassível e aterrorizado por ter ouvido a renúncia do santo e também por ver que eu era incapaz de ajudar qualquer coisa que caísse nas minhas mãos. E, enquanto olhava o pássaro no domínio de minha cela, vi que uma luz, filtrada pela moldura da minha janela, pousava nas asas dele. Era uma luz estranha na intensidade e no formato; era uma luz na forma de uma cruz — e a andorinha parecia estar espetada bem no meio dela. Ela carregava essa cruz com uma dignidade espantosa. Então, rapidamente, tirei o bicho daquela prisão de luz e pus em minhas mãos. Notei que ela não se sentia mais segura; a cruz lhe dava uma força impressionante, mas as mãos de um provável amigo eram mais uma forma de ocultar sua verdadeira condição. Poderia dizer que o mesmo se passava no interior de minha alma? Sim, poderia confirmar isso mesmo. Estava entre colegas, mas a minha alma sabia que a fonte da vida se encontrava no poço da solidão.

Deixei a andorinha partir do meu claustro, mas fiquei ainda alguns meses no Templo. Culpo hoje a covardia pela demora. Posso ser bravo e temeroso nas batalhas, mas, na maior de todas as batalhas, que é comigo mesmo, sou um fraco consumado. A prova disso é a linha que vi surgir no horizonte hoje pela manhã; acredito que seja mais um motivo de esperança para continuar aqui em Cluny e descobrir uma razão para continuar; mas sinto a impressão de que não há mais razões. O mundo já invadiu este mosteiro. Espero que a linha do horizonte se transforme numa nova andorinha e dê um novo aviso à minha consciência para que possa fugir novamente conforme o percurso da minha verdadeira vida.

10 de maio do ano de Nosso Senhor de 1154

Hoje vi algo que achei abominável. Sei que a minha memória e os relatos que deveria fazer neste diário teriam de ser mais nobres, mas a malícia faz parte do coração humano e, como tal, é meu dever registrá-los de alguma forma. Para ser exato, o fato que me deixou enojado aconteceu há alguns minutos. Na hora de preparação para as refeições do almoço, eu estava com alguns monges. O cheiro dos animais recém-abatidos, o sangue que ainda escorre de suas peles e os olhos mortos, petrificados, que encaram os cozinheiros, me perturbam um pouco. Ao meu lado, havia um jovem, Édouard; ele está em Cluny há algum tempo e não o conheço muito bem. Alguns dizem que está no mosteiro para se tornar monge; outros, que sua verdadeira intenção é acumular um estranho poder através do conhecimento. De fato, é um garoto estudioso. Sempre o vejo com um livro embaixo do braço, lendo no jardim ou pegando mais livros na biblioteca.

Hoje ele estava comigo na cozinha e não havia nenhum livro em suas mãos. Enquanto fiquei um pouco tonto com o cheiro dos animais — prova de que nem sempre o cheiro da batalha nos faz adaptados aos outros odores da natureza —, vi que ele manipulava com precisão as vísceras dos animais estendidos na mesa da cozinha. Manipulava não só com precisão, mas com inegável prazer. Sorria enquanto tirava um órgão de um cervo ou apalpava o pulmão de um coelhinho. Lentamente, percebi que Édouard pegava esses órgãos e, com astúcia, guardava-os em uma pequena bolsa escondida embaixo de suas vestes. Por que fazia aquilo? Quais seriam seus motivos?

Ele não percebeu que eu assistira à cena quando saiu sorrateiramente da cozinha. Decidi ir atrás dele. Limpei a testa e os lábios e o segui nos corredores abertos, mas sombrios, do monastério menor. Sua porta estava fechada e não adiantava bater na madeira espessa, que filtrava qualquer barulho. Dei a volta no corredor e, por fora do prédio, subi um pequeno muro e pude ver, pelas barras de sua cela, Édouard dissecando os órgãos com um cuidado igual ao de uma mãe amamentando sua nova criatura.

Voltei ao prédio com as mãos firmes sob minhas vestes. Em Cluny existem jovens como Édouard, que não estão ali por causa do exercício da fé, mas sim por um motivo torpe: usar o conhecimento para chegar aos pés de Deus. Mas, no caso de Édouard, qual seria a função daqueles órgãos? Pressentia que seria apenas o início de um plano maior — e eu teria de descobrir isso mais cedo ou mais tarde.

Mesma data, final da noite

As trevas somente aumentam nesse lugar — e Édouard de Vances é apenas um de seus súditos. Algo deve ser feito depois do que ouvi no final desta tarde. Momentos depois que registrei neste diário o estranho fato de tê-lo visto dissecar, às escondidas, pequenos órgãos de animais, o próprio Édouard me abordou em um dos corredores do monastério. O sol invadia as janelas laterais e escutava-se o gorjeio dos pássaros entre uma respiração e outra — respirações que acendiam uma batalha oculta nas nossas almas e no espírito de Cluny. Andava pelos corredores, imerso em minha meditação, lembrando-me dos fatos graves que cansaram as minhas retinas na Cruzada, e assim rezava por mim mesmo, para que me libertasse dessas lembranças e me deixasse viver somente no presente do eterno, quando ele me abordou de forma displicente e sorrateira.

— Estava rezando, cavaleiro? — perguntou ele.

Respondi afirmativamente apenas com os brilhos dos olhos. Havia um motivo para ele me interromper durante as minhas orações e os meus pedidos, mas não saberia expressar em nenhuma palavra ou em nenhuma língua. O que me espantou foi o fato de ele me chamar de "cavaleiro". Como soube de meu passado?

— É muito triste ser interrompido quando se está a fazer algo importante, não é mesmo? — continuou, com uma voz suave, que se estendia nas vogais e nas aliterações deslizantes da frase.

E então me pegou pela mão — e sua pele era fria como as pedras de um rio abandonado pelo tempo.

— Sei que você me observou na minha cela, cavaleiro.

Desconheço como Édouard descobriu isso — fui cauteloso ao extremo —, mas havia algo em seus olhos que não me fazia duvidar de que ele talvez controlasse aquele mosteiro mais que todos os abades ou monges que ali viviam. As pupilas giravam eternamente, o branco dos olhos estavam injetados de um sangue impenetrável e a íris era de um verde-escuro que me lembrava as esmeraldas que, um dia, vi penduradas nos pescoços das princesas árabes. Ainda assim, a pergunta latejava na minha cabeça: como ele sabia do meu passado?

Com sua mão, Édouard me levou com cuidado à sua cela. Confesso que meus instintos estavam absorvidos para descobrir algo dessa estranha experiência. Não era fascínio ou tentação; era apenas uma forma de ir até o fim, descobrir o nexo diabólico e destruir tudo isso. A cela do jovem era de tamanho médio; a luz não entrava diretamente pela janela. Para ser exato, a luz não entrava por lugar nenhum. Havia apenas as velas, bruxuleantes, imersas no seu próprio reflexo, que transpareciam em quatro espelhos dispostos de forma simétrica e que davam uma percepção confusa e fragmentada da cela, dividindo-a em pedaços que não se juntavam, que não formavam um todo. Mas a janela não permitia nenhuma luz; não, ela não estava fechada; estava aberta somente para o mundo fora de Cluny (ou será que Cluny já estava dentro do mundo e ninguém sabia?). Contudo, por que a luz do mundo não penetrava as partículas desta cela?

Ele foi muito cortês comigo e pediu-me para ficar à vontade. Não fiquei à vontade.

— Como soube que o vigiei?

Édouard sorriu no canto da boca.

— Sabemos porque sabemos, cavaleiro. Na verdade, já tinha percebido as suas intenções lá na cozinha. Parece que você está um tanto lento com os rigores das guerras passadas. Talvez precise de certa atualização.

— O que preciso saber é por que você levou os órgãos para a sua cela.

— Obviamente, você vê algo errado nisso.

— Pode-se dizer que vejo algo errado em quase tudo.

— Talvez aí esteja o seu atraso, meu caro.

— Ou então o fato de que estou sempre à frente de pessoas como você.

Édouard deu uma volta na mesa que estava coberta por um pano verde e, com um gesto rápido, igual ao de uma raposa, descobriu-a e mostrou o que havia: restos de animais dissecados, órgãos derretidos em pequenas panelas e, o mais macabro de tudo isso, o corpo de uma mulher, aberto e analisado em seus mínimos detalhes.

Fechei os olhos e depois os abri. Precisava encarar aquilo sem nenhum medo.

— E agora, cavaleiro, quem está à frente de quem?

— O que quer dizer?

— Ora, o que vê à sua frente é o futuro. O futuro em sua forma mais crua, mas, ainda assim, o futuro.

— O futuro são estes restos? O futuro é o corpo desta mulher retalhado?

— Pode-se dizer que sim...

— Você a matou?

— Não, não se preocupe. Esse ainda não é o *meu* futuro. Ela me foi entregue já morta pelo coveiro da vila aqui ao lado. Disse que precisava dela para uma experiência, e ele providenciou tudo de que precisava.

— No caso, uma morta sem nenhum direito sobre o próprio corpo.

— Se quer ver dessa maneira, cavaleiro.

— Como você sabe sobre meu passado?

— Todos sabem sobre seu passado, meu caro. Ou achou que vindo para Cluny estaria protegido do mundo, ou melhor, de você mesmo? Não aprendeu que o homem é seu pior inimigo?

A morta estendida na mesa, com o útero exposto, me encarava com seus olhos abertos, quase saltados, pedindo, através de uma linguagem silenciosa, porém clara como a água pura de um riacho, que lhe desse um merecido descanso.

— Quero saber o que pretende com tudo isso — perguntei.

— Ah, posso ver a sua indignação. Isso é bom, muito bom. Cavaleiro, por que não ficou furioso assim em suas cruzadas? Mas a Ordem não lhe ensinou isso, não foi? Ela lhe ensinou a ser devoto, mas devoto a quê? Ao monte de ouro enterrado nos templos e, conseqüentemente, na sua alma?

— Vou denunciar o que está fazendo ao abade maior.

— Ah, e como você pensa que faço isso tudo? Realmente, a guerra o deixou um pouco ingênuo...

— Todos sabem o que faz com o corpo desta mulher?

— Bem, recebo visitas diárias de monges para que saibam o funcionamento mais sutil de certas partes do corpo feminino.

Ela ainda pedia alguma ação, alguma resposta para que enfim encontrasse um corpo para sua carcaça sem valor.

— E você imagina que, com isso, ajudará a construir algum futuro? — perguntei-lhe então. Precisava ganhar tempo.

— Eu e todo o mosteiro queremos construir *o* futuro, cavaleiro. Você se perguntará: que futuro seria esse? Vejamos como posso explicar melhor à sua mentalidade ingênua. Em primeiro lugar, você deve ser um daqueles homens pios, que ainda acreditam que agarrar a cruz e ir até o fim do mundo deve fazer bem à sua alma infeliz. Bem, meu amigo, as coisas mudaram — e você viu como mudaram durante sua última expedição. Disseram-me que ficou traumatizado com o ataque dos assassinos turcos. Será mesmo uma coisa terrível? Não foi o único, garanto-lhe. Mas pense bem: se você morresse ali, será que a sua alma iria para o céu? Será que a sua alma seria mesmo imortal? Por isso o corpo dessa camponesa está aqui, estendido nesta mesa. Quero ver se a alma tem a imortalidade como uma de suas características essenciais. E qual melhor lugar para fazer isso senão em um monastério — e no monastério de Cluny? Ah, as benesses da regra de Bento! Ela me dá tranqüilidade, sossego para pensar e, sobretudo, tempo para chegar à conclusão exata que cheguei há muito tempo, muito antes de iniciar esse trabalho. Sabe qual foi a conclusão? Não existe alma, meu amigo, não existe alma imortal — e, se não existe imortalidade, portanto, para que acreditar em um Deus? Entende o propósito da minha empreitada?

— Você quer destruir tudo o que a Santa Europa construiu.

— Bem, não estou sozinho.

— Como assim?

— Não lê mais a Bíblia, cavaleiro? Somos muitos. Somos verdadeiramente uma legião.

Sentia o bafo do destino naquelas palavras. O que podia fazer? A revelação dele me deixou mais enojado. Tinha de agir — mas não sabia como.

— Somos uma legião e tanto, meu amigo — Édouard continuou com seu discurso, com uma vitalidade que me faz lembrar de suas palavras como adagas que perfuram a minha memória —, e não há nada que possa fazer. O futuro está aí, estendido nesta mesa, e você, com sua piedade e sabedoria retirada de livros que acreditam numa alma imortal, é o passado repleto de lama. Pense bem e olhe com atenção para o corpo estendido à sua frente. Você se lembra do cheiro das batalhas? Você se lembra dos corpos devastados pela doença? Como pode acreditar numa alma imortal? Como pode acreditar na existência de qualquer alma? O seu corpo é um monte de ossos costurados, somente isso. Alguns órgãos que pulsam sangue, e este sangue, de fato, tem um gosto bem interessante.

— É melhor você ficar de boca calada, Édouard.

— Ora, o pensamento de beber sangue é intolerável para você?

— Não é isso. Apenas não posso acreditar que tudo isso aconteça no mosteiro de Cluny.

— Em plena sede dos cisterciense? Ah, posso ouvir a sua mente lamentando. "Se Bernardo soubesse disso"... Patético!

— Você não escapará disso.

— Muito menos você, caro cavaleiro. Ou se acha imune à minha legião?

— O que fará em seguida, me matará?

— Não, você é útil quando está vivo, não percebe? Sim, a alma não existe, mas o que me interessa em sua pessoa é o seguinte: é a sua força interior. Você já está velho, cavaleiro, mas existe algo que lhe dá motivação, e quero saber o que é. Claro que sua mente pobre irá dizer que é a fé, a esperança e a caridade. Besteiras. Superstições. Mas o que me interessa é retirar cada gota dessa sua força e não lhe dar sossego nenhum.

Ele abriu a porta e sorriu novamente.

— Prepare-se, cavaleiro. Vou lhe ensinar o que é o verdadeiro inferno.

Aproximei-me dele e o agarrei pelo pescoço. Minhas mãos tremiam com fúria. Ele continuava a sorrir, como se nada daquilo saísse de seus planos.

— Isso, cavaleiro. Adiante meus planos. Como bom amigo, um amigo que o acompanha por toda a sua vida, aviso-lhe que, se me matar agora, estará acabando com a emoção do meu plano, mas realizando-o perfeitamente. Se me matar agora, sua força será minha, e é justamente isso o que desejo.

— Por que me avisa disso tudo?

— Bem, uma das características de nossa legião é a honestidade na hora de fazer acordos. Você não encontrará nisso com o seu Deus. Ele é muito obscuro para essas coisas. Já nós... nós gostamos da claridade.

Encostei-me na parede e Édouard pôs a mão em minha testa.

— Aliás, será interessante quando descobrir que seu Deus não vale muita coisa.

Não podia ficar ali por mais tempo. Retirei-me de imediato e fui para a minha cela, onde rezei vertiginosamente. Tinha de fazer alguma coisa, alguma coisa. Lembrei-me do sorriso de Édouard, um sorriso que queria me levar à impotência. Olho agora para a lua e peço proteção à Mãe de todas as mães. O olhar daquela moça estendida ainda me perturba. O que poderia fazer?

11 de maio do ano de Nosso Senhor de 1154

Meus olhos não conseguem identificar em quem posso confiar. Pelo menos aqui no mosteiro. No início desta manhã, a pretexto de colher algumas ervas, conversei com o coveiro do cemitério. Tinha de saber como aquele corpo chegou às mãos de Édouard.

O coveiro era um homem pequeno, de mãos pequenas, cabeça e olhos pequenos. Praticamente um anão. Os dentes tinham uma podridão peculiar — característica de quem vive entre os vermes.

Perguntei sobre Édouard e sobre a moça.

— Ah, sim, o homem nobre... Conheço-o desde pequeno, sabe? A primeira vez que ele veio aqui foi no enterro da mãe. O garoto amava aquela mulher de paixão. Até ouvi dizer, durante o funeral, à boca miúda, que a amava até demais. Seja lá o que isso signifique. Mas não quero saber. O fato é que, faz uns dois anos, ele vem aqui constantemente. Sempre me pergunta das novidades. E sempre respondo que, se há uma coisa que a morte sempre faz, é ter novidades. Nos tempos em que vivo, é só olhar em volta e ver que ela se mantém sempre disposta a me dar as mais distintas novidades. Uma dessas novidades foi justamente a camponesa que o jovem pediu. Dizem que ela morreu de tifo, senhor, o que, para ser bem sincero, não acredito, porque ela chegou aqui bem inteira, se é que me entende. E soube, no dia de seu funeral, que o jovem Édouard tinha o mesmo carinho que sentia pela mãe, se isso pode ser alguma vez repetido.

Então havia uma relação entre o corpo da moça e o jovem Édouard... O coveiro me deu informações substanciosas para a situação. Minutos depois estava na casa de Christian, um camponês que conheci logo que cheguei a Cluny. Sua família é sempre cordial e o que eu gosto nela é que todos são devotos — talvez de uma devoção que não se encontra mais na própria Igreja. Christian é um homem de quarenta anos, robusto e com o rosto vermelho de esforço e alguns copos de vinho a mais. Sempre trago uma garrafa da cozinha do mosteiro a título de agradecimento e de boa hospitalidade. Mas, naquele momento, ao ver meu olhar distante do mosteiro, perguntou-me se estava tudo bem comigo.

— Não, não está.

— O que o aflige?

— Descobri certas coisas que não deveria ter descoberto.

E era verdade. Provavelmente há alguns anos eu não teria dado a mínima importância ao descobrir que alguém brincava com órgãos na minha frente. Já tinha feito a mesma coisa na Ordem. Mas o que Édouard planejava — e com o apoio do clero de Cluny, o que seria impensável na época de Bernardo ou Bento — era usar esses órgãos para destruir a alma humana.

— Nós sempre temos essas descobertas — disse Christian — e elas nunca são agradáveis. Geralmente, envolvem as pessoas e as coisas que nos são mais queridas e, em especial, envolvem aquilo que desejamos preservar dentro de nós mesmos.

Olhei para ele e perguntei se já havia feito esse tipo de descoberta.

— Claro que sim. Sou um camponês ignorante, mas posso dizer que não é nada agradável ver que o Cão se apossou de uma parte de sua casa.

— E como resolveu essa armadilha?

— Ora, simples: tomando cuidado para não cair na armadilha que ele preparou. Muitas vezes quem prepara a armadilha é a própria pessoa.

Christian estava certo. Édouard revelou aquilo tudo para mim porque sabia que, de alguma forma, meu passado o levaria a uma identificação com todos aqueles atos hediondos. Mas a lembrança do olhar da moça estendida no chão me fez triste. Mesmo morta, ela pedia ajuda. Era como se sua alma — justamente aquilo que Édouard queria destruir — conversasse comigo. E eu a compreendia perfeitamente.

Voltei para o mosteiro e, dentro da minha cela, escutei os ruídos do dia, depois os ruídos do crepúsculo e então os ruídos da noite. Decidi que deveria realizar um jejum prolongado para encontrar uma maneira de resolver a armadilha. Ao caminhar para a capela, percebi que alguém acenava para mim; não era Édouard, era o assistente do abade maior.

— O senhor abade quer vê-lo imediatamente.

— O que ele quer?

Ele não me deu nenhuma resposta; apenas me levou pelos corredores, me fez subir a escada inclinada que levava ao alto do mosteiro maior e abriu a porta de uma sala em que, a luz entrava pela janela, mas não tocava nenhum objeto, nem mesmo na sua superfície.

— Senhor abade, soube que queria falar comigo.

— Sim, meu filho, quero sim. Por favor, sente-se.

Havia uma cadeira de madeira na frente da mesa do abade. Decidi que o melhor era sentar, mas deveria ter os sentidos alertas.

— Quero dizer algumas palavras para você. Apenas algumas palavras... O que você acha que viu ontem à noite, na cela do jovem Édouard?

— Vi o que vi. Vi uma jovem morta, estendida numa mesa como um animal, olhando para mim e pedindo ajuda através de sua alma.

— Você acredita que o jovem Édouard se excedeu?

— Acredito que o senhor saiba disso melhor que eu.

— Claro que sei...

O abade maior chama-se Siger, e confesso que nunca aprovei seus ares desde que entrei em Cluny. Tudo nele era frouxo: o andar, os olhos, o corpo — e até mesmo o modo de falar ou de recitar a missa. Sua frouxidão me irritava e as perguntas que me fazia somente aumentavam a ânsia de agir.

— Não sei por que você se surpreendeu com a dissecação de órgãos e de corpos no mosteiro. A sua Ordem faz a mesma coisa, pelo que sei. Ou não faz?

— Isso não é da sua conta, se me permite dizer com todo o respeito.

— Bem, o que posso fazer para você não pensar errado de nós e do jovem Édouard? Contarei alguns detalhes da história. Não a história toda, é claro, deixarei isso para você ir mais a fundo e depois saberei o que descobriu. Mas vamos lá, vamos lá. O que quer saber? Provavelmente, quer saber a razão disso tudo...

— Segundo o próprio Édouard, é para que a Igreja entre no futuro...

— Ah, sim, o futuro. Na verdade, creio que o jovem quer ser um pouco idealista demais. Nossos motivos são mais práticos.

— *Nossos* motivos?

— Não se preocupe, quando falo *nossos* motivos, refiro-me apenas a Cluny, é claro.

— A Igreja sabe?

— Você quer dizer se o papa sabe?

— Sim.

— Por enquanto, não. Mas fique certo de que ele deve ter as suas suspeitas.

— E então você acha que o mosteiro escapará, junto com o jovem Édouard?

— Bem, o papa não tem outra alternativa senão nos deixar em paz.

— Qual a razão?

— Você sabe por que o jovem está aqui no mosteiro?

— Desconheço.

— Pedidos do duque de Lac, amigo íntimo do príncipe da França, meu caro. O príncipe da França. Sabe o que significa? É muito simples.

— E o que Cluny tem a ver com isso?

— Cluny tem a ver com isso porque o mosteiro precisa mostrar seu poder, de alguma forma.

— Sempre achei que o mosteiro não precisava de poder. Pelo menos não o poder dos homens.

— Sei aonde queres chegar, meu caro. Sim, precisamos do poder dos homens. O poder de Deus, se me permite dizer, não leva a lugar nenhum. É só ver as próprias cruzadas de que você participou e perceber que o poder de Deus só leva à desgraça humana. Deve-se entender que o futuro no qual Cluny e o jovem Édouard acreditam é um futuro em que não existirá mais o perigo do pó. Sabe de qual pó estou falando? Claro que não sabe porque você já está infectado há muito tempo. É o pó dos abençoados — ou dos supostamente abençoados. Eu me visto como um abençoado, o jovem Édouard faz a mesma coisa, mas ninguém acredita, em sã consciência, que somos abençoados. Porque não somos, meu caro. O tal poder de Deus nos deixou na mão. Mas há o pó — e este pó invade nosso rosto, nossas narinas, nossos pulmões e, com todas essas guerras, ficaremos enterrados com ele. Acredita nisso?

Fiquei quieto e fazendo de tudo para que meus olhos não revelassem meus pensamentos. O abade enlouquecera — e queria levar o mosteiro junto. Mas havia uma pergunta que me perseguia: será que tal loucura se restringia a uma parte da Igreja? Ou será que já não contaminara *todas* as partes?

— Esse pó, nobre cavaleiro, é o que me fascina e o que mais me irrita. Não quero saber mais de abençoados, não quero mais saber de penitências. O próprio Bernardo sabia que guerras cansam a alma.

— O seu jovem Édouard quer provar que a alma não existe.

— Esse é o preço que se paga para que o pó não invada mais nossos corações. Temos de acreditar em alguns pesadelos.

— Ainda acredito que o seu pó se transformará em água.

— Prefiro que não se faça nenhuma transformação. Se como pó já é perigoso, imagine como água. Não posso deixar que meus filhos bebam mais dessa água.

— Mas deve deixá-los cegos pela poeira do poder...

— Repito que há sempre um preço a se pagar pelo paraíso que queremos criar — e o jovem Édouard me ajudará na empreitada.

— Realmente, ele não está sozinho.

— Sim, somos muitos. As guerras nos transformaram em uma legião quase invencível.

— Corro perigo de morte?

— Isso é uma situação a que você deveria estar acostumado... Mas não se preocupe, não mataremos você aqui. Não queremos a sua alma penando por esses corredores.

O abade disse isso com um sorriso muito parecido com o de Édouard. Levantei-me, abri a porta da cela e não me despedi. Fui rapidamente para a minha cela e meditei sobre a situação. Havia uma teia de relações em que me encontrava impotente; a situação envolvia príncipes, monges e jovens nobres. Olhei novamente para o céu e pedi ajuda. Tentei dormir, mas meu sono foi intranqüilo.

12 de maio do ano de Nosso Senhor de 1154

O sono é um reino onde tudo pode acontecer. Quando se está envolto em suas brumas suaves, mesmo nos momentos de maior desespero, temos a impressão de que nosso corpo está livre e de que nossa mente pode expandir os limites do tempo e do espaço — até que, de repente, a realidade invade e descobrimos que temos tudo a perder. Não deveria ter dormido esta noite. Estava anestesiado pelos acontecimentos dos últimos dias e o sono me protegeu com sua delícia específica, uma delícia que fez meu espírito fraquejar — até o momento em que deparei, face a face, com os olhos de Édouard em uma vigília diabólica no centro de minha cela.

— Queria saber como está. Soube que conversou com o abade maior e ele explicou alguns detalhes de nossa situação.

Sua voz era calma, decidida. A primeira coisa que tentei ver é se ele tinha uma adaga ou algo parecido. Mas seus olhos eram a própria arma; eles desejavam tomar o mais íntimo de meus pensamentos.

— Gostaria que você se retirasse dos meus aposentos, Édouard — pedi com a firmeza que me era possível naquele momento.

— Infelizmente, isso não será possível. Pelo menos não agora. Antes, temos de conversar.

— Já conversamos bastante.

— Não o suficiente.

Ele sorriu, o sorriso de uma raposa que ainda não sabe se a presa está em suas mãos. Aquilo me deu a entender, mesmo nas frestas de uma consciência ainda adormecida, que eu tinha alguma vantagem naquela situação. Perguntei asperamente:

— Não sei por que esse sorriso.

— Tenho vários motivos para ele.

— Diante do Senhor dos céus e da terra, temos de responder por toda a nossa vida; e, mesmo assim, você consegue rir?

O sorriso estancou imediatamente.

— Ora, que tal deixar o seu Deus um pouco de lado, protetor de peregrinos? Essa sua estratégia começa a me irritar.

— Não há estratégia nenhuma em minhas palavras, Édouard. Faço apenas o que posso para que a raiva não tome conta da minha boca.

Os olhos dele brilharam ao ouvir a palavra "raiva".

— Ah, então começa a sentir raiva? Talvez você esteja fraquejando perante o seu Deus... ou quem sabe aceitando-O de fato...

— Não há raiva em Deus...

— É o que você pensa, cavaleiro.

— Penso não, eu *sei* disso. É uma certeza que ninguém pode tirar de mim.

— Escute bem o que vou lhe dizer... Desde quando você acha que um Deus do amor aceitaria o que fizemos nesses anos todos? Você sinceramente acredita que Ele permitiu que usássemos a casa dele para as experiências que viu na minha cela? Ou coisa muito pior, como a perversão da missa, a prostituição entre garotos nos mosteiros ou a deformação que criamos nas mentes de cada um? Um Deus de amor — o seu Deus — não permitiria isso. Ele contra-atacaria, faria alguma coisa. Afinal, que Pai é esse que dá uma pedra quando pedimos apenas pão?

— Foi isso que você pensou quando ela morreu, Édouard?

O rosto dele ficou impassível. A luz fria da madrugada e a neblina da noite invadiam mansamente a cela.

— Creio que conversou com o tagarela do coveiro.

— Andei por aí, conversando com as pessoas. Você é bem conhecido nas redondezas. Dizem que o duque de Lac e o príncipe da França são seus amigos.

— São meus únicos amigos.

— Ora, então você tem amigos, afinal de contas.

— O que você quer saber dela?

— Se você a estimava tanto, pelo menos lhe desse um enterro apropriado.

— E deixar a carne dela apodrecer fora do meu poder?

— O que fazer, Édouard? Não se pode ter tudo nas mãos.

— Como o seu Deus permitiu isso? Como o seu Deus permitiu que ela e minha mãe fossem embora daquela maneira imunda?

— Realmente, a morte é uma coisa imunda. Vi bastante da sujeira dela nos campos de batalha.

— Por isso admiro você, cavaleiro.

— Não há admiração em seus gestos. Apenas ódio.

— E o que posso fazer para aplacar esse ódio?

— Coloque três pedras na boca e fique com elas durante um ano. Mas pare de fazer o que está fazendo imediatamente.

— E o futuro? O que faço com o futuro que está à espreita?

— Você e seus amigos não têm futuro nenhum.

— Até mesmo o abade Siger?

— Este nem sequer tem um presente.

— Não tem ódio pelo que estão fazendo com a sua Igreja?

— Já não acredito que a Igreja faça muito efeito neste mundo.

— Deixe-me ver se acompanho o seu raciocínio simplório... você não acredita mais na sua Igreja porque Deus a abandonou nas mãos dos homens e os homens são falíveis, estou certo?

— Não acho que seja simplório, mas simplesmente verdadeiro.

— Ora, por que esse desânimo com seus semelhantes? O homem é, de fato, uma coisa muito bela; isto é, se retirarmos esse espinho que é a alma. Olhe, vou lhe confessar uma coisa: quando estava no cemitério, vendo o corpo daquela moça ser abaixado no nível do chão, percebi que essa história de alma é realmente um incômodo. Se a alma não existir, se essa história de imortalidade for uma mentira, não teríamos o Mal, não teríamos a fome, a pobreza, as guerras. A causa de toda a nossa desgraça é a crença numa alma imortal. E o homem deve estimular sua verdadeira beleza, que é, nada mais, nada menos, o caos e o nada e a completa falta de sentido. Sua beleza é justamente o horror que o seu fim provoca. Para que um Deus do amor? Não quero que ninguém me ame, não quero ninguém rezando pela minha alma. E, o melhor, não estou sozinho nessas idéias. Elas se movimentam como serpentes e inoculam sua lenta solução na mente de cada um, e, sinceramente, não sei como isso aconteceu, como as pessoas acreditam nessas mesmas coisas, tudo ao mesmo tempo. Se acreditasse em algum mistério, este seria um que deveria ser analisado pela nossa razão. Mas estou perturbando você, não estou?

— A única coisa que você perturba é a paz de espírito deste lugar.

— Você não tem jeito, cavaleiro! A Ordem não lhe ensinou a ser mais flexível? Ainda acredita que esse monastério serve para alguma coisa? Talvez algum dia tenha servido a seus propósitos pios — vamos agradecer a Bernardo e Bento por isso! —, mas hoje, hoje não. A sua mãe Igreja já está imersa no ritmo do futuro que criamos.

— Assim como o corpo da moça que está estendida na mesa de sua cela...

— Ela não é mais nada. É verdade, prezava-a muito no passado. Era uma boa moça. Uma boa camponesa. Mas você viu seus olhos... não emitem brilho algum.

— Os seus olhos também não têm brilho nenhum.

— É porque você ainda não compartilhou o meu inferno. Estou fazendo um gentil convite para ser o mais novo integrante.

— Já estou no inferno. Mas sei como escapar dele.

— Como?

Deixei a resposta no ar. A petulância do jovem já estava me deixando irritado.

— Retire-se da cela, Édouard.

— Bem, é melhor dormir mesmo. Teremos um longo dia. Meus amigos estarão aqui. Participarão da missa. Quero que você os conheça.

— Não quero conhecê-los de forma alguma.

— Tenho certeza de que o duque gostaria de ver que ainda existem homens íntegros.

— Se você diz isso...

E, da mesma forma que apareceu, Édouard saiu, sem nenhum outro vestígio senão o da malignidade que escorre pelas paredes deste mosteiro. O que aconteceu com Cluny? Antes era um local repleto de virtude, repleto de misericórdia. Agora era uma ratoeira — e pressentia que o resto da Igreja não deixava de ser uma exceção para se tornar uma regra estranha, uma regra que deveria ser rompida de alguma forma.

* * *

Quem me apresentou aos padres do deserto não foi nenhum abade ou monge de Cluny, mas o camponês Christian. Já ouvira falar deles quando me encontrava na Antióquia e, depois, nos hospitaleiros de Krak, mas eram apenas indícios de sabedoria que nunca apreendi por falta de uma virtude maior. Quando falava em alguns dos padres no mosteiro — como santo Antão ou o abade Pambo —, percebia que os ouvidos eram moucos, para não dizer que eram completamente ocos. Desde as descobertas dos últimos dias, percebi que Cluny é uma ratoeira que não guarda apenas animais pestilentos em suas frestas, mas homens que não têm mais nada em seus corações. São verdadeiros homens ocos. Meu temor maior é de que toda a Igreja esteja assim. E provavelmente está. Se isso for verdade — e as conversas que tive com Édouard e o abade Siger somente me levaram a uma confirmação assustadora —, o fim do mosteiro e da própria Igreja não será com um estrondo, mas com um simples e impotente gemido.

Muitas das atitudes de Christian se parecem com a dos padres. Ele não leu nada sobre os padres, apenas ouviu suas histórias da boca dos pais, que ouviram de algum monge celta que andou por esses lugares. Mas a memória desse camponês é pura e cristalina como a água da fonte. Toda vez que saio do mosteiro para meditar adequadamente e rever as transgressões do meu passado, ele me recebe com uma cortesia digna dos melhores nobres. Sua família é simples; sua mulher quase não fala e os filhos brincam em torno do muro que protege os mosteiros menores que rondam a abadia. Christian olha sempre para um horizonte indefinido, um horizonte que também gostaria de saber onde está e conta alguma história relacionada aos padres. A de hoje pela manhã foi a seguinte:

— Uma vez, alguns irmãos saíram do mosteiro para visitar os eremitas que viviam no deserto. Chegaram até a morada de um, que os recebeu com alegria. Percebendo que estavam cansados, convidou-os a comer antes do horário habitual e colocou à frente deles toda a comida que havia. Porém, naquela noite, quando todos deveriam estar dormindo, o eremita ouviu os cenobitas conversando e um deles disse: "Esses eremitas comem mais do que nós no mosteiro". Ao amanhecer, os convidados prepararam as suas coisas para visitar outro eremita e, ao partirem, o anfitrião disse: "Mandem saudações minhas a ele e a seguinte mensagem: 'Cuidado para não regar as hortaliças'". Quando chegaram ao outro eremitério, transmitiram a mensagem. O segundo eremita compreendeu o que queriam dizer aquelas palavras. Então, fez com que os visitantes se sentassem e tecessem cestas e, com eles, trabalhou sem cessar. À noite, quando chegou a hora de acender a lamparina, o eremita acrescentou alguns salmos à oração habitual e, depois disso, disse aos visitantes: "Nós não costumamos comer todos os dias aqui no deserto, mas, como vocês fizeram uma jornada hoje, é justo que tenhamos um breve jantar, para variar". Então, o eremita lhes ofereceu um pouco de pão seco e sal, e acrescentou: "Aqui está um pequeno regalo a vocês". Dizendo isso, misturou um pouco de vinagre, óleo e sal e serviu aos visitantes. Após o jantar, eles reiniciaram a salmodia e prosseguiam quase até o amanhecer, quando o eremita disse: "Bom, nós não poderemos terminar nossas preces habituais porque vocês estão cansados da viagem. É melhor que descansem um pouco". Então, à primeira hora do dia, os visitantes desejavam deixar o eremita, mas ele não permitiu. Disse: "Fiquem comigo mais um pouco. Não posso deixar que vão tão cedo, a caridade exige que eu os mantenha por dois ou três dias". Porém, ao ouvirem isso, esperaram até anoitecer e foram embora, escondidos pela escuridão.

A história ficou comigo porque me fez refletir sobre os fatos desta tarde — a tarde em que os amigos de Édouard, o duque de Lac e o príncipe da França, finalmente visitaram o mosteiro de Cluny. Talvez tenha sido a Divina Providência que me fez ouvir as palavras de Christian, porque foi no exemplo do padre do deserto que encontrei o sentido exato da situação em que me encontrava. De fato, Cluny os recebeu com alegria — uma alegria estranha, uma alegria que somava a hospitalidade ao mais triste dos interesses. Obviamente, Édouard e o abade Siger foram os anfitriões mais solícitos. Havia um ambiente afetado na luz que invadia as janelas do mosteiro e um cheiro pesado de chumbo emanando das colunas da capela onde seria celebrada a cerimônia do dia. Fiquei protegido pelas sombras que cobriam a parte direita do púlpito — a prova de que um deus *absconditus* se revelaria a qualquer instante.

As hortaliças do momento se postaram com algum respeito na nave da capela. Sentaram-se ao lado dos abades superiores, mas seus olhos acompanhavam cada detalhe do local; a ostentação de Cluny podia ser um problema para a visão se alguém se perdesse nos detalhes de ouro e de concreto e se esquecesse do todo, da unidade que criava o verdadeiro esplendor. O duque era um homem de queixo afiado, e a barba curta deixava esse ângulo ainda mais constrangedor; o príncipe era de estatura média e praticamente incapaz, pelo que se poderia depreender de sua postura e de seu olhar, de liderar qualquer exército ou província. Édouard não escondia a pompa; vestia-se como um monge, mas poderia muito bem ser um perfeito bobo da corte. Somente o abade Siger guardava algum recato, não perante Deus, é claro, e sim perante o próprio orgulho.

A missa começou com as palavras tradicionais de oração e todo o ritual de sentar, levantar, ajoelhar e proferir o Verbo. A liturgia tem um ritmo que sufoca as paixões da alma, que as equilibra de tal modo que você não tem outra maneira senão se sujeitar ao que o Espírito impõe. É um ritual de oferenda em que sua mente está numa luta terrível — e surpreendentemente serena. A luta, claro, está na sua entrega em aceitar o corpo de uma outra pessoa na ponta da sua língua e em toda a sua boca — além de beber o seu sangue. Os pagãos se horrorizavam com isso — era puro canibalismo para eles, que mandavam milhares para as mandíbulas dos leões. Contudo, não há nada de animalesco nisso; aceita-se apenas em seu organismo a verdadeira natureza de seu corpo.

Seguiu-se o momento do sermão — e o costume era sempre se basear em algum salmo. Isso era muito conveniente para nossos pensamentos. O Evangelho tem uma qualidade devastadora em nossos corações; ninguém imagina, em sã consciência, que um homem em carne e osso falou aquelas palavras, mesmo sendo o mais perfeito dos crentes. Já a leitura ou a meditação em torno de um salmo nos prepara, cautelosamente, para a compreensão daquelas mesmas palavras. É como se nossa aflição estivesse mais distante, pela lacuna dos anos, e, por isso mesmo, mais fácil de ser decifrada; com as palavras de Cristo temos o amor e a aflição lado a lado, mescladas naquela perspectiva do alto que somente o Eterno oferece.

Entretanto, espantei-me com a escolha do salmo daquele dia — ainda mais porque soube que foi escolhido pelo abade Siger. Era o famoso salmo 13:

> Diz o insensato em seu coração:
> "Deus não existe!"
> Suas ações são corrompidas e abomináveis:
> Ninguém age bem.
>
> Do céu Iahweh se inclina
> Sobre os filhos de Adão,
> Para ver se há um sensato,
> Alguém que busque a Deus.
>
> Estão todos desviados
> E obstinados também:
> Não, ninguém age bem,
> Não, nem um sequer.

Não sabem todos os malfeitores
Que devoram meu povo,
Como se comessem pão,
E não invocam a Iahweh?

Lá, eles tremerão,
Pois Deus está com a raça dos justos:
Vós caçoais da revolta do pobre,
Mas Iahweh é seu abrigo.

Quem trará de Sião a salvação para Israel?
Quando Iahweh reconduzir os cativos de seu povo,
Alegria em Jacó e regozijo em Israel!

O sacerdote — um homem que, soube depois, também foi para a Terra Santa com o exército do papa Urbano — começou a meditar sobre esses versos em seu sermão:

— Toda vez que leio este salmo, tenho tremores em meu coração. E tremores assustadores. Porque ele está absolutamente certo, absolutamente certo. Vivemos num mundo onde os insensatos, os *nosos*, ainda existem em colméias e formigueiros. Trata-se de insetos criados em cativeiro e que querem transformar o mundo em outro cativeiro. Existe alguém que ainda procura Deus? Será que existe alguém neste local, neste mosteiro, nesta capela que deseja Deus com todo o seu coração?

Sua fala foi interrompida com o ruído de um ronco e depois de um sussurro em que se escutava claramente as seguintes palavras, ditas em tom rascante e sarcástico:

— Ora, é óbvio que sou um dos que Deus mais ama... Por isso não preciso procurar por Ele!

Meus olhos seguiram o som; foi o duque quem disse isso. Fiquei o mais atento possível. O sacerdote continuava:

Cavaleiro Templário

Cavaleiro Hospitalário de São João D'Acre

Bispo cruzado armado

Cavaleiro genovês ou veneziano

Cavaleiro germânico

Cavaleiro francês

Cavaleiro Hospitalário de Jerusalém

Cavaleiro normando

Cavaleiro inglês

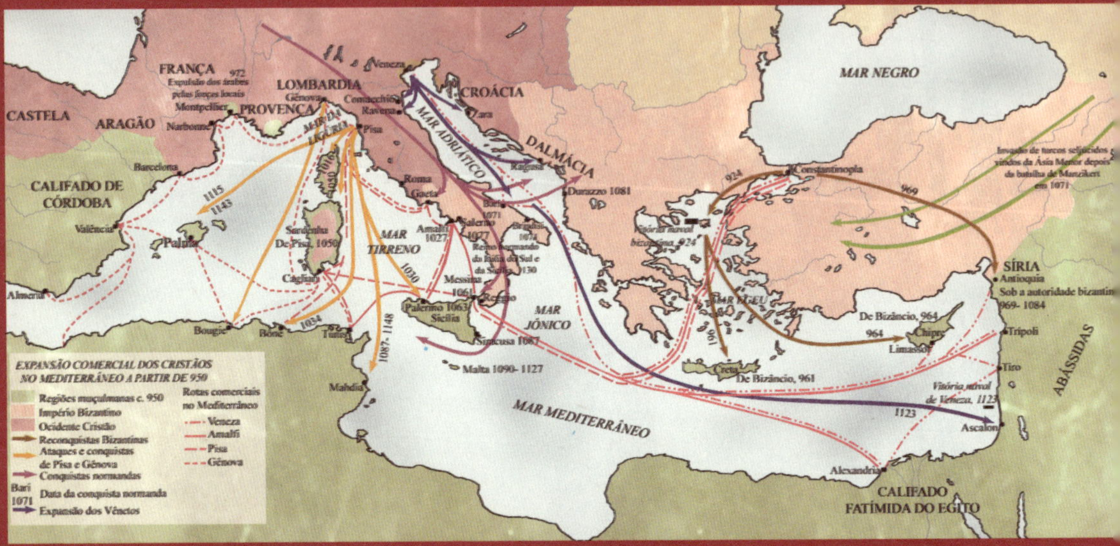

Expansão comercial dos cristãos

Batalha entre cristãos e turcos

Cruzados retiram cadáveres do rio

Rotas das Cruzadas

AS CRUZADAS, 1095 - 1500
Possessões cristãs, 1095
Possessões muçulmanas, 1095
Território pagão, 1095
Território sob controle dos cristãos antes de 1500
Território sob controle dos muçulmanos antes de 1500
Avanços cristãos temporários contra o Islã, 1096 - 1500
Limites entre as Igrejas cristãs do Ocidente e do Oriente, 1400
I Cruzada, 1096-1099
II Cruzada, 1146- 1148
III Cruzada, 1189- 1191
IV Cruzada, 1202- 1204
V Cruzada, 1228- 1229
Outras cruzadas pela Terra Santa
Cruzada de Nicópolis, 1395
Cruzada de Varna, 1444
Direção geral de outras cruzadas importantes
Limite das regiões dos templários
OCEANO ATLÂNTICO
MAR DO NORTE
MAR NEGRO
MAR MEDITERRÂNEO
ESCÓCIA
IRLANDA
INGLATERRA
NORUEGA
SUÉCIA
DINAMARCA
ORDEM TEUTÔNICA
PRINCIPADOS RUSSOS
BÚLGAROS DO VOLGA (até 1237)
HORDA DE OURO (a partir de 1241)
POLÔNIA
ALEMANHA
FRANÇA
IMPÉRIO ROMANO
HUNGRIA
PORTUGAL
CASTELA
ARAGÃO
IMPÉRIO ALMORÁVIDA
IMPÉRIO ALMÔADA
ESTADOS DA IGREJA
REINO DA SICÍLIA (a partir de 1130)
SÉRVIA (1185 - 1459)
BULGÁRIA (1186 - 1396)
IMPÉRIO OTOMANO
IMPÉRIO BIZANTINO
IMPÉRIO LATINO
GEÓRGIA (a partir de 1136)
IMPÉRIO SELJÚCIDA
Condado de Edessa (1098 - 1146)
PRINCIPADO DA ANTIOQUIA (1098 - 1268)
CONDADO DE TRÍPOLI (1102 - 1268)
REINO DE JERUSALÉM (1099 - 1291)
CHIPRE (1192 - 1489)
IMPÉRIO AIÚBIDA
IMPÉRIO MAMELUCO
Expansão em direção ao leste, XII - XIII
Contra Novgorod 1240
Expansão realizada pelos cavaleiros Porte- Glaive, início do s. XIII
Expansão realizada pela ordem Teutônica s. XIII
Contra os eslavos, 1147
Contra os hussitas 1420 - 1431
Cruzada dos albigenses (cátaros), 1208 - 1229
1217 - 1221
1248
1270
Paris
Praga
Regensburg
Buda
Szeged
Veneza
Milão
Toulouse
Aigues Mortes
Marselha
Lisboa
Granada
Argel
Túnis
Zara
Spalato
Roma
Durazzo
Nicópolis
Varna
Constantinopla
Andravida
Esmirna
Antalya
Antioquia
Edessa
Alepo
Crac dos Cavaleiros
Damas
Acre
Jerusalém
Damieta
Alexandria
Cairo

As Cruzadas

Batalha no Krak dos cavaleiros

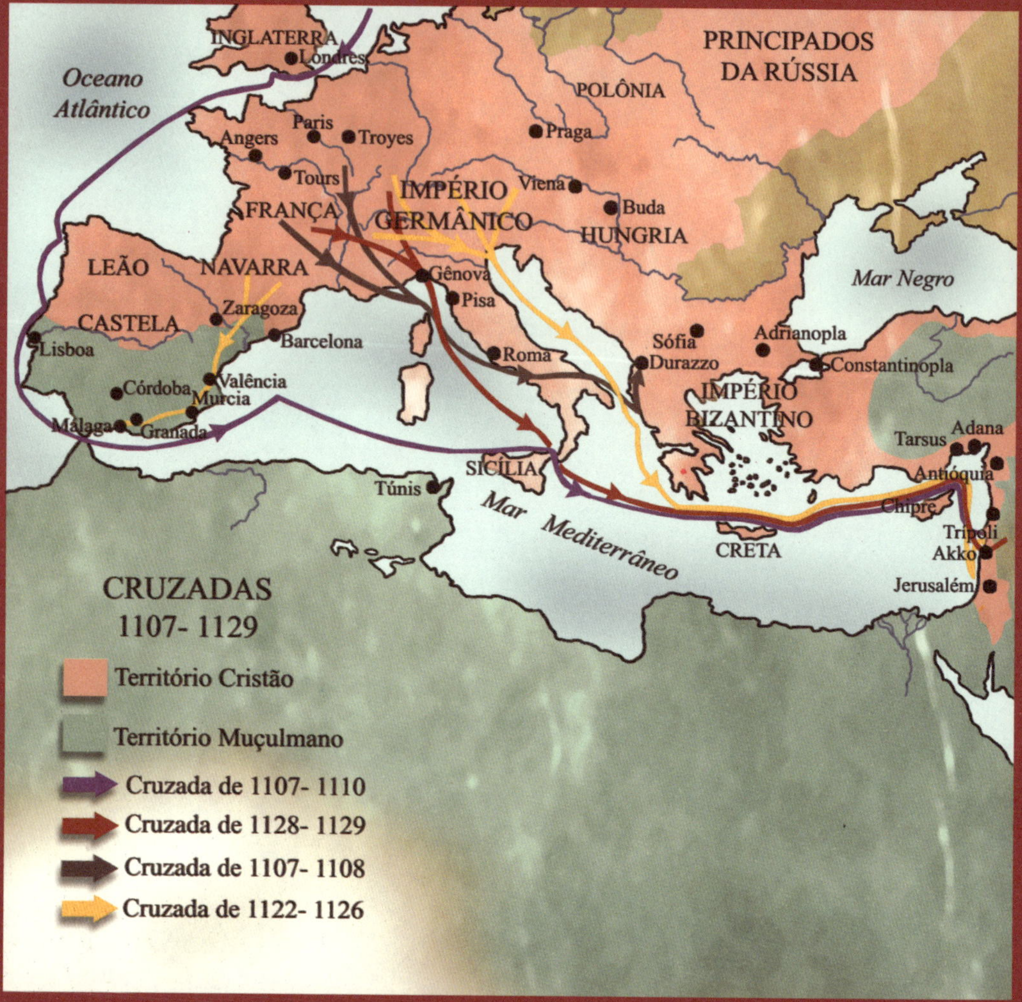
INGLATERRA
Londres
Oceano
Atlântico
PRINCIPADOS
DA RÚSSIA
POLÔNIA
Paris
Angers
Troyes
Praga
Tours
IMPÉRIO
GERMÂNICO
Viena
Buda
HUNGRIA
FRANÇA
LEÃO
NAVARRA
Gênova
Pisa
Mar Negro
CASTELA
Zaragoza
Barcelona
Lisboa
Sófia
Adrianopla
Roma
Durazzo
Constantinopla
Córdoba
Valência
Murcia
IMPÉRIO
BIZANTINO
Málaga
Granada
Tarsus
Adana
SICÍLIA
Antióquia
Túnis
Chipre
Mar Mediterrâneo
Trípoli
Akko
CRETA
Jerusalém
CRUZADAS
1107- 1129
Território Cristão
Território Muçulmano
Cruzada de 1107- 1110
Cruzada de 1128- 1129
Cruzada de 1107- 1108
Cruzada de 1122- 1126

As Cruzadas

Vitória e morte

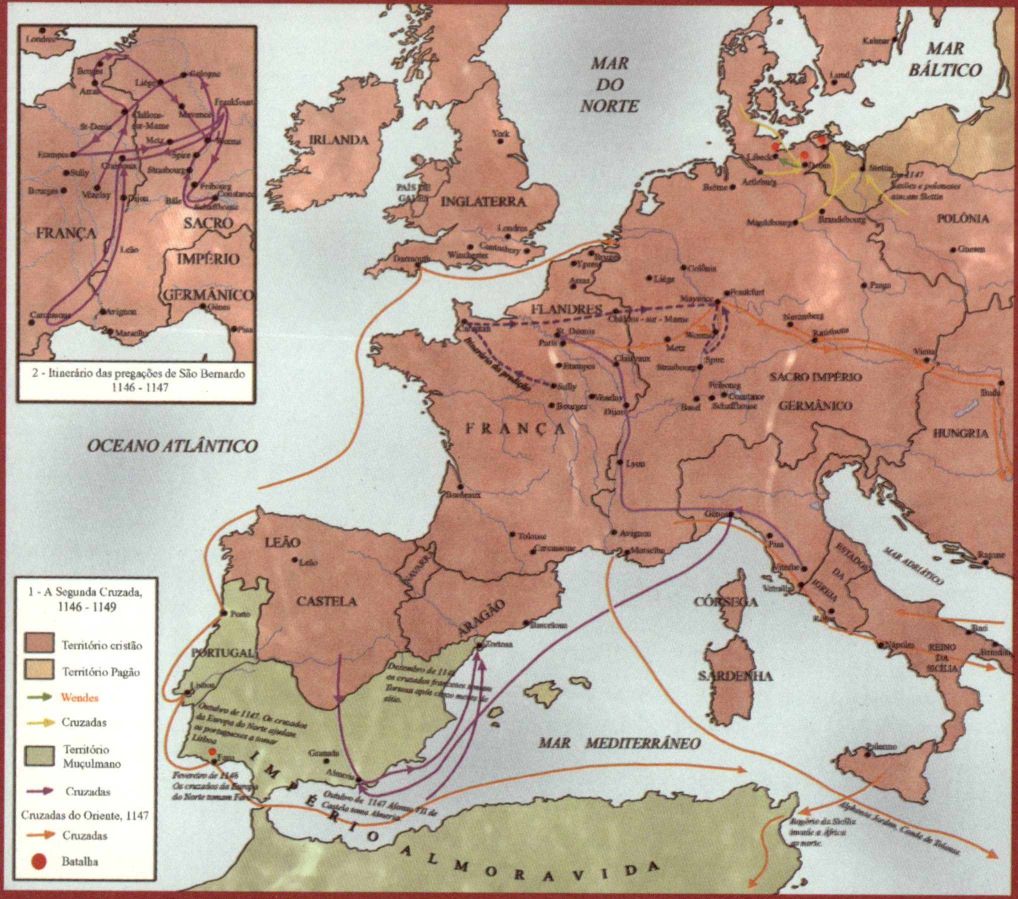

A Segunda Cruzada

A Segunda Cruzada no Oriente

Partida para a batalha

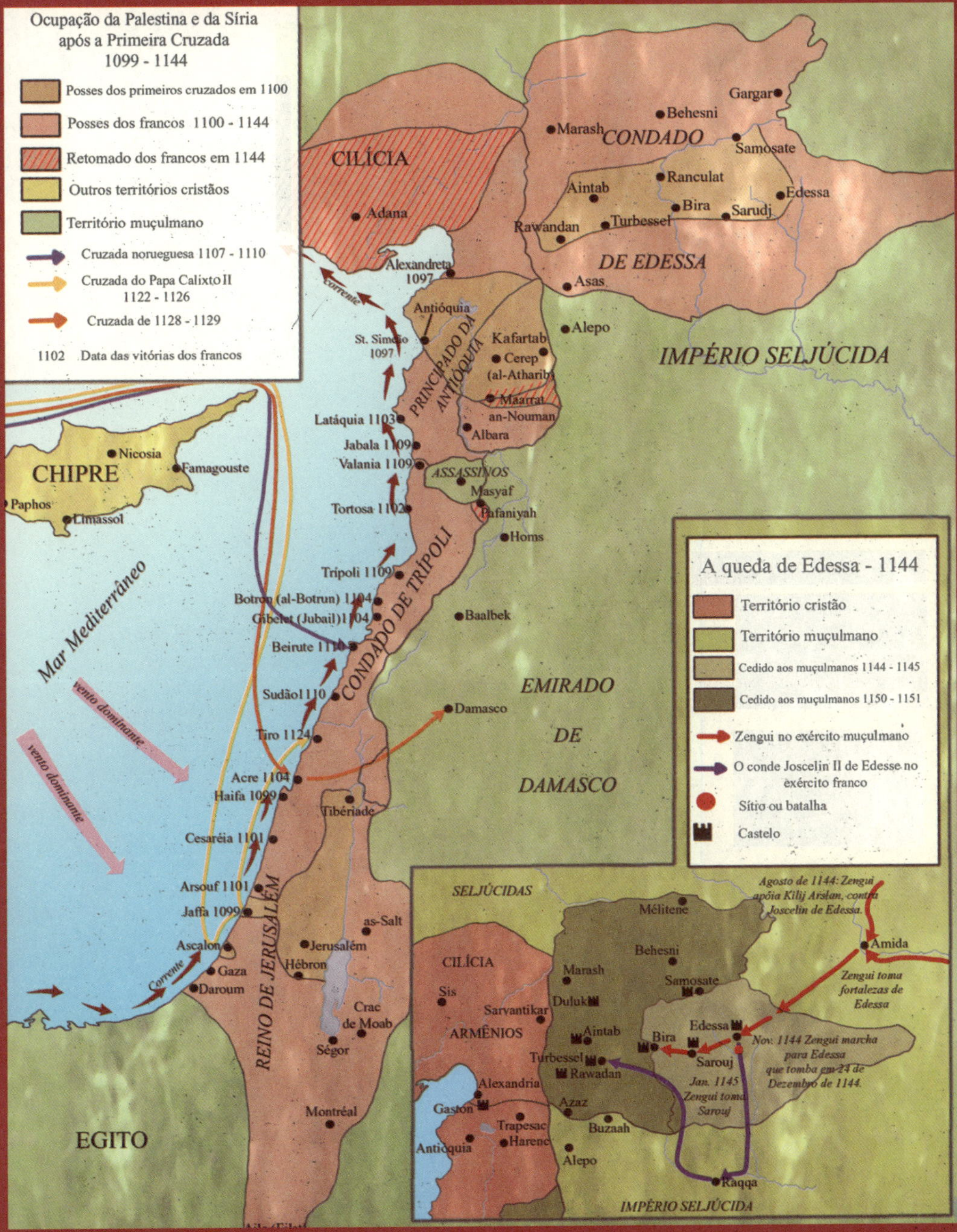

Ocupação da Palestina e da Síria após a Primeira Cruzada

Cavaleiros no Krak

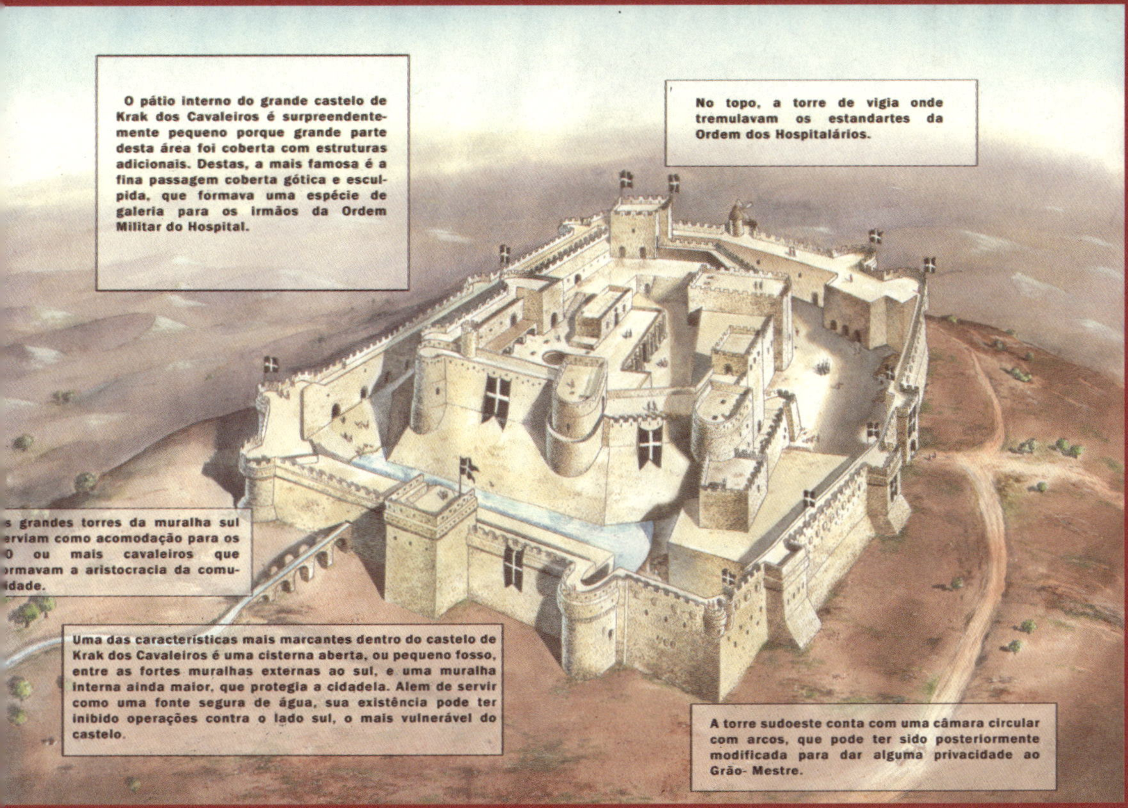

Krak dos Cavaleiros

Bispo no Krak dos Cavaleiros

Fortalezas dos Templários e Hospitalários no Oriente (1099-1187)

Cavaleiros Templários

Sul da Síria no século XII

Norte da Síria no século XII

Igreja do manto da Virgem

Catedral cristã no Oriente

Territórios de fronteira do Império Bizantino (*Themas*)

Mesquita na Síria

Mundo muçulmano

Arqueiros turcos atacam os cruzados

Cerco de Jerusalém

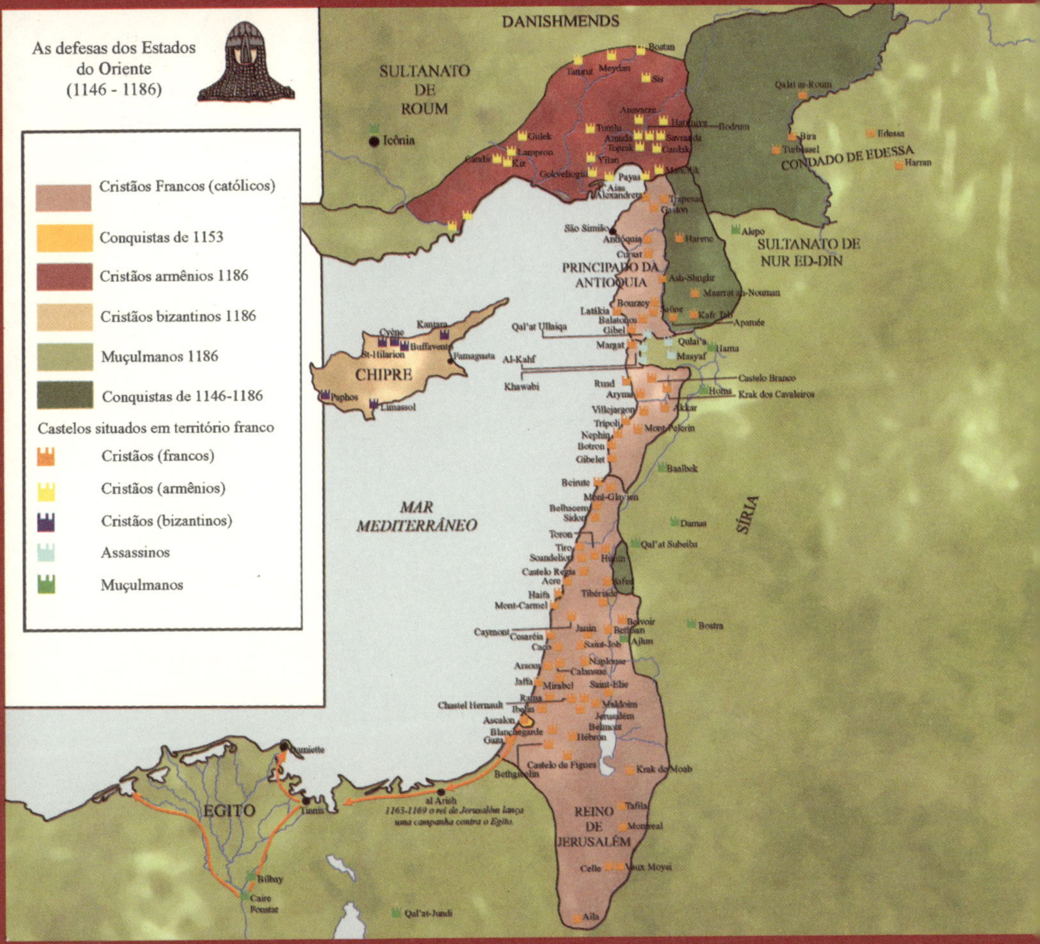

As defesas dos Estados do Oriente

Apocalipse: Nossa Senhora contra o enorme Dragão Vermelho

A partida do Eremita

— Digo a vocês que ninguém aqui tem o direito de achar que procura por Deus de maneira pura. Porque ninguém no mundo é inocente. Todos estão sujos pelo pecado e sabe-se lá se a graça irá realmente libertá-los. Espero que não, espero que não. Por quê? Porque temos de morrer sem Deus para aprender que Deus faz falta em nossas vidas. Temos de valorizá-lo acima de tudo — mas somente depois de perdê-lo de forma absoluta. Por isso, esqueçam-se de Deus. Ele não se esquecerá de Vós, mas isso se deve à sua infinita misericórdia.

Os roncos continuavam e vi que o princípe olhava para a ponta dos dedos que circulavam pelo ar, como se brincasse em um jogo de sua própria mente. Sentia que o sacerdote estava à beira da heresia, mas ninguém na capela parecia chocado; não duvidaria se todos concordassem com aquela idéia. Ele continuava:

— O abandono de Deus, pensem nisso. Que idéia maravilhosa! Eu vi esse abandono quando estava na Terra Santa, lutando pela cruz. É um abandono lindo — porque necessário. Lá, você depara com o Mal em sua essência mais real e concreta. E não há outra maneira de aceitar esse Mal senão com o abandono de Deus. Você deve abandonar para suportar o Maligno que está ao seu redor. Senão sua mente explode, seu coração se esgarça. A loucura toma conta de sua alma e é necessário que deixe Deus nas sombras para que Ele te recupere somente no momento de sua morte.

Escutei outro suspiro sarcástico, dessa vez saído da boca de Édouard:

— Morte?! Que morte?! Eu venci a morte!

Minutos depois, a missa terminou, com a fila para o sacramento da eucaristia e, ao tomar a hóstia, vi que os olhos do sacerdote estavam tomados pelo negror de um mundo que já tinha visto nos olhos de Édouard e do abade Siger, um mundo que não pertencia mais aos homens, mas sim a uma nova raça que existiria a despeito das minhas ações. Era o olhar de alguém dominado pela própria tranqüilidade que o desespero dá depois de anos e anos de luta sem resistência.

Todos foram para o refeitório, onde também me sentei na sombra de uma coluna, escondido e quieto, quando o abade Siger olhou para mim e me chamou com um aceno.

— Quero que você sente conosco.

— E se eu não aceitar?

— Seus bons modos com Deus me impressionam.

— Você deveria ficar impressionado com os bons modos que Ele tem para contigo.

— Sente-se e escute. Esta noite será interessante.

— Não duvido.

Fiz o que me foi pedido — primeiro por curiosidade e segundo para aguçar a minha resistência. O jantar foi servido e uma rápida oração de agradecimento, proferida numa melodia dúbia e efeminada, foi o suficiente para acalmar a consciência daqueles que, conforme diziam, descobriram um modo de vencer o Mal.

Édouard estava ao lado do duque de Lac, que não parava de falar. Sua voz era uma enxurrada de sílabas que soavam como o silvo de uma serpente, de um animal que não hesitaria em ser um predador numa questão de instantes.

— Creio que essas batalhas, meus caros, essas cruzadas — dizia ele —, são lamentáveis equívocos, mas necessários. Nunca vi pessoas tão inteligentes envolvidas nessas enrascadas que os anos preparam. É quase um escárnio — e de mau gosto. O certo era travarmos uma luta pela paz, a paz terrestre. Mas, como essa paz não é possível, contentamo-nos com essas cruzadas. Que são necessárias por um único motivo: tiram a minha vida do completo enfado que me persegue todos os dias. A propósito, abade — ele se dirigiu a Siger nesse momento —, sei que temos aqui em nossa mesa um antigo cavaleiro da Ordem dos Templários, é verdade?

Abaixei a cabeça para que meus olhos não se cruzassem com os do duque.

— É verdade, Vossa Excelência — respondeu Siger.

O meu nome foi dito, mas não prestei atenção. O duque dirigiu-se a mim imediatamente:

— Diga-me, cavaleiro, diga-me o que achou de interessante naquelas terras bárbaras.

— Não há nada de interessante por ali, senhor. Os olhos não podem descobrir nada de interessante quando se está em guerra.

— A guerra deve ser algo muito destrutivo, não?

— O senhor já esteve em alguma?

— Oh, não, não. Estive em algumas batalhas, matei alguns soldados despreparados, mas numa guerra como uma Cruzada, não, nunca tive esse privilégio.

— Não é um privilégio, senhor.

— Chame o duque de Vossa Excelência, cavaleiro — interrompeu Édouard.

— A única Excelência que chamo dessa forma está em Roma — respondi.

— Ora, um defensor do papa... — assim ouvi, pela primeira vez, a voz do príncipe da França, uma voz calma, decidida numa única questão: a destruição de seus inimigos.

— Sim, sou.

— Um vício oriundo da Ordem, suponho — continuou o duque.

— Pode-se dizer que é um velho hábito meu.

— Que não morrerá tão cedo.

— Não sei dizer, ainda mais agora que o jovem Édouard alega ter vencido a morte.

— Bem, Édouard é um rapaz que está fazendo avanço notável em algumas áreas do conhecimento humano — disse o príncipe —, áreas em que, talvez em sua ignorância, você não saiba o que está realmente acontecendo.

— Espero então que o senhor príncipe possa me dizer o que são esses avanços.

— De fato, vencer a morte é algo muito difícil. Ainda mais em tempos como os nossos em que a morte parece ter um império próprio. Mas temos feito progressos consideráveis. Uma palavra bonita essa, não? "Progresso"... Repare como tem um poder que, por exemplo, "cruz" não possui.

— A cruz não é uma palavra, senhor príncipe... É um fato.

— O fato de um homem pregado como um bicho nela — gargalhou Édouard.

— Tenha modos, Édouard, por favor — avisou o abade Siger.

— Sim — retorqui. — Há um homem pregado nela. Reze para que o próximo não seja você, porque não suportará a dor que lhe será infligida.

— O cavaleiro está ficando irritado, Édouard — disse o duque. — Você ficava irritado assim durante as batalhas?

— O que gostaria de saber? Se tinha prazer em matar meus inimigos?

— Qualquer coisa desse tipo.

— Fica claro que você vomitou depois de ter matado os seus "soldados despreparados".

— Como assim?

— Somente um sujeito que vomita depois de ter decepado uma cabeça pode pensar em ter algum prazer nisso.

— Quem está me deixando irritado agora é você, cavaleiro.

— Muito grato pelo elogio, senhor duque. Mas fica claro que você é incapaz de machucar uma borboleta no meio do deserto.

— Ora, ora, então você gosta de se ver como um assassino consumado.

— Sim, sou um assassino. Matei pessoas, destruí vidas humanas. Assumo isso com uma dor terrível.

— E vai me dizer que fez isso pela cruz? Pela Terra Santa? Ou pela Ordem?

— Não, senhor duque. Fiz isso porque sou fraco de coração.

Um silêncio se seguiu e ouvia-se apenas o murmurar dos outros monges jantando nas mesas ao lado.

— Sabe, cavaleiro — disse o príncipe da França —, há muito tempo sonho que sua Ordem será suplantada, completamente destruída. E então imagino que eu, ou algum dos meus sucessores, criará uma ordem tão astuta quanto a sua. Uma ordem que dominará não apenas questões de guerra ou de transporte financeiro — pois sabemos que os templários são verdadeiros especialistas nisso, não é mesmo? —, mas questões mais íntimas, como, por exemplo, o que se passa em nossas mentes. Não seria interessante?

— Confesso ao senhor príncipe que o que se passa na minha cabeça é problema meu.

— Mas imagine isso: um grupo oculto, nas sombras, que soubesse tudo sobre a cruz, por exemplo. E transformasse seu sentido conforme o correr dos anos...

— Existe apenas *um* sentido para a cruz.

— Vamos lá, use um pouco a sua imaginação...Você não gostaria de fazer parte deste grupo? Retomar um de seus antigos hábitos?

— O único hábito que me interessa agora é não me preocupar em alimentar hortaliças como vocês.

— Querido príncipe — interveio Édouard —, você deve lembrar que o nosso cavaleiro está cansado da guerra. Ele viu todos os efeitos do Mal em sua carne e na carne dos outros. Simplesmente está cansado de lutar, não é mesmo?

— Existem lutas mais exigentes, Édouard.

— Acho que vou além, meu caro — disse o duque. — Ele simplesmente responde aos ataques usando a única arma que possui: o patético expediente de dar a outra face.

Aproximei-me, encarei seus olhos negros como o fundo de um abismo sem volta e perguntei:

— Por que patético?

— Como você pode responder ao Mal que lhe é feito com a outra face? — dessa vez o tom de Édouard tendia para o histérico. Continuou: — Como pode ser considerado um homem, um mero ser humano? Você não é nada se oferecer a outra face quando recebe o Mal. Nada.

— Você já experimentou o Mal, Édouard?

— Faz perguntas desnecessárias, cavaleiro. Claro que experimentei o Mal. Estou com ele até a última gota de sangue. Não há saída. Uma vez que você o encara, ele fica contigo para o resto da sua vida. Parece que *você*, isso sim, nunca experimentou o Mal. Ou talvez tenha feito algo pior: sempre esteve disposto a oferecer a outra face.

— Aquele tal sermão da montanha sempre foi um problema para mim — resmungou o duque.

Édouard continuava:

— Quando vi que o Mal invadia a minha vida, quando vi que ele me consumia, não tive outra alternativa senão procurar a sua causa, a sua origem. Em primeiro lugar, vi que ele fazia parte da realidade, que, de fato, existia, não era um produto da minha imaginação. Quando você sofre o Mal, dói. E essa dor dificilmente é suportada. Pode ser qualquer espécie de dor: a dor da perda, a dor do ferimento de batalha, a dor da traição. Mas o Mal está lá, à espreita. Depois, descobri o que o tornava possível. Alguma coisa tinha de dar a autorização para isso acontecer o tempo todo. Porque, como você sabe, o Mal não tem limites. Atinge a tudo e a todos. Essa autorização, por assim dizer, só poderia ser dada por alguém superior. E esse alguém superior só poderia ser...

— Não, não me fale, jovem. Deixe-me ver se sigo seu raciocínio. Tudo leva a crer que Deus é o criador do Mal, não é isso?

— Por que não?

— É a única maneira de seguir a sua lógica simplista. Você quer culpar Deus por todo o Mal.

— E existe outra maneira? Ou vamos criar um outro deus ou até mesmo acreditar no diabo para a minha teoria ter mais verossimilhança?

— O Mal é inteiramente humano, Édouard. Você confunde a morte e o sofrimento com o Mal absoluto. A morte faz parte da realidade; a própria vida é um processo de aprendizagem para a morte. Isso é uma lição que aprendi muito antes da guerra, muito antes das cruzadas. A guerra é só uma das formas pelas quais o sofrimento se manifesta. Mas não é um Mal em si. Na verdade, como tudo neste mundo, as coisas não são em si boas ou más. Cabe ao homem decidir o uso que faz delas. Agora, existe, isso sim, algo mais sinistro que é o próprio Mal, o horror que somente tem prazer no próprio horror e nada mais.

— E você culparia a quem por isso, cavaleiro?

— Eis o problema, jovem: não existe ninguém para culpar. Podemos culpar Deus, o diabo, até mesmo o sol ou a natureza, mas, no fim, não há como extrair um sentido para o Mal que nos assola.

— Que bonita lição de moral você me dá...

— Não há nenhuma moral no que falei. As coisas são o que são. Cumpre a você apenas aceitá-las.

— Bem, decidi que quero encontrar um culpado.

— Não é uma atitude muito prudente...

— Por quê? Porque o real está fora do meu controle? No futuro, controlaremos isso.

— Você não tem nenhuma condição de ter um futuro, Édouard.

— E você vai me dar suas duas faces para eu esbofetar a sua insolência, cavaleiro.

O duque bateu palmas ao ouvir a última frase e gargalhou:

— Que maravilha! Estamos vendo um duelo verbal entre um bronco e um nobre!

— Isso não é um duelo verbal — retorquiu Édouard —, é um duelo em si.

Abaixei novamente os olhos e fiquei olhando para o prato de comida intocado. Aquele grupo tirava o mínimo de paladar que me permitia quando decidi ficar em Cluny.

— O que aconteceu, cavaleiro — disse Édouard, meditando sobre aquele versículo patético? Como é mesmo? Até sei decor: "Eu, porém, vos digo: não resistais ao homem mau; antes, àquele que te fere na face direita oferece-lhe também a esquerda".

— Não, Édouard — disse as seguintes palavras com um sorriso partindo os meus lábios secos —, você definitivamente não sabe o versículo decor. Como quer conquistar o mundo se mal leu o Evangelho? Pelo menos conheça seu inimigo...

— E desde quando preciso saber...

— Cale a boca! — interrompi-o. O duque, o príncipe e o abade arregalaram os olhos e suas testas se enrugaram. Levantaram os ombros enquanto eu prossegui: — Você deveria saber que Ele gostava de falar em tríades. O versículo continua desta forma, preste atenção: "E àquele que quer pleitear contigo, para tomar-te a túnica, deixa-lhe também o manto; e se alguém te obriga a andar uma milha, caminha com ele duas". É o que deveria fazer contigo: dar a minha túnica, ir contigo duas milhas a mais de onde já estamos. Dar a outra face para um sujeito como você é pouco, muito pouco. Vou fazer mais do que isso. O que nos leva à seguinte pergunta...

— O que seria? — perguntou o abade Siger, apreensivo com o rumo da discussão.

— Qual o nome *dela*, Édouard?

A essas palavras, dessa vez foram os três que se uniram na surpresa.

— Isso mesmo... qual o nome da moça cujo corpo você tirou da cova e pôs em sua mesa, em sua cela, para ser dissecada sem nenhum pudor? Você a conhecia, não?

— Conhecia, sim — a voz de Édouard estava titubeante.

— Conhecia-a, mas não sabe o seu nome, estou certo? Observava-a pelas frestas das cabanas e pelos troncos das árvores, queria saber como ela era, ficou obcecado pela imagem de perfeição que ela exibia numa aldeia tão pobre, ao lado de um mosteiro tão atrasado como Cluny. E, além do mais, era parecida com sua mãe. Muito parecida. Da sua mãe, espero que tenha guardado o nome, que, porventura, é igual ao seu. Mas você é um homem do futuro, e que não se preocupa com o passado. Nesse meio-tempo, nessa brecha que há entre o passado e o presente e que ignora qualquer espécie de futuro, você decidiu ignorar também o futuro da moça. Decidiu que a teria em seu poder. Logo, foi violentá-la, lá na floresta. Só que, de repente, você também a matou, e isso saiu do seu controle. Quando a família a enterrou, e disse a todos que tinha sido tifo para que a vergonha não se abatesse sobre seus descendentes, você foi até a cova dela e raptou o corpo, com o consentimento do coveiro. E a deixou em sua cela para exposição privada no mosteiro de Cluny. Mas e o nome dela? Você se lembra do nome *dela*?

Os olhos de Édouard brilhavam de pavor com a brisa da verdade invadindo o refeitório.

— Não, não sei o nome dela.

— E é interessante notar que, mesmo não sabendo o nome dela, você não fechou os olhos da morta, deixou-os abertos, para que, algum dia, a alma que quer tanto destruir com seus experimentos fale alguma coisa, dê alguma pista do que foi o nome dela. E agora a sua alma, Édouard, a alma que quer tanto destruir com seus experimentos, sabe que sei de toda a verdade porque foi a alma *dela*, sim, a alma dela que me contou a história. Tive apenas de decifrar as pistas que me foram dadas naquele instante em que ela me olhou em sua cela. O resto... bem, o resto foi trabalho do Espírito Santo.

— Você sabe o nome *dela*? Sabe? Vamos! Diga-me!

Aproximei-me de seu rosto e disse o nome da defunta nas profundezas de seu ouvido, para que se perdesse no labirinto de sua memória e não encontrasse nenhum fio de Ariadne para se recuperar no caminho e voltar atrás.

Ele se levantou imediatamente — e os três companheiros de travessuras também — e se dirigiu para sua cela. Quanto a mim, fiquei sozinho no refeitório e, mesmo fora do horário, decidi que ainda havia tempo para a refeição que continuava servida à minha frente.

Mesma data. Noite.

Faz alguns minutos que estive na cela do jovem Édouard. Infelizmente, ele tomou o triste procedimento de tirar a vida com as próprias mãos. Nada mais trágico: chamaram-me com urgência para ver a cena que se estendia diante de meus olhos como um dos quadros do inferno — o corpo da camponesa, dessa vez dilacerado por mordidas de dentes espalhados pela pele, e os membros distanciados uns dos outros, a cabeça no lado direito da cela, as pernas e os braços em cima do catre de dormir, o fígado e partes do pulmão espalhados pelo chão e ele dependurado por uma corda, com os pulsos rachados por uma afiada adaga, o sangue escorrendo do morto como um fio negro de vida que se despedia sem ter tido o seu sentido neste mundo sem piedade ou explicação. Depois me contaram que ele tentou seviciar o que restava do corpo da morta, gritava na cela que queria conhecer o seu nome, que queria conhecê-la verdadeiramente e, então, vendo que não tinha resposta, furou os pulsos com as adagas e, ainda vivo, esticou a corda que o pendurou no reino da morte. O estranho disso tudo é que seus três amigos, o senhor Duque, o príncipe da França e o abade Siger, observaram todo esse espetáculo e não fizeram nada. Por um simples motivo: a loucura de Édouard os deixou aterrorizados. Nem eles poderiam saber que o plano deles, o plano de ter um futuro em que o controle da alma seria absoluto, paralisaria as suas funções mínimas. Quando cheguei, o duque e o príncipe vomitavam em ritmos alternados; apenas o abade ditava as ordens da missa em um tom monocórdio e ninguém o avisou de que aquele não era o momento apropriado para isso. Mesmo assim, ele se aproximou de mim e disse, talvez em seu último lampejo de lucidez:

— Vá embora. Este lugar já está tomado pelo mundo. Vá embora e não volte mais. Nunca mais.

2. Os Padres do Deserto

13 de maio do ano de Nosso Senhor de 1154

Sim, Cluny já estava tomada pelo mundo desde que cheguei, mas eu sabia que o meu caminho não era negar o mundo. Deveria enfrentá-lo. Depois de ver a cena de desolação na cela de Édouard, voltei para meu quarto e lá estava, sabe-se lá como, a andorinha que, anos antes, me avisara de que a Ordem não servia mais ao meu espírito.

Essas coincidências ajudam a envolver o mundo num cerrado manto de mistério. Sei apenas que, novamente, tomei a andorinha em minhas mãos, observei que a mesma cruz moldada pelas sombras continuava pregada em suas asas, coloquei-a na beirada da janela e, tarde da noite, ela voou em direção ao brilho esparso da lua ou em direção ao mundo que ficava entre minhas ações e meus pensamentos.

Quando a manhã lançou sua rede de primeiras luzes, peguei somente a Bíblia que me acompanhava todos os dias, um manto sobressalente, e me despedi de Cluny. Meia hora depois, já no alto de um morro, vi os mosteiros menores que circundavam a casa maior, vi as cabanas dos camponeses que me acolheram, vi a casa de Christian e sua família e, então, dei adeus à Grande Cruz da abadia maior, os sinos repicando o anúncio do dia e o anúncio da morte do pobre infeliz. Encarei o meu caminho e decidi não olhar mais para trás, pois meu exemplo não deveria ser a esposa de Ló.

A única coisa que me doía era a saudade que teria do meu amigo Christian. Será que me lembraria de todas as histórias que ele me contou? Também havia uma amargura cautelosa sobre os rumos da Igreja, sobre o caminho que o Verbo tomaria nos anos seguintes. Qual poderia ser o meu papel nessa batalha? Foi nesse momento que me veio à mente o que Christian uma vez me disse sobre os padres do deserto:

— Os santos padres se reuniram e falaram sobre o que aconteceria na última geração. Um deles, chamado Isquirião, disse: "Hoje nós obedecemos aos mandamentos de Deus." Os padres, então, lhe perguntaram: "E quanto aos que virão depois de nós?" Ele respondeu: "Talvez metade deles mantenha os mandamentos de Deus e busquem o eterno Deus". E então, os padres lhe perguntaram: "E os que virão depois desses, o que farão?" Ele respondeu: "Os homens dessa geração não executarão os trabalhos dos mandamentos de Deus e se esquecerão de seus preceitos. Então, a perversidade predominará e a caridade perecerá. Em seguida, cairá sobre eles uma prova terrível. Aqueles que forem considerados de valor nessa prova serão melhores que nós e melhores que nossos pais. Serão mais felizes e mais solidamente provados na virtude".

Sabia que deveria me manter nessa mesma virtude. Mas como? Não tinha dúvidas de que minha experiência em Cluny me deixara marcas que ainda não tivera meios de compreender. E onde estaria a tal virtude? Onde estaria o norte que me manteria como um exemplo para os meus próximos e para aqueles que estariam aqui depois de mim e que saberiam que nem todos levaram este mundo como uma alucinação? As histórias de Christian iam e voltavam em minha mente, se aglutinavam, solidificavam-se em uma massa de barro modelada pacientemente por algum escultor invisível, que tinha como instrumento uma luz muito preciosa e muito cristalina, um cinzel delicado que operava em minha consciência pequenos contornos que davam um formato único na obra final.

Todos precisam de um exemplo para seguir a virtude. Quem era meu exemplo? Tinha, claro, o próprio Cristo. Mas, muitas vezes, tanto nas Cruzadas como em Cluny, me perguntava se teria capacidade para carregar alguma cruz? E, agora, sempre me vêm, em lampejos e fagulhas da memória, a imagem da andorinha, pregada em sua cruz de sombra (ou seria de uma luz recortada pelas sombras?). Já escrevi — e digo constantemente para mim mesmo — que aquela andorinha é a imagem perfeita da lentidão da minha trajetória. Mas ela, de alguma forma, conseguia carregar sua cruz. E, toda vez que me faço a mesma pergunta — uma pergunta que circula ao meu redor como uma ave de rapina —, percebo que já estou carregando a cruz. Ela está comigo o tempo todo e não adianta trocar de ombro, diminuir seu tamanho ou fingir que não existe: a cruz está comigo, uma marca de nascença, por assim dizer, e, se não a trato como uma companheira, sei que ela pesará cada vez mais.

Logo, não tive outra alternativa, depois de me lembrar da história de Christian e de me despedir da Grande Cruz de Cluny, senão seguir em frente e viver entre as árvores e os animais da floresta, tendo como uma única proteção o céu e as montanhas. Quando um dia me instalei em Krak, um cavaleiro da Ordem dos Hospitaleiros, sempre cônscio dos seus deveres, mas dono de uma veia poética sem nenhuma pretensão, me contava de um sábio com um nome bem estranho que agora não me recordo, que disse a discípulos que não falaria mais. Os alunos ficaram desesperados. O que fazer? Como poderiam aprender os segredos do mundo, agora que seu mestre simplesmente decidira ficar quieto? O hospitaleiro me deu a seguinte resposta: "Sabe o que sábio disse? Ele apenas respondeu aos anseios dos jovens com uma única pergunta: 'O céu fala?'".

Agora, enquanto observo o sol navegando pela espuma branca das nuvens e o azul-marinho do céu, percebo como o sábio tinha uma razão implacável em sua declaração. O céu fala? Ele, por acaso, precisa falar? Aliás, o mundo *precisa* falar? Deitado na terra fofa de uma pequena floresta, muito parecida com um bosque, pergunto-me se até mesmo este solo onde apóio a minha cabeça precisa expressar alguma coisa. E eu — também preciso falar alguma coisa? Sinto que este diário é apenas um registro do tempo, do tempo que perco escrevendo estas palavras e que não aproveito observando o mundo ao meu redor. Mas, se não escrever isto, como saberei que os outros terão a mesma compreensão do mundo que eu tenho? Portanto, tenho de escrever alguma coisa, mesmo que seja o essencial, mesmo que saiba que as palavras são superficiais e nunca captarão o assombro que é viver no mundo.

Ainda assim, não é o solo ou a floresta ou o céu que me impressionam por seu expressivo silêncio. É o próprio ar. Meus pulmões inspiram um ar que não existia na Terra Santa ou em Cluny. É o ar em que em cada partícula se encontra algo divino. E não tenho nada a fazer a não ser aproveitar cada segundo deste ar, deste céu, desta floresta, e compreender a vida de que tenho de extrair alguma virtude.

3. O Eremita

Data desconhecida, 1156 ou 1157

Escrevi algum dia que o céu não precisava falar. Estava citando algum sábio desconhecido nas dobras da história. O que ninguém me disse é que, quando você deixa o céu em paz, o tempo ultrapassa seu corpo como uma flecha e, de repente, você se encontra com uma longa barba, longos cabelos, os olhos com uma profundidade lancinante, o corpo tenso e rijo e morando em uma caverna que tem como passagem uma clareira que o protege de todos os habitantes da floresta. Vi tudo isso ontem ao buscar água em um riacho e ver meu reflexo na superfície turva. Quanto tempo se passou? Dois anos? Três?

Meço os dias conforme o sol se levanta e pousa entre os montes brancos que a minha vista alcança. Estou distante de Cluny, estou distante de qualquer sinal de civilização. O tempo que atinge o meu corpo pede reforços, mas minha mente está mais ágil e o meu espírito capta as vibrações no ar como se eu fosse um dos animais do mundo. E talvez eu seja. Sempre achei que este mundo tinha algo de errado, mesmo que as minhas experiências nas batalhas confirmassem algum indício em contrário. Mas o que fazer quando o mundo inteiro está contigo todos os dias? Você só tem uma única obrigação: compreendê-lo. Entendê-lo. Tratá-lo com carinho. E também desconfiar de seus mecanismos. Ver que este mundo é também o reflexo de um outro mundo, que vive em meu coração, e que pode ser destruído a qualquer momento. Este mundo é uma criação que está além do entendimento humano. É um mundo onde meus olhos podem apenas ver o que está diante deles — e ainda assim isso é muito mais difícil do que se pensa. Porque tudo o que está perto também está fora de sintonia — justamente por estar próximo demais. E o mundo não pode estar próximo demais; ele é um muro, um muro transparente em que nossas palavras, nossas ações e nossos pensamentos estão entre ele e, segundo sua própria lógica, não servem à sua vontade. Creio que foi isso que os potentados não perceberam com as Cruzadas, com a peregrinação na Terra Santa. Queriam que o mundo se rendesse às suas intenções. Mas não compreenderam que ele é um muro que destrói qualquer migalha de pensamento. Desejaram, por isso, uma terra que fosse santa e que lhes desse mel, leite e conforto. Contudo, esqueceram-se do conselho do Cristo, quando lhe perguntaram o que era necessário para segui-lo: "As aves têm seus ninhos, a raposa tem sua toca, mas o Filho do Homem não tem onde pousar a cabeça". Não existe Terra Santa, nunca existiu Jerusalém, exceto em mapas e estratégias de batalhas. O mundo em si é a própria Terra Santa. Deus não precisa de lugares fixos, não precisa de templos ou até mesmo de igrejas. O que Ele precisa é de homens que façam durar as virtudes. E, enquanto isso, observo o sol e o céu e percebo que meu passado foi vivido para chegar a essa conclusão; como um animal dono de seu próprio mundo, um mundo onde a escuridão pode surgir a qualquer momento, respeita o domínio de outro mundo, porque sabe que esse monarca é um animal muito mais perigoso quando desafiado.

Data desconhecida. 1157.

Quando se mora em uma caverna, perde-se qualquer noção de um tempo que o homem construiu para ter o seu mundo civilizado, mas não se perde a sensação de que existe algo em seu coração, algo de muito errado, que, apesar de todas as tentativas de acalmá-lo e dominá-lo, espera algum instante para despertar e então revelar ao mundo que ainda existe uma besta dentro de si. Talvez o próprio tempo faça isso; ele domina o animal com seu controle rígido, domina com sua duração incessante, aos quais no temor de deixar o mundo escapar por um único instante, não damos a devida atenção. E então surge o animal; aparece nos mínimos detalhes ao nosso redor, nas partículas de ar que respiramos, nas luzes que aos poucos ofuscam os nossos olhos. Alguns diriam que há uma participação do Diabo nisso tudo. Não acredito. O Diabo é um nada perto do que eu, como ser humano, posso fazer. Além do mais, não é um inimigo tão poderoso; seu verdadeiro alvo somos nós, nunca Deus. O desejo do demônio é estimular os homens para a perdição através de meios aparentemente astutos, mas ineficazes. Deus é muito mais ardiloso nesse sentido; Sua graça permeia o mundo em todos os lados e é impossível escapar dela; algum dia ela o agarrará. A melhor forma de enfrentar o Diabo é ridicularizá-lo.

Mas o Mal que nasce no coração humano — esse, sim, é muito mais perigoso. De onde ele nasce? Como podemos destruí-lo? Os meus anos de experiências nas Cruzadas, na Ordem e em Cluny me ensinaram que a única coisa que torna os seres humanos iguais entre si é nossa capacidade de fazer o Mal. Em um dia somos anjos; em outro, somos súcubos. Quando seremos *realmente* humanos? Quando teremos a capacidade de realizar a nossa humanidade sem nenhum obstáculo, sem nenhuma pedra que canse nossos olhos tão fatigados?

Ver o mundo com novos olhos e sem a noção de um tempo que nos controle faz surgir esses pensamentos, esses devaneios. Mas serão mesmo devaneios? Não seria a coisa mais importante do mundo para se pensar? Não, a coisa mais importante para se pensar é — como o exemplo de Maria, irmã de Marta — ver e sentir a presença de Deus. E, ao olhar para o mundo, ver o sol e o céu, percebo que Deus não fala através deles; Deus fala pelos meus olhos, pela minha boca, pela minha mão que escreve estes pensamentos miúdos. Mas o tempo me liberta para um coração das trevas que ainda desconhecia existir. E a descoberta de que esse coração existe dentro de si é a mais terrível que alguém pode fazer nesse mundo.

* * *

As folhas acabam e, ainda assim, devo escrever alguma coisa. Será necessário? As palavras me parecem tão inoportunas. Mas escrevo porque me lembrei de meu amigo Christian e de uma de suas histórias sobre os padres:

O abade João disse: "Um monge deve ser como um homem que, sentado sob uma árvore, levanta a cabeça e percebe que todos os tipos de cobras e animais selvagens correm em sua direção. Como não pode lutar contra todos, sobe na árvore e se afasta deles. O monge, em todos os momentos, deve fazer a mesma coisa. Quando pensamentos maus são despertados pelo inimigo, ele deve recorrer, por meio de orações, à proteção de Deus, e assim será salvo".

Estaria eu rezando o bastante? Faço isso sete vezes ao dia, mas sinto que ainda não é suficiente. Olho-me no espelho de água que o rio fez para a minha face e percebo que o tempo deixou suas raízes na pele. Meu corpo dói; meu fôlego está rarefeito; sinto uma fraqueza no peito no meio da noite. A velhice me consome e não posso fazer nada.

Ainda assim, ontem apareceu um elemento estranho em minha clareira. Acordei à noite e vi perto da caverna onde me abrigo um vulto negro passeando e emitindo sons próximos do subterrâneo de um outro mundo. Era um cavalo negro e de tamanho gigantesco para os padrões normais; sua cabeça era por si só uma sombra viva e seu torso e suas patas deixavam no ar a amostra de sua potencial selvageria. O que fazia ali? Sabia que ele não estava na clareira porque a natureza pediu. Naquela mesma noite, parou perto de uma árvore e me encarou. Os olhos eram de um chumbo acinzentado, o chumbo de quando o mundo avisa que nossas ações são completamente descartáveis.

Foi então que me lembrei da história de Christian. Deveria enfrentar o cavalo ou me esconder e esperar que fosse embora. Sabia que ele não iria embora tão cedo. Meditei com meu coração e percebi que o abade João estava errado dessa vez. Não se podia recuar. Era preciso enfrentar o significado obscuro daquele cavalo, daqueles olhos de chumbo. Afinal, não foi o próprio Filho do Homem que disse que devemos ter a sabedoria das serpentes e a inocência das crianças ao andar pelo mundo?

Na noite seguinte, encontrei o cavalo perto do rio onde me banho e recolho a água que me alimenta. Relinchou sem nenhuma delicadeza em seus modos; circundou meu pobre corpo e levantou as patas quatro vezes para indicar que me atacaria assim que quisesse. Fiquei parado ali, observando. Na quinta vez em que ele se levantou para um possível ataque, dei uma volta para trás e apalpei seu torso musculoso e duro; senti suas palpitações, que, por mais estranho que pareça, eram muito parecidas com as minhas. De alguma forma, estávamos no mesmo ritmo, um ritmo que tinha a terra ou o solo ou talvez o próprio mundo como uma ligação subterrânea, e aqueles olhos de chumbo eram provavelmente uma outra forma de reconhecer a besta em meu coração quando o tempo nos abandona entre o céu e as montanhas, com o sol inclemente sob o deserto de nossas mentes. O que é você?, perguntei para o animal. Um amigo? Um companheiro para toda a vida? A solidão não me incomodava nem um pouco; mas me perturbava o fato de que meu corpo não seria ouvido por ninguém se caísse como uma grande árvore no solo da floresta. O cavalo relinchou mais vezes e levantou as patas; o rabo se movimentava velozmente e seu corpo queria afastar-se do meu toque a qualquer custo. Toquei nos músculos das pernas e, com um pouco de força, imobilizei uma das patas, torcendo-a para a direita. Ele ficou furioso e sua queda foi um estrondo igual ao de um trovão no céu. Subi no pescoço, aproximei a boca de seu ouvido e disse-lhe para ficar calmo. Rezei duas ave-marias e três pais-nossos para um animal que jamais entenderia o que era falado. Pouco a pouco ele se acalmou e deixou os músculos relaxados; massageei as patas e as pernas e cobri com minhas mãos o olho esquerdo de chumbo para que o mundo não ficasse mais refletido em suas pupilas. Ele se levantou com toda a sua majestade e eu montava em suas costas de uma maneira um pouco atrapalhada, mas estável. O cavalo finalmente me aceitara. Cavalgamos até a clareira onde moro e a noite nos protegeu, pois, afinal, o mundo dessa vez deu uma pequena trégua, sem avisar quando seria o seu próximo ataque.

Data desconhecida, 1158

Ao sair de Cluny, fui embora com a minha única relíquia, uma Bíblia que ganhei do mesmo sábio que encontrei na Ordem dos Hospitaleiros, em Krak. Faço uma leitura diária de suas páginas e vejo que o Evangelho tem passagens assustadoras. O que é o Sermão da Montanha senão o resumo do que nossas vidas devem ser? Ou então o próprio relato da Paixão? A própria presença do Cristo nessas páginas me comove; na Bíblia que ganhei e que foi depois cuidada pela família de Christian, que a encapou com uma pele de cordeiro, está todo o meu contato com Ele.

Apareceu por esses dias um rapaz que também deseja seguir uma vida de isolamento. Veio ao meu encontro numa dessas manhãs em que o sol mal começou a nascer e o céu profere seu discurso silencioso, com as nuvens indicando que o mundo está sempre pronto para uma armadilha. Diz que seu nome é Fílon, e suspeito que tenha alguns traços árabes. Ou será que alguma memória do meu passado ainda me traz restos e fragmentos de uma vida que tento esconder em meu coração e não consigo? Porém, esses detalhes não prejudicam sua aparente boa vontade. Aceitei-o de bom grado, desde que não me importune em minhas meditações e nos horários em que cuido do cavalo.

De qualquer forma, parecemos uma família, agora que somos três numa mesma clareira. Fílon provê o fogo e cuida de alguns mantimentos, como água e algumas ervas. O cavalo protege a clareira e a caverna com seu corpo monstruoso e seus olhos que vêm de um mundo que não posso controlar. E eu fico quieto, com a Bíblia em minhas mãos, tentando perceber para onde o vento soprará.

Mas há momentos em que o garoto não segura a língua, apesar dos meus avisos feitos com um único olhar digno de uma adaga. Ele sempre tem uma pergunta, sempre tem um enigma para a minha pobre cabeça. O mais recente foi sobre o próprio cavalo.

— Como ele chegou aqui? — a voz de Fílon era de uma curiosidade irritante.

— Apareceu, simplesmente.

— Nada aparece simplesmente. Deve haver uma razão.

— Espero que sim. Mas até agora a tal razão não apareceu.

— E você está esperando por ela, não é? É por isso que cuida do cavalo todos os dias?

— Eu não cuido do cavalo. É mais provável que ele é quem cuide de mim, mas ainda não descobri como.

— Mas você espera por alguma coisa?

— Pelo que espero provavelmente não é da sua conta.

— Isso significa que não espera por muita coisa. Nem mesmo por Deus.

A curiosidade do garoto se revelava, aos poucos, uma maneira escondida de estimular, se esse for o termo correto, uma insatisfação em meu coração. Estava naquela clareira para não esperar nada — somente pela vinda de Deus dentro dos limites dos meus olhos. Mas o jovem queria esperar por alguma coisa — algo que, como podia intuir, vinha mais dos homens e não do Criador.

Os estranhos diálogos continuavam por dias a fio. Muitas vezes aconteciam no final do dia, quando a tarde declinava e as estrelas e as variações da lua davam suas amostras de aparente ordem no mundo onde meus olhos tentavam captar alguma ordem.

— Dizem que este mundo foi feito do nada. É verdade? — ele sempre começava com uma pergunta um tanto elaborada. Depois descobri que isso vinha de sua vida antiga, quando se reunia com um grupo de amigos numa roda de estudantes em Paris, o mesmo tipo de estudante que conheci no jovem Édouard, o pobre que se matou em Cluny.

— Você acredita nisso? — respondi.

— Sou eu quem faz a pergunta, não é?

— E sou eu quem decide se devem ser respondidas... Por que deveria ser o contrário?

Sem entender, o garoto olhou-me com aquele brilho curioso no olhar, que apenas os jovens possuem. Eu então lhe disse:

— Se o mundo não deveria ser criado do nada... se deveria ser criado de alguma coisa anterior...

— Porque deve ter alguma lógica nesse mundo que vejo e não encontro nenhuma. Não encontro nenhuma lógica no sol que meus olhos vêem e nos sons que meus ouvidos escutam e nas coisas que toco e nos alimentos que como.

— Dessa forma, algo deve ser criado do nada para que tenha lógica...

— Claro. Há dois anos, quando morava em Paris, presenciei um massacre. Eram soldados de um determinado duque matando alguns camponeses porque eles resolveram sair da vila sem cumprir o juramento de lealdade ao rei, com o intuito de irem para um monastério. "Para que servir a um Rei?", perguntavam. "Não temos mais sequer um lugar para pousar a cabeça". Os soldados não entenderam a questão. Mataram sem mais, nem menos.

— E o que isso tem a ver com a lógica do mundo? — perguntei-lhe então.

— Um mundo que tenha alguma lógica não pode admitir que uma incompreensão dessas aconteça. De fato, por que servirei a um rei se não tenho mais uma terra? Só posso prestar contas a um monarca se ele me der um pedaço de terra para pousar a cabeça. Mas, hoje, nem isso é possível. Quando você não quer mais a terra, nem o rei, também não dão a possibilidade de viver uma nova vida.

— Essa é a razão de você estar aqui comigo?

— É possível. Não quero servir a mais ninguém e, por isso, devo acabar com qualquer pretensão minha de viver em alguma terra, em algum solo.

— Qual a sua intenção com isso?

— Desaparecer do mundo.

— Quer desaparecer? Então vá para um deserto.

— Isso aqui não pode ser considerado um deserto?

— Cada um tem sua forma particular de deserto. Esta clareira é o meu deserto. Não sugiro que tente me imitar, jovem.

— Quero desaparecer do mundo para morrer de uma vez.

Sabia o que era essa vontade de desaparição. Era uma das tentações mais conhecidas: a da acídia. Seu funcionamento na alma é como o de um tumor; começa como uma semente, alastra-se, atinge os órgãos vitais, depois os ossos. E você fica petrificado, estático, esperando

— se ainda se reserva alguma espera — pelo fim quieto e inerte da noite da morte.

Mas por que um jovem como Fílon tinha essa tentação — e por que apareceu do nada em minha vida? Para transmitir a acídia, para me contaminar com seu desejo de desaparecimento? Queria suspeitar que poderia ser um dos ardis do demônio; queria resolver o problema com essa solução bem simples, mas havia algo de trágico em sua curiosidade, algo de trágico de que nem o Cão teria a coragem de zombar. Era algo demasiadamente humano — e, por isso, digno de uma cuidadosa caridade.

Essa minha observação ficou provada nos acontecimentos dos dias seguintes. Subitamente, dei por falta da minha Bíblia. Não encontrava em lugar nenhum. E onde um livro desses poderia estar em uma clareira tão estreita como a minha? Um cavalo não teria a intenção de lê-lo; muito menos as árvores ou os pássaros. Só uma pessoa teria tal intento: Fílon.

Isso até poderia ser um fato, mas era, antes de tudo, a *suspeita* de um fato. Não tinha certeza de que Fílon fosse responsável pelo roubo — e também não queria dizer a ninguém, nem ao próprio rapaz, para somar à minha consciência o perjúrio do roubo. E, dessa vez, não fiz outra coisa senão esperar — esperar pelo evento que descortinaria não só o roubo, mas sua razão. Eis aí uma grande ironia: Fílon, dessa vez, estava certo — é sempre bom saber a razão ou a lógica de um ato.

Na tarde seguinte, surgiu na clareira, recortado entre as árvores da floresta que me protegia e das montanhas que recortavam os limites da minha visão, um homem que eu sabia ser um comerciante das redondezas. Toda vez que aparecia dizia que me respeitava muito, que me achava um santo. Era óbvio que dizia isso para conquistar a minha vaidade; afinal, os seres humanos fazem isso consigo e com os outros para lustrar o espelho do coração.

Cumprimentei-o com um aceno.

— Monge — disse o comerciante que sempre me chamava dessa forma —, olhe só o que recebi... gostaria que olhasse e me desse a sua apreciação.

Ele retirou de uma bolsa de pêlo de coelho um livro encapado com uma pele de carneiro e bem volumoso.

— Por favor... — continuou ele com um tom de lamúria que me deixava um travo amargo na boca: — Por favor, padre, examine este livro e me diga se devo comprá-lo por quatro moedas de ouro.

— Sim, é um livro muito bom, vale o que foi pedido — respondi.

— Obrigado, padre. Era isso o que queria saber.

Ofereceu-me o exemplar para que eu o tocasse, mas recusei com um simples gesto. Disse que não precisava. Depois que ele foi embora, encostei minha cabeça no pescoço do cavalo que se encontrava deitado perto da caverna e chorei. O vento entrava na clareira e alisava meus cabelos e o restante do meu corpo.

Dois dias depois, enquanto rezava dentro da caverna e o cavalo andava pela clareira em busca de uma lógica para o seu próprio mundo, ouvi passos apressados e afobados. Alguém gritava:

— Padre! Padre! Onde estás?

Era Fílon e, com ele, o livro em suas mãos, intacto.

— Padre, fui eu, fui eu quem roubou a sua Bíblia. Fui eu quem foi à cidade, falei com um comerciante e pedi quatro moedas de ouro. Ele respondeu: "Dê-me o livro para que eu possa verificar se vale esse preço". E, ontem, ao perguntar se foi verificar como combinado, tive a seguinte resposta: "Aqui está o seu dinheiro. Mostrei o livro ao abade Robert e ele me disse que é um livro muito bom e que vale as quatro moedas de ouro". Então perguntei: "Isso foi o que o abade Robert disse? Não fez nenhum outro comentário?" O comerciante me disse que não, que o padre nada havia dito além daquilo. Foi assim que mudei de idéia imediatamente e apenas disse: "Não quero vender o livro depois disso". É por isso que estou aqui, para que o padre aceite o livro de novo e me perdoe, porque esta é a verdadeira razão de estar aqui contigo: tinha de saber que não sabia o que fazia, padre. E descobri que, na verdade, ninguém sabe o que faz. Vivemos na névoa da ignorância.

Há momentos em que uma série de possibilidades converge para uma única decisão, e Deus, em Sua infinita sabedoria, deixa você sozinho para fazer a melhor escolha possível. Estes momentos estão fixados em um instante, e a única coisa que a sua alma pode fazer é entendê-lo e ter as forças necessárias para criar o ato necessário que resolva o problema.

Este era um desses instantes, e só havia uma coisa a fazer.

— Vá em paz, irmão, é um presente que lhe dou.

Foi essa a minha resposta. O cavalo negro se posicionou entre mim e Fílon e olhou para o rapaz com a intenção de atacá-lo se não cumprisse com o que acabei de dizer.

— Se o senhor não o aceitar de volta, jamais terei paz.

O cavalo levantou as patas e se aproximou do garoto com uma fúria que fez o solo da floresta tremer. Toquei os músculos de suas pernas e passei a mão pelos olhos para que não atacasse mais Fílon. Ele parou imediatamente.

Virei-me para a caverna e deixei o garoto sozinho na clareira, à espera de uma resposta. Quando a noite desceu, não havia mais ninguém nas redondezas.

* * *

Não há melhor notícia que o mundo pode lhe dar do que quando o sol continua com sua órbita constante no céu e a lua mostra suas variações sutis pela noite e as estrelas, a sua importância. Pergunto-me se ainda existe algum papa ou algum monarca que deseje realizar uma Cruzada. E pergunto-me, claro, se ainda existe a Ordem, o início da minha peregrinação pela vida do Espírito. Há quanto tempo estou longe dela? Ou melhor: será que, alguma vez, eu estive *nela* e *com* ela? Será que a minha entrada na Ordem foi apenas uma maneira de o vento do espírito entrar na minha vida para depois eu perseverar em um caminho muito mais perigoso e também mais profundo?

Toda vez que lembro o fio da minha trajetória me vejo como Nicodemos perguntando ao Cristo se poderia renascer nesse mundo corrompido. A cena de João está fixada em minha mente desde sempre:

> Disse-lhe Nicodemos: "Como pode um homem nascer, sendo já velho? Poderá entrar pela segunda vez no seio de sua mãe e nascer?". Respondeu-lhe Jesus:
>
> "Em verdade, em verdade, te digo:
> quem não nascer da água e do Espírito
> não pode entrar no Reino de Deus.
> O que nasceu da carne é carne,
> o que nasceu do Espírito é espírito.
> Não te admires de eu te haver dito:
> vós deveis nascer de novo.
> O vento sopra onde quer
> E ouves o seu ruído,
> Mas não sabes de onde vem
> Nem para onde vai."

E faço constantemente esta pergunta quando revejo a cena em meu coração: segui o meu vento? Escutei-o sinceramente? A entrada na Ordem, os massacres que presenciei nas Cruzadas, a corrupção do homem, o Mal que observei com os olhos agudos de uma águia — tudo isso foi necessário para ouvir o vento dentro de mim?

Há muito tempo as memórias me assombram, mas não como assombrações de um remorso e sim de uma fé que julgava perdida e que recuperei nos últimos anos, isolado de tudo, de todos e, muitas vezes, de mim mesmo. A única pessoa de quem não estava isolado era Deus. Sinto a Sua presença em cada segundo, em cada visão do grão de areia que tento agarrar inutilmente. As marcas dessa presença em minha carne são evidentes — até mesmo nas partes mais ocultas da minha alma. Por acaso recebi alguma espécie de conselho sobre isso? Creio que sim... creio que recebi isso de meu amigo Christian, dias antes de me despedir da Grande Cruz de Cluny, quando ele, com sua argúcia camponesa e sua sabedoria digna dos padres, pôs a mão em meu ombro e, como se eu fosse um irmão ou um filho, disse que eu não deveria ir para o mundo, que nunca deveria ir para o mundo, pois, afinal, grande, muito grande, é a força dessa noite que vem de longe e somos somente treva, e a vida é apenas puro lampejo de carvão.

Mas eu fui para o mundo, meu irmão. É o que posso responder agora. Fui para o mundo: saí da Ordem, saí de Cluny, vi o Mal, queimei-me como o carvão, carreguei as minhas desilusões como deveria, sem trocar o tamanho da cruz ou até mesmo de ombro. O mundo está ao meu redor e, mesmo com tudo o que atravessei igual a um peregrino, continuo a ver sua beleza, a ordem escondida na confusão de destruição que os homens provocam. A Criação é um verdadeiro ato de amor e, cada vez que a matamos, seja com o assassínio de um ser humano ou com a morte de nossa própria alma, assassinamos o próprio Deus. Ele é nossa maior vítima — e, infelizmente, temos muita pouca coisa a fazer. A arma mais eficaz, nesses momentos, é a oração, o controle de nossas paixões, o caminhar perseverante no deserto do espírito que ainda busca limpar os excrementos do pecado original.

Creio que, ao anotar esses pequenos pensamentos, alguém me observa e não é necessariamente Deus. Poderia ser o cavalo negro que já me acompanha há alguns anos? Desde que Fílon fugiu, não vejo mais um rosto humano, nem a minha própria face na água turva do rio que marca a fronteira dessa clareira com o mundo. Posso acreditar que quem me observa agora é o Diabo? Devo acreditar *nisso*? Que o Diabo existe — bem, isso é um fato. Mas ignorá-lo? Não, isso nunca.

* * *

De fato, o perdão pode ser um instrumento muito perigoso para resolver a desordem deste mundo. Talvez essa tenha sido a lição que aprendi ontem, se existe alguma lição para aprender, se existe algo que não seja penetrado pelo muro de interrogações em que se transformou o mundo diante de meus olhos.

Como contar o que ocorreu? O papel gruda em minhas mãos sujas, não porque o sangue derramado tenha dominado o pouco que restava do espaço amarelado do tecido. Tudo gruda em minha mente, porque ontem descobri o que Paulo quis dizer quando afirmou que deveríamos buscar nossa salvação repletos de temor e tremor.

Estava deitado na caverna quando escutei ruídos ao redor da floresta que protegia a clareira. Levantei-me e procurei a origem de tal perturbação. Pouco a pouco surgiu um homem, vestido em farrapos e armado com um bastão afiado de madeira; depois surgiram mais outros dois homens, vestidos como cavaleiros, as armaduras em péssimo estado, praticamente enferrujadas, com espadas que iluminavam o caminho devido à sua ânsia de provocar mais e mais destruição. E apareceu um quarto homem, sem armadura, com apenas um hábito que indicava um passado recente como monge ou algo parecido. Reconheci-o não pelo vulto ou silhueta, mas pelo relinchar do cavalo, que me indicou que se tratava do meu antigo companheiro, Fílon.

— Como está, padre? — perguntou.

— Você mudou, irmão.

— Não me chame mais de irmão, padre. Chame-me apenas de Fílon.

— Então, por que o hábito?

— Serve para o meu disfarce e para os meus propósitos.

— Há quanto tempo não nos vemos?

— Quase um ano e meio.

— Vejo que esteve ocupado durante esse tempo.

— Sim, bem ocupado.

— Espero que tenha se ocupado fazendo apenas o Bem.

— Acha que os meus olhos dizem isso?

— Não. Seus olhos dizem que o tempo que gastou foi totalmente desperdiçado.

— Então aí está a sua resposta.

— O que fizeste a ti mesmo, irmão?

— Cale a boca, padre. Foi você quem fez isso comigo, lembra-se?

— Você não deveria ter ido embora. Deveria ter ficado.

— É o que diz agora? Isso é o que lhe resta: dizer agora que eu deveria ter ficado neste lugar imundo?

— Os seus olhos dizem que não há mais volta para uma pessoa como você.

— Pensa que não sei, padre? Pensa que não sei que não há mais volta para mim quando acordo no meio da noite e penso que aquele perdão que me ofereceu foi o aguilhão que tomou conta da minha alma e que me faz ser o desterrado que sou?

— Todos somos desterrados, filho.

— Não me chame de filho, padre.

— Se continuar a me chamar de padre, essa é a única maneira de chamá-lo.

Fílon ficou quieto e depois suspirou. Um bafo gelado e fétido saiu da sua boca. Era o início de um inverno que se insinuava rigoroso. Ele acenou para os três companheiros de devassidão que se aproximavam de mim sem nenhuma cautela. O corpo do cavalo iniciava um lento movimento de ataque.

— Você nunca deveria ter me perdoado — continuava a falar, seu hálito contaminando a clareira.

— Por quê?

— As pessoas não merecem ser perdoadas. Elas merecem ter o castigo justo, o castigo de pecadores que não sabem de outra coisa a não ser matar e destruir. Todos somos assim. O perdão é contra a natureza humana. Maldito Cristo! Atrapalhou tudo... pôs o mundo todo de pernas para o ar. Quem O mandou ressuscitar Lázaro? Quem O mandou transformar a água em vinho? E quem mandou *você* me perdoar? Pensa que é igual a Cristo para fazer isso? Você não sabe a desgraça que o seu perdão causou em minha vida. Ele apenas me transformou no que sempre fui: um ladrão, um assassino, um crápula. E, claro, em mais um que nunca anda sozinho, porque somente quem faz o Bem suporta a solidão. E eu não agüento isso. Fazer o Bem. Para quê? Para ficar cada vez mais sozinho? Resolvi fazer o Mal para ficar cada vez mais acompanhado. E aqui estão os meus companheiros. Vim com eles para que soubessem quem era o homem que me transformou. Vim com eles para me ajudarem a acabar com o espinho que você cravou no meu coração.

— Fiz o que tive de fazer, irmão. O perdão foi apenas a conseqüência habitual.

— Não, a conseqüência habitual do seu perdão é o que acontecerá agora: a sua morte.

Ele acenou mais uma vez e, antes disso, tirou uma adaga de seu hábito. A lâmina brilhava de prazer e lascívia no escuro da noite, junto com seus olhos, que eram iluminados por uma opacidade vista apenas nas pupilas do cavalo negro que me acompanhava havia anos.

Os três homens me seguraram com força e tentei me debater com fúria, mas vi que a velhice já tomara por completo o meu corpo, e então soube que todos os anos de treinamento na Ordem e todos os anos de batalha nas Cruzadas foram em vão. Nada poderia ajudar-me a impedir minha morte. Nada. Ajoelhei-me, proferi as palavras do Cristo no Jardim das Oliveiras, disse uma oração e pus minha cabeça à disposição dos assassinos. Fílon me puxou pelos cabelos, furioso:

— Não, não vou deixar que isso aconteça, padre. Primeiro você me perdoa; agora quer dar uma de mártir. Não, não vou permitir isso. Você vai morrer, mas vai morrer com a fúria e o ódio comendo a sua alma em pedaços.

Ele cuspiu na minha face, a saliva cobrindo a testa, os olhos e o canto dos lábios. Os três homens davam-me chutes na barriga e apertavam com força os meus braços. O cavalo estava assustadoramente em silêncio.

— Reaja, homem! Quero que você reaja; ou não passa de um maldito verme?

Fílon queria que olhasse para a sua face repleta de prazer e satisfação, mas limitei-me a ficar de olhos baixos a não proferir uma única palavra. Nada adiantaria. Queria apenas que aquilo terminasse o mais rápido possível, se fosse o meu verdadeiro fim. Arrastaram-me para o meio da clareira, onde pude ver o lampejo da lua no manto da noite; puxaram o meu corpo para trás e Fílon se aproximou do meu rosto, com a adaga tocando suavemente a minha garganta.

— Não sente o meu ódio contaminando o seu corpo, padre?

Ele puxava a minha cabeça para cima e para baixo, como se pudesse exigir uma resposta dos meus olhos.

— Sabe o que aprendi com o seu perdão nesse tempo todo? Aprendi que todos me perdoaram esperando que eu crescesse e todos esperavam que eu crescesse para nunca mais ser perdoado. Não é irônico isso? E, ainda assim, sei que você acredita que me ajudou com a sua "conseqüência habitual"... Patético! Também o ajudarei... espetando essa lâmina no fundo da sua garganta.

Só então fixei meus olhos nos dele. Fílon parou imediatamente; a adaga ficou suspensa no ar gélido da noite; a clareira estava coberta pela luz afiada da lua que atingiu a pele de metal e se refletiu no poço dos olhos do meu antigo companheiro; e, lá embaixo, bem oculto, nas pupilas e nas íris, vi um objeto se aproximando sem aviso, um objeto negro e enorme, o cavalo que simplesmente atravessara dois dos capangas de Fílon, pisoteando suas cabeças, esmigalhando seus braços e troncos, sufocando seus urros de agonia e postando-se à frente do rapaz que não desejava ser mais um rapaz, para depois abatê-lo com uma única e precisa patada no crânio.

— Não! Seu cavalo maldito! — berrava ele daquela maneira que só os desesperados sabem fazer quando vêem suas intenções esmigalhadas como o pó dos anos.

Fílon ainda teve força suficiente para subir no cavalo e tentar cravar várias vezes a adaga que era dirigida a mim. Acertou o lombo do animal por duas vezes. O sangue espirrava no seu rosto e também por todo o meu corpo; o animal conseguiu soltar-se dos golpes e, mordendo o infeliz com suas mandíbulas poderosas e, como descobri naquela noite, bastante afiadas, arrastou seu corpo por toda a clareira e depois pela floresta, fazendo que a cabeça dele batesse freqüentemente nos mais variados troncos de árvores. Logo depois, como se não se desse por satisfeito, e talvez irritado com os gritos de pavor, súplica e ódio, o cavalo simplesmente esmigalhou a face de Fílon com as patas traseiras, transformando-o em uma polpa sem forma e finalmente sem vida.

Os três outros bandidos não tiveram sorte melhor; estavam todos com os ossos quebrados e, se conseguiram fugir pela floresta, certamente outros animais fariam coisas piores com seus corpos e suas almas. Deitado no chão, ouvi alguém cuspindo o meu nome. Era Fílon — em seus últimos momentos. Aproximei-me e li, através dos lábios macerados e que compunham uma massa única de carne, sangue e músculos trucidados, que ele desejava alguma espécie de oração ou até mesmo de extrema-unção.

— Não posso fazer isso, irmão. Você sabe que não posso fazer isso.

Seus lábios se esforçavam para emitir um retorcido "Por quê?".

— Porque já lhe ofereci a outra face quando me bateu na face direita; já joguei a túnica quando quis a minha; e já andei contigo duas mil milhas quando me forçou a andar mil. Você não é o único que tentou me destruir, filho. É apenas parte de uma longa legião que, desde o início da minha vida, me perseguiu e quis me afastar dos caminhos de Deus. Mas Ele não desejou isso — pelo menos é o que parece. Cabe a mim dar um ponto final em tudo isso. Cabe a mim decidir agora que, depois de tudo o que fiz até mesmo para o próprio demônio, não posso jogar mais pérolas aos porcos.

Os lábios de Fílon entraram naquele relaxamento peculiar dos mortos em combate e, pouco a pouco, suas feições me lembraram muito as de um outro rapaz, o jovem Édouard, o que tirou a sua vida no mosteiro de Cluny e do qual a minha memória jamais se lembraria se não fosse por esse triste fato.

E foi a própria lembrança desse esquecimento que me fez unir duas pontas da minha vida. De alguma forma, Fílon *era* o jovem Édouard e vice-versa. Um seria o prolongamento do outro, as duas faces de uma mesma moeda, só separadas por um lapso de tempo. Isolado de tudo e do mundo, acreditei estar isolado também do Mal. Mas o Mal não se esquecera de mim. Estava sempre perto, sempre à espreita.

Um sufocamento dominou a minha garganta e o meu peito. Parecia que a luz onipresente da lua jogava garras que me quebravam as costas; a clareira se fechava perante os meus olhos, as árvores se aproximavam do meu corpo e criavam uma espécie de novo túmulo sob as ruínas da minha alma.

E assim surgiu a nudez que todos esperam — a nudez da fé. Ela apareceu quando vi o cavalo relinchando delicadamente, deitado no chão, o seu negror tão temido se transformando em um cinza esmaecido, os grandes olhos de chumbo dissolvidos na doçura castanha das pupilas que observam o mundo sem se preocupar se é um muro ou somente o reflexo de nossos desejos mais íntimos, e os ferimentos da adaga de Fílon sendo absorvidos na calma do torso pequeno de um jumentinho, um simples animal que não se parecia em nada com aquele guerreiro que sempre me causou espanto ou alguma preocupação sobre a minha própria vida.

Aproximei-me do jumento para verificar se meus olhos não me enganavam. Toquei sua pele áspera e um pouco tortuosa. Agachei-me diante dele como uma criança deveria fazer e rezei apaixonadamente. O mistério se mostrara aos meus sentidos de maneira inegável — e não havia outra maneira a não ser aceitá-lo. "É assim que a fé se mostra aos que vencem o Mal e estabelecem o seu limite", disse uma voz dentro do meu coração, uma voz que poderia afirmar que vinha do fundo mais puro da minha consciência. O perdão é uma coisa muito perigosa para ser usada, não porque seu fim é a paz, mas sim porque a paz é apenas o início de uma nova guerra.

Passei o restante da noite à espera por uma aurora — e, quando ela chegou, o céu ficou repleto de pequenas chamas que antes eu chamava de estrelas e que agora percebo que são fagulhas ocultas do Santo Espírito.

Data desconhecida, 1159

Enquanto Cristo destruía o que os vendilhões fizeram ao seu Templo, Ele respondeu aos que o acusavam que não viera trazer a paz, mas a espada, a divisão, a guerra em seu estado máximo. Vivi guerras e batalhas demais para perceber isso tarde demais. Os homens procuram paz e sossego; contudo, isso são ilusões; todos devemos aprender que nossa passagem aqui na Terra não tem ninhos, tocas ou nenhuma espécie de abrigo. Estamos em permanente travessia — e a morte é somente o início de uma outra travessia, um novo caminho que ainda não conhecemos porque nada nos foi dito, mas que podemos supor que se trate de uma outra batalha. O que nos sustenta é a armadura da fé. Foi o que me sustentou — e não foi pouco. Foi a armadura da fé que me fez ficar cada vez mais vigilante, mesmo mantendo o olhar inocente dos pequenos que observam os grãos de areia, as estrelas que formam um enxame em nossas mentes e os lírios que acalmam o nosso presente. E, afinal, posso afirmar que vivi na época em que o reino do Espírito desceu sobre a Terra — e também afirmo que este Espírito não é nada pacífico, nada gracioso. Muitos dirão no futuro que o que aconteceu na Terra Santa foi uma abominação contra o Espírito Santo. Deve haver alguma verdade nisso — e o cheiro da carniça que ainda sinto nos porões da minha memória confirma essa conclusão. Mas quem disse que o reino de Deus se alimenta de quietude? Não, seu alimento é o sangue dos guerreiros, dos santos e dos mártires. É graças a eles que o mundo pode ser finalmente frutificado em alguma ordem e impedir que o Mal se espalhe nas almas de nossos pequenos. O combate é árduo porque o desânimo é uma constante; mas, se não fosse árduo, seria o bom combate? Claro que não, claro que não. Concluo com essas linhas que alguém pode vir a encontrar, sabendo que alguém estará sempre à espreita, pois o tempo está próximo, tanto para os que vestem a armadura da fé como para os que estão bloqueados pela muralha do maligno. Todos são iguais perante os Olhos de Deus, o mesmo que conhece cada fio de cabelo, cada grão de areia e cada canto de nossa alma.

Aqui se encerra o que foi chamado de quarta parte do diário do cavaleiro Robert de la Croix, encontrado nas mãos da monja carmelita e que se refere à vida mundana do cavaleiro.

O *Diário de um cavaleiro templário* conta ainda com uma quinta parte. O padre jesuíta Afonso Rodrigues (1904-2002), hoje em processo de canonização, recebeu em suas mãos um manuscrito sem signatário, encontrado no Brasil, no mês de setembro de 1992, em meio a diversos outros documentos, na cripta do Pátio do Colégio, uma das únicas partes do edifício que permaneceu intacta após a supressão da Ordem dos Jesuítas no Brasil, pelo marquês de Pombal. Suspeitou-se que esse manuscrito fosse uma quinta e última parte do diário do cavaleiro templário Robert de la Croix. Com a ajuda de pesquisadores, o jesuíta confirmou tal hipótese, ao comparar a idade do papel com os resultados da datação dos manuscritos e a caligrafia presente no documento. A tarefa hercúlea de traduzir do francês antigo, latim e português arcaico e ordenar teologicamente os manuscritos coube ao padre Rodrigues, professor-doutor em teologia e filosofia.

Levantou-se então a possibilidade de que esse documento encontrado no Brasil tivesse sido trazido de Portugal na época das navegações e, desde então, permanecido sob a guarda dos jesuítas. Acredita-se que os jesuítas tinham conexão com a Ordem de Cristo, que foi fundada em 1118 por franceses, em Jerusalém, com o nome de Ordem do Templo. Em 1307, devido à perseguição que sofreu por parte do rei de França, a Ordem foi aniquilada na Europa e somente poupada em Portugal, então regida por dom Diniz (1261-1325), que garantiu a permanência da Ordem em terras portuguesas. Nem mesmo a execução do mestre da Ordem do Templo, Jacques de Molay, queimado em praça pública em Paris, o intimidou. Assim, em 1317, de posse da alegação de que os templários não haviam cometido crime algum em Portugal, dom Diniz fundou uma nova organização para a qual todo o patrimônio da Ordem do Templo foi transferido: a Ordem de Cristo.

Em 1416, o infante dom Henrique, terceiro filho de dom João I, tornou-se mestre da Ordem e dois anos depois, o papa Martinho V, na bula *Sane Charissimus*, deu caráter de Cruzada ao empreendimento marítimo português. As terras que fossem tomadas dos infiéis passariam à Ordem de Cristo. Em 1498, o cavaleiro da Ordem Vasco da Gama circunavegava a África para chegar à Índia, sem a necessidade de intermediação com os muçulmanos que controlavam os caminhos terrestres. E, poucos anos mais tarde, a 26 de abril do ano de Nosso Senhor de 1500, o cavaleiro da Ordem de Cristo Pedro Álvares Cabral hasteou a bandeira da Ordem onde hoje é Porto Seguro e ordenou que ali se rezasse a primeira missa no Brasil. Como registrou o escrivão Pero Vaz de Caminha, "ali estava com o capitão a bandeira da Ordem de Cristo, com a qual saíra de Belém, e que sempre esteve alta".

Não se sabe exatamente quando os manuscritos em questão chegaram ao Brasil, mas é possível que estivessem em uma das caravelas que transportaram os primeiros jesuítas, que tinham por missão a catequização dos povos do Brasil. O que se sabe é que Robert de la Croix confiou o texto à Ordem do Templo, como poderemos ler na parte do diário que se segue, e este poderia ter sido mantido ao longo dos anos na Ordem de Cristo. Existem rumores de que a intenção dos últimos templários, dos cavaleiros da Ordem de Cristo, tivesse sido passada aos jesuítas, membros da Companhia de Jesus, a qual buscava nos povos desconhecidos a humildade e a esperança de uma cristandade que não era mais possível na Europa. Numa Europa racionalista e arrogante, havia pouca esperança para os padres jesuítas. E, assim, eles se lançaram ao mar, em busca da humildade dos pequenos, na esperança de que os povos desconhecidos pudessem conhecer o Deus Verdadeiro.

Como afirmava o padre jesuíta Esteban de Toledo (1485-1536), "são crianças nos jardins de Deus... Nestas nascerá a nova cristandade".

O leitor vai encontrar neste diário as "Palavras de Nosso Senhor Jesus Cristo dirigidas ao coração do cavaleiro Robert de la Croix", catalogadas segundo temas característicos de espiritualidade que o cavaleiro experimentou. Assim, vão fornecer as meditações sobre as virtudes com que Nosso Senhor Jesus Cristo nos quer ver revestidos.

É interessante ponderar o valor e a seriedade dessas comunicações divinas. É a graça recebida em particular, do Divino para o humano, pois Deus reside no coração de todos os homens.

Nosso Senhor, em Sua imensa bondade, escolhe de tempos em tempos almas humildes e desejosas de santidade para fazer conhecer a grandeza de Seu coração misericordioso. Assim foi com o cavaleiro Robert de la Croix, e assim será ainda com muitas outras almas através dos tempos.

1. SOBRE AS REVELAÇÕES PARTICULARES

Nós todos aprendemos, no terceiro Catecismo de são Pio X, que a Revelação Pública e Oficial, à qual devemos fé teológica, se encerrou com a morte do último apóstolo.

Mas existem Revelações Particulares.

Não são oficiais. Damo-lhes, livremente, uma fé humana.

São, na maioria, inspirações divinas; às vezes, precognições.

As inspirações divinas têm a mesma mecânica que as inspirações humanas no campo da matemática ou da poesia. Porque a graça é uma perfeição da natureza, que se comporta como ato seu, sujeitando-se às leis da substância em que é recebida. Como se processa, pois, o caso da criação mental? A imaginação criadora é vivificada pela inteligência portadora de uma inspiração. Essa inspiração reorganiza, de modo original e atualizado, os dados da Revelação Pública contidos na sacratíssima Bíblia e na Tradição Apostólica.

É uma apresentação genial do Depósito da Revelação Pública construída no cérebro de um cristão geralmente fervoroso e santo. Reveste-se ela, assim, de uma unção viva e de uma eficácia nova.

A inspiração divina é produto dos Dons do Espírito Santo e dos Carismas de que cada um de nós está investido. Daí que, todos e cada um de nós, temos nossas comunicações de Deus, nossas inspirações do Espírito Santo, nossas intuições acertadas, nossas revelações particulares.

Essas experiências do Espírito Santo, que são em nós o princípio interior da vida da graça, brotam em nós, segundo são Paulo, da inabitação divina que santifica o coração, a mente e o ser todo, em Cristo.

Manifestação do Espírito, energias e dinamismos de santidade, os carismas são expressões divinas em que Deus fala em nós. Esse profetismo, de que fala são Paulo (1 Cor 14) como aperfeiçoamento do profetismo do Velho Testamento, é um carisma, função eclesial permanente.

A tradição da Igreja, que conserva o Depósito da Revelação através dos séculos, é sacralizada e vivificada por esse carisma profético.

De fato, os Santos Padres, os Doutores da Igreja, são os portadores oficiais da Doutrina Católica. Numa tese de doutorado, citar a convergência das opiniões dos Santos Padres ou dos Doutores da Igreja é provar a tese.

Santo Agostinho e santo Tomás, são João da Cruz e santa Teresa de Jesus, santo Afonso Maria de Ligori ou santa Catarina de Sena, quando se pronunciam, nós os ouvimos como manifestações do Espírito, como expressões divinas da Verdade Revelada.

2. QUE HÁ CONTRA AS REVELAÇÕES PARTICULARES?

Segundo são Paulo (1 Cor 14), a efervescência emocional dos carismas é algo inquietante. O carismático pode amaldiçoar a Cristo. As manifestações dos cristãos de Corinto, agitadas e clamorosas, lembravam a mística pagã das sibilas e dos áugures, das pitonisas e dos êxtases dionisíacos. Temos, pois, que a Revelação Particular pode ser efeito de carisma diabólico, como no caso dos falsos profetas de que fala a Bíblia. Uma "Revelação" pode ser de origem natural, como uma inspiração genial no campo religioso ou profano. Pode ser de origem diabólica, estabelecendo a cisão e a anarquia, contrariando o Depósito da Fé. E pode ser de origem divina, quando a graça, participação da natureza divina, atua dentro dos esquemas operacionais da mente a que chamamos Dons do Espírito Santo.

As Revelações Particulares entram em desprestígio porque aparecem como raiz de todas as heresias.

O misticismo falso marca os gnósticos e outros hereges a que se refere são João, no Apocalipse.

3. A SABEDORIA CRISTÃ

Os que vivem do raciocínio e não possuem o regime intuitivo em pleno vigor desprezam todas as revelações particulares e os fenômenos místicos como fantasmagoria de mentalidades doentias.

Não acontece assim com o varão maduro em Cristo. Qualquer pessoa que chegou à maturidade, isto é, à síntese perfeita de todas as tendências, possui a harmonia e a convergência dos hábitos operativos contrastantes ou contrários. É por isso que Aristóteles afirma que a virtude está no meio, entre dois extremos viciosos.

Assim, é igualmente defeituoso acreditar demais nas revelações particulares e também não acreditar suficientemente nelas.

As intuições são fontes de conhecimentos, como as conceituações categoriais o são também.

O saber autêntico e veraz ataca a verdade, venha donde vier. Não é que a formação clerical seja errada. Mas é necessário uma complementação que nos ponha em contato real com a fonte de conhecimentos pré-categoriais, que são os sete Dons do Espírito Santo.

Quantos livros nascidos de uma espontaneidade criadora, que relatam as experiências íntimas de vivências ricas e profundas que não se moldam pelo raciocínio abstrato! O cérebro geométrico entende bem no campo da quantidade; mas nada compreende na área da qualidade e do psiquismo profundo.

Os diários íntimos de personalidades canonizadas ou não, católicas ou não, trazem uma riqueza imensa de valores humanos. Seria fruto de uma inteligência fechada para a verdade não colher as jóias dessas minas de valores humanos.

Com a inspiração mística e particular, Deus se comunica no "fundo da alma", como se expressam os experimentados nesses fenômenos, os místicos. Isso significa que Deus nos fala na área anterior ao campo imaginativo, idiomático ou conceitual. Daí que o inspirado deverá traduzir para o idioma, para as conceituações e para as imagens o conteúdo da mensagem. Quem está afeito a traduzir documentos para outro idioma experimenta a dificuldade na tarefa, porque as palavras não se correspondem, inteiramente, nas diversas línguas.

Daí que o depositário de uma experiência mística tenha a sensação de são Paulo, que, na impossibilidade de se exprimir, fala de palavras inefáveis e fatos inenarráveis.

4. CRITÉRIOS DE VERACIDADE

Para discernirmos se os fenômenos místicos são de origem meramente humana, se de origem doentia, se de origem diabólica ou de origem divina, quais as normas que deveríamos usar?

As manifestações de origem demoníaca são marcadas pela soberba. As de origem doentia, pela falta de objetividade nos conhecimentos, pela deficiência da oblatividade e sociabilidade nos afetos e pela falta do senso do real e do realizável.

As de origem divina são organizações originais, belas ou harmoniosas do Depósito de Revelação. Tudo o que não coincide com este Depósito é suspeito de interferências indébitas do próprio psiquismo, que se costuma chamar de "coeficiente de refração pessoal".

A inspiração homérica, virgiliana ou camoniana trouxe para o equilíbrio das nossas faculdades uma certa distinção humana.

Cícero ou Demóstenes acarretam para a alma cristã certa nobreza, certa dignidade, que nos ajudam à vida divina da graça.

Muito mais os escritos dos místicos de virtude acrisolada, que nos apresentam as vivências evangélicas com calor e colorido imensamente humanos, são dignos do nosso acolhimento como pontos de meditação e como vivências divinas que merecem ser assimiladas.

Pe. AFONSO RODRIGUES, S. J.
Doutor em teologia e filosofia

Quinta Parte

(1159-73)

Diário do Coração de Nosso Senhor Jesus Cristo a Robert de La Croix

Nosso Senhor Jesus Cristo: Meu filho, as criaturas costumam medir a virtude e a estatura de uma alma pelas graças que Eu lhe concedo e enganam-se porque Eu sou livre para agir como quiser. Tu, cavaleiro, não tens virtude que mereça as Graças que lhe concedo. Sou soberano e livre para beneficiar com largueza a quem Eu quiser. E assim beneficiarei os meus pequeninos, pois os pequenos são o meu fraco. Os teus pecados, cavaleiro, já não existem porque Eu os esqueci para sempre. Escreve as mensagens que te dou porque dizem respeito a ti e ao mundo.

ABANDONO

Outono do ano da encarnação de Nosso Senhor de 1165

Nosso Senhor Jesus Cristo: Não me perguntes o que será feito amanhã.

Sê fiel à graça e entrega-te sem reserva. Reza, reza sem cessar, por todos os teus irmãos.

Sê manso e humilde de coração.

A santidade existe em todos os estados de vida. Pede-a e ser-te-á concedida.

Nunca recuso o meu auxílio àqueles que humildemente chamam por Mim.

Antes de falar, aprende a escutar e a refletir.

Deste-me tudo?

Robert de la Croix: (Senhor, tenho tanto medo!)

Meu filho, dá-Me o teu medo. Torná-lo-ei heroísmo.

Não me dizes bastante que Me amas. Preciso tanto de amor!

Outono do ano da encarnação de Nosso Senhor de 1165

Nosso Senhor Jesus Cristo: Não te preocupes com o dia seguinte. Toma este dia que te dou e dá-Me graças por tudo.

Tem confiança em Mim.

Inverno do ano da encarnação de Nosso Senhor de 1165.

Nosso Senhor Jesus Cristo: Afasta do coração toda a apreensão. Tem confiança em Mim.

Olha para Mim.

Teria sido vão o Meu sacrifício? Não! Não receies nada.

Eu não vim pelos justos.

Nunca estiveste tão perto do meu Coração.

Mas, neste momento, não estás receptivo, meu pobre filho. Lança-te nos braços da minha Santa e Gloriosa Mãe. É lá que Me encontrarás.

Não percas, por demasiada pressa, o que acabas de adquirir num instante.

Inverno do ano da encarnação de Nosso Senhor de 1165

Nosso Senhor Jesus Cristo: Meu filho, se não possuíres a alegria em ti, procede como se em ti estivesse.

Se experimentares impaciência, faz atos contrários. Coitadinho do meu filho!... não és capaz deste esforço que te peço.

Mas Eu cá estou. Agarra a Minha mão e deixa-te levar.

Inverno do ano da encarnação de Nosso Senhor de 1165

Nosso Senhor Jesus Cristo: É quando pareço longe que estou perto e que ensino. Encherei o vazio do teu coração. Tem confiança. Sê fiel. Não se deve ter medo.

É preciso pôr em segundo lugar os problemas pessoais, tirar proveito de tudo, quer do bem, que do mal, lembrando-se de um e esquecendo-se do outro.

Inverno do ano da encarnação de Nosso Senhor de 1165

Robert de la Croix: (Dá-me .... coragem para praticar a mortificação.)

Nosso Senhor Jesus Cristo: Não é a coragem que é necessária para isso, Meu filho, é o Amor. Nenhum constrangimento, mas abandono total e suave à ação de Deus na alma.

Inverno do ano da encarnação de Nosso Senhor de 1165

Nosso Senhor Jesus Cristo: Meu bem-amado, olha em ti os efeitos da Minha graça.

Agradou ao Meu Amor derramar na tua alma os Meus tesouros de misericórdia.

Ninguém pode tocar na obra das Minhas mãos sem Me ofender gravemente. Eu tomo cuidado do meu filho.

Tem confiança.

Robert de la Croix: (Sofro ao ver-Te tratado como inimigo por toda a humanidade.)

Nosso Senhor Jesus Cristo: Não te aflijas. Isso é coMigo.

Não dê às coisas senão a importância que elas têm e não andarás perturbado.

É preciso que fiques muito pequeno para saborear a grandeza do Meu Amor.

....

Eu sou o teu Princípio e o teu Fim.

....

Inverno do ano da encarnação de Nosso Senhor de 1165

Nosso Senhor Jesus Cristo: Abre o teu enorme coração às misérias deste mundo.
Esquece os teus problemas pessoais
para te lembrares dos Meus.

Entrega-te inteiramente ao que quero de ti.
(Senhor, que queres de mim?)
Que estejas sempre disponível às exigências do Amor. Não pares.
Avança sem medo. Os que hoje são contra ti, amanhã serão por ti.
Segue fielmente a inspiração.

Primavera do ano da encarnação de Nosso Senhor de 1166

Nosso Senhor Jesus Cristo: Durante a oração, não te preocupes a procurar o que Me poderias dizer. Entrega-te a Mim.

Eu te inspiro. Que a tua alma se conserve em paz na Minha Presença. Em silêncio, repousa no Meu Coração.

Primavera do ano da encarnação de Nosso Senhor de 1166

Nosso Senhor Jesus Cristo: Depois da tempestade brilha o sol.

Esperai na Minha Bondade.

Vós também podeis andar sobre as ondas.

Não temais nada.

Esperai de Mim o socorro. Não tardará.

A doação da vossa vontade comove infinitamente o Meu Coração.

Meus filhinhos, o tributo a pagar não ultrapassará as vossas forças. Até, muitas vezes, contentar-Me-ei com o vosso consentimento.

Em quaisquer circunstâncias, abandonai-vos.

Pensai só em amar-Me. E que nada vos perturbe.

Primavera do ano da encarnação de Nosso Senhor de 1166

Nosso Senhor Jesus Cristo: O receio jamais terá gerado outra coisa senão o receio.

Receai ofender-Me, mas não receeis o vosso Deus.

Não desprezeis a Sua Bondade, a Sua Misericórdia.

A confiança e o abandono são provas do vosso amor.

O sinal deste amor está em todo homem, quem quer que seja, se for bom e justo.

Primavera do ano da encarnação de Nosso Senhor de 1166

Nosso Senhor Jesus Cristo: Que temes, alma pequena? De que tens medo?

O teu passado, o teu presente e o teu futuro pertencem-Me. Dá-Me o teu passado, o teu presente e o teu futuro. No teu espírito reconhece o Meu Espírito.

O Amor eleva aos cumes mais altos.

Abandona-te.
Espera tudo de Mim,
como Eu espero de ti
os teus desejos,
a tua submissão,
a tua generosidade.

Em muitos, até entre os fiéis, há uma espécie de desconhecimento dos direitos divinos. Reaprendendo a amar-Me, restituirão à Minha justiça e à Minha misericórdia, o que por direito lhes pertence.

Meu filho, fazes de ti um milagre de Amor.

Primavera do ano da encarnação de Nosso Senhor de 1166

Nosso Senhor Jesus Cristo: Tem confiança em Mim. Eu nunca te abandonarei. Sabes o que pode conseguir a fé no Meu amor? Tens o direito de estar triste e angustiado, quando reina em ti a Vida do Mundo, o Amor Infinito?

Primavera do ano da encarnação de Nosso Senhor de 1166

Nosso Senhor Jesus Cristo: Para a Ordem das Almas Pequenas:
Um só Senhor: Deus.
Um só Guia: a Minha Mãe.
Um só pequeno instrumento: tu.
Um só pequeno caminho: o abandono nos Meus braços.
Primeiro inimigo a vencer: o próprio eu.
Primeira virtude a praticar: a generosidade.

Primavera do ano da encarnação de Nosso Senhor de 1166

Nosso Senhor Jesus Cristo: A alma revoltada jamais conhecerá a doçura do abandono à Minha Santa Vontade.

Primavera do ano da encarnação de Nosso Senhor de 1166

Nosso Senhor Jesus Cristo: Os lábios parecem confiantes, mas o coração duvida. A desconfiança oprime a confiança que devem ter em Mim.

Verão do ano da encarnação de Nosso Senhor de 1166

Nosso Senhor Jesus Cristo: O que é preciso:
integridade
no dever de cada dia.

Integridade
de palavras,
de consciência,
em tudo o que fazes ou empreendes.

Integridade de pensamento.
Integridade total em tudo.
Abandono total em tudo.
Abandono amoroso à Minha Vontade.
O teu refúgio: o Meu Coração.

Verão do ano da encarnação de Nosso Senhor de 1166

Nosso Senhor Jesus Cristo: Queriam impedir-Me de exercer a Minha Bondade. Conseguiram-no eles?
Com a Minha graça, vence e aceita a Vida que te apresento.

É fácil dizer que se ama, quando se tem pouco a dar.

O teu medo é Meu. Por ora, quero a tua fidelidade e a tua submissão. Faz atos interiores de amor e de abandono.

Tem confiança em Mim.

Verão do ano da encarnação de Nosso Senhor de 1166

Nosso Senhor Jesus Cristo: Tens necessidade de saber o porquê das coisas?

Tudo vem a seu tempo, acredita. Reza e abandona-te.

Aquele que deposita em Mim toda a confiança, toda a esperança, esse é o filho bendito do Meu Santíssimo Coração.

E espalharei nele o suave orvalho da Minha graça. Produzirá frutos de santidade e as suas obras levarão às almas o perfume inefável do céu, que é a caridade divina.

Verão do ano da encarnação de Nosso Senhor de 1166

Nosso Senhor Jesus Cristo: Esquece as tuas preocupações para te lembrares mais das Minhas.

Não se vive de saudades e de recordações. Só interessam o presente e o futuro. A esperança e o abandono são necessários em tudo.

Queres tu fazer-Me doação de tudo?

Verão do ano da encarnação de Nosso Senhor de 1166

Nosso Senhor Jesus Cristo: Deves dar sem medida para que seja sem medida o teu amor.

Se receares, não tens confiança, e causas-Me pena.

Dize-Me, é isso o que queres?

Verão do ano da encarnação de Nosso Senhor de 1166

Nosso Senhor Jesus Cristo: Pensa-Me e sê Eu.
Que importam as controvérsias?
Eu vejo e ouço por ti.

Abandona-te, visto que Eu sou tu e tu és Eu.

Sou a Luz do mundo que ilumina o caminho real que conduz ao Céu, tua Pátria Eterna.

Verão do ano da encarnação de Nosso Senhor de 1166

Nosso Senhor Jesus Cristo: Abandonai-vos totalmente à Minha vontade.
Tende confiança em Mim.

Verão do ano da encarnação de Nosso Senhor de 1166

Nosso Senhor Jesus Cristo: Pertence-Me, de igual modo, o humano e o divino. Tanto a um como a outro dou o sentido que Me apraz.

Não te pertence nada. Tudo vem de Mim.

Não compreendes?

EU SOU e tu não és senão EM MIM.

Não podes senão abandonar-te plenamente Àquele que te rege.

Outono do ano da encarnação de Nosso Senhor de 1166

Nosso Senhor Jesus Cristo: Tudo está ligado: Amor, Confiança louca, Esperança, Caridade, Justiça.

Outono do ano da encarnação de Nosso Senhor de 1166

Nosso Senhor Jesus Cristo: O abandono verdadeiro não é um estado de passividade absoluta, mas sim um estado de aceitação. Pois quem ama tem de se dar totalmente aos seus irmãos.

Outono do ano da encarnação de Nosso Senhor de 1166

Nosso Senhor Jesus Cristo: Se a tua indignidade te faz gemer mais hoje, é porque estás mais afastado da perfeição.

Pois, Meu filho, é muito mais conforme a pequena via que te ensino a lançar-te, com mais confiança e menos reflexões, nos braços que te estendo amorosamente.

Outono do ano da encarnação de Nosso Senhor de 1166

Nosso Senhor Jesus Cristo: Meus filhinhos, fiéis ao vosso Deus, estai confiantes e serenos. Se o vosso Jesus parece dormir, não é nada disso.

Ele guia seguramente a barca de Pedro, através dos escolhos e das armadilhas dos seus inimigos. Em tempo devido, Ele mandará aos ventos e às tempestades que se acalmem, a fim de que sejam salvos os filhos inocentes, demasiado incrédulos, mas nem sempre culpáveis, porque enganados pela sutileza dos que, com as suas falsas teorias, causam estragos na alma dos pequenos do Senhor e os levam ao desânimo e ao abandono da sã doutrina.

O homem é perverso e não ouve a voz do Amor que ele desfigura em atos e em palavras.

Outono do ano da encarnação de Nosso Senhor de 1166

Nosso Senhor Jesus Cristo: A confiança fere o Meu Coração com uma seta inflamada, e arranca-lhe os tesouros de graça que Ele encerra.

Outono do ano da encarnação de Nosso Senhor de 1166

Nosso Senhor Jesus Cristo: Serão salvos
os que tiverem acreditado em Mim,
os que tiverem posto em prática
os Meus Mandamentos,
os que tiverem sido bastante pequenos
para compreender e amar.

Filhinhos, confiantes na Minha Misericórdia, não receeis nada.
A vossa fidelidade salva-vos da morte eterna.

Outono do ano da encarnação de Nosso Senhor de 1166

Nosso Senhor Jesus Cristo: Se Me amares, viverás.
O concreto duma vida é amar com confiança e abandono.

Outono do ano da encarnação de Nosso Senhor de 1166

Nosso Senhor Jesus Cristo: Eu penso por vós, atuo em vós.
Tende confiança em Mim.
O Cordeiro oferece-Se em vós.
Compreendei a Minha sede de amar e de ser amado.
Partilhai-a coMigo.

Inverno do ano da encarnação de Nosso Senhor de 1166

Nosso Senhor Jesus Cristo: O abandono amoroso fere suavemente o Meu Divino Coração.
Ama-Me, Meu filho, tudo está nisso.
A Fé transporta montanhas.
O Amor as derruba e as submerge.

Inverno do ano da encarnação de Nosso Senhor de 1166

Nosso Senhor Jesus Cristo: Em que e como praticar a Fé, a Esperança e a Caridade?
Meditai no vosso coração
e Eu vos ensinarei:
Fé: Abandono.
Esperança: Luz nas trevas.
Caridade: Deus, vós e o próximo.

Inverno do ano da encarnação de Nosso Senhor de 1166

Nosso Senhor Jesus Cristo: O Amor é a vossa força. Contra ele nada resiste.

Não olheis para o abismo que se abre medonho sob os vossos passos.

Levantai os olhos para o céu. Para Mim, o vosso Deus e o vosso Pai.

Não vos abandonarei. Tende confiança em Mim. É o tempo da prova.

Saireis dela purificados.

Alegria

Inverno do ano da encarnação de Nosso Senhor de 1167

Nosso Senhor Jesus Cristo: Meu filho,
que o teu coração esteja cheio
da Minha Alegria,
do desejo dos bens do Céu.

Afasta o pensamento das coisas deste mundo.
Eleva o teu espírito para Mim, teu Deus e Senhor.
Procura-Me em tudo.
Sou um Deus ciumento...
Descubro-te o Meu Amor. Dou-te.
Tem cuidado de não te apegar a nenhuma outra coisa.

Inverno do ano da encarnação de Nosso Senhor de 1167

Nosso Senhor Jesus Cristo: Espalharei amargura sobre toda a falsa alegria vinda do mundo.
Eu sou para sempre
a tua alegria e
a tua paz.

Inverno do ano da encarnação de Nosso Senhor de 1167

Nosso Senhor Jesus Cristo: Meu filho,
queria ver-te entrar mais profundamente no despojamento.

Se quiseres pertencer totalmente ao Amor, tens de renunciar a tudo quanto te poderia trazer alegria excessiva.

Primavera do ano da encarnação de Nosso Senhor de 1167

Nosso Senhor Jesus Cristo: Sobe mais alto no Meu Amor.
Vem, Meu bem-amado, vem!

Quanto mais pequeno fores,
tanto mais conhecerás a alegria
de amar,
de te dar e
de te esquecer.

Primavera do ano da encarnação de Nosso Senhor de 1167

Nosso Senhor Jesus Cristo: Assim vai a vida.
Os homens correm atrás duma quimera que nunca alcançam.
Procuram a felicidade na desordem.
Não encontram senão tristeza e decepção.

Só Eu posso dar a Paz e a Alegria.
Que se voltem para Mim, e encontrarão não uma miragem, mas sim uma doce realidade.

Primavera do ano da encarnação de Nosso Senhor de 1167

Nosso Senhor Jesus Cristo: Conserva sempre um rosto sereno.
Procede sempre como se estivesses na Alegria.

Primavera do ano da encarnação de Nosso Senhor de 1167

Nosso Senhor Jesus Cristo: Serás sempre demasiado pequeno para voar com as tuas próprias asas. Eu terei que te levar sempre. Quanto mais te esvaziares de ti mesmo, mais ficarás cheio de Mim.

Quando o coração está triste, a alma languesce.
Põe a tua alegria em Mim.

Porque muito amaste, porque choraste, esqueci tudo.
E tomei-te Minha na alegria.

Primavera do ano da encarnação de Nosso Senhor de 1167

Nosso Senhor Jesus Cristo: Sabes, Meu filho? Se a vida decepciona tantas almas e, às vezes, as fere tão dolorosamente,
é porque elas querem viver sem Mim,
dando-Me muitas vezes, nesta,
apenas uma parte restrita.

Eu, o inatingível,
com que alegria Me deixo atingir
pelas Minhas queridas almas pequenas!

Meu filho querido,
se os homens escutassem mais
no silêncio do seu coração,
que depressa aprenderiam a reconhecer
a Minha voz.

Como vês,
o mundo não percebe senão a vacuidade dos ruídos
e neles mergulha desordenadamente.

Primavera do ano da encarnação de Nosso Senhor de 1167

Nosso Senhor Jesus Cristo: Meu filho, para Mim o tempo não existe,
mas para vós, Meus pequenos, é precioso.
Foi-vos dado para vos santificar,
para Me amar e servir.

Por isso, não poupeis os vossos trabalhos.
A alegria de dar compensa
a renúncia que se deve praticar para isso.
As dificuldades não afetam as almas santas.

Primavera do ano da encarnação de Nosso Senhor de 1167

Robert de la Croix: Ó meu Deus!
Olhar para Ti é toda a minha felicidade.
Falar conTigo é toda a minha alegria!
Amar-Te é toda a minha vida. Amo-Te tanto!
Mas minha alma ainda conserva algumas tristezas.

Nosso Senhor Jesus Cristo: A ferida do amor, Meu filho,
só tem cura no Céu.

Nosso Senhor Jesus Cristo: Meu bem-amado, agora estás nas dores do parto.
Pensa na alegria que te reservo.
Alegria maravilhosa,
cuja amplidão, agora, não podes imaginar.

Primavera do ano da encarnação de Nosso Senhor de 1167

Nosso Senhor Jesus Cristo: Tereis jamais (almas mundanas)
as santas alegrias do Amor Divino?

Tereis jamais escutado e ouvido o vosso Deus no silêncio do vosso coração?

Verão do ano da encarnação de Nosso Senhor de 1167

Nosso Senhor Jesus Cristo: Que temes, alma pequena?
Amo-te, bem sabes.
Não estejas triste
mas alegre da Minha Alegria,
forte no Meu Amor.

Alegra-te, pertences-Me.

Verão do ano da encarnação de Nosso Senhor de 1167

Robert de la Croix: A minha alegria é estar conTigo,
saber que todo o meu ser mergulha na Tua Divindade.
Reconheço-Te na Tua Beleza, na Tua Imensidade.

Reconheço a Tua Voz inefável.
É um suave murmúrio de amor,
uma alegria mística sem igual de que a minha alma está deliciosamente impregnada.

Verão do ano da encarnação de Nosso Senhor de 1167

Robert de la Croix: Quero saber ser alegre: no dever cumprido,
No sacrifício consentido,
Nos desejos insatisfeitos.
Na provação por cruel que seja,
na solidão recusada
no barulho, no tumulto que faz sofrer.

Sorrir quando se quereria chorar
Atirar para mais fundo do ser a tristeza que abate, acolhê-la com um sorriso que se dá a todos e a cada um.
Desabrochar do sorriso na paz, na alegria santa e no amor.

Verão do ano da encarnação de Nosso Senhor de 1167

Nosso Senhor Jesus Cristo: Sê alegre no Amor.
Sê firme na Esperança.
Sê constante no esforço.

Verão do ano da encarnação de Nosso Senhor de 1167

Nosso Senhor Jesus Cristo: A alegria de amar encontra-se na oferta fervorosa do sacrifício.
O que quero de vós, fazei-o.

Verão do ano da encarnação de Nosso Senhor de 1167

Nosso Senhor Jesus Cristo: Alegra-te nas dificuldades.
São um sinal certo do Meu Amor.

Verão do ano da encarnação de Nosso Senhor de 1167

Nosso Senhor Jesus Cristo: A alma que aceita deixar-se amar por Mim possui a alegria, a paz e toda a riqueza do que É.

Verão do ano da encarnação de Nosso Senhor de 1167

Nosso Senhor Jesus Cristo: Mudarei toda alegria culpável em amargura, e toda tristeza injusta em alegria. Porque Sou Eu, O Todo-Poderoso.

As vossas lágrimas encontram
um eco profundo no Meu Coração.
Mas vos reservo tanta alegria no Céu,
pobres Meus filhos que sofreis.
Nunca duvideis da Minha Ternura.

Outono do ano da encarnação de Nosso Senhor de 1167

Nosso Senhor Jesus Cristo: Em toda alegria reparte com o pobre. Pensa nos que no mundo sofrem fome, perseguição, doença. Isso a fim de moderar o que a alegria pode ter de excessivo.

A parte do pobre é a parte de Deus.

Na pena, pensa nos que sofrem mais que tu, e acharás o teu fardo leve. Aí também está a parte de Deus. Receia ser demasiado feliz, quando outros choram.

Outono do ano da encarnação de Nosso Senhor de 1167

Que a vossa alegria seja dar com amor, assim como a Minha é ser liberal para convosco.

Outono do ano da encarnação de Nosso Senhor de 1167

Nosso Senhor Jesus Cristo: Meu filho,
a alegria de dar
compensa o sacrifício pedido.

Outono do ano da encarnação de Nosso Senhor de 1167

Nosso Senhor Jesus Cristo: Aquele que Me ama vive na Minha Paz,
e a Minha Alegria santa reside nele.

Outono do ano da encarnação de Nosso Senhor de 1167

Nosso Senhor Jesus Cristo: Em todas as tuas ações,
por mínimas que sejam,
partilha com o teu Deus.
Eu gosto que não se esqueçam de Mim.
São os pequenos nadas que se tornam
um grande tudo pela sua fidelidade.

Quem poderá dizer que não tem tempo
para Me dar
um pensamento,
um olhar,
um impulso de ternura?
Durante as suas ocupações absorventes,
Eu estou sempre presente
e espero a sua recordação.

Será pedir demais?
E tudo é tão fácil coMigo.
É isso a antecipação do Céu.
Se conheço a humilhação duma recusa
por parte de alguns,
também conheço a alegria de ser ouvido
por um grande número.

Bem-aventurado aquele
que ouve a Minha Palavra
e a põe em prática.
O Céu é dele.
Porque viu e ouviu,
o seu coração abriu-se ao Amor.

Outono do ano da encarnação de Nosso Senhor de 1167

Nosso Senhor Jesus Cristo: Dá-Me a alegria do teu sim à Minha ação.

...Quero a tua ajuda. Alegra-te com a Minha escolha. Não te lamentes com a incerteza do dia seguinte.

Outono do ano da encarnação de Nosso Senhor de 1167

Nosso Senhor Jesus Cristo: Cada dia traz a sua pena e a sua alegria.

Abraça uma e outra por Meu Amor.

Inverno do ano da encarnação de Nosso Senhor de 1167

Nosso Senhor Jesus Cristo: A vida é triste e amarga só para aqueles que não têm esperança.

Mas vós, Meus bem-amados, que recebestes a promessa de um Deus, sede alegres na sua alegria e fortes no seu amor. Lembrai-vos de que Sou o Grande Animador dos vossos corpos e das vossas almas.

Inverno do ano da encarnação de Nosso Senhor de 1167

Nosso Senhor Jesus Cristo: O perigo que espreita as pessoas do mundo é a invasão da sua alma
por uma multidão de pensamentos
que as arrastam inexoravelmente
para longe do Bem que é
todo o contrário do que faz
a sua alegria
e tornam-se o seu tormento neste mundo.

....

Nosso Senhor Jesus Cristo: Meus filhinhos,
não encontrareis a vossa felicidade
nos gozos deste mundo,
mas unicamente procurando-Me.

Inverno do ano da encarnação de Nosso Senhor de 1167

Nosso Senhor Jesus Cristo: A alegria de dar vale mais que a alegria de receber, e tornei-os Meus para o tempo e para a eternidade.

Mas em troca dai-Me os vossos corações.

Tenho sede de vós, Meus filhos, e quero comunicar-vos a Minha sede pelo amor das almas.

Nos tabernáculos do mundo inteiro o Amor chama e espera.

Inverno do ano da encarnação de Nosso Senhor de 1168

Nosso Senhor Jesus Cristo: Este mundo transtornado até aos alicerces não retoma consciência da realidade. A sua perversidade natural não admite nenhuma contradição quanto à vacuidade do que faz a sua alegria.

Em numerosas almas, a consciência está completamente abolida.

Tudo é vão até ao fundo das almas.

Inverno do ano da encarnação de Nosso Senhor de 1168

Nosso Senhor Jesus Cristo: Que o Meu filho encontre a sua alegria no seu nada.

Eu animo a tua humanidade, e concedo-te a Minha divindade pelo Amor com que animo a tua alma.

Alegria única, porque vem de Mim.

Ninguém se julga nada, a não ser por mim.

Primavera do ano da encarnação de Nosso Senhor de 1168

Nosso Senhor Jesus Cristo: A saciedade dos prazeres vãos traz sempre uma diminuição de entusiasmo por eles. Agora, os homens são como corcéis a quem largaram as rédeas e que se precipitam loucamente para o que é, para eles, o máximo da alegria.

Pelo próprio excesso desta, conhecerão a fome espiritual que, neste momento, apenas está no seu subconsciente.

As alegrias profanas não os podem satisfazer.

Por isso, muitos voltarão outra vez para aquilo para o qual nasceram. Mas, infelizmente, muitos perderão a vida, porque, sendo demasiado covardes para lutar, preferem afundar-se na escuridão.

Primavera do ano da encarnação de Nosso Senhor de 1168

Nosso Senhor Jesus Cristo: Na tua pena, olha para Mim. Na tua alegria, sorri para Mim.

Primavera do ano da encarnação de Nosso Senhor de 1168

Nosso Senhor Jesus Cristo: Nas vossas alegrias e nas vossas angústias, vinde a Mim. Eu partilharei da vossa alegria, aliviarei a vossa angústia.

O Meu Coração está inteiramente aberto para vos acolher.

Primavera do ano da encarnação de Nosso Senhor de 1168

Nosso Senhor Jesus Cristo: Eu sou a FORÇA
dos pequenos e dos fracos.

Eu sou a ALEGRIA
e o AMOR.

E a Minha PAZ reina nos corações dos que vivem no Meu temor e que Me amam.

Almas Pequenas

Primavera do ano da encarnação de Nosso Senhor de 1168

Nosso Senhor Jesus Cristo: Não pertences à raça das águias reais,
mas, como elas,
fazes parte do edifício sagrado.

Meu filho querido, tu és a pequenez.
Gosta-se tanto do que é pequeno!

Primavera do ano da encarnação de Nosso Senhor de 1168

Nosso Senhor Jesus Cristo: Meu filho, convido-te para a luta.
É por Mim.
A tua pátria é a pátria das almas pequeninas.
Persegue o inimigo onde ele se encontra, o orgulho em ti e fora de ti.

Verão do ano da encarnação de Nosso Senhor de 1168

Nosso Senhor Jesus Cristo: Encarreguei-Me da tua instrução.
Esta refere-se também às outras almas pequeninas.
Há coisas insensatas no que Eu te ensino?
Pensas que te deixaria no erro,
quando se trata da vida espiritual
das Minhas almas pequeninas?

Verão do ano da encarnação de Nosso Senhor de 1168

Nosso Senhor Jesus Cristo: Concordo que o conhecimento não é sempre fácil.
Mas, para uma alma pequenina,
em estado de graça?
Para ela este conhecimento é luminoso.
......
Quem sou Eu? O TUDO.
Quem és tu? Um nada.
Um pequenino nada que não existe.
Inteiramente fundido no TUDO.

Para ouvir a Minha Voz,
é preciso ser semelhante a uma criancinha.
Escuta e
ouve.

Verão do ano da encarnação de Nosso Senhor de 1168

Nosso Senhor Jesus Cristo: Meu filho, porque és pequeno,
lancei, com delícias,
os tesouros da Minha Graça na tua alma.

O teu amor consola-Me.

Verão do ano da encarnação de Nosso Senhor de 1168

Nosso Senhor Jesus Cristo: Almas pequeninas, humildes e confiantes,
aproximai-vos do vosso Deus sem medo.

Formai à volta dEle, para Sua maior Glória, um exército invencível,
sob a direção doce e suave
da Minha Mãe amabilíssima
Paralisai o inimigo,
pela vossa fé
e pelo vosso amor.

Meus filhinhos, no vosso emblema,
os Santíssimos Corações
de Jesus e de Maria.

Revesti-vos
deste hábito sagrado,
que vos protegerá
e vos levará, pelo caminho real do Céu, até a eternidade bem-aventurada coMigo.

Verão do ano da encarnação de Nosso Senhor de 1168

Nosso Senhor Jesus Cristo: Tudo é tão simples para os filhos da Luz.

Nada os espanta, nem o bem nem o mal.
Apoderam-se ansiosamente de um
e afastam-se com horror do outro.

Bebem as suas forças
nas profundezas do Meu Amor.

Vivem tão estreitamente unidos ao seu Deus que descobrem todas as coisas,
pelo que elas valem.

A consideração dos Meus sofrimentos
estimula-os a entrar mais profundamente
no santo caminho da renúncia e do abandono.

Pelo amor que abrasa o seu coração,
tornam-se capazes de grandes coisas,
amparados pelo pensamento
de Me dar sempre mais glória.

Verão do ano da encarnação de Nosso Senhor de 1168

Nosso Senhor Jesus Cristo: Não tens que agir
como se todas as culpas fossem tuas,
mesmo que estivessem inteiramente
da parte contrária?

Vamos! Será preciso humilhar-te, como o sabe fazer um filhinho de Deus.

Verão do ano da encarnação de Nosso Senhor de 1168

Nosso Senhor Jesus Cristo: Como tu, fui tratado de iluminado.

Vês, os espíritos superiores
nem sempre compreendem os encantos
da Minha intimidade nas almas.
Mas o mundo dos pequenos
tem antenas
que captam e não enganam.

A Fonte inesgotável de ternura,
que brota do Meu Coração aberto,
estende-se sobre todos, sem distinção.

Verão do ano da encarnação de Nosso Senhor de 1168

Nosso Senhor Jesus Cristo: Os corações que Me amam nada pedem, mas dão sem contar, à medida do seu amor.

Compreende o valor deste ensinamento.
O que é triste é não ter nada para dar.
As crianças dão o seu sorriso
e a sua confiança.
Dão também os seus choros.
Sê criança.

Às vezes, um sorriso pode ser bem heróico, quando desabrocha através das lágrimas.

Outono do ano da encarnação de Nosso Senhor de 1168

Nosso Senhor Jesus Cristo: O que é pequeno far-se-á grande.
Aquele que se julga grande
deve tornar-se pequeno,
antes de ser grande de novo.

Ninguém pode ser grande
sem passar pela pequenez.
É a ordem da graça.
E também a ordem normal da vida na terra.

A alma deve renovar-se no Amor.
Nenhuma vida de intimidade coMigo é possível sem essa renovação.
Tudo se faz
em Mim, por Mim e coMigo.

Une a tua pequenez à Minha pequenez, quando, criancinha,
Me submetia filialmente aos Meus pais.
Conheces o poder dum pequenino
sobre o coração dos seus pais?
Sobre o Coração do seu Deus?

Outono do ano da encarnação de Nosso Senhor de 1168

Nosso Senhor Jesus Cristo: Por que deter-se nos termos que emprego para Me dirigir a uma alma pequenina?
Vede para além
o Amor que Tenho por vós.

A alma que aceita deixar-se amar por Mim possui a alegria, a paz e toda a riqueza do que É.
Desconfiai de vós mesmos. Contai só coMigo.
Porque, muitas vezes, a vossa maior tentação é julgar-vos superiores.
Sois como crianças mal-educadas,
que seguem apenas a sua idéia,
esquecendo-se de que têm um Pai
para as amar e corrigir.

Outono do ano da encarnação de Nosso Senhor de 1168

Nosso Senhor Jesus Cristo: Sê filial para com a tua Mãe Santíssima.
Contribui para a Sua glória,
segundo as tuas possibilidades.

Que Ela seja para ti
e para as outras almas pequeninas
o farol que alumia e leva à felicidade do Céu.

Outono do ano da encarnação de Nosso Senhor de 1168

Nosso Senhor Jesus Cristo: A teologia é justa e necessária.
Mas o coração vive e dilata-se
no amor e na sua posse,
sem perceber como e por que ama.

A teologia não está ao alcance
de todos os pequenos,
mas o amor deixa-se prender por eles.

Ninguém pode pôr obstáculo
a essa simplificação do amor que peço
e que se impõe
nos tempos atuais.

Outono do ano da encarnação de Nosso Senhor de 1168

Nosso Senhor Jesus Cristo: Vê a profundeza do Meu Amor,
até onde ele desce para vos encontrar.

Compreende que um Deus,
que sabe fazer-Se tão "pequeno",
não pode amar senão o que é "pequeno".

Outono do ano da encarnação de Nosso Senhor de 1168

Nosso Senhor Jesus Cristo: Vive da Minha Ternura.
Concebe horror profundo ao mal.
Não percas o tempo que Te dei para amar.
Sê favorável a todos.
Esquece-te em Mim.
Sê Eu.
Vê as Minhas mãos
traspassadas pelos cravos,
erguidas para o Pai num gesto
de ardente súplica por todos.
Vê os Meus olhos pousados com Amor
sobre ti em particular e
sobre toda a humanidade.

Vê o Meu Corpo contundido,
vertendo o seu Sangue
pelas chagas inumeráveis que
Me causou o Meu Amor por todos...
Vê e compara
se há na terra amor semelhante ao Meu.

Ah! Meu filho, julgam-se fortes,
e são tão fracos, tão fracos!
Filhinhos, quando começareis
a viver verdadeiramente?

Inverno do ano da encarnação de Nosso Senhor de 1168

Nosso Senhor Jesus Cristo: (Ternamente)
Meus filhinhos,
deixai-vos amar como deseja o vosso Deus.
Lançai-vos nos Seus Braços
sem querer compreender.
Sois demasiado pequeninos
para isso.
Recusar crer na Minha Palavra
é negar o Amor profundo que tenho por vós.

Inverno do ano da encarnação de Nosso Senhor de 1168

Nosso Senhor Jesus Cristo: Tu formarás a
"Ordem das almas pequenas
do Coração Misericordioso de Jesus".
Robert de la Croix: (Penso nas dificuldades a vencer.)
Nosso Senhor Jesus Cristo: Não receies nada. Deixa atuar o teu Jesus.

Serão convidados a ela todos os que
desejam o estado de perfeição.

Só lhes pedirei cada dia
um pequeno ramalhete de florinhas,
composto de pequenos sacrifícios
e de muito amor,
oferecido em homenagem
à Minha Glória
e pela paz do mundo.

Inverno do ano da encarnação de Nosso Senhor de 1168

Nosso Senhor Jesus Cristo: O abandono do que é
o patrimônio da Minha Igreja
equivaleria à sua perda.
Eles não parariam em tal caminho
e as suas exigências
não conheceriam mais limites.
Em verdade te digo,
há ovelhas ranhosas no Meu aprisco.
Introduziram-se nele sob aparências pacíficas e estão em bom lugar
para espalhar os seus erros

Vês agora, Meu filho,
a necessidade vital da oração e do sacrifício,
e quanto é urgente o problema
da formação das almas pequenas
a fim de salvar
o que a heresia ameaça devorar.

Inverno do ano da encarnação de Nosso Senhor de 1168

Nosso Senhor Jesus Cristo: As iniqüidades espalharam o erro pelo mundo.
Quem pode salvar o mundo?
EU!
E, por Mim, os pequenos,
criados no Amor divino.

Inverno do ano da encarnação de Nosso Senhor de 1169

Robert de la Croix: Que queres das tuas almas pequenas?

Nosso Senhor Jesus Cristo: Que elas se mantenham num estado de inteira dependência perante Mim.
Que estejam à escuta da Minha Palavra.
Fervorosas para com a Minha Mãe Santíssima, prestando-lhe homenagem em todas as coisas.
Ela é a Fonte das almas pequenas.
NEla brilha a divina Caridade.
Ela é o canal dos Meus Dons.
Todas deverão reconhecê-La
como Mãe e como Conselheira.
Por Ela receberei as suas orações
e atendê-las-ei para seu maior bem.

Além disso, elas comprometer-se-ão a rezar com todo o seu coração.
PELA PAZ DO MUNDO

E DE CADA ALMA EM PARTICULAR,
e também
em reparação dos pecados e das ofensas que recebo todos os dias.

Serão fiéis à prática da caridade,
amando os seus irmãos, por Meu amor, fazendo-lhes bem
que gostariam que lhes fizessem a elas.

Toda a alma pequena deve ser
sensível às aflições humanas.
Pois, Meus filhos,
não peseis o vosso socorro. Pelo contrário,
dai até o vosso coração, se for preciso.
Esquecei-vos de vós nos outros,
onde Me encontro como em vós.

Formai uma só família,
unida na mais doce das orações.
E sereis consumidos
na chama viva do Meu Amor.

Quer estejais no mundo, quer fora do mundo,
abraçai corajosamente a cruz de cada dia,
com fervor, com todo o vosso coração.

JUNTOS, VÓS PODEIS MUDAR
A FACE DA TERRA.

Inverno do ano da encarnação de Nosso Senhor de 1169

Nosso Senhor Jesus Cristo: Sofre com paciência que te contrariem.
Vigia os teus primeiros movimentos.
Provêm da imperfeição da tua alma.
Quero de ti uma grande pureza de intenção.

Fala quando for preciso,
e cala-te quando for preciso.
Receia muito não Me encontrar
no barulho das palavras vãs.
Das profundezas do teu ser lança-te para Mim, por vivas aspirações de amor.

Abençôo as pessoas de bem que
põem em prática os Meus ensinamentos.

Inverno do ano da encarnação de Nosso Senhor de 1169

Nosso Senhor Jesus Cristo: Se a tua natureza te acabrunhar excessivamente, para o progresso da tua alma, conceda-lhe algum alívio.
Tanto quanto possível, deve evitar-se
perder a quietude e a paz,
que devem presidir a tua vida espiritual.

Recusar deliberadamente toda a consolação
pode fazer o jogo do demônio,
que então desmoraliza
e procura abater a alma
metida no caminho da renúncia e do sacrifício.

Contemporizar não é um ato de fraqueza,
mas, sim, uma necessidade requerida
por elementar prudência.
A felicidade de dar sem medida não deve
fazer esquecer que a alma humana,
na sua pequenez, também precisa receber.

Para a paz da tua alma, toma com gratidão
o alívio e o descanso necessários ao teu equilíbrio, para mais santamente
pretender o alvo que te marquei.

Robert de la Croix: Lembrei-me das Escrituras. A palavra de Jesus é uma luz justificante:
"Já sois puros por causa das palavras que vos disse" (Jó 15,3).
Ela ficará sem efeito naqueles que a não compreendem.
As almas pequenas devem, pois, aplicar-se a compreendê-la bem,
e a fecundá-la pelo seu apostolado junto dos que a ignoram ou não a compreendem.

Primavera do ano da encarnação de Nosso Senhor de 1169

Robert de la Croix: Meu Deus, que queres de teu filho?
Nosso Senhor Jesus Cristo: A tua vontade, o teu amor.
Robert de la Croix: Que queres que eu faça?
Nosso Senhor Jesus Cristo: Ama-Me e serve-Me.
Aos filhos da Luz tudo é indiferente,
menos a posse do seu Deus.
Eles são poderosamente atraídos
pelo reflexo da Realidade
que descobrem em certas almas.

Mas não é a posse.
E a sua fome cresce por aquilo que adivinham.
Eles não são da terra
nem do Céu.

Primavera do ano da encarnação de Nosso Senhor de 1169

Nosso Senhor Jesus Cristo: O perigo que espreita as pessoas do mundo
é a invasão da sua alma
por uma multidão de pensamentos que
as arrastam inexoravelmente para longe do Bem
que é todo contrário do que faz
a sua alegria e são o seu tormento neste mundo.

Ternura das almas pequenas,
felicidade inefável na Posse divina.

O Coração de Deus está aberto a todos,
chama-os a todos.
Quem O encontra?
Aquele que nEle confia,
que O procura no próximo
pela mais doce caridade.

Quão pouco valem as teorias do mundo
comparadas com os exemplos de Amor Divino que dão os pequenos do Senhor!
São loucos aos olhos do mundo!
Aos olhos de Deus são os sensatos.

Nosso Senhor Jesus Cristo: A serpente está à espreita.
Este ou aquele
julga-se ao abrigo dos seus ataques.
Porque não vigiou,
a ferida é cruel para Mim, para ele.
A sua alma, que deveria conter o Céu,
não contém mais que cinza e morte.

Quem tem olhos para ver, que veja.
Quem tem ouvidos para ouvir, que ouça.

Contra a legião de Satanás
formai a legião das almas pequenas e humildes:
filhos do Céu contra os filhos das trevas;
o fogo do Céu contra a chama do inferno.
A vossa arma será: o Amor.

Primavera do ano da encarnação de Nosso Senhor de 1169

Nosso Senhor Jesus Cristo: A Minha Grandeza encontra o seu desabrochar no coração amante das Minhas almas pequenas,
os Meus pequeninos,
em quem Me comprazo,
e de onde irradio para o mundo.

Primavera do ano da encarnação de Nosso Senhor de 1169

Robert de la Croix: Meu Deus, estou conTigo
e o meu coração não se inflama, por quê?

Pagas na tua alma o abandono
em que Me deixam tantos filhos Meus,
desprezado como Eu sou por eles,
como um objeto sem vida
que deixou de os interessar.
Multiplicam-se os escândalos,
e Eu assisto com dor
à inércia daqueles que cruzam os braços.

As Minhas almas pequenas e humildes
compensarão
e conseguirão aquilo que,
sem elas, Eu não concederia.

Robert de la Croix: Neste dia desta mensagem, para mim pesou a frase "e conseguirão aquilo que, sem elas, Eu não concederia", porque Deus quer e pode dar sem limites, pois Ele É infinito, e infinito É Seu amor. Entendi que, pela postura e oração dos pequenos e humildes, Ele abre as portas dos Tesouros do Seu Amor.

Primavera do ano da encarnação de Nosso Senhor de 1169

Nosso Senhor Jesus Cristo: Convido cada alma ao combate, num esforço total e generoso contra o egoísmo que está em todos e em cada um;
a uma grande caridade para com o próximo.

A oração
é deixada à escolha de cada alma,
segundo as suas disponibilidades.
Não a descureis sem motivo sério,
pois é um meio
de santificação e
de conhecimento
pela força
com que ela anima as vossas almas.

Que as almas pequenas
se unam a essas intenções
com amor
e fervor.

Lembrai-vos freqüentemente do vosso Deus, por vivas aspirações,
a fim de manter um contato permanente entre Ele e vós.

Abandonai-vos totalmente à Minha Vontade.
Tende confiança em Mim.

Esta é a regra que deverá respeitar e praticar toda a alma pequena
que aceitar o seu jugo, que, acreditai,
será doce e suave para os generosos.

Se fizerdes isso,
o progresso do mal parará.
Muitos entrarão em si mesmos
e voltarão à Fonte do Bem.

Eu disse e torno a dizer:
As Minhas almas pequenas
podem salvar o mundo.

Formai ilhotas de santidade por toda parte.
Algumas almas santas numa paróquia
podem salvar essa paróquia.
Muitas paróquias com almas santas
podem salvar um país.

É preciso viver e irradiar o Amor.
Mas nada se fará sem sacrifício.

Primavera do ano da encarnação de Nosso Senhor de 1169

Nosso Senhor Jesus Cristo: Sê alma pequena e dá-Me almas.

Crê que a mansidão é necessária.
Sê manso, sê humilde,
para que eles compreendam
a que ponto Eu sou Manso e Humilde.
Não julgues. Só Eu julgo.
Não critiques. Lamenta.

Não desprezes, pois não sabes,
Só Eu sei.
Quem conhece fundo dos corações?
Só Eu.
O pecado faz-Me sofrer.
A falta de caridade magoa-Me mais.

Quero almas pequenas à Minha Imagem.
Um fingimento de alma pequena
é um insulto à Minha Bondade.
Sê fiel, firme na tua fé.
Conhece o que Eu quero de ti.
Sê cautelosa com o erro e com as palavras capciosas.

Verão do ano da encarnação de Nosso Senhor de 1169

Nosso Senhor Jesus Cristo: Alimenta em teu coração pensamentos
de amor,
de piedade e
de perdão.

Como Eu, sê Eu.

Verão do ano da encarnação de Nosso Senhor de 1169

Nosso Senhor Jesus Cristo: Nada pode manchar a Verdade de sempre.
Algumas almas são perturbadas,
mas os corações retos

permanecem firmes na fé.
Quem quiser ser salvo será salvo.

Almas pequenas, uni-vos para salvar o mundo.
Gosto de Me deixar vencer pelas crianças.
A Minha Corte é composta de crianças,
tão poderosas sobre o Meu Coração.
A porta do Meu Reino é pequena.
À medida dos Meus pequeninos.

Verão do ano da encarnação de Nosso Senhor de 1169

Nosso Senhor Jesus Cristo: Uma alma pequena não pode senão amar.
Está penetrada de amor.
Tu és
um dom do Amor ao Amor.

Verão do ano da encarnação de Nosso Senhor de 1169

Nosso Senhor Jesus Cristo: Se a vida neste mundo
está tão cheia de seduções, como admirar-se
de que uma alma, fraca na sua fé,
se deixe iludir?

Meu filho, protege o fraco
com a oração e
com a penitência de cada dia,
aceitando com fervor
o grito do Meu Amor pelos pecadores.

Um pai não pode se esquecer dos filhos,
por mais ingratos que eles sejam.
E o seu apelo faz-se ouvir intensamente
nos corações que
consentem em acolhê-lo e
trazer o testemunho da sua ajuda,
pelo dom da sua generosidade
Àquele que espera com angústia
o regresso dos filhos pródigos.

A terra devora as almas com voracidade.
Custa tanto ao Céu salvá-las!
Preciso da ajuda
das Minhas almas pequenas.
Rezai
e dai testemunho.

Quem Me escutar será salvo.
Quem puser em Mim a sua confiança
não será desiludido.
Quem perseverar na fé receberá
a recompensa prometida aos filhos da Luz.
Quem amar em Mim o seu próximo
será abençoado.

Quem deixar ao seu Deus o direito
de dispor da vida como bem Lhe parecer
receberá a paz em seu coração.
Que o mundo não vos perturbe,
Meus bem-amados.
Tomais conselho junto de Mim,
no silêncio do vosso coração.
Inspirar-vos-ei.

Não vos deixeis prender
pelo impulso do vosso eu.
Porei em vós a Minha Sabedoria.
o Meu selo nos vossos lábios e na vossa alma,
a fim de que ela não viva
senão em Mim e por Mim.

Todos reconhecerão assim
o Soberano Bem que vos anima.

Meus bem-amados, vinde a Mim.
Eu espero-vos.

Verão do ano da encarnação de Nosso Senhor de 1169

Robert de la Croix: Neste dia percebi que seria um dia diferente. O ar ficou delicioso, um perfume suave agradava minha alma encarquilhada e, de repente, os pássaros, que cantavam mais do que nunca, pousaram nas árvores e calaram-se. Uma luz azul se fez presente e ouvi a voz mais doce do mundo... A Mãe de Deus então, me apareceu.

Nossa Senhora Mãe de Deus: O Meu Filho precisa de ti
e dos teus semelhantes.

Já não basta o Meu Coração à Sua Justiça, porque
os pecados do mundo são fora de medida.

Verão do ano da encarnação de Nosso Senhor de 1169

Nosso Senhor Jesus Cristo: A multidão nunca será a exceção,
mas sim estas almas pequenas,
de quem tanto preciso
para salvar o grande número que,
todavia, será limitado.

Meu filho,
tu és um fruto da Minha Misericórdia.
Não és grande senão
pela tua fraqueza confessada
e humildemente aceita.

Cada um deve tomar consciência do seu nada e encontrar em Mim a força para se suportar e para se elevar acima da sua miséria pelo conhecimento desta.

É a santidade
na simplicidade duma vida justa e reta,
aspirando ardentemente ao Céu,
donde lhe virá o socorro.

Dessas almas pequenas e humildes
brotará a irradiação do Amor
que abrasa e que salva.

Verão do ano da encarnação de Nosso Senhor de 1169

Nosso Senhor Jesus Cristo: A Minha recompensa são os Meus pequeninos.
A Minha dor são as almas orgulhosas
a desprezar o Amor crucificado
que veio para salvá-las.
A alegria e sofrimento partilham o Meu Coração.

Verão do ano da encarnação de Nosso Senhor de 1169

Nosso Senhor Jesus Cristo: Vem o tempo em que o mundo,
despedaçado pelo pecado que Eu vim aniquilar,
tomará consciência do seu sacrilégio tremendo.

Está em marcha o exército celeste
e já brilha um raio de esperança.
Por que preço será a vitória?
Será elevado.
Pode, porém, ser reduzido
pela penitência,
pela oração fervorosa das almas pequenas.

No coração ferido dos Meus fiéis,
a amargura dá lugar ao espírito de combate.
A fé
leva-os nas suas asas,
e, a preço de duros sacrifícios,
dedicam a sua vida inteira
à causa do seu Deus desprezado,
para dar testemunho

à Verdade de sempre,
ao respeito do Seu Santo Nome
e aos lugares santos
profanados pela temeridade dos filhos das trevas.

Outono do ano da encarnação de Nosso Senhor de 1169

Nosso Senhor Jesus Cristo: A glória dos Meus filhinhos
é tirada do Coração do seu Deus.
Onde há amor, já não há dificuldades.
Tudo se perde, tudo some, na sua
imensidade.

Meu filho,
acolhe cada alma com ternura,
sê luzinha para ela.

Outono do ano da encarnação de Nosso Senhor de 1169

Nosso Senhor Jesus Cristo: Eu peço
almas pequenas,
humildes,
para lutar contra o egoísmo.
Amorosas,
para lutar contra a falta de amor.
Generosas,
para lutar contra o egoísmo.
Almas pequenas orantes,
para lutar
contra a falta de oração.

Almas pequenas confiantes,
para lutar contra o pessimismo.
Almas pequenas puras,
para lutar contra a impureza.
Almas pequenas verdadeiras,
para lutar contra
a mentira e a hipocrisia.
Almas pequenas submissas,
para lutar contra a desobediência.
Almas pequenas ardentes,
para lutar contra
a tibieza e a covardia.
Almas pequenas vítimas,
para lutar contra a heresia.

E a cada uma delas
peço um respeito imenso
pelo Meu Sacramento de Amor.
Para este, magoado pelos ultrajes,
quero defensores fervorosos.

Que não vos assustem
essas exigências de amor.
Tornarei doce
o que vos parecer amargo,
e far-vos-ei participar da Minha glória.

Outono do ano da encarnação de Nosso Senhor de 1169

Nosso Senhor Jesus Cristo: Esse diário que escreves para as almas
dará frutos de santidade à Igreja e ao mundo,
porque estas almas serão santas
pelo conhecimento que terão
do seu nada, da sua fraqueza;
porque porão em Mim toda a confiança e oferecerão sua vida ao serviço do Amor.
Porque Eu amo as almas particularmente e
espero delas uma dedicação sem limites à Minha obra.
Pequenos nadas... grandes almas.

É o espírito que Eu gostaria
de encontrar em cada alma pequena.

Meus filhos bem-amados,
é a hora do combate
Abençôo-vos e marco-vos
com o sinal da Santíssima Trindade.

O que crer em Mim, esse viverá,
e Eu vivificá-lo-ei com o Meu Santo Amor
para sempre.

Outono do ano da encarnação de Nosso Senhor de 1169

Voz do PAI:
Se Eu sou Pai, também sou Deus, e,
como tal, exijo ser respeitado
no Meu Sacramento de Amor,
desprezado e ridicularizado.
A Minha casa já não é
casa de orações,
mas sim um lugar de desordem espiritual
intensa,
onde reina
uma falta de respeito sacrílega.
A impiedade chegou ao cúmulo.

Lá onde reside o Meu Filho
não posso tolerar mais semelhante profanação.
Terei Eu que os afastar da Minha Face
e que os negar para sempre?
Porque o seu crime é grande.
Ser-lhes-ão pedidas contas.
Até lá
são ainda Meus filhos
e assim permanecerão
enquanto a Minha Justiça tiver paciência.

Se os repreendo, é porque os amo
e porque os desejo salvar.

É preciso que eles escutem a Minha Voz.
O mal que fazem às almas é profundo.
Os Meus filhinhos fiéis

sofrem por culpa deles.
Sim, o seu crime é grande, porém...
Adiantarei Eu a Minha hora para eles
e para os que eles convertem às suas heresias?
Tenho piedade das almas pequenas
e dos seus carrascos.
Mas, daqui em breve,
não conterei mais a Minha Santa Justiça.
E virá O MEU DIA,
O DIA DO SENHOR.

E esse dia verá
o triunfo da Minha Justiça e do Meu Amor.

Rezai, Meus fiéis,
e oferecei-vos com fervor ao Amor
pelos vossos irmãos
que Me ofendem gravemente.

Outono do ano da encarnação de Nosso Senhor de 1169

M. Senhor, sou tão pequeno,
e a missão que me confiaste é tão grande.
• Nosso Senhor Jesus Cristo: De fato, és pequeno, mas Eu sou Grande.

E a tua pequenez, unida à Minha Grandeza, que não pode ela realizar?

Outono do ano da encarnação de Nosso Senhor de 1169

Nosso Senhor Jesus Cristo: Minhas queridas almas pequenas,
tecei entre vós
o laço poderoso da união fraterna.
Vivei a vossa vida de união profunda no coração do vosso Pai.

Rezai uns pelos outros.
Amai-vos em espírito e em verdade,
como Eu vos amo.

Sede enamorados do vosso Esposo celeste,
tão enamorado, Ele Próprio, das vossas almas.

Que cada alma pequena tome à sua conta
o sofrimento da outra.
Amparai-vos mutuamente
pela Minha Graça e por Meu Amor.
A vossa afeição fraterna
será o escudo eficaz
entre a Minha Justiça e o pecador.
Para que Eu lhe faça Misericórdia,
sede a arma vigilante do Meu Amor.
Quero-vos unidas
numa caridade intensa.

Vós formais
a grande família das almas pequenas,
de que Eu sou o Grande Animador.
Conheço cada uma de entre vós
e sei os vossos desejos... para providenciar.

Juntai-vos todos os dias
numa união espiritual total e vida em Mim.

Tende confiança na Minha Bondade.
Eu velo por vós, Meus filhinhos.
Na dúvida, no desespero, como na alegria,
Eu vos assisto,
Porque sou o vosso Pai Todo-Poderoso,
que ama os Seus filhos com um Amor
incriado.

Ensinarei
no silêncio do vosso coração.

Amai-vos, Meus bem-amados.
Eu sou
a vossa Fonte de Amor.
Fonte inesgotável.
Matai a vossa sede em suas águas límpidas.

A vossa missão é uma missão de amor,
para a felicidade e para a paz da humanidade.
Por mais gangrenada que esteja,
o amor é o único remédio para o seu mal.
Mas, infelizmente, quantos recalcitrantes
que recusam a sua ação benéfica
e se perdem para sempre nas águas da
corrupção.

Inverno do ano da encarnação de Nosso Senhor de 1169

Nosso Senhor Jesus Cristo: Canta, Meu filho,
canta o aleluia do Amor divino.
Canta a Luz de Deus em marcha.

Inverno do ano da encarnação de Nosso Senhor de 1169

Nosso Senhor Jesus Cristo: Eu sou teu passado,
o teu presente e o teu futuro.

Vive no reconhecimento dos dons recebidos.
Espera em Mim
e que nada te afaste da tua fé.

As graças merecem-se,
e a oração fervorosa e confiante obtém-nas.
Que não afrouxe o vosso esforço.
Tendei para o fim,
com todas as vossas forças.
Este fim sou Eu, o vosso Deus,
e Eu sou a vossa recompensa.

Inverno do ano da encarnação de Nosso Senhor de 1169

Nosso Senhor Jesus Cristo: Eu sou o Rei dos reis, escolhi
a Minha Corte.
Não excluo ninguém.

Se eles Me amam, que Me sigam.
O que está em jogo vale todos os sacrifícios.

Essa obra é, de longe, a mais importante.
Ela associa as almas à redenção.
Confirma-as
na graça e na generosidade
necessárias para dela recolher
os frutos de vida para todos.

O que vos parece
primordial neste momento
deve passar para segundo lugar,
por Minha Vontade.

Inverno do ano da encarnação de Nosso Senhor de 1170

Nosso Senhor Jesus Cristo: Nada de interesse pessoal,
Mas uma só e mesma Causa.
Nada de rivalidades entre os Meus filhos.
Um só coração, uma só alma,
ao serviço dum mesmo Deus.
Uma obra mundial
que abraça todas as obras
para não ser mais que uma no Meu
Coração.
Todos juntos sereis fortes com a Minha Força
para vencer o inimigo.
Divididos, sois fracos contra ele.
....
Um cedro possui raízes profundas,

aliás, não se seguraria.
O movimento das almas pequenas deve
dar de beber às suas na Sede da Cristandade.

....

A Obra é o nascimento de um ideal comum,
Obra grandiosa à medida d'Aquele que a
inspira,
e à qual devem juntar-se
todas as obras existentes.

Mamona, esse bezerro de ouro,
deve ser destruído nas almas.
Esse falso deus, reluzindo de falsa glória,
conduz as almas ao desastre.

Inverno do ano da encarnação de Nosso Senhor de 1170

Nosso Senhor Jesus Cristo: Se o Meu Coração bater em
vão à porta do vosso coração,
para nele mendigar um pouco de amor,
que vos parece que mais tenho a fazer?

Estais unidos pela Minha glória;
mas firmes na vossa caridade.
Tudo deve servir para o bem das almas.

A vossa missão apenas está a começar,
e é necessária muita renúncia
para a levar a bom termo.
Velai com solicitude e vigilância
pelo depósito sagrado
que vos confiei, Meus filhos.

Não julgueis.
ENDIRETAI e FIRMAI.

Nosso Senhor Jesus Cristo: Desejo que
as Minhas almas pequenas levem ao mundo o testemunho do Meu Amor por ele.

Quero dos Meus filhinhos
respeito, amor, compreensão.

Que sejam banidos do seu coração
todo o azedume, toda a inveja, toda a
mesquinhez.
Que elas se amem
como Eu as amo.
Que não busquem os defeitos do próximo,
mas sim a Minha Santa Presença nele.

Que tomem consciência da sua miséria
e que procurem combatê-la.
É preciso corrigir-se
antes de querer corrigir os outros.

Nem rancor, nem azedume entre elas.
Uma alma pequena
não deve e não pode senão amar.

Isso não exclui de forma nenhuma
o esforço pessoal a fazer.
Mas Eu sou o seu socorro e o seu amparo.
E estou no meio de vós, Meus filhos,
para vos ensinar o Amor,

que é o único que pode salvar o mundo.
Vinde a Mim
por vossa Mãe.

Tende pelo Meu Sacramento de Amor
o mais profundo respeito,
para reparar os ultrajes
de que está saturado.

Ide em paz e sede fiéis.

Primavera do ano da encarnação de Nosso Senhor de 1170

Nosso Senhor Jesus Cristo: Procura o teu Senhor no silêncio,
no vazio da tua alma, onde Ele está todo.

É preciso espiritualizar a matéria até a tornar semelhante ao Filho do Homem no cumprimento da Vontade do Pai.

....

Que cada um seja fiel ao que espero dele.
Justificai-vos uns perante os outros.
Sede caridade e compreensão.
Não acuseis sem prova.
Deve reinar a unidade
no seio dos que escolhi.

E sobretudo
que se acautelem
para não ser fonte de escândalo
para as Minhas almas pequenas.

Tudo se deve fazer
na unção do Espírito Santo.

O azedume, o rancor
não convêm aos filhos de Deus.
Se a Minha Obra
for causa de dissensões entre vós,
como quereis que ela alcance o seu fim?
O amor deve reinar nos vossos corações.
Como podeis dizer que Me amais,
se vos entregardes a bisbilhotices,
que nem sempre são exatas
e marcadas pela caridade?
A vontade de Me servir
não desculpa sempre a facilidade
com que julgais os atos do vosso próximo.

A Minha Obra é uma Obra de Amor,
baseada na Confiança e na Caridade.

A todos repito:
ficai no lugar que vos escolhi.

Cuidai, na verdade, dessa obra de salvação,
mas fazei-o com discrição e amor.

Não dês espetáculo às almas
com os vossos litígios.

Primavera do ano da encarnação de Nosso Senhor de 1170

Nosso Senhor Jesus Cristo: Ai! Meus filhos, se vivêsseis em Mim,
seríeis fortes
para vencer o espírito de orgulho e de discórdia que vos atormenta.
Voltai o vosso coração para Mim.
Eu sou a vossa salvação.

Vim para salvar a todos,
até os mais culpáveis.
Ide vós contrariar a Minha Obra
pela recusa
em ser misericordiosos para todos?
É preciso arrancar as almas
ao perigo grave que as envolve.
Santificai-vos,
aceitando as cruzes de cada dia com amor.
O interesse pessoal, o amor-próprio,
o medo do que dirão
não têm valor alguns aos Meus Olhos.
Humildade!
Mansidão!
Perdão das injúrias!

O homem de paz e de boa vontade
deve fazer tudo para apaziguar.

Derramar muito amor à sua volta
é preparar a Misericórdia divina
em proveito da alma pecadora.

O que foi feito fica feito,
e só Eu tenho o poder de julgar.
Defender um bem não é
afundar o pecador no seu pecado,
mas ajudá-lo com caridade a sair dele.

Os que são dignos
de ser chamados filhos de Deus
são humildes e mansos de coração.

Insultar um inimigo é colocar-se no seu nível.
Tentar compreendê-lo
é fermento de santidade para o Céu.

Para salvar as almas
é preciso muito carinho.
Aquele que não possui esse desejo
não pode ser verdadeiramente
"filho de Deus e alma pequena".

Eu não vim para os justos.
O Meu Amor e a Minha Misericórdia
esperam os pecadores,
quaisquer que eles sejam.
A Minha Justiça fará a sua obra,
quando tudo tiver sido tentado em vão.

Uma humilhação não custa,
senão quando é recebida de maneira humana.

Primavera do ano da encarnação de Nosso Senhor de 1170

Nosso Senhor Jesus Cristo: Os vossos esforços são o cimento
de que Me sirvo para consolidar esta Obra,
da qual ainda
não compreendeis toda a importância,
e para lhe dar alicerces inabaláveis.

Coragem, Meus filhos,
todo o trabalho merece salário,
e Eu sou um Bom Patrão.

Todas as Minhas Obras
conhecem dificuldades mais ou menos grandes, que é preciso vencer pela paciência,
pela constância e pela perseverança no esforço, haurido na Fonte.
Tudo vos pode parecer desordenado,
não é nada disso.
Sou Eu quem puxa os cordelinhos.
É para estimular a vossa vontade
a prosseguir na luta
que vos digo tudo isso.

Tende confiança em mim.
Decerto, as perdas serão graves.
Mas Eu vos prometo salvar
tudo quanto puder ser salvo.

Primavera do ano da encarnação de Nosso Senhor de 1170

Nosso Senhor Jesus Cristo: São raros os desejos do Céu; a obediência, uma palavra vã.
Eu, o Deus de Amor,
obedeci às Minhas criaturas;

e assisto, dilacerado,
à decadência dos espíritos e dos corações.
Foi em vão que esgotei tesouros de Amor
e de Misericórdia para os reconduzir a Mim,
e a Minha Justiça
abre uma passagem até eles, através
dos obstáculos que levanta no seu caminho
a Virgem de piedade e de ternura.

Por que razão
Eu vos dei a Ela, Meus filhos,
senão para
que Ela abrande a Minha Justiça
e detenha o Meu Braço?

Primavera do ano da encarnação de Nosso Senhor de 1170

Nosso Senhor Jesus Cristo: A Minha Paixão renova-se em vós, Meus filhos.
A Minha Dor cai nos vossos corações, Meus fiéis.
O Amor é a vossa força.
Contra ele nada resiste.

Não olheis para o abismo
que se abre medonho sob os vossos passos.
Levantai os olhos para o Céu.
Para Mim, o vosso Deus e o vosso Pai.

Eu não vos abandonarei.
Tende confiança em Mim.
É o tempo da prova.
Saireis dela purificados.

Sede fiéis à graça.
Em vós,
Eu vivo intensamente.
O Espírito guia-vos e ampara-vos.
Se pensardes em Mim com fé
e se Me amardes verdadeiramente,
o mal será vencido.

Primavera do ano da encarnação de Nosso Senhor de 1170

Nosso Senhor Jesus Cristo: As almas pequenas,
humildes, mansas e dóceis
são a Luz de Deus
em marcha no mundo;

elas lembram
as verdades eternas;

São o facho do Amor
iluminando todas as nações.

Primavera do ano da encarnação de Nosso Senhor de 1170

Nosso Senhor Jesus Cristo: Eles julgam saber tudo, não sabendo nada.
Eles julgam compreender tudo,
não compreendendo nada.
Eles julgam dizer tudo,
dizendo apenas futilidades.
Eles julgam explicar tudo,
não explicando nada.
Fumo e vento saem da sua boca,
criando confusão e angústia.

Os Meus Mandamentos são desprezados,
esquecidos, ignorados.
Todavia, têm e terão atualidade
até ao fim dos tempos.
A sua vaidade não tem limites.
Comprazem-se inconscientemente
naquilo que causa a sua perdição,
porque se esquecem de Deus.
Mas Deus não os esquece.
Quebrará a sua soberba,
pois são responsáveis
pela perdição das almas
que paguei com o Meu Sangue
e que lhes confiei
para as conduzirem até Mim.

Eles troçam e desprezam
esses pequenos que lhes envio,

para lhes lembrar
o que é a Divina Caridade,
à qual eles tiraram todo o
sentido sagrado, para torná-la
uma palavra sem vida verdadeira.

Perscrutam os corações conforme a sua
maneira
de ver e de compreender, e esquecem-se
de perscrutar o seu próprio coração.

Eles olham,
não se dando conta da sua cegueira,
não admitindo senão a sua lei,
lei de iniqüidade, de presunção e de orgulho.

Dizem que possuem a Verdade do Evangelho, quando não a contestam.
Por que razão, possuindo-a,
não a põem em prática?
O seu coração extraviado
não está apto para recebê-la.

Eu sou o Amor, o Perdão.
Eles são apenas rancor e pecado.
Sim, pecado contra o seu Deus,
contra os seus Mandamentos,
que desconhecem e desprezam.
Grande vergonha
para eles!

Primavera do ano da encarnação de Nosso Senhor de 1170

Nosso Senhor Jesus Cristo: Um "pequeno"
tem todas as qualidades da infância.
Tem também
toda a ignorância e todos os defeitos dessa idade.

"Pequeno" deve guardar a sua entidade.
Não é a sua vontade,
mas sim a do seu Senhor que ele deve
cumprir.

Quem pode dizer que é humilde?
Pedi a humildade.
Ser-vos-á concedida.
Os "pequenos" crescem à sombra do Pai;
sem Ele nada podem.

A humildade
é fruto da perfeição.
Muitos pequenos ainda estão longe dela.
Mas lá chegarão,
pois são amor e conscientes do seu nada.
Vêm ao Pai
com todas as suas misérias,
porque aspiram a ver-se livres delas,
mas nada podem sem Ele.

É preciso ser pequeno
antes de ser grande.

O Inefável não se deixa prender
senão pelos pequenos
e por aqueles que se lhes assemelham.

Os humildes também são pequenos,
mas já crescidos na Luz de Deus.
Os pequenos são educados pelo Senhor,
Espírito de Amor e de Verdade.

"Pequeno" guarda todo o seu sentido
e deve guardá-lo em todas as línguas.
"Se não vos tornardes como criancinhas,
não entrareis no Reino dos céus."

O Meu Reino estabelece-se na terra
pela prática da pequenez.

Não Me encontrareis
senão nos Meus pequeninos.
Sede bastantes pequenos
para compreender e passar por cima
das mesquinharias desta vida.
Eu estou em vós, Meus filhinhos,
e convosco confundirei os fortes.

Verão do ano da encarnação de Nosso Senhor de 1170

Nosso Senhor Jesus Cristo: Uma cruz imensa pesa sobre o mundo
e sinto-a dolorosamente
no Meu Corpo Místico.

Procuro Simões para aliviá-la,
Meus filhos, Minhas almas pequenas!

ALMA EM ESTADO DE GRAÇA

Verão do ano da encarnação de Nosso Senhor de 1170

Nosso Senhor Jesus Cristo: O Teu sorriso é o Meu sorriso. A Minha graça irradia na tua fronte.

Verão do ano da encarnação de Nosso Senhor de 1170

Nosso Senhor Jesus Cristo: Que belo poema de Amor o Nosso!
Eu prometo
que os que fizerem dele
o seu livro de vida
Serão pagos já neste mundo, com
abundância de graças escolhidas.

Verão do ano da encarnação de Nosso Senhor de 1170

Nosso Senhor Jesus Cristo: Cresce à sombra tutelar dAquela que te deu a Mim. Ama-A e propaga o seu culto. Primeiro pela tua fidelidade. Em seguida pela inspiração da graça.

Viver em estado de graça é a maior felicidade que pode desejar uma alma, e Eu concederei esta felicidade a quem Me pedir sinceramente.

Uma planta sem água amarelece, definha e morre, por falta de alimento. Assim, a alma sem a graça definha e encontra-se em perigo de morte. Quantas almas neste mundo já estão mortas, apesar da aparência de saúde, que, às vezes, enganam os mais avisados dos meus filhos.

Verão do ano da encarnação de Nosso Senhor de 1170

Nosso Senhor Jesus Cristo: Rutilante, com a luz pura do Meu divino Amor, tal é a alma em estado de graça. Semelhante à aurora suave de um belo dia de primavera.

Cintilante de mil virtudes, pedras preciosas liberalmente concedidas pela munificência do Meu amor por ela. Beleza que não posso guardar só para Mim e que Me agrada espalhar carinhosamente sobre essa alma bendita até a imagem viva do seu Criador.

Verão do ano da encarnação de Nosso Senhor de 1170

Nosso Senhor Jesus Cristo: Meu filho, sabes que uma alma em estado de graça é um dom do Amor?

Ao dar-Lhe a vida, faço-a Minha para sempre.

Outono do ano da encarnação de Nosso Senhor de 1170

Nosso Senhor Jesus Cristo: É culpável para com o Espírito
quem não conforma a sua vida com as graças
liberalmente recebidas da Minha Bondade,
sem merecimento da sua parte.

Outono do ano da encarnação de Nosso Senhor de 1170

Nosso Senhor Jesus Cristo: Quando a graça já não basta ao homem,
este mete-se pelo caminho da perdição.
Quando se tiver tornado ajuizado,
não mais procurará muito longe
o que possui em seu coração.
O temor comprime,
o amor dilata.
A confiança fere o Meu Coração como uma
seta inflamada, e arranca-lhe
os tesouros de graça que Ele encerra.

Outono do ano da encarnação de Nosso Senhor de 1170

Nosso Senhor Jesus Cristo: Tende em vós desejos santos
e que assim o vosso coração se abra à graça.

Outono do ano da encarnação de Nosso Senhor de 1170

Nosso Senhor Jesus Cristo: Uma alma não é idêntica a nenhuma alma.

Cada uma tem o seu bem e o seu mal. Diferentes em tudo, têm, porém, o mesmo Pai, e são-Lhe devedoras quer do bem, quer do mal.

Eu dou a todas a graça para vencer o mal e para fazer o bem que deve servir à Minha Causa.

Há filhos rebeldes contra o seu Pai que os cumulou de graças, e o Pai tem paciência e espreita com insistência um movimento de arrependimento para perdoar. Ele espera.

Mas a chama do Seu Amor deixa-os insensíveis ao Seu Calor.

Eles repelem a cruz que os salvou. Eles negam os séculos de Tradição. Eles destroem o Amor Santo nas almas, calcam-no aos pés até a morte.

E a alma sem Deus, escrava do mal, esquece que não é senão pó e que, deste pó, Eu criei um ser de carne, à Minha Imagem. Eles rasgaram o Meu Corpo e puseram a Minha Alma em agonia. Hoje revivo esta agonia, decuplicada pela monstruosidade das suas iniqüidades.

Filho, dou-te às almas. Ajuda os desgraçados que procuram desesperadamente em ti o reflexo do seu Deus.

Lembra a todos o Meu Amor e a Minha Dor.

Entrega-te inteiramente às almas, por Mim.

Beleza

Outono do ano da encarnação de Nosso Senhor de 1170

Nosso Senhor Jesus Cristo: Meu bem-amado, o tempo da oração pode ser limitado.

Que importa? Eu prolongo-o vinte e quatro horas sobre vinte e quatro.

O teu gorjeio de amor comove-Me profundamente. Ó meu amigo, expanda a tua alma na Minha. Canta o amor do teu Criador e a sua beleza. Crê que te amo.

Outono do ano da encarnação de Nosso Senhor de 1170

Robert de la Croix: Ó beleza do Criador! Tu irradias com o Teu esplendor na Natureza inteira em tudo quanto vive. Ó beleza que descubro em toda parte e sobretudo na alma do justo.

Não é apenas a perfeição das formas que faz o Teu Esplendor, Tu a quem chamam o mais belo dos filhos dos homens. É a Tua Beleza que se admira nas crianças, na sua candura, na sua inocência.

É a Tua Beleza que se admira no ancião de cabelos brancos e na sua fronte, a Tua Sabedoria e a Tua Paz.

É a Tua Beleza que se admira na alma dolorosa do doente, oferecendo humildemente os sofrimentos pelos seus irmãos.

Ó meu Deus tão belo, tão bom, tão doce.
As palavras que gostaria de Te dizer não as encontro.

Outono do ano da encarnação de Nosso Senhor de 1170

Nosso Senhor Jesus Cristo: O mundo abarca o que é do mundo
e rejeita o que vem do Céu.

Sob a beleza dos corpos esconde-se,
muitas vezes, a podridão das almas.
A gangrena
dificilmente tem cura.

Outono do ano da encarnação de Nosso Senhor de 1170

Nosso Senhor Jesus Cristo: Tenho grande cuidado
com a perfeição do Meu filho.
Tendo na alma a marca do seu Deus,
deve ser belo com
a Beleza do seu Deus.

Outono do ano da encarnação de Nosso Senhor de 1170

Nosso Senhor Jesus Cristo: A beleza duma alma iguala a sua bondade. Meu filho, frágil florinha do campo, que um nada abate, que um nada levanta.

Inverno do ano da encarnação de Nosso Senhor de 1170

Nosso Senhor Jesus Cristo: As flores pequenas podem ser tão apreciadas como as flores mais raras.

Flor pequena, alma pequena, grande coração.

Luminosa e tão simples na claridade do Meu Amor. Ela ganha em delicadeza o que as outras possuem em beleza.

Inverno do ano da encarnação de Nosso Senhor de 1170

Nosso Senhor Jesus Cristo: Nem sempre os bens provenientes duma ação levam os homens à compreensão.

Às vezes a verdade ofusca certas almas pouco avançadas na virtude e abnegação. É porque os homens ignoram a alegria e a beleza duma vida toda de amor e de luz, que eles se comprazem na sua vida miserável.

... Este século apodrecido esgotou os tesouros da minha graça nos corações e os tornou secos e áridos como terra sem água.

Inverno do ano da encarnação de Nosso Senhor de 1170

Nosso Senhor Jesus Cristo: Vê-Me em ti, em volta de ti.

Vê a face do teu Deus,
triste com a tristeza do mundo,
irradiante da Beleza que Ele criou.

Meu filho,
basta olhar para ver.
Porque Me amas, vês.

Inverno do ano da encarnação de Nosso Senhor de 1170

Nosso Senhor Jesus Cristo: Ó alma de pouca Fé,
se fosses mais apaixonado
pela Beleza do teu Criador,
que não farias tu de grande,
já neste mundo,
pela maior glória dAquele
que espera com tanta impaciência
o dom do teu amor.

Inverno do ano da encarnação de Nosso Senhor de 1171

Nosso Senhor Jesus Cristo: Meus filhos orgulhosos! Perdestes para sempre o sentido do BELO, do PURO, do INCRIADO?

E o AMOR? Para vós não é senão uma paródia. O seu nome está manchado pelo uso que dele fazeis.

Inverno do ano da encarnação de Nosso Senhor de 1171

Nosso Senhor Jesus Cristo: Sabes, as almas contam contigo, sim, contigo, todavia não és nada.

Uma alma só é bela
com a Beleza do seu Deus.

Eu dou-Me a ti, para que,
por tua vez Me dês às almas.

Caridade

Inverno do ano da encarnação de Nosso Senhor de 1171

Nosso Senhor Jesus Cristo: A fama do próximo deve ser sagrada a teus olhos.
Nunca te faças eco de calúnias ou de maledicências.
Tu não conheces os Meus desígnios sobre eles.
Lamenta somente
o pecado que os prende debaixo do seu jugo.

Inverno do ano da encarnação de Nosso Senhor de 1171

Nosso Senhor Jesus Cristo: Amai o vosso Deus com todo o vosso coração e acima de todas as coisas.
Amai-vos uns aos outros como Eu vos amei.
Consolai-vos mutuamente.
Tende confiança em Mim.

Não desprezeis nenhum dos vossos irmãos, pois nasceram de Mim, tal como vós.
E amo-vos a todos com amor igual.

Os Meus servos
ganham uma vida de felicidade incomparável.

Não esqueçais que Eu tenho todo o poder
para amar, perdoar,
mas também para fazer justiça.

A vida passa tão depressa e lá está a Eternidade.
Considerai muitas vezes essa verdade.

Só Eu santifico. Só Eu dou a verdadeira felicidade.
Bondade, justiça, fraternidade:
eis o que deve ser a vossa vida.

Primavera do ano da encarnação de Nosso Senhor de 1171

Nosso Senhor Jesus Cristo: Não se estabelecerá a paz no mundo
senão pela justiça e pela bondade.
Reza, a fim de que
os homens compreendam essa verdade.

Há lobos no Meu redil
e como andam encobertos com peles de ovelha, os Meus próprios justos se sentem abalados.
Uma ameaça pesa sobre os Meus
cordeirinhos.
Mas Eu sou o Bom Pastor e protejo as Minhas ovelhas.

Primavera do ano da encarnação de Nosso Senhor de 1171

Nosso Senhor Jesus Cristo: Não confundas pecador e pecado.

Odiar este, socorrer aquele. Para isso são necessárias orações, mortificações, penitências.

É a única verdadeira Caridade. Não faltam modos de a praticar. Tenho sede das almas!

Participa da Minha sede! Queres?

Primavera do ano da encarnação de Nosso Senhor de 1171

Nosso Senhor Jesus Cristo: É preciso que entres cada vez mais profundamente no caminho da renúncia e do esquecimento de ti mesma. Não dês ocasião alguma ao inimigo, irritando-te quando te fizerem mal.

Responde aos insultos com um ato de pura caridade.

Esquece-os no Meu Coração.

Não convém a Meu filho responder à ofensa com rancor.

Olha para Mim. Eu te amo.

Primavera do ano da encarnação de Nosso Senhor de 1171

Nosso Senhor Jesus Cristo: As vossas obras seguem-vos na eternidade, Meus filhos.

Vede-Me nos deserdados da vida.

Se não puderdes sempre aliviar a sua aflição, dai-lhes a esmola de um sorriso, duma oração.

Pedi-Me muitas ocasiões de Me provar o vosso amor.

Primavera do ano da encarnação de Nosso Senhor de 1171

Nosso Senhor Jesus Cristo: Em toda alegria reparte com o pobre. Pensa nos que no mundo passam fome, perseguição, doença. Isso a fim de moderar o que a tua alegria pode ter de excessivo. A parte do pobre é a parte de Deus.

Primavera do ano da encarnação de Nosso Senhor de 1171

Nosso Senhor Jesus Cristo: Ao despertar começa um novo dia. Repara com muito amor as faltas, os ultrajes, as feridas que receberá neste dia o Meu Divino Coração.

Sê ardente e generoso. Não deixe de pedir graças para os pobres pecadores. Ajoelha-te muitas vezes e adora em espírito e em verdade o Deus de Amor e de Bondade que te cumula de seus dons. Sabes que, por meio do teu amor, portas obstinadamente fechadas se abrem para deixar entrar o Senhor teu Deus? O teu nada atraiu a minha Grandeza. O contraste é surpreendente.

Mas nada é impossível ao Amor. Pelo jugo da Minha misericordiosa Bondade juntam-se os dois extremos, até formar um TUDO, onde se perde o pequeno nada.

Primavera do ano da encarnação de Nosso Senhor de 1171

Nosso Senhor Jesus Cristo: Ai daqueles que escandalizam os Meus pequenos, e os induzem a erro com os seus ensinamentos perversos. Em verdade, o escândalo recairá sobre eles. Pois se há lobos no aprisco, o Bom Pastor conhece-os e protege o seu rebanho. O disfarce de nada lhes servirá, pois serão reconhecidos como inimigos de Deus e da Igreja por aqueles mesmos que querem seduzir. A Igreja é santa e universal. Os seus alicerces são inabaláveis. Mas, mais do que nunca, a oração é atual e necessária à sua vitalidade.

Verão do ano da encarnação de Nosso Senhor de 1171

Nosso Senhor Jesus Cristo: A Divina Caridade é doce e paciente e não se perturba com as vicissitudes da vida.

Verão do ano da encarnação de Nosso Senhor de 1171

Nosso Senhor Jesus Cristo: A desproporção que existe entre os povos e mais particularmente entre as almas é cruciante para Mim. De fato é preciso urgentemente socorrer os vossos irmãos, os Meus filhinhos famintos. Vivestes na abundância dos bens terrestres, como se tudo vos pertencesse, sem repartir com os deserdados da vida. Nenhuma salvação para vós, os egoístas, que vos fartais regaladamente sem remorsos, esquecendo que, pelo mundo afora, tantos homens, que são vossos irmãos e que devem partilhar vossa herança, passam fome. A vossa demasia, amontoada em vossos cofres, aumenta a vossa cobiça.

Para que servem essas riquezas senão para vos perder?

Eu, vosso Deus, vos mando: amai-vos e ajudai-vos uns aos outros.

Que a vossa alegria seja dar com amor, assim como a Minha é ser liberal para convosco.

Verão do ano da encarnação de Nosso Senhor de 1171

Nosso Senhor Jesus Cristo: Filhos dos homens,
dai-vos as mãos
e não pequeis mais contra o vosso Deus.

Verão do ano da encarnação de Nosso Senhor de 1171

Nosso Senhor Jesus Cristo: Tentai uma vez ser bom; já não podereis deixar de o ser, tanta será a alegria encontrada na prática da Caridade Divina.

Verão do ano da encarnação de Nosso Senhor de 1171

Nosso Senhor Jesus Cristo: Por vós aceitei as piores humilhações e entreguei-Me ao furor dos Meus carrascos. Eles ainda não capitularam.

Mas vós, meus fiéis, construí uma muralha com os vossos corações reunidos, a fim de que, entre Mim e a iniqüidade, se levante uma montanha de virtudes que afaste a Minha justa cólera da sua perversidade.

As águas salutares da Minha Misericórdia correrão sobre as almas, se renovarem a sua morada, e adquirirão o Meu Perdão eterno.

Porque então esquecerei quanto eles Me fizeram sofrer, recusando-Me tanto tempo o seu coração. O Meu Amor consome tudo na sua chama.

Verão do ano da encarnação de Nosso Senhor de 1171

Nosso Senhor Jesus Cristo: A força da Minha Igreja e a sua filiação divina estão na prática da pequenez, da humildade e da caridade. Aí o orgulho está fora de lugar.

Aquele que Me ama vive na Minha paz e a Minha Alegria Santa reside nele. Aquele que Me escuta receberá a recompensa prometida aos filhos da Luz.

Verão do ano da encarnação de Nosso Senhor de 1171

Nosso Senhor Jesus Cristo: Sê fervoroso na prática da Caridade. É com o Meu coração que tu amas as almas.

O bom combate, Meu filho, é aquele que eleva a alma acima de si própria. Há sempre que combater e vencer. Sob o Meu Olhar, sê Eu. Ó Meu filho, não receeis insistir para obter de Mim misericórdia para todos. Gosto tanto de ouvir implorar e de Me deixar vencer pela tua perseverança.

Verão do ano da encarnação de Nosso Senhor de 1171

Nosso Senhor Jesus Cristo: O ódio divide. O amor reconcilia.

Meu filho, a santidade não se compra.

Ganha-se. Não se pode possuí-la sem passar pela cruz.

Outono do ano da encarnação de Nosso Senhor de 1171

Nosso Senhor Jesus Cristo: Aquele que deposita em Mim toda a confiança, toda a esperança, esse é o filho bendito do Meu Santíssimo Coração.

E espalharei nele o suave orvalho da Minha graça. Produzirá frutos de santidade e as suas obras levarão às almas o perfume inefável do Céu, que é a Caridade Divina.

Outono do ano da encarnação de Nosso Senhor de 1171

Nosso Senhor Jesus Cristo: O Coração de Deus está aberto a todos, chamo-os a todos.

Quem O encontra? Aquele que nEle confia, que O procura no próximo pela mais doce caridade. Oh! Quão pouco valem as teorias do mundo comparadas com os exemplos de Amor Divino que dão os pequenos do Senhor!

São loucos aos olhos do mundo!

Aos olhos de Deus são os sensatos!

Outono do ano da encarnação de Nosso Senhor de 1171

Nosso Senhor Jesus Cristo: Há orações régias, que comovem profundamente o Meu Divino Coração.

É a oração dos humildes na mais pura caridade fraterna.

Outono do ano da encarnação de Nosso Senhor de 1171

Nosso Senhor Jesus Cristo: Recebei a alegria do Senhor no seu amor para sempre.

Temperai todas as vossas ações com amor puro, a fim de que a Minha graça não deixe de vos visitar.

Guardai para sempre os vossos corações este mandamento:

"Amarás o Senhor teu Deus com todas as forças de tua alma, com todo o teu coração e com todo o teu espírito".

Outono do ano da encarnação de Nosso Senhor de 1171

Nosso Senhor Jesus Cristo: Nada pode salvar, exceto o Amor. Eu não imponho nada. Peço. Sim, peço que vos ameis como filhos de um mesmo Pai, cada um de vós ternamente amado por Ele, todos unidos pelos doces laços da caridade fraterna.

Outono do ano da encarnação de Nosso Senhor de 1171

Nosso Senhor Jesus Cristo: Sem Caridade, o mundo está condenado a perecer. As doutrinas fantasistas só trazem perturbação e equívoco.

Outono do ano da encarnação de Nosso Senhor de 1171

Nosso Senhor Jesus Cristo: Mesmo quando tu censuras com razão, guarda uma imensa caridade para com todos. Se tiveres que repreender, faze-o com doçura e compreensão.

Nunca imagines conhecer um outro, segundo as aparências.

Procura nele o bem, e o mal será vencido. Porque o mal é feito só de fraqueza.

Quem é fraco é doente e deve ser tratado.

Ao amar, ao rezar e ao repreender, levas à alma que sofre o único remédio que a pode salvar.

Nem sempre uma ferida cura com outra ferida, embora, às vezes seja necessário infligi-la aos rebeldes à moderação.

Inverno do ano da encarnação de Nosso Senhor de 1171

Nosso Senhor Jesus Cristo: O pecado faz-Me sofrer. A falta de caridade magoa-Me mais.

Inverno do ano da encarnação de Nosso Senhor de 1171

Nosso Senhor Jesus Cristo: Quem amar em Mim o seu próximo será abençoado.

Inverno do ano da encarnação de Nosso Senhor de 1171

Nosso Senhor Jesus Cristo: Acolhei os deserdados da vida por Meu amor.

Sede para eles um refúgio de paz e de ternura fraterna.

Quem melhor do que vós, meus privilegiados, poderia compreender o sentido das palavras — caridade e amor?

Sede uma só alma no Meu Divino Coração. Porque Eu vos escolhi entre tantos outros, e vós Me deveis o que sois: iguais diante de Mim, com o mesmo título: filhos dum mesmo Pai e duma mesma Mãe.

Diante de Mim, nada é superior. Tudo é igual e tem o mesmo valor, não esqueçais. Tudo vem de Mim. Acolhei com confiança aqueles que vos mando, porque tal é a Minha Vontade.

Sede, todos, amor para todos.

Nisso reconhecerão em vós Aquele que vos dirige.

Alargai a vossa concepção de amar e de interpretar a Minha Vontade.

Abraçai a humanidade, com todas as suas fraquezas, no Infinito do Meu Amor.

Esquecei-vos de vós, e lembrai-vos daqueles que esperam de vós o gesto de amor que salva, o remédio para as suas misérias.

Inverno do ano da encarnação de Nosso Senhor de 1171

Nosso Senhor Jesus Cristo: A Caridade previne e cura. A censura fere e mata.

Guarda sempre os limites em todas as coisas, exceto nas que Me dizem respeito.

Inverno do ano da encarnação de Nosso Senhor de 1171

Nosso Senhor Jesus Cristo: A sabedoria do homem equivale à sua adoção de filho de Deus.
A inserção da cruz na sua vida fortifica a sua fé, decuplica a sua esperança e purifica a sua caridade.

Inverno do ano da encarnação de Nosso Senhor de 1172

(A respeito de um escândalo.)

Nosso Senhor Jesus Cristo: Não julgues, Meu filho, não julgues.
É uma alma que Me pertence
e que escapa dos Meus braços pelo pecado.
Acolhe-a com a tua caridade fraternal.

A cegueira leva ao abismo.
A Luz faz ladear o abismo sem cair nele.

EU SOU A LUZ DO MUNDO.
Almas pequenas e humildes, faço-vos luzes do mundo.
Que nada ofusque a vossa caridade.

Tomai a vosso cargo aqueles que se encontram nas trevas.
Mesmo pecador, o homem continua objeto da Minha predileção,
mas o seu pecado obriga-Me, no entanto, a ser severo com ele.

Primavera do ano da encarnação de Nosso Senhor de 1172

Nosso Senhor Jesus Cristo: Lembrai-vos de Sodoma e Gomorra.

O orvalho de Minha graça espalha-se em vão sobre terras incultas.
Rezai, rezai para que se acalme a Minha cólera.
Meus fiéis, que a vossa caridade
suavize as chagas deste mundo pervertido.

Para vós, Meus filhos, difiro o dia.
Todavia, não dispenso o mundo nem o que é do mundo.

Primavera do ano da encarnação de Nosso Senhor de 1172

Nosso Senhor Jesus Cristo: O vosso Deus anda à procura do seu povo,
e o seu povo esquiva-se.

Abri-Me o caminho dos corações, para que Eu venha estabelecer neles o Meu Reino de Amor pela Justiça e pela Caridade.

Primavera do ano da encarnação de Nosso Senhor de 1172

Nosso Senhor Jesus Cristo: A Caridade é amar sem medida.

Conhecimento do Dom de Deus

Primavera do ano da encarnação de Nosso Senhor de 1172

Nosso Senhor Jesus Cristo: O conhecimento do dom de Deus é outro dom de Deus que atrai à alma os tesouros da misericórdia.

Primavera do ano da encarnação de Nosso Senhor de 1172

Nosso Senhor Jesus Cristo: EU sou o dom de Deus.
EU sou o Amor incriado.
EU sou Aquele que vem.

Primavera do ano da encarnação de Nosso Senhor de 1172

Nosso Senhor Jesus Cristo: Aquele que possui o sentido dos valores morais aprecia mais o dom de Deus.

Primavera do ano da encarnação de Nosso Senhor de 1172

Nosso Senhor Jesus Cristo: A importância do dom de Deus avalia-se pela sua ação nas almas.

Primavera do ano da encarnação de Nosso Senhor de 1172

Nosso Senhor Jesus Cristo: Ninguém conhece o Pai se não Me conhece já.

Pois, como Eu sou um no meu Pai, assim Ele é um em Mim.

Meu filho, sabes o que é a derrota de um Deus? É não ter podido salvar a todos pelo Seu Sacrifício. Sabes o que é a dor de um Deus? Sabes o que é um Deus desprezado?

Sabes também que, às vezes, o sonho pode ser uma realidade oculta.

Conhecimento de Si

Verão do ano da encarnação de Nosso Senhor de 1172

Robert de la Croix: Ó meu Bem-Amado, acho-me tão estúpido diante de Ti.

Nosso Senhor Jesus Cristo: Meu filho, o que julgas ser não tem importância nenhuma.

É o espírito que fala em ti, e isso é uma certeza. Tu não és capaz de pensamentos tão elevados como os que Eu te inspiro.

Verão do ano da encarnação de Nosso Senhor de 1172

Nosso Senhor Jesus Cristo: Contrariamente ao que se pensa, o caminho do Amor é, de longe, o mais escarpado. Olha, Meu filho, o que nele se meter sem renunciar a si mesmo não irá longe. Na primeira curva, arrepiará caminho.

Tu, Meu filho querido, pega a Minha mão e deixa-te guiar.

Nunca ninguém se arrependeu de se ter entregado ao Amor.

Verão do ano da encarnação de Nosso Senhor de 1172

Nosso Senhor Jesus Cristo: Considerai o que sois, o que fazeis, ide ao fundo de vós próprios. Tende horror ao mal que aí se esconde. Quem pode justificar-se?

Vivei do bom exemplo. Tirais a vossa vida da Minha. Animai-vos mutuamente ao bem. Temei o vosso Deus. Mas amai-O muito mais.

Que nunca vos desanime a vossa miséria. Pelo contrário, que seja um meio de vos elevar até a Mim... com mais confiança, mais abandono.

Verão do ano da encarnação de Nosso Senhor de 1172

Nosso Senhor Jesus Cristo: Quem quer que sejas, nunca julgues conhecer-te totalmente, pois em qualquer homem existe um fundo inverificável.

Para quem não for cauteloso, esse fundo, reaparecendo de repente à superfície, pode ser causa de quedas graves.

Verão do ano da encarnação de Nosso Senhor de 1172

Nosso Senhor Jesus Cristo: Conhecer a própria miséria e afligir-se por causa disso penaliza-Me muito.

Mas amá-la e pôr em Mim toda a confiança é um estado de perfeição que Me cativa particularmente.

O Meu Espírito fala ao teu espírito, e o Meu Coração ao teu coração. E nosso amor se torna Um.

Verão do ano da encarnação de Nosso Senhor de 1172

Nosso Senhor Jesus Cristo: Meu filhinho, não se mede certamente a grandeza duma alma pela sua fraqueza, mas sim pelo conhecimento que tem dessa fraqueza.

Lamenta a tua impotência e miséria; mas não te entristeças ao ver-te tão fraco. Procura antes o teu socorro nAquele que te dá força.

A Minha glória, tiro-a do nada.

Que outra coisa sois vós, meus filhinhos?

Não tenhais medo de Mim.

Conheço-vos tão bem... e amo-vos tanto!

Verão do ano da encarnação de Nosso Senhor de 1172

Nosso Senhor Jesus Cristo: Glorifica o Senhor teu Deus em todos os teus atos.

Sê o Tabernáculo da Paz para todos.

Nosso Senhor Jesus Cristo: Aprende de Mim, alma pequena: se tu quiseres, o cansaço mudar-se-á em força; o aborrecimento, em alegria; o egoísmo, em generosidade; o amor-próprio e o respeito humano, em heroísmo; o abandono, no ouro puro do Amor Divino.

Conhece bem a tua miséria e encontrarás a arma para combatê-la, o escudo onde se virão quebrar as setas do inimigo: a santa humildade, armadura dos fracos e dos fortes, contra a qual ninguém pode nada. É o hábito de que se revestiu o teu Deus, e é o que quero ver-te pôr aos ombros.

Meu filho, põe bem em prática o que te ensino e convence-te bem de que a humildade é o caminho da santidade.

Verão do ano da encarnação de Nosso Senhor de 1172

Nosso Senhor Jesus Cristo: Onde está pois a tua serenidade de filho de Deus? Podes ainda dar tanta importância ao que tens a sofrer da parte dos outros, como se ainda fosses deste mundo carnal e vão? Chora antes os pecados do mundo, que tão dolorosamente ofendem o Coração do teu Amigo.

Ao que te faz sofrer opõe o rosto do amor santo que ama os outros com os seus defeitos e as suas qualidades. Pois neste mundo quem não possui um cantinho no seu coração, uma parcela do Amor Divino, parcela às vezes abafada pelos vícios e pela corrupção, mas que nem por isso é menos real, pois é aí que Eu permaneço.

Vamos, Meu filho, através das tuas lágrimas, mostra o teu sorriso ao teu Deus, como um pouco de céu azul depois da trovoada.

Robert de la Croix: Tu és, Senhor, a minha Luz e a minha Verdade.

Outono do ano da encarnação de Nosso Senhor de 1172

Nosso Senhor Jesus Cristo: Faz o que deves.
Por Mim o homem é forte. Sozinho é mais fraco do que uma criança.

Aquele que deposita em Mim toda a confiança, toda a esperança, este é o filho bendito do Meu Santíssimo Coração. Espalharei nele o suave orvalho da Minha graça. Produzirá frutos da santidade e as suas obras levarão às almas o perfume inefável do Céu, que é a Caridade Divina.

Primavera do ano da encarnação de Nosso Senhor de 1173

Robert de la Croix: Senti-me diferente nos dias que se seguiram. A paz me tomava, me invadia. Irradiava temperança ao meu redor. A natureza estava mais bela e irradiante que nunca. Tudo fazia sentido, a pequenez dos sentimentos, a ausência de angústia e a mansidão do vento e do tempo. A constância de minhas orações e invocações do nome de Nosso Senhor Jesus Cristo...

Naquela tarde gloriosa, tudo me inundava em mansa alegria.

Senti que minha visita seria diferente, isto é, senti-me preparado para uma poderosa visitação. A do Espírito Santo me punha em êxtase. Eu chorava... Essa nova visita, auroreava paz.

Senti então que a Mãe de Deus preparava Sua visita a mim. Eu deveria estar preparado, afinal a vida de um cavaleiro é uma vida de mariano. O cavaleiro é por Deus e tem Sua Mãe como chefe dos exércitos; dos exércitos angélicos.

Eu deveria estar preparado... Pronto a ouvir minha Mãe...

Mas como me senti frágil diante da realidade que se apresenta em sua visita.

Era hora... Até os pássaros calaram. Curvei-me como cavaleiro e me pus de joelhos.

Nossa Senhora Mãe de Deus: Filhos amados, vivei com Alegria o mistério da apresentação do Menino Jesus no Templo de Jerusalém e deixai-vos levar, também vós, com docilidade, nos Meus braços de Mãe.

A quarenta dias do Seu nascimento, em cumprimento à prescrição da lei, junto com o meu castíssimo esposo José, Eu subo ao Templo para oferecer ao Senhor o meu Filho primogênito e para cumprir o sacrifício prescrito para o seu resgate.

Com que Amor estreito o Menino Jesus nos meus braços maternos!

E com que docilidade e abandono filial o pequeno Menino deixa-se levar por Mim, enquanto o aperto, com infinita ternura, ao meu Coração.

E levado, doado e oferecido pela Mãe, Jesus entra na glória do seu Templo.

Jesus entra no Templo de Jerusalém, porque para Ele, Messias, Senhor e Redentor, o mesmo foi construído e santificado.

Jesus vem, no esplendor da sua glória, e toma posse da sua Divina Morada.

Jesus se manifesta no fulgor da sua Luz, para a revelação de todos os povos.

Jesus é pré-anunciado como sinal de contradição, para a salvação e a ruína de muitos em Israel.

Jesus é acolhido nos braços do velho Simeão, como o Messias esperado há séculos e como Salvador do seu povo.

— *Eu vos levo a Jesus, vossa verdade.*

Eis por que no fim dos tempos, nos quais muitos se afastam da Fé para seguir os erros, Eu irei intervir para conduzir-vos todos à plena Verdade do Evangelho.

Sede somente Evangelho vivido, para que também vós possais doar a Luz da Verdade.

— *Eu vos levo a Jesus, vossa vida.*

Eis por que hoje, quando muitos caem na treva do pecado e da morte, com a Minha forte presença entre vós, ajudar-vos-ei a viver na graça de Deus, a fim de que possais participar, também vós, da própria vida do Senhor Jesus.

Nos tenebrosos tempos da grande tribulação, se não vos deixardes levar nos meus braços, com abandono filial e grande docilidade, dificilmente conseguireis fugir das enganosas insídias que o meu adversário vos lança.

As suas seduções tornaram-se tão perigosas e sutis que quase não se consegue mais escapar delas.

Correis o grande perigo de cair na sedução que o meu adversário vos prepara, para afastar-vos de Jesus e de Mim.

Todos podem cair no seu engano.

Aí caem os Sacerdotes e também os Bispos.

Aí caem os fiéis e também os consagrados.

Aí caem os simples e também os sábios.

Aí caem os discípulos e também os mestres.

Aí não cairão nunca os que — como pequenas crianças — se consagram ao meu Coração Imaculado e deixam-se levar nos Meus braços maternos.

Eu vos levo a Jesus, vosso caminho.

Sereis, assim, conduzidos por Ele ao vosso Pai Celeste.

Jesus é a Imagem perfeita do Pai; é o seu Filho unigênito; é o Verbo consubstancial a Ele; é o Reflexo da Sua Beleza; é a Revelação do Seu Amor.

Jesus e o Pai são uma única coisa.

Do Pai por meio do Filho, vos é dado como dom o Espírito de Amor, para que possais, também vós, penetrar no mistério esplêndido dessa Divina Unidade.

Se Jesus se torna o vosso caminho, chegareis aos braços do seu e vosso Pai Celeste.

E assim viveis com a confiança e o abandono das pequenas crianças, que tudo esperam e acolhem tudo como dom de amor de Seu Pai que está no Céu.

Então Eu, vossa Mãe Celeste, poderei levar-vos todos os dias, no altar do meu Coração Imaculado, ao Templo da glória e da luz do Senhor.

Assim, poderei oferecer-vos na vida, à perfeita glorificação da Santíssima Trindade e, por meio de vós, posso difundir por toda a parte, a Luz do seu Divino Esplendor.

Quando esta Luz tiver iluminado e transformado o mundo, Jesus virá a vós na glória, para instaurar o seu Reino.

Robert de la Croix: Não sei dizer por que motivo, nem possuo entendimento para explicar, mas sabia que me encontrava em plena Páscoa e próxima mensagem seria no sábado de Aleluia. Esperei encolhido como um feto a vinda do dia seguinte, da segunda visitação da Rainha do Céu.

Sábado Santo

Nossa Senhora Mãe de Deus: No sepulcro novo, hoje, o Corpo do meu Filho Jesus repousa no sono da morte. E sinto-me Mãe dolorosa e feliz, ferida e aplacada, submersa em um oceano de dor e envolta por um manto de paz, estremecida pelo pranto e composta por uma interior e divina bem aventurança.

Enfim tudo se cumpriu.

Agora, Eu velo em ato de incessante oração, enquanto o Meu coração se abre à certeza da ressurreição do Meu filho Jesus, a Minha mente se ilumina à luz da sua profecia e a minha pessoa é toda distendida na espera desse seu glorioso momento.

É o dia da Minha materna solidão.

É o dia da Minha imensa dor.

É o dia fecundo da Minha segura esperança.

É o primeiro dia da Minha nova e espiritual maternidade.

Preparai-vos, também vós, ao momento do vosso novo nascimento.

No sepulcro novo, deponha o homem que em vós deve morrer.

Deponde o homem do pecado e do vício, do ódio e do egoísmo, da avareza e da luxúria, da soberba e do orgulho, da discórdia e da incredulidade.

Morra hoje em vós tudo aquilo que herdastes do primeiro homem. E saia finalmente para a luz o novo homem que nasce *no sepulcro novo*, onde Cristo ressuscitou, no esplendor glorioso da sua divindade.

O homem novo da graça e da santidade.

O homem novo do amor e da comunhão.

O homem novo da misericórdia e da pureza.

O homem novo da humildade e da caridade.

O homem novo da docilidade e da obediência.

O homem novo da luz e da santidade.

Só este homem novo, que nasce no mistério pascal de Cristo, pode escancarar a porta do sepulcro, no qual hoje jaz toda a humanidade já morta, para fazê-la ressuscitar para a nova era de graça e de santidade que Cristo ressuscitado vos trouxe no momento de sua vitória sobre o pecado e sobre a morte.

Robert de la Croix: Pensei no meu renascimento, de assumir meu batismo. E se era tarde para fazê-lo... As mensagens eram claras. Diziam que não.

Páscoa da Ressurreição

Nossa Senhora, Mãe de Deus: Filhos queridos, vivei na alegria da Páscoa.

Jesus Cristo, flagelado, coroado de espinhos, vilipendiado, conduzido à Cruz, crucificado e executado como um malfeitor, ressuscitou.

Com a potência que lhe vem da natureza divina, chamou da morte a sua natureza humana e, no esplendor da sua glória, saiu vitorioso do sepulcro.

Cristo ressuscitado está vivo no meio de vós.

Não temais: Ele guia os acontecimentos da história humana para a realização da vontade do Pai Celeste e do seu grande desígnio de salvação.

Cristo ressuscitado está agora no Céu, sentado no Seu trono de glória, à direita do Pai.

A Ele estão submetidas todas as coisas.

Debaixo do escabelo de seus pés, serão humilhados e derrotados todos os seus inimigos.

Desde este dia, a história humana se abre à plena glorificação de Cristo ressuscitado.

Cristo ressuscitado retornará a vós sobre as nuvens do céu, no pleno fulgor da sua glória.

Vivei hoje à espera do seu glorioso retorno.

Não vos deixeis desanimar pelo momentâneo triunfo do mal e do pecado.

Não vos entristeça a vitória no mundo da recusa obstinada de Deus, da rebelião contra sua lei de amor e de uma tão universal impiedade.

Nem mesmo vos deixeis tomar pela dúvida e pela desconfiança, vendo a Igreja tão ferida e golpeada, insidiada e traída.

Que a alegria seja maior do que qualquer razão humana de apreensão e de tristeza.

Cristo ressuscitado está vivo entre vós. Cristo ressuscitado assinala com sua vitória os acontecimentos do mundo e da história.

Cristo ressuscitado quer instaurar entre vós o seu Reino, para que seja glorificado por todo o universo criado.

Vivei sempre na alegria e numa segura esperança, *à espera do Seu Glorioso Retorno.*

Sobre o Enorme Dragão Vermelho

Nossa Senhora Mãe de Deus: Filhos prediletos, adorais e invocais o Espírito Santo, que no Pentecostes desceu sobre os apóstolos e os discípulos reunidos comigo no Cenáculo de Jerusalém.

Vós o invocais ainda nesses vossos tempos que virão, com confiança e com perseverança, reunidos comigo nos Cenáculos de oração, que já se difundirão em todas as partes da terra.

Só o Espírito do Senhor pode reconduzir a humanidade à perfeita glorificação de Deus.

Só o Espírito do Senhor pode renovar a Igreja com o esplendor da sua unidade e da sua santidade.

Só o Espírito do Senhor pode vencer a potência e a força vitoriosa do *enorme dragão vermelho*, que, nos tempos da grande apostasia, se desencadeará por toda parte, de maneira terrível, para seduzir e enganar toda a humanidade.

O enorme dragão vermelho é o ateísmo, que difundirá em toda parte o erro da negação e da obstinada recusa de Deus.

O enorme dragão vermelho é o ateísmo, que se apresenta com dez chifres, isto é, com a potência de seus meios de comunicação, para conduzir a humanidade a desobedecer aos dez mandamentos de Deus, e com sete cabeças, tendo sobre cada uma delas um diadema, sinal de poder e realeza. As cabeças coroadas indicam as nações nas quais o ateísmo se estabelecerá e dominará com a força do seu poder ideológico, político e militar.

A enormidade do dragão manifesta claramente a vastidão das terras ocupadas pelo domínio incontrastado do ateísmo.

A sua cor é vermelha, porque usa a guerra e o sangue como instrumento das suas numerosas conquistas.

O enorme dragão vermelho conseguirá, nesses anos que virão, conquistar a humanidade com o erro do ateísmo teórico ou prático, que irá seduzir todas as *nações da terra*.

Conseguirá assim construir uma nova civilização sem Deus, materialista, egoísta, hedonista, árida e fria, que trará em si os germes da corrupção e da morte.

O enorme dragão vermelho tem a missão diabólica de subtrair toda a humanidade do domínio de Deus, da glorificação da Santíssima Trindade, da plena atuação do desígnio do Pai que, por meio do Filho, a criou para a sua glória.

O Senhor me revestiu da Sua Luz e o Espírito Santo me revestiu da Sua Potência, assim Eu apareço como um grande sinal no céu, Mulher vestida de sol, porque tenho a missão de subtrair a humanidade do domínio do *enorme dragão vermelho* e reconduzi-la toda à perfeita glorificação da Santíssima Trindade.

Por isso, Eu formo, para mim, o exército dos meus filhos mais pequeninos, em todas as partes do mundo, e peço-lhes que se consagrem ao meu Coração Imaculado. Assim, os conduzo a viver somente para a Glória de Deus, por meio da Fé e da Caridade, e os cultivo, Eu mesma, zelosamente, no meu celeste jardim.

Então, todos os dias Eu me apresento diante do trono do meu Senhor numa atitude de profunda adoração, abro a porta de ouro do meu Coração Imaculado e ofereço nos Meus braços todos estes Meus filhos dizendo: "Santíssima e Divina Trindade, no momento da vossa universal negação, Eu vos apresento a homenagem da Minha materna reparação, por meio de todos esses meus pequeninos que cada dia formo para a vossa maior glorificação" .

Assim, ainda hoje, o Senhor, da boca das crianças e dos Lactantes, recebe o seu louvor perfeito.

Sobre a Besta Semelhante a uma Pantera

Nossa Senhora Mãe de Deus: Filhos queridos, formarei para Mim o Meu exército, com os filhos que acolheram o Meu convite e escutaram a Minha voz.

Chegou o tempo em que o meu Coração Imaculado deve ser glorificado pela Igreja e por toda a humanidade.

Porque, nestes tempos da apostasia, da purificação e da grande tribulação, o meu Coração Imaculado é o único refúgio e o caminho que vos conduz ao Deus da salvação e da paz.

Sobretudo, o meu Coração Imaculado torna-se hoje o sinal da Minha segura vitória, na grande luta que se combate entre os sequazes do *enorme dragão vermelho* e os sequazes da Mulher vestida de sol.

Nessa terrível luta sai do mar, para ajudar o dragão, *uma besta semelhante a uma pantera.*

Se o dragão vermelho é o ateísmo, a besta negra *é a nova ordem secular, a seita do olho que tudo vê.*

O dragão se manifesta no vigor da sua potência; a besta negra, ao contrário, age na sombra, se esconde, se oculta, de modo a entrar em toda parte.

Ela tem as patas de urso e a boca de um leão, porque opera em todo lugar com a astúcia e com os seus meios de comunicação.

As sete cabeças indicam as instalações de comando, que agem em toda parte de maneira traiçoeira e perigosa.

Esta besta negra tem dez chifres e sobre os chifres dez diademas, que são sinais de domínio e de realeza.

A seita dominará e governará todo o mundo por meio dos dez chifres.

O chifre foi sempre um instrumento de amplificação, um modo de fazer a própria voz ser ouvida à distância, um forte meio de comunicação entre os exércitos.

Por isso, Deus comunicou a sua Vontade ao seu povo por meio de dez chifres que tornaram a sua lei conhecida: os Dez Mandamentos.

Quem os acolhe e os observa caminha na vida sobre a estrada da Divina Vontade, da alegria e da paz.

Quem faz a vontade do Pai acolhe a palavra do Filho e participa da redenção consumada por Ele.

A graça da redenção é comunicada por meio dos sete sacramentos.

Com a graça inserem-se na alma germes de vida sobrenatural que são as virtudes. Entre essas as mais importantes são as três virtudes teologais e as quatro cardiais: Fé, Esperança, Caridade, Prudência, Fortaleza, Justiça e Temperança. Ao sol divino dos sete dons do Espírito Santo, estas virtudes germinam, crescem, se desenvolvem cada vez mais e assim conduzem as almas pelo caminho luminoso do Amor e da Santidade.

A tarefa da besta negra, isto é, da nova ordem secular, é a de combater de maneira traiçoeira, mas tenaz, para impedir as almas de percorrer esta estrada, indicada pelo Pai e pelo Filho e iluminada pelos dons do Espírito.

De fato, se o dragão vermelho age para levar toda a humanidade a desprezar a Deus, à negação de Deus e portanto difunde o erro do ateísmo, o intuito da seita não é o negar a Deus, mas de *blasfemá-lo*.

A besta abre a boca para proferir blasfêmias contra Deus, para blasfemar o seu nome e a sua morada, contra todos os que habitam no Céu.

A blasfêmia maior de todas é a de negar o culto devido só a Deus para dá-lo às criaturas e ao próprio satanás.

Eis por que, nos tempos que virão, por trás da perversa ação da seita, irão difundir-se, por toda parte, as missas negras e o culto satânico.

Além disso, a seita secreta age, com todos os meios, para impedir que as almas se salvem, e assim quer tornar vã a obra da redenção consumada por Cristo.

Se o Senhor comunicou a Sua Lei com os Dez Mandamentos, a seita difunde por toda parte, com a potência dos seus dez chifres, uma lei que é completamente oposta à de Deus.

Mandamento do Senhor: "Não terás outro Deus além de Mim" — ela construirá outros falsos ídolos, diante dos quais muitos se prostrarão em adoração.

Mandamento: "Não nominar o nome de Deus em vão" — ela se oporá blasfemando Deus e o Cristo, de tantos modos enganosos e diabólicos, até reduzir seu nome a uma mera expressão filosófica, sua Divina Pessoa a um simples profeta e recontar Sua história de forma sacrílega.

Mandamento: — "Lembra-te de santificar as festas" — ela transformará o domingo no dia dos esportes, das disputas, dos divertimentos.

Mandamento: — "Honrar pai e mãe" — ela se contrapõe com a desvalorização e desrespeito aos idosos e com a criação de um modelo novo de família fundado na convivência banal.

Mandamento: — "Não cometer atos impuros" — ela justificará, exaltará e difundirá todas as formas de impureza, até a justificação dos atos contra a natureza.

Mandamento: — "Não matar" — ela conseguirá legitimar, em toda parte, a morte de crianças antes mesmo de seu nascimento e fazer quase desaparecer o respeito ao valor da vida humana.

Mandamento: — "Não roubar" — ela trabalhará para que cada vez mais sejam difundidos a violência, os furtos, os seqüestros, os roubos e a corrupção.

Mandamento: — "Não levantar falso testemunho" — ela agirá para que se propague cada vez mais a lei do engano, da mentira, da falsidade.

Mandamento: — "Não desejar as coisas e a mulher do próximo" — agirá para corromper profundamente a consciência, enganando a mente e o coração do homem.

Dessa maneira, as almas serão incitadas no caminho perverso da desobediência à lei do Senhor, serão submersas no pecado e assim impedidas de receber o dom da graça e da vida de Deus.

Às sete virtudes teologais e cardeais, que são o fruto do viver na graça de Deus, a seita irá opor a difusão *dos sete vícios capitais*, que são o fruto do viver habitualmente em estado de pecado.

À fé, ela opõe a soberba; à esperança, a luxúria; à caridade, a avareza; à prudência, a ira; à fortaleza, a preguiça; à justiça, a inveja; à temperança, a gula.

Aquele que se torna vítima dos sete vícios capitais é gradualmente conduzido a tirar de Deus o culto que somente a Ele é devido, para dá-lo a falsas divindades, que é a própria personificação de todos esses vícios.

E nisso consiste a maior e mais horrível blasfêmia.

Eis por que sobre cada cabeça da besta está escrito um título blasfemo.

Cada sede central da seita terá a tarefa de fazer adorar uma divindade diferente.

A primeira cabeça leva o título blasfemo da soberba, que se opõe à virtude da fé, e conduz a prestar o culto ao deus da razão humana e do orgulho, da técnica e do progresso científico.

A segunda cabeça leva o título blasfemo da luxúria, que se opõe à virtude da esperança, e conduz a prestar o culto ao deus da sensualidade e da impureza.

A terceira cabeça leva o título blasfemo da avareza, que se opõe à virtude da caridade, difundindo em toda parte o culto ao deus do dinheiro.

A quarta cabeça leva o título blasfemo da ira, que se opõe à virtude da prudência, e conduz a prestar o culto ao deus da discórdia, do ódio e da divisão.

A quinta cabeça leva o título blasfemo da preguiça, que se opõe à virtude da fortaleza, difundindo o culto ao ídolo do medo da opinião pública, do receio de servir à Deus e à Sua Palavra, da completa estagnação do justo e da liberação da exploração humana.

A sexta cabeça leva o título blasfemo da inveja, que se opõe à virtude da justiça, e leva a prestar o culto ao ídolo do desejo impuro, da violência e da guerra.

A sétima cabeça leva o título blasfemo da gula, que se opõe à virtude da temperança, e conduz a prestar o culto ao ídolo tão exaltado do hedonismo, do materialismo e do prazer.

A tarefa das lojas da seita será a de operar, com grande astúcia, para levar por toda parte a humanidade a desprezar a Santa Lei de Deus, a operar em aberta oposição aos Dez Mandamentos, a subtrair o culto devido ao único Deus, para dá-lo a falsos ídolos, que serão exaltados e adorados por um número cada vez maior de homens: a razão; a carne; o dinheiro; a discórdia; o domínio; a violência; o prazer.

No meu Coração Imaculado se delineia a tática usada pela vossa Mãe Celeste para contra-atacar e vencer a enganosa trama usada pela besta negra.

Por isso formo todos os meus filhos a observar os Dez Mandamentos de Deus; a viver à letra o Evangelho; a usar com freqüência os sacramentos, especialmente os da penitência e comunhão eucarística, como ajuda necessária para conservar-se na graça de Deus; a exercitar de maneira forte as virtudes, caminhar sempre na estrada do bem, do amor, da pureza e da santidade.

Assim, sirvo-me de vós, meus pequenos filhos que a mim vos consagrastes, para desmascarar todas essas insídias enganosas que a besta negra vos armará e tornar enfim vão o grande ataque que a nova ordem secular desfechará contra Cristo e a sua Igreja.

E por fim, sobretudo na sua maior derrota, aparecerá, em todo o seu esplendor, o triunfo do meu Coração Imaculado no mundo.

Robert de la Croix: Orei com horror e desespero pelo que virá no final dos tempos. O que mais me pesava era a subtração da Ordem ao qual pertencia e que tanto amei. Era uma luz de justiça num mar de miséria e morte. Os cavaleiros irmãos justos que conheci. Meus amigos e irmãos... Que pena? Que desgraça...

Verão do ano da encarnação de Nosso Senhor Jesus Cristo de 1173

Nosso Senhor Jesus Cristo: Qual é nesta vida a esperança do homem sem Deus? Nenhuma. Para ele, a morte é um termo que põe fim a uma vida qualquer, angustiada.

Qual será o desespero deste homem que, durante toda a vida, se apegou desordenadamente à terra, e que chega ao momento fatal em que a deve deixar inexoravelmente!

Aparece-lhe em todo o seu horror a vacuidade do que fazia os seus encantos. Pensamento torturante para esse desgraçado, que não vê senão trevas à sua volta. Aí a Luz não brilhará para ele, pois sempre a ignorou e, salvo um socorro particular do Senhor, partirá como viveu, sem Deus.

MEU FILHO, espera em Mim, além de toda a esperança.

Cumprir-se-á tudo quanto decretei. Todavia, nem todos serão salvos. Porque voluntariamente escolheram outro senhor.

Robert de la Croix: Depois dessa mensagem a voz se calou. Senti o peso do mundo.

Parti com meu diário contendo as mensagens e rumei para a abadia de Cluny.

Lá eu esperava que os iluminadores e copistas ajudariam a espalhar essas mensagens, urgentes para o mundo... Urgentes para o homem.

Olhando para a caverna onde habitava, fiz minha última oração antes da partida.

Beijei o chão onde tive paz, agradeci a Deus por tudo e parti.

Eu tinha agora setenta e sete anos e percebi, em meu estado senil, que Deus me atendeu ao longo de toda minha vida mundana. Em todos os momentos Ele esteve comigo. Não fui abandonado em momento algum, e o Pai Nosso que está no céu ensinou-me, de diversas formas, nas circunstâncias caóticas de guerra e paz, de apostasia e fé, de fidelidade e abandono, no curto decorrer de minha vida, a contemplar O Eterno. E, depois de tudo, depois de todo orgulho sacudido, solapado e finalmente vencido, tornei-me o que sempre desejei e o que quando era uma criança havia pedido com coração sincero. Tornei-me um verdadeiro filho de Deus; humilde e criança diante de Deus Pai, Todo-Poderoso, Criador do Céu e da Terra. Venci minha miséria pela aceitação desta. Entrego meu diário contendo as mensagens do Divino Coração de Nosso Senhor Jesus Cristo e da Mãe de Deus, a Chefe dos Exércitos Angélicos. Mensagens essas que recebi sem merecimento, mas que são para toda a humanidade. Entrego-as ao novo abade do monastério de Cluny, homem piedoso, de grande sabedoria e caridade, que sucedeu o abade Siger. Combati o bom combate. Guardei a fé. Encontro-me agora pronto para abraçar a morte, que tudo liberta. E, tendo anjos diante de minha face, entrego minha alma nas mãos do Senhor.

Apêndices

CRONOLOGIA DAS ORDENS MILITARES

1064	Conquista de Barbastro com ajuda de cavaleiros da França.
1048-63	Hospital dos amalfitas, em Jerusalém.
1071	Batalha de Manzikert.
1081	Alexius Comeno entra em Constantinopla.
1085	Conquista de Toledo pelos castelhanos.
1095	Concílio de Clermont.
	Conclamação à cruzada.
1097	Primeira Cruzada ameaça Constantinopla.
1099	Conquista de Jerusalém pelos cruzados.
1113	Criação da ordem hospitalar de São João de Jerusalém.
1118	Conquista de Saragoça pelos cristãos.
1120	Hugues de Payns funda a cavalaria do Templo.
1122	Confraria cavaleiresca de Belchita em Aragão.
1129	Concílio de Troyes.
	Regra do Templo.
1131-34	Testamento de Alfonso, rei de Aragão, em favor das ordens da Terra Santa.

1139 Bula *Omne datum optimum* (privilégios para o Templo).

1142-44 Doação do Krak dos Cavaleiros para o Hospital.

1143 Hospital dos alemães em Jerusalém.

1146-48 Segunda Cruzada.

1147 Conclamação à cruzada contra os pagãos das margens do Báltico.

1148 Conquista de Tortosa com ajuda dos templários. Fortaleza de Kalaat-Rawa entregue ao Templo.

1158 Fundação da Ordem de Calatrava.

1154-76 Conquista de al-Andaluz pelos almoadas.

1164 Reconhecimento de Calatrava pelo papa.

1167 Confraria de Évora (futura ordem de Avis), em Portugal.

1170-75 Fundação de Santiago.

1187 Derrota dos latinos em Hattin.

1191 Conquista de Chipre por Ricardo Coração de Leão.

Os francos recuperam Acre. Fundação do hospital teutônico.

1193 Morte de Saladino.

1195 Alarcos. Derrota cristã frente aos almoadas.

1198 Os teutônicos se tornam ordem militar, em Acre.

1200 Fundação de Riga, na Livonia.

1201 Ordem catalã de San Jordi de Alfama.

1202-4 Tomada de Constantinopla pela quarta cruzada.

Criação da ordem militar dos porta-gládios, na Livonia.

1204-6 Estatutos de Margat da ordem do Hospital.

1204 Quarta Cruzada toma Constantinopla.

1212 Las Navas de Tolosa. Vitória cristã sobre os almoadas.

1215 Concílio de Latrao IV.

1217-20 Construção do castelo templário de Castelo Peregrino.

1210-34 Hermann von Salza mestre dos teutônicos.

1218 Fortaleza de Alcântara doada à ordem de San Julian del Pereiro.

1225 Expulsão dos teutônicos da Hungria.

1226 Bula de Rimini.

1227-28 Ordem inglesa de São Tomas de Acre.

1229 Tratado de Jafa entregando Jerusalém aos latinos.

1230 Instalação dos teutônicos na Prússia.

1231 Morte de Isabel da Hungria.

1236 Batalha de Saule, na Lituânia: derrota dos porta-gládios.

Conquista de Córdoba.

1237 Fusão dos porta-gládios com os teutônicos.

1238 Conquista de Valência.

1239-41 Invasão mongol na Europa do Centro-Leste.

1242 Vitória de Alexandre Nevski sobre os teutônicos, no lago Peipus.

1244 Derrota dos latinos, em La Forbie.

1248 Tratado de Christburg entre teutônicos e prussianos.

1248-54 Cruzada de São Luis.

1250 Mamelucos senhores do Cairo.

1254-55 Cruzada de Otokar II da Boêmia na Prússia.

Fundação de Konigsberg.

1256-58 Em Acre, guerra de St. Sabas divide os latinos e as ordens militares.

1258 Os mongóis se apoderam de Bagdá. Queda do califado.

1261 Constantinopla é recapturada dos latinos.

1271 Ofensiva do sultão Baibars. Queda dos castelos do Krak (hospitalário), Chastel Blanc (templário) e Montfort (teutônico).

1274	Concílio de Lyon II.
1278	Estatuto sobre o hábito dos hospitalários.
1282	Vésperas sicilianas. Os aragoneses senhores da Sicília.
1291-1327	Reinado de Tiago II, em Aragão.
1291	Queda de Acre. Fim dos Estados latinos do Oriente. Retirada das ordens militares para Chipre.
1292-1314	Jaques de Molay, mestre do Templo.
1300	Operações das ordens e do rei de Chipre na costa sírio-palestina e no Egito.
1302	Fracasso dos templários na ilhota de Ruad.
1307	Prisão dos templários na França.
1308	O papa Clemente V ordena a prisão dos templários em toda a cristandade.
1309	Instalação dos teutônicos em Marienburg. Conquista da Pomerelia polonesa e de Danzig.
1306-10	Conquista de Rodes pelos hospitalários.
1311-12	Investigação pontifícia sobre o comportamento dos teutônicos na Livonia.
1312	Concílio de Viena. Supressão da Ordem do Templo.
1314	Jaques de Molay é morto na fogueira.
1317-19	Fundação da ordem de Montesa, em Valência.
1319	Fundação da ordem de Cristo, em Portugal.
1323	Cisma na ordem de Calatrava.
1343	Paz de Kalicz entre teutônicos e Casimiro, rei da Polônia.
1345	Conquista de Esmirna sobre os turcos. Governada pelos hospitalários.
1354	Penetração dos turcos otomanos nos Bálcãs.
1365	Saque de Alexandria pelo rei de Chipre e os hospitalários.
1369	Advento da dinastia dos Trastamare, em Castela.

1373 Investigação pontifícia sobre a ordem do Hospital.

1377-96 Juan Fernandez de Heredia, mestre do Hospital.

1378 Início do Grande Cisma do Ocidente.

1384-85 Guerra entre Castela e Portugal.

1384 Revolução em Portugal. João I, rei de Portugal, mestre da ordem de Avis.

1386 Conversão de Jagelão ao cristianismo. União Polônia-Lituania.

1390 Primeiro uso de pólvora em Constantinopla.

1396 Cruzada de Nicópolís.

1400 União das ordens de Montesa e de San Jordi.

1402 Batalha de Ancara. Tamerlão conquista a Ásia Menor e toma Esmirna dos hospitalários.

1407-8 Conquista de Bodrum pelos hospitalários.

1410 Tannenberg, Teutônicos vencidos pelos polaco-lituanos.

1411 Primeira Paz de Torun.

1414 Henrique, o Navegador, administrador da Ordem de Cristo.

1422 Cerco de Constantinopla por Murad II.

1431 Conquista dos Açores.

1440-44 Ataques dos mamelucos sobre Rodes.

1440 Início da construção do grande hospital de Rodes.

Formação do Bund unindo aristocracia e cidades da Prússia contra os teutônicos.

1442 *Ordenbuch* (compilação da regra e estatutos) dos teutônicos.

1444 Batalha de Varna.

1453 Tomada de Constantinopla pelos otomanos (Mehmet, o Conquistador).

1454	Álvaro de Luna, favorito do rei, mestre de Santiago.
	Acordo *Bund*-Polônia contra os teutônicos. Início da guerra dos Treze Anos.
1466	Segunda Paz de Torun. Prússia vassala da Polônia.
1468	*Difiniciones* de Calatrava.
1469	Casamento de Isabel de Castela e Fernando de Aragão.
1474	União Castela-Aragão.
1480	Cerco de Rodes pelos otomanos.
1481	Tremor de terra em Rodes.
1482	Djem, irmão de Bajazet II, refugia-se em Rodes.
1482-92	Guerra de Granada.
1485	Bula de Sisto IV autorizando o embargo real sobre as ordens.
1489	Estatuto do Hospital de Pierre de Aubusson.
1496	Morte de Djem.
1507	Formação do Conselho Real das Ordens.
1510	Alberto de Brandemburgo, mestre dos teutônicos, rompe o vínculo de vassalagem com a Polônia.
1516-17	Os otomanos conquistam o estado mameluco.
1522	Cerco de Rodes por Solimão, o Magnífico.
1523	Evacuação de Rodes pelos hospitalários.
1525	Secularização da Prússia.
1530	Instalação dos hospitalários em Malta.
1562	Secularização da Livonia: ducado da Curlândia.

FONTE:

Demurger, Alain. *Os Cavaleiros de Cristo*. Rio de Janeiro: Jorge Zahar Ed., 2002.

Turnbull, Stephen. *The Walls of Constantinople: AD 324 – 1453*. Osprey.

As Ordens Militares

TEMPLO	Pauperes commilitonum Christi templique salomonici Pauvre chevalerie du Temple
HOSPITAL	Ordo Hospitales sancti Johannis Iersolimitani Sainte maison de l'Hopital de Saint-Jean de Jerusalém
SÃO LÁZARO	Ordo sancti Lazari Hierosolimitani Domus leprosum sancti Lazari
SÃO TOMÁS DE ACRE	Domus hospitalis sancta Thomae martiris Acconensis Maison de l'Hôpital de saint Thomas martyr d'Acre
TEUTÔNICOS	Ordo sanctae Marie teutonicorum Deutsche Ritterorden Saint ordre chevaleresque de l'hopital de Sainte-Marie de la maison des Allemands
PORTA-GLÁDIOS	Ordo fratrum militiae Christi (de Livonia)

DOBRIN	Milites Christi de Prússia; fratres de Dobrin
CALATRAVA	Militia calatravae ordinis cisterciensis Orden y cavalleria de Calatrava
ALCÂNTARA	Ordo militiae de Alcantara Orden y cavalleria de Alcantara. Cavalleria de la orden de Alcantara.
AVIS	Fratres de la milícia de Évora. Depois, de Avis.
SANTIAGO	Militia sancti Jacobi Orden de la cavalleria de Santiago de la Spada São Tiago da Espada (ramo português)
ALFAMA	Orden de la cavalleria de San Jordi de Alfama Ordo miliciae sancti Georgi di Alfama
SANTA MARIA	Ordo miliciae sanctae Mariae Hispanie
MONTJOIE	Militia sanctae Mariae Montis Gaudi de Jerusalém
CRISTO	Ordo militiae Jesu Christi Ordem de milícia de Nuestro Senhor Jesus Christo
MONTESA	Militiae de Santa Maria de Montesa ordinis calatravensis Monasteri de Montesa, ordinis calatravensis
ORDEM UNIDA DE MONTESA E S. JORDO DE ALFAMA	Casa de Santa Maria de Muntesa del orde de Calatrava et de la cavalleria del benaventurat Sent Jord

Linha do Tempo dos Cavaleiros Templários
Grão-Mestres da Ordem do Templo

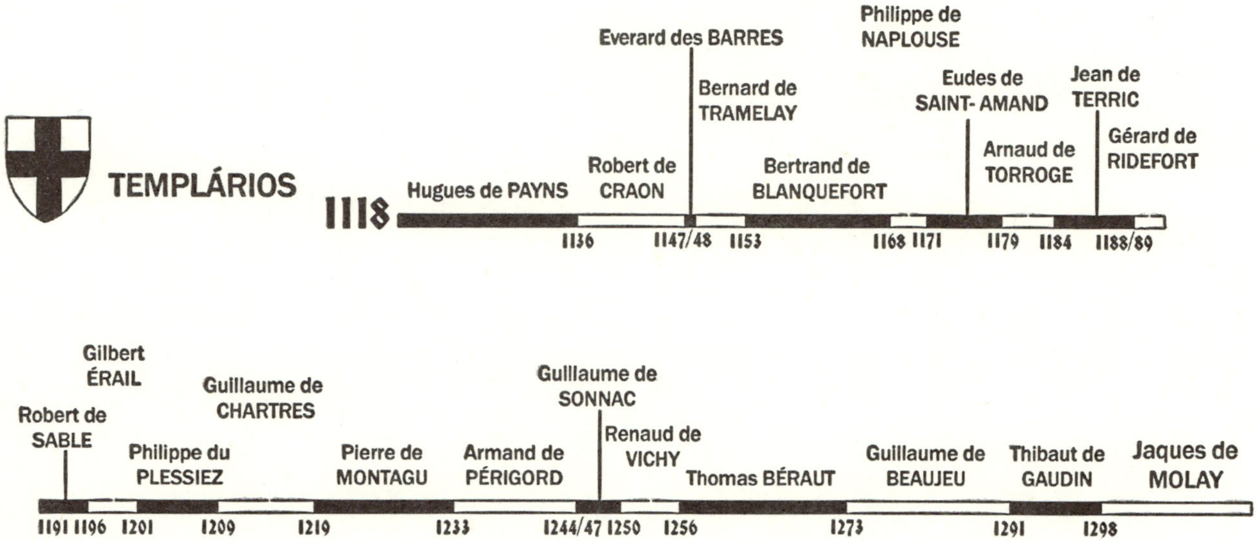

Linha do Tempo dos Cavaleiros Hospitalários

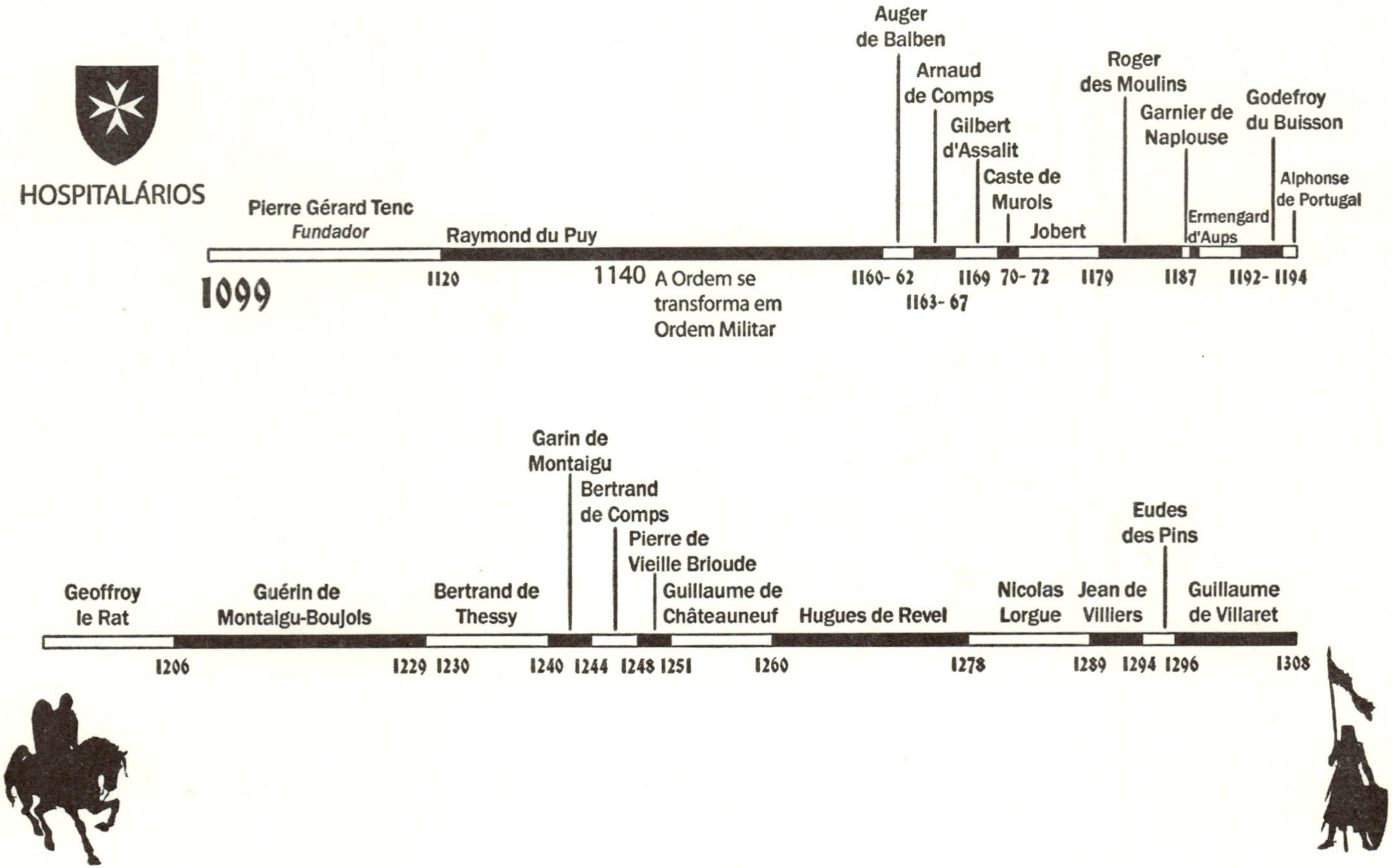

Linha do Tempo dos Cavaleiros Teutônicos

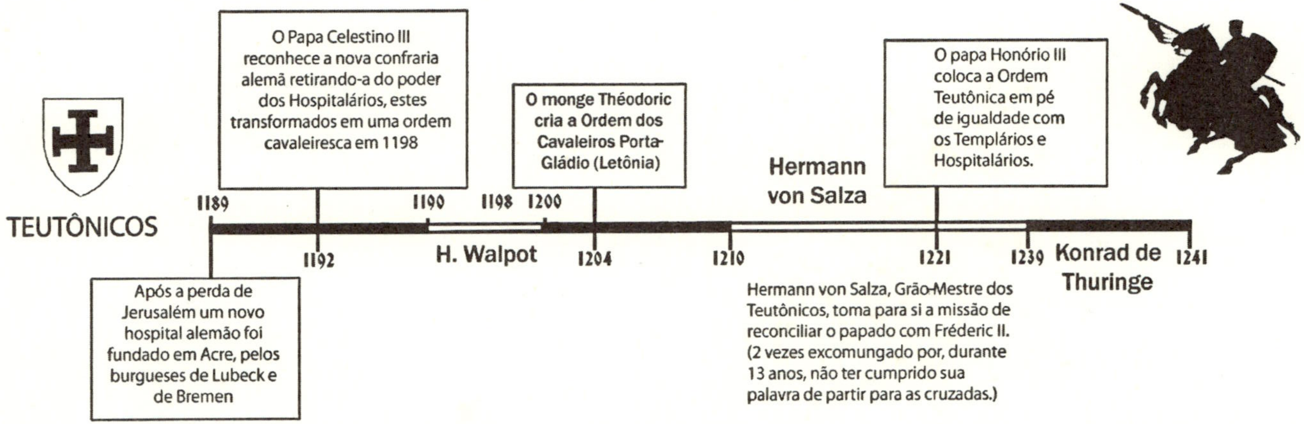

1211 - O rei da Hungria André II faz um apelo aos Teutônicos, posicionados em Chipre, para defender suas fronteiras orientais. Fundação da cidade de Kronstadt, na Transilvânia.

1216 - Fréderic II (que até essa data era somente rei dos romanos) decide que dois cavaleiros Teutônicos farão parte de sua sucessão permanente ao título de rei.

1226 - O duque polonês Conrad de Mazovie (que fundou, em 1219, a Ordem dos Cavaleiros de Dobrzin), foi vencido pelos prussianos (povoado pagão, de origem eslava), e pede ajuda aos Cavaleiros Teutônicos.

1226 - A bula de ouro de Rimini, entregue por Fréderic II, outorga à Odem Teutônica a soberania aos territórios a serem conquistados. *O Grão-Mestre da Ordem Teutônica, Hermann von Salza* construiu a cidadela de Kulm que se tornou a sede de um comando. O imperador Fréderic II concedeu à ordem todos os privilégios dos príncipes do Império.

1230 - Os Cavaleiros Teutônicos fazem sua entrada na Prússia, e batizam a cidadela de Torum, em 1231. Assim, os Teutônicos se deparam com uma dupla missão histórica: a conversão dos eslavos do báltico e a colonização alemã nos avanços em direção ao Oriente.

1237 - Fusão dos Porta-Gládios e dos Teutônicos.

1242 - Alexandre Nevsky batalhou contra os Cavaleiros Teutônicos no lago Peipus.

Os Muçulmanos

Árabes

Dinastia Fatímida xiita (suposto descendente de Ali e de Fátima, filha de Maomé) *da África do Norte (909 – 1048).*

Egito (969 – 1171)
13 califas. El Moezz (953 – 975) foi o quarto califa que se apoderou do Egito, em 969, e se instalou no Cairo, abandonando a África do Norte nos Zirides.

El-Aziz (975 – 996)
Apoderou-se da Síria. Fundou a biblioteca do Cairo (1.600.000 volumes) que foi incendiada pelos turcos, em 1070.

El-Akim (996 – 1021)
Famoso pela sua perseguição religiosa, algo raro na história muçulmana. Ele tentou destruir a igreja copta do Egito e destruiu os lugares santos em Jerusalém, em 1009.

Ali el-Zahir (1021 – 1035)
Déspota e inexperiente.

El-Moustansir (1036 – 1094)
A situação econômica do Egito se degrada – aumento do número de famintos.

Al-Afdal
Apodera-se de Jerusalém, em 1098.
Primeiro adversário dos cruzados.

Os Muçulmanos

Turcos

Toghroul Beg

Seljúcida

- Pérsia, Mesopotâmia
  - **Mikaïl**
    - **Turghril beg** 1037 - 1063
    - **Dawud**
      - **Alp Arslam** 1063 - 1072
        - **Malik - Shah** Sultão 1072 - 1092
          - **Sanjar** Sultão do Irã 1106 - 1157
          - **Bargyaruq** Sultão da Pérsia 1094 - 1104
          - **Muhammed** Sultão da Pérsia 1104 - 1118
            - **Suleiman Shah** 1159 - 1161
            - **Ma'sud** 1133 - 1152
            - **Mahmud** Sultão da Pérsia 1119 - 1131
              - **Dawud** 1131
              - **Malik Shah** 1152
              - **Muhammed** 1153 - 1159
            - **Tughril** 1132 - 1133
              - **Arslam Shah** 1161 - 1177
                - **Tughril II** 1177 - 1194
        - Síria: **Tutush** Rei da Síria 1194
          - **Dukak** Rei de Damasco
            - **Buri**
              - **Tughtekin** 1103 - 1128
                - **Buri** 1128 - 1132
                  - **Ismail** 1132 - 1134 Assassinado
                  - **Shihad al Din Mahmud**
                  - **Muji al Din Abaq** 1140 - 1154
          - **Redwan** Rei de Alepo 1095 - 1113
            - **Alp Arslam** 1113 - 1114 Assassinado por um eunuco
            - **Sultan Shah** 1114 - 1117
- Ásia Menor (Anatólia)
  - **Arslam Payghu**

Kutulmish

Suleiman

Kilij Arslam Sultão de Rum 1092 - 1106

Malik Shah 1106 - 1116

Kilij Arslam II 1156 - 1188

Suleiman 1181 - 1186 | **Malik Shah II** 1099 - 1192 | **Kaï Khosrau** 1192 - 1200, 1204 - 1210

Ilghazi Emir de Dyarbekir 1119 - 1120

- **Suleiman ibn Ghazi** 1120 - 1121 Se revoltou contra seu pai

Balak Governador de Alepo 1121 - 1123

- **Timurtash** 1123 - 1125

Bursuki Atabegue de Mossul 1125 - 1126

- **Ma'Sud** 1126 - 1127

Zinki Imad el Din 1127 - 1146

- **Nur ed-Din Mahmoud** Atabegue de Alepo 1144 - 1154, De Alepo e Damasco 1154 - 1174
  - **Al Salih Ismail** 1174 - 1181
- **Saif al Din Ghazi** 1144 - 1149
- **Kutb al Din Mawdoud** 1149 - 1170
  - **Saif al Din II Ghazi** 1170 - 1180
  - **Izz al Oin Na'Sud Ier** 1180 - 1193
  - **Zinki II Imaed el Din (Sinjar)** 1170 - 1197

Ayub

- **Salah al Din Yousouf** 1171 Sultão do Egito, 1174 Rei de Damasco, 1181 Rei de Alepo

Este livro foi composto na
tipologia Mrs. Eaves em corpo 12,5/16,7
e impresso em papel off-white 90g/m²
no Sistema Cameron da Divisão Gráfica
da Distribuidora Record